ANDERS D

THE G

[A BOLHA]

LA MOTTE
AME

VOLUME ③

10:34:56:16
10:34:56:16
10:34:56:16
10:34:56:16
10:34:56:16
10:34:56:16
10:34:56:16
10:34:56:16
10:34:56:16
10:34:56:16
10:34:56:16
10:34:56:16
10:34:56:16
10:34:56:16
10:34:56:16
10:34:56:16
10:34:56:16
10:34:56:16

10:34:56:16
10:34:56:16
10:34:56:16
10:34:56:16
10:34:56:16
10:34:56:16
10:34:56:16
10:34:56:16
10:34:56:16
10:34:56:16
10:34:56:16
10:34:56:16
10:34:56:16
10:34:56:16
10:34:56:16
10:34:56:16
10:34:56:16
10:34:56:16

Aquele que controla o passado controla o futuro.

Os personagens e as situações desta obra
são reais apenas no universo da ficção;
não se referem a pessoas e fatos concretos,
e não emitem opinião sobre eles.

Diretor Editorial
Christiano Menezes

Diretor Comercial
Chico de Assis

Editor
Bruno Dorigatti

Design
Retina 78

Designer Assistente
Pauline Qui

Revisão
Felipe Pontes
Retina Conteúdo

Impressão e acabamento
Ipsis Gráfica

DADOS INTERNACIONAIS DE CATALOGAÇÃO NA PUBLICAÇÃO (CIP)
Angélica Ilacqua CRB-8/7057

De la Motte, Anders
A bolha / Anders De la Motte ; tradução de João Marques de Almeida. — Rio de Janeiro : DarkSide Books, 2016.
352 p. (Trilogia: The game, v. 3)

ISBN: 978-85-66636-63-5
Título original: *[bubble]*

1. Literaturas nórdicas 2. Ficção policial 4. Jogos de internet – Ficção I. Título II. Almeida, João Marques de

15-0742 CDD 839.5

Índices para catálogo sistemático:
1. Literaturas nórdicas - Ficção

DarkSide® *Entretenimento LTDA.*
Rua do Russel, 450/501 - 22210-010
Glória - Rio de Janeiro - RJ - Brasil
www.darksidebooks.com

TRILOGIA
THE GAME

ANDERS
DE LA
MOTTE

VOLUME 3

Traduzido
do inglês por

JOÃO
MARQUES
DE ALMEIDA

DARKSIDE

Para Anette

Bolha [bo.lha]

Uma pequena quantidade de ar ou gás
dentro de um corpo líquido
Um pequeno, oco, grão ou globo
Qualquer coisa que é mais espaçosa do que real;
Um falso espetáculo
Uma trapaça ou fraude; Um esquema ilusório;
Um projeto vazio;
Uma especulação desonesta
Uma pessoa enganada por um projeto vazio;
Uma enganação
Uma cavidade esférica pequena em um material sólido
Enganar, iludir (verbo)
Um (normalmente temporário) estado de existência,
no qual aquilo que você vê, toca, ouve, sente, e cheira está sob
estreito controle seja por aqueles ao seu redor ou um sistema
Quando um aparelho eletrônico ou pessoa está
sob vigilância remota
Uma fantasia/sonho que é tão artificial
que nunca poderia ser verdade

www.brainyquote.com
www.urbandictionary.com
www.wiktionary.com

“Em um mundo personalizado, seremos constantemente informados e alimentados por notícias agradáveis, familiares, e que confirmam nossas crenças, e uma vez que esses filtros são invisíveis, nós não saberemos o que estará sendo escondido de nós. Nossos interesses passados irão determinar o que nos será exposto no futuro, deixando menos espaço para encontros inesperados que servem de faísca para a criatividade, a inovação e a troca democrática de ideias.”

Eli Pariser

“Conhecimento é poder. Informação é poder.
Esconder ou conciliar conhecimento ou informação
pode ser um ato de tirania camuflado de humildade.”

Robin Morgan

“Não é tão importante quem começa o jogo,
mas quem o termina.”

John Wooden

Caixa de saída: 1 mensagem pendente.
De: goodboy.821@gmail.com
Para: magnus.sandstrom@farookalhassan.se
Assunto: O Jogo

Porra, Manga, como foi que tudo chegou a esse ponto?
Era tudo tão mais fácil no início. Tão inocente.

Um telefone celular que alguém deixou para trás
num trem.
Um telefone que sabia quem eu era, me chamava
pelo nome.

Você quer jogar um Jogo,
Henrik Pettersson?
SIM ou NÃO?

Começar com tudo foi como desencadear uma roda
viva. As tarefas que eles me davam eram bastante
simples. Afanar um guarda-chuva, afrouxar as
porcas das rodas de um carro de luxo, parar
o relógio no topo da loja de departamentos NK.
Os vídeos eram ótimos, os fãs gostavam do que viam
e eu comecei a subir na parte de cima do placar.
Me embebedando com os elogios e a aprovação, mirando
o topo e tentando destituir Kent Hasselqvist, mais
conhecido como jogador número cinquenta e oito,
de seu trono.
A praticamente qualquer preço...
O cagão em Birkagatan cuja porta eu pintei
com spray, seguida de sua cara. O ataque na
procissão real. A pedra que eu derrubei naqueles
carros de polícia da ponte de Traneberg...
Eu sequer pisquei, Manga, não hesitei por uma merda
de segundo...
Simplesmente fiz tudo o que podia para chegar ao
topo, para que o público me amasse. Ganhar um pouco
de reconhecimento.
Mas aí eu estraguei tudo. Quebrei a regra número um:
Nunca fale sobre o Jogo com ninguém.
Primeiro eles me expulsaram, depois me deram
um aviso. Tocaram fogo no meu apartamento e

tentaram fazer o mesmo com sua loja de computador.
Sem mencionar Erman, o louco, o eremita,
que se envolveu demais e tentava viver uma vida
desconectada no meio do mato.
Não o ajudou tanto assim, ajudou...?

Você está sempre jogando o jogo, queira você
goste ou não.

Então eu revidei, de verdade. Explodi o servidor
deles em pedaços. Esvaziei a conta bancária e sumi.
Vivi a vida boa nas praias da Ásia como todo mundo
sonha em fazer, realmente tentei aproveitar minha
aposentadoria precoce.
Era mais ou menos bom...
Você precisa ter cuidado com o que deseja...
Eu consegui manter a cabeça baixa por quatorze
meses, até que eles me alcançaram em Dubai. Eles me
culparam pelo assassinato de Anna Argos, e terminei
preso e torturado. Mas consegui me livrar de suas
armadilhas. E decidi descobrir quem tinha desejado
que Anna morresse. E a mim também, por sinal...
A resposta parecia levar à empresa Argoseye.com
e suas práticas comerciais inegavelmente suspeitas.
Blogueiros comprados, milhares de identidades de
internet falsas, tudo gerando comentários e dando
audiência que serviam às empresas de seus clientes.
Todas as diferentes ferramentas tecnológicas que
eles usavam para suprimir coisas e mantê-las
escondidas. Fazer com que certas coisas na internet
parecessem invisíveis.
Como o Jogo, por exemplo...
Mas nós os derrotamos também, mesmo que a um custo.
O trojan que você programou e que eu plantei no
sistema de computadores deles fez exatamente
o que deveria fazer. Expôs os trolls à luz do
dia, e eles queimaram. E destruiu Philip Argos,
aquele filho da puta desgraçado, dando ao restante
de sua pequena gangue o que eles mereciam.
Tudo teria terminado bem.
Se não fosse por ele.

Tage Sammer, ou tio Tage, como Becca o chama.
Ele diz ser um antigo colega de papai do exército.
O velho pode ter enganado minha irmã, mas eu sei quem ele realmente é. O Mestre do Jogo. O cérebro por trás da coisa toda.

Ele me deu uma missão, Manga.
Uma última missão que me deixará famoso.
Eu estou tentando descobrir uma forma de me livrar disso.
Libertar tanto eu quanto Becca de seu alcance.

Se você receber esse e-mail, significa que eu falhei.
Que eles me forçaram a executar a missão.
E que eu estou provavelmente morto...

Está tranquilo no momento. Muito tranquilo.
Mas eu sei que eles estão lá fora, vigiando cada passo que dou.
Logo irá tudo começar.
A pergunta é: estou preparado para jogar um último jogo?
O que você acha?

SIM ou NÃO?

Seu velho amigo,
HP

Esta mensagem está programada para ser enviada em uma data futura.

Como um soco no peito – era bem isso o que ele tinha sentido. De uma forma esquisita o golpe parecia fazer com que tudo se movesse ainda mais devagar. De repente ele podia apreciar os menores detalhes ao seu redor. A arma apontada para seu peito, o gatilho, gritos de pânico ecoando da multidão ao redor. Corpos colidindo em câmera lenta a sua volta. Tentando chegar o mais longe dele possível.

Mas apesar da evidência, apesar da pólvora ainda arder em suas narinas e o tiro ainda reverberar em seus tímpanos, seu cérebro se recusava a aceitar o que tinha acontecido. Como se estivesse rechaçando o impossível, o impensável, o incompreensível...

Isso simplesmente não podia estar acontecendo.

Não agora!

Ela tinha atirado nele...

ELA

TINHA

ATIRADO

NELE!!!

A pistola ainda estava apontando direto para o seu peito. O olhar na face dela, por trás do tambor, era frio como gelo, completamente insensível. Como se pertencesse a outra pessoa. Uma estranha.

Ele tentou levantar sua mão na direção dela, abriu a boca para dizer algo. Mas o único som que passou por seus lábios foi uma espécie de gemido. De repente e sem qualquer aviso o tempo acelerou e voltou ao normal. A dor se espalhou como uma onda das suas costelas, através de seu corpo, fazendo o asfalto embaixo dele sacudir. Seus joelhos cederam e ele deu alguns passos cambaleantes para trás na tentativa de manter seu equilíbrio.

Seu calcanhar atingiu a beira do meio-fio.

Um segundo de imponderabilidade enquanto ele lutava contra a lei da gravidade.

Então uma sensação de que caía livremente, como num sonho.

E dessa forma sua parte no Jogo tinha terminado.

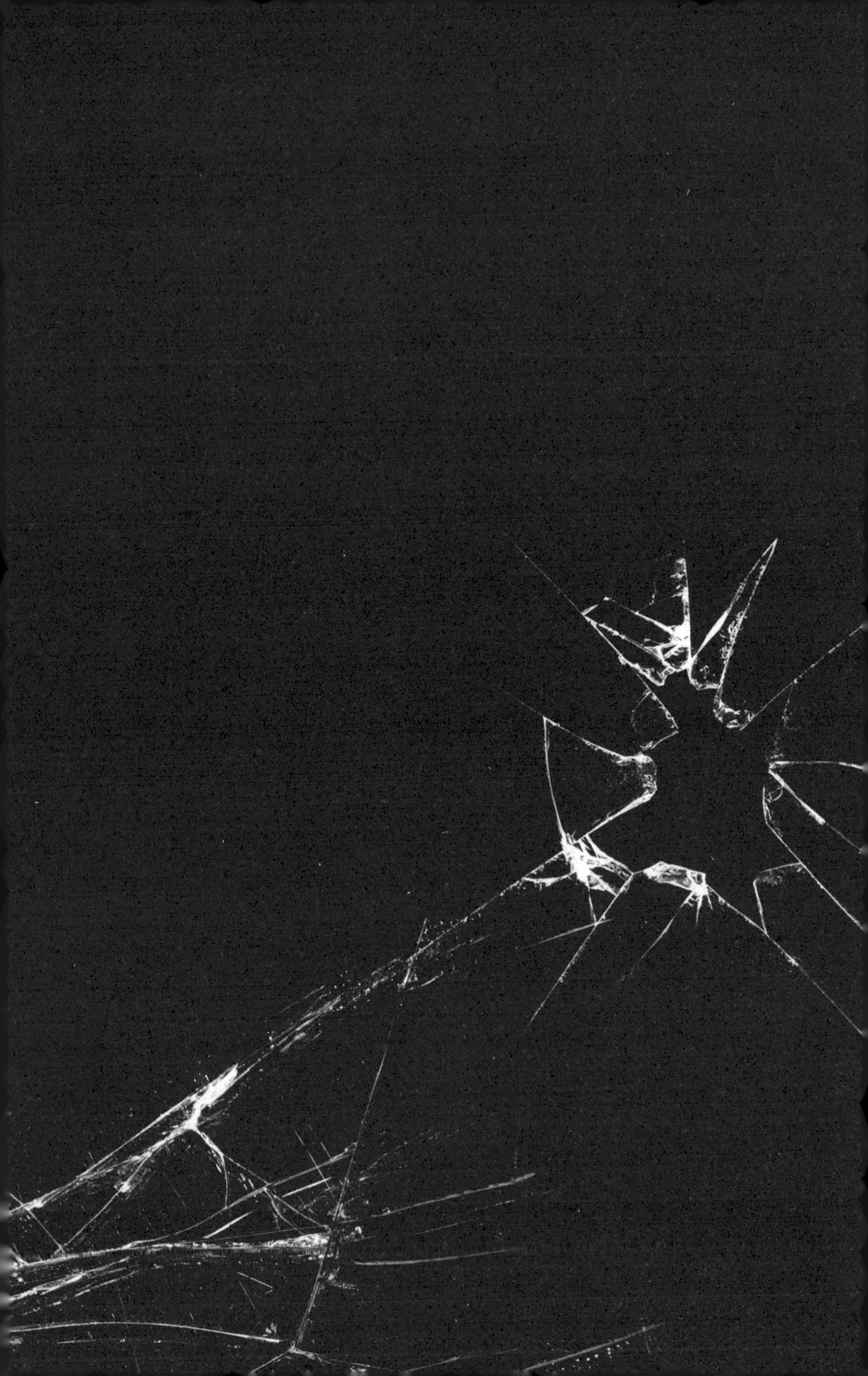

Um Jogo completamente novo? 1

No momento em que acordou, HP sabia que algo estava errado.

Ele demorou alguns segundos para entender o que era.

Estava quieto.

Quieto *demais*...

O quarto era virado para a Guldgränd e ele há muito tempo já tinha se acostumado com o som do tráfego da rodovia Söderleden a poucas centenas de metros de distância. Quase não pensava nisso mais.

Mas em vez do habitual ronco baixo do tráfego, intercalado com a ocasional sirene, a noite de verão lá fora estava completamente silenciosa.

Olhou de relance para o rádio-relógio: 03:58.

Alguma obra na estrada, pensou. Söderleden, Söder Mälarstrand e a junção de Slussen fechadas para mais uma rodada de tapa buracos... Mas além do fato de que *Bob, o Construtor,* deveria estar trabalhando em modo furtivo, também estava começando a ocorrer a ele que faltavam outros barulhos. Ninguém rangendo portas à medida que os jornais matinais eram entregues, nenhum grito bêbado pela Hornsgatan. Na verdade, quase nenhum som indicando que havia de fato uma capital vibrante lá fora. Como se o seu quarto tivesse sido enclausurado em uma bolha gigante, separado do resto do mundo lá fora. Forçando-o a viver em seu pequeno universo particular, onde as regras comuns não mais se aplicavam.

O que, em muitos sentidos, era realmente verdade...

Ele notou que seu coração começava a bater mais rápido. Um som calmo e sussurrante de algum lugar dentro do apartamento fez com que ele se assustasse.

Um ladrão?

Não, impossível. Havia trancado a porta de segurança máxima, todas as três fechaduras, como ele sempre fazia. A porta havia custado uma fortuna, mas tinha valido cada merda de centavo. Armação de aço, fechaduras com parafusos de gancho com duplo cilindro, o que você imaginar – então, logicamente, ninguém poderia ter invadido o apartamento. Mas o guarda-chuva da paranoia não estava pronto para ser fechado assim tão facilmente...

Ele se arrastou da cama, caminhou sorrateiramente através do piso do quarto e espiou com cuidado a sala de estar. Levou alguns segundos para que seus olhos se acostumassem com a escuridão, mas os resultados foram ambíguos. Nada, nenhum movimento sequer, nem na sala de estar, nem na pequena cozinha adiante. Tudo estava bem, não havia sinal de qualquer perigo. Apenas o silêncio anormal e opressivo que ainda não havia sido quebrado...

Rastejou cuidadosamente até a janela e deu uma olhada lá fora. Nenhuma alma nas ruas, não que isso fosse particularmente surpreendente, devido à hora. A Maria Trappgränd não era uma rua muito movimentada hora nenhuma do dia.

Fechada para obras, tinha que ser isso. Metade da Södermalm já se parecia com alguma bosta de escavação arqueológica qualquer, então por que não partir pra uma completa interdição noturna? Todos os pequenos *Bobs* estavam provavelmente fazendo uma pausa pro café.

Plausível – claro! Mas o sentimento de inquietação simplesmente não o deixava.

Restava apenas o corredor.

Atravessou na ponta dos pés o novo piso em frente à porta de entrada, tendo o cuidado de evitar a terceira e quinta tábuas, pois sabia que elas rangiam.

Quando estava quase a um metro de distância, pensou ter visto a caixa de correio se mexer. Congelou na metade do passo, ao mesmo tempo que seu pulso mudava de ritmo.

Dois anos atrás alguém tinha derramado fluido de isqueiro pela sua porta e ateado fogo depois. Uma experiência seriamente desagradável, e uma que tinha terminado com ele deitado no hospital Södermalm com uma máscara de oxigênio na cara. Foi somente muito depois que ele veio a perceber que a coisa toda fora apenas um tiro de advertência, para lembrá-lo sobre as regras do Jogo.

Ele farejou com cuidado o ar estagnado, sem sentir cheiro de parafina ou nada similar. Mas agora já estava quase certo. O som tinha vindo da porta da frente.

Talvez alguém simplesmente entregando o jornal?

Rastejou mais alguns passos para perto da porta e cuidadosamente colocou seu olho no olho mágico.

O som repentino foi tão violento que o fez cambalear para trás até o corredor.

Porra!

Por alguns segundos viu estrelas, seu coração pareceu quase ter parado.

Uma segunda batida mais violenta o trouxe de volta do estado de choque.

Alguém estava arrombando sua porta!

A armação de aço já estava começando a entortar, então quem quer que fosse tinha que ser basicamente mais forte do que o Hulk. Uma terceira batida, metal contra metal, nenhum Bruce Banner escroto, mas provavelmente uma marreta devastadora – se não mais de uma.

A armação se moveu mais alguns centímetros e ele podia de repente ver os ferrolhos das fechaduras na brecha. Mais alguns golpes, era tudo que faltava.

Girou ao redor de si mesmo, tropeçando em seus próprios pés e caindo duro no chão. Um novo golpe na porta fez uma chuva de gesso voar sobre suas pernas.

Seus pés escorregaram no chão, enquanto suas mãos tentavam se agarrar a algo.

Ele se levantou.

Rapidamente para a sala de estar, e de lá pro quarto.

Outra porrada na porta!

Podia sentir o gosto de sangue em sua boca, e seu coração batia a ponto de explodir.

Suas mãos tremiam tanto que tinha uma enorme dificuldade para virar a chave na fechadura.

Oquenaporradessecaralhoestavaacontecendo...?

Um novo golpe vindo do corredor, dessa vez seguido por um som de estilhaços, o que quase com certeza significava que a armação da porta tinha cedido.

Agarrou a cômoda e quase caiu quando ela deslizou facilmente até a frente da porta do quarto.

Merda de madeira prensada fodida!

Se a porta de aço lá fora não foi capaz de parar seus invasores, então um pedaço de móvel vindo lá do outro lado do Báltico que ele mesmo montou não lhe daria mais do que no máximo alguns segundos. Saltou na cama e saiu tateando pela mesa de canto, que estava coberta de revistas e brochuras.

O celular, onde estava a porra do celular?

Lá! Não, merda, era o controle remoto da televisão...

Ouviu passos rápidos na sala de estar, vozes ásperas gritando entre si, mas estava concentrado demais em sua busca para ouvir o que estavam dizendo.

De repente seus dedos resvalaram no celular, tão intensamente que o aparelho caiu no chão.

Puta merda!

A maçaneta da porta mexeu, então uma voz grossa gritou:

"Aqui dentro!"

HP se jogou no chão, mexendo seus braços desastrosamente.

Lá estava, ao lado de sua mão esquerda.

Agarrou seu telefone, tateando os botões. Seus dedos tremiam como se tivesse Parkinson.

Um, um, dois é fácil discar... porra nenhuma que era!

Uma batida na porta e a cômoda da Ikea quase tombou.

"Alô, serviço de emergência, como posso ajudar?", uma voz seca e profissional falou.

"Polícia!", gritou HP. "Socor..."

Uma luz repentina o cegou, queimando sua retina.

Então, um golpe tão forte que ele ficou sem ar.

E então eles o pegaram.

"Está de volta."

"A van", ela acrescentou quando ele não reagiu de imediato.

Ele olhou de relance no retrovisor.

"A mesma de ontem?"

"Uhum", ela murmurou, sem tirar os olhos do espelho extra fixado no para-brisa acima do assento do passageiro.

O que mais seria?, pensou consigo mesma.

"Há quatro carros atrás da gente. Já está lá por um tempo agora... Assim como ontem, quase na mesma posição."

"Tem certeza que é a mesma van? Há muitas vans brancas na cidade..."

"Estou certa", ela disse, bruscamente. "Diminua um pouco e deixe que chegue mais perto."

"Mas aí eu perderia o VIP..." Ele gesticulou em direção ao carro esportivo conversível na frente deles.

"Esquece o Manual de Segurança da Polícia por um momento, Kjellgren, e tenta ser um pouco flexível", revidou com uma grosseria desnecessária.

Ele tirou o pé do acelerador mais bruscamente do que era preciso. O carro atrás deles buzinou com raiva e fez uma ultrapassagem um tanto arriscada. Outro carro repetiu a manobra.

Rebecca abriu o porta-luvas e retirou uma câmera lá de dentro. Ela segurou-a para baixo e bem perto, para que o motorista da van não a visse pelo vidro traseiro.

Outro relance pelo retrovisor.

O zoom da lente era bastante bom, mas a van ainda estava dois carros atrás e parcialmente obstruída.

"Um pouco mais", murmurou para Kjellgren, deixando a câmera pronta no seu colo.

Lutava contra o impulso de olhar ao seu redor.

De repente, o VIP na frente deles mudou de faixa, cruzando uma linha branca contínua e indo em direção à Kungsgatan.

Kjellgren não teve escolha além de segui-lo.

Ela soltou um palavrão baixo para si mesma – lá se foi mais uma chance. Mas alguns segundos depois percebeu que a van ainda os estava seguindo. Um dos carros entre eles tinha partido e estavam muito mais perto agora. Consideravelmente mais perto do que estariam se fosse ela a seguir alguém.

A mudança repentina de faixa deve ter pegado o motorista de surpresa. Forçando-lhe a cometer um erro.

Ela virou seu tronco devagar, pressionando o cotovelo esquerdo no assento e usando as pernas pra se manter firme no lugar. A placa da van ainda estava encoberta pelo carro entre eles, mas era possível ver a metade superior das duas pessoas nos assentos da frente através do vidro fumê. Roupas cor de creme, mangas compridas, e alguma espécie de sobretudo, assim como ontem. Mas da última vez não tinha conseguido tirar a câmera rápido o suficiente. Planejava se retratar por aquele erro naquele dia.

O carro logo atrás deles de repente indicou que mudaria de faixa e ela percebeu a oportunidade. Virou-se rapidamente, levantou a câmera e mirou no ponto onde a placa estava prestes a ficar visível.

Apertou o botão até a metade. O carro entre eles desviou para o lado. Houve um pequeno bipe à medida que o foco automático se ajustava à imagem.

Botão pressionado. Disparou alguns cliques. Perfeito! Depois, levantou a câmera rapidamente em direção à cabine da van. Ela focou no motorista e apertou o botão. As lentes fotográficas fizeram um zumbido e a imagem distorcida atrás do volante de repente se tornou bem mais nítida. Mas bem na hora em que o foco automático se ajustou, Kjellgreen acelerou forte repentinamente e a mudança rápida de movimento fez com que ela perdesse o equilíbrio.

Na hora em que conseguiu focar de novo na cabine, a van já estava bem longe atrás deles.

"Que merda de jogo é esse que você está jogando, Kjellgren?", gritou enquanto tirava uma série de fotos quase ao acaso da silhueta cada vez menor da van.

"O VIP, Wennergren Júnior." Ele apontou para frente, em direção ao pequeno carro esportivo que estava quase fora de vista. "Ele acelerou de repente como um troll escaldado. Não quis arriscar perdê-lo de vista."

Ela abaixou a câmera e afundou de volta em seu assento.

Merda!

Uma vista rápida no espelho, mas ela já sabia o que aquilo lhe diria. A van tinha sumido.

Começou a checar as imagens na pequena tela da câmera. A placa estava claramente visível, mas assim como tinha suspeitado, as imagens da cabine eram basicamente inúteis.

Bosta de Inferno!

Chame aquilo de intuição policial ou qualquer outra merda que você preferir, mas havia algo a respeito daquela van que lhe preocupava.

Assim que retornasse ao escritório iria checar o número da placa, talvez até fazer algumas ligações e verificar mais uma vez com a Vigilância se a Agência Rodoviária não encontrou nada...

Arrependeu-se de repente de ter surtado com Kjellgren. Suas prioridades tinham estado totalmente corretas. O VIP era a coisa mais importante afinal, e ela teria feito exatamente a mesma coisa se estivesse dirigindo.

Kjellgren era um ótimo motorista, o que era uma das razões pela qual o tinha trazido da Polícia de Segurança. Ele já tinha recuperado a distância em relação ao carro do VIP e estavam de volta a sua posição habitual, imediatamente atrás dele.

"Você tomou a decisão correta, Kjellgren", disse, fazendo o seu melhor para soar neutra.

Ele apenas acenou com a cabeça e, por alguns minutos, sentaram em silêncio enquanto se revezavam em checar o retrovisor.

"Então, quando você disse que iríamos para a Fortaleza?", perguntou Kjellgren por fim, com a voz um pouco amigável demais.

"Isso vai depender um pouco da agenda de Black." Ela fez um esforço para sorrir de volta.

"Ok. Por sinal, você viu aquele artigo no *Dagens Nyheter*? Uma matéria grande sobre as novas utilidades que as pessoas acharam para antigas instalações militares. Além de usar os abrigos subterrâneos como salas de servidores, eles também consertaram o antigo túnel de comunicação na costa para que traga água ao sistema de refrigeração. Um negócio avançado de verdade."

"Dizem que a segurança por lá é muito boa também."

Ele se aproximou do carro de Wennergren e deu uma guinada brusca para afastar um carro que estava tentando se meter entre eles.

"Aparentemente a PayTag quer manter ali o status de instalação de alta segurança, o que é bem compreensível. Porque aí a sua equipe lá pode usar armas..."

Kjellgren desviou o olhar do carro à frente por um segundo para olhar de relance para ela.

Ela podia ouvir a pergunta surgindo antes sequer de ele abrir a boca.

"Por sinal, como estão as coisas para nós, na questão das armas, chefe...?"

"A autoridade licenciadora ainda está examinando nossa solicitação..."

...de novo, quase acrescentou, mas seu celular começou a vibrar no bolso de sua jaqueta. Número privado. Provavelmente outra ligação de marketing de alguma coisa, ou algum antigo colega policial sondando atrás de algum emprego...

Moveu o polegar em direção ao ícone vermelho para rejeitar a ligação, mas mudou de ideia no último momento. Kjellgren continuava olhando de relance para ela, evidentemente ansioso por continuar a conversa sobre as licenças das armas. E ele não era o único.

Praticamente todos os novos recrutas da sua equipe de guarda-costas aceitaram o trabalho presumindo que iriam poder portar armas no decorrer de seus deveres. Então se a solicitação fosse rejeitada...

Apertou rapidamente o ícone verde de seu telefone.

"Sentry Security, Rebecca Normén", disse, em um tom exageradamente profissional.

"Unidade de Proteção Pessoal, detetive superintendente Ludvig Runeberg", seu antigo chefe disse do outro lado da linha.

"Olá, Ludvig, já faz um tempo. Que bom que você ligou..."

"Eu não tenho certeza se você vai continuar pensando assim quando tivermos terminado essa conversa, Normén..." Alguma coisa no seu tom de voz a fez se endireitar na poltrona inconscientemente.

"Você provavelmente deveria comparecer aqui na Sede da Polícia o quanto antes, se for possível..." A conexão falhou e sua voz sumiu por alguns segundos. Mas parte dela já começava a prever o que ele iria dizer. Seu estômago se contraiu como um pequeno calombo endurecido.

Não, não, não...

"...seu irmão mais novo."

2 Primeira rodada

O corpo dele estava jogado inerte em cima da mesa. Seus olhos cerrados, quase parecia que estava dormindo.

A última vez que ela o tinha visto seu cabelo estava bem mais curto, mas agora tinha crescido outra vez e virado um amontoado gorduroso que descia até o rosto branco como giz. A luz fluorescente na pequena sala claustrofóbica fazia com que as marcas embaixo de seus olhos parecessem mais escuras do que nunca em contraste com sua pele pálida e amarelada. Como se estivesse na verdade olhando para um boneco de cera e não para um corpo humano inerte através da ampla janela de vidro.

Estava preocupada que isso viesse a acontecer. Desde que Henke jogou uma pedra em cima do seu carro dois anos atrás e quase matou a ela e a seu parceiro Kruse, vinha temendo por esse momento. Bem, por mais tempo do que isso, na verdade. Muito, muito mais tempo...

"Ele foi trazido ontem à noite", disse Runeberg de algum lugar atrás de seu ombro direito, mas ela mal lhe deu ouvidos.

"Eu só fui informado uma hora atrás. Liguei pra você na mesma hora. Não é bem como manda o manual, mas pensei que você iria gostar de saber imediatamente. Sei que eu gostaria, se fosse com meu irmão..."

Ela desviou os olhos do vidro e se virou para olhar para ele.

"Obrigada, Ludvig, agradeço..." As palavras ficaram presas na garganta dela.

Ficaram em silêncio por um momento.

"Negócio terrível", disse ele, enfim.

Pôs sua mão desajeitadamente sobre o braço dela.

De repente e sem qualquer aviso, a porta se abriu e um homem magrelo em seus sessenta e poucos anos e com cabelos ralos entrou. Ele carregava uma pasta com papéis embaixo de um dos braços e, mesmo embora fosse verão, estava vestindo um terno de três peças, além de uma gravata perfeitamente centrada. O homem acenou com a cabeça para Runeberg, então se virou para Rebecca.

"Você deve ser a irmã."

"Rebecca Normén", disse, oferecendo a mão.

Mas, em vez de apertar sua mão, o homem sacou um par de óculos estreitos de leitura do bolso de seu colete, colocou-o firmemente na ponta do nariz e abriu sua pasta.

"Você disse que ela costumava trabalhar para a Agência, Runeberg?"

"Ainda trabalha, ao menos oficialmente, Stigsson", seu antigo chefe respondeu com um tom insinuante que ela não reconheceu nem um pouco. "Normén está de licença até o final do ano", ele explicou. "Depois terá que decidir o que prefere, a Polícia de Segurança ou a iniciativa privada..." Runeberg tentou um sorriso, mas o rosto do outro homem não moveu um músculo sequer.

"Entendo..." Stigsson virou a cabeça e olhou para Rebecca por cima de seus óculos.

"Uma vez que você ainda é funcionária da Polícia de Segurança, Normén, sua autorização de segurança ainda é válida, assim como o juramento de confidencialidade que você assinou quando começou a trabalhar conosco. Mesmo que você seja a irmã, tudo o que você ouvir aqui dentro é confidencial, e qualquer tentativa de comunicar isso para qualquer pessoa de fora é estritamente proibida, entendido?"

"Sim", ela balançou a cabeça.

"Claro", acrescentou após ele não parecer feliz com sua resposta. "Então, sobre o que se trata isso tudo, afinal?"

Na sala do outro lado do vidro uma porta se abriu de repente e duas pessoas, um homem e uma mulher em ternos escuros, entraram. Por alguns segundos ninguém na sala se mexeu. Então Henke abriu os olhos.

Ele levantou sua cabeça e sentou na cadeira. Devagar e de forma elaborada, se espreguiçou, como se tivesse acabado de acordar. Falou depois algo que não dava para ouvir através do vidro, e ela foi acometida momentaneamente por um impulso de invadir o recinto e enfiar a mão na cara dele.

A voz seca e cortante de Stigsson a fez mudar de ideia.

"Seu irmão é suspeito de conspiração, e possivelmente de planejar um ato hediondo de terrorismo."

"Bem, Henrik, vou repetir: você é suspeito de planejar e possivelmente fazer as devidas preparações para realizar um crime com a intenção de seriamente desestabilizar e abalar as mais fundamentais estruturas políticas, constitucionais, econômicas e sociais do país", disse a investigadora chefe, uma mulher de quarenta e tantos anos com cabelos curtos e escuros, enquanto fixava seus olhos nele.

Mas HP mal lhe dava atenção. Seu cérebro esgotado estava ainda tentando encontrar sentido naquilo tudo. Ao menos tinha uma coisa da qual ele estava praticamente certo. Diferentemente de dois anos atrás, quando pensou que tinha sido preso mas fora na verdade vítima de uma grande farsa, dessa vez cada pequeno detalhe estava correto, da unidade policial armada arrombando seu apartamento ao gosto queimado do café instantâneo num copo plástico marrom sobre a mesa ao seu lado. Tudo parecia genuíno. *Era* genuíno, ao que tudo indicava, o que significava que...?

O assunto é teorias da conspiração, e aqui vem a pergunta de um milhão de coroas suecas...

"Mmm...", ele murmurou, vendo que evidentemente estavam à espera de que dissesse alguma coisa. Fechou os olhos e esfregou suas têmporas para ganhar algum tempo pra pensar. Sobre que porra aquela mulher estava martelando? Desestabilizando as o que políticas...?

"Eu já lhe disse ao menos uma dúzia de vezes, quero um advogado presente durante o interrogatório", disse calmamente.

A mulher, cujo nome era Roslund ou Roskvist, algo assim, trocou um rápido olhar com seu colega.

"Sim, nós te ouvimos, Henrik", disse o policial. HP já tinha esquecido seu nome. "Mas estamos esperando já há muitas horas. Ao menos podemos tirar algumas das formalidades do caminho antes de seu advogado aparecer."

"Ele está vindo, não está? – ou ela? Pra quantos escritórios de advocacia você ligou?" Ele inclinou a cabeça e sorriu de uma forma que não deixou espaço para interpretações equivocadas.

"Claro que há um advogado a caminho...", murmurou Henrik.

"Bom, então, que tal darmos início? Para ganharmos um pouco de tempo", acrescentou o policial, com mais um sorriso.

"A menos que haja mais alguém para quem você gostaria de ligar? Alguém próximo a você...?"

"Não!", interrompeu HP, com a voz levemente alterada, à medida que se ajeitava na cadeira.

Viu o olhar que eles trocaram. *Bosta*, estava tentando se fazer de tranquilo...

"Eu tenho todo o tempo do mundo, e não direi uma palavra até que meu advogado chegue", disse da forma mais calma que conseguia, olhando para o tampo da mesa abaixo.

"Mas, por favor – fiquem a vontade para falar abertamente...", ele murmurou alguns segundos depois, principalmente para quebrar o silêncio opressivo.

"Boa sugestão, Henrik." O policial homem, cujo nome HP ainda não lembrava, puxou uma cadeira e se sentou. Tirou um gravador digital do bolso de sua jaqueta e o colocou na mesa à sua frente.

"Interrogatório com Henrik Pettersson, conhecido como HP, 3 de junho, 15h13. Oficiais presentes: inspetores policiais Roswall e..."

"...Hellström."

Stigsson pressionou um botão próximo à janela e de repente a voz da investigadora chefe podia ser ouvida pelos alto-falantes.

"Então, o que exatamente o Henke pode ter feito?", perguntou Rebecca para ninguém em particular, enquanto Hellström continuava a falar para o gravador.

Fazia seu melhor para soar calma, como se não quisesse se preocupar com a resposta.

"Nós recebemos informações que sugerem que seu irmão está planejando algum tipo de ataque terrorista contra o Estado, possivelmente em conexão com o casamento da princesa..."

"Você está brincando!", exclamou, incapaz de se conter.

Stigsson olhou rapidamente para ela e a viu morder a língua.

Obviamente, aquilo era tudo uma grande pegadinha, a Polícia de Segurança era conhecida pelo seu senso de humor e Stigsson aqui era um brilhante comediante de *stand-up*...

Controle-se, pelo amor de Deus, Normén!

Um erro – isso era claramente algum tipo de erro gigante. Devem ter confundido Henke com alguma outra pessoa e invadido o apartamento errado. Dificilmente seria a primeira vez que informações haviam sido trocadas, afinal...

"Nós também ficamos sabendo que essa não foi nem de perto a primeira vez que seu irmão esteve envolvido nesse tipo de atividade criminal..."

"Você está falando daquela situação com o Dag", ela o cortou. "Henke estava apenas tentando me proteger. Além do mais, isso foi quase quinze anos atrás..."

Stigsson balançou a cabeça.

"Não, não, não falo do incidente no qual seu namorado foi morto, mesmo que isso não seja totalmente desinteressante como parte do grande cenário... Isso é relativo a algo totalmente diferente. Veja você mesma."

Ele gesticulou em direção à sala de interrogatório, onde um dos oficiais tinha acabado de ligar um projetor de vídeo. Uma gravação trêmula feita com uma câmera de mão apareceu em uma das paredes, céu azul e alguns prédios escuros. Depois algumas árvores esguias e uma sequência de cafeterias nas calçadas. Kungsträdgården, mais especificamente: Kungsträdgårdsgatan. Ao fundo, havia um som barulhento que ficava cada vez mais alto. Ela demorou alguns momentos antes de ser capaz de entender o que era. Cascos de cavalos... Muitos cascos de cavalos batendo no asfalto. Quando o cortejo real apareceu na imagem, ela notou que seu corpo estava tremendo...

Ele reconheceu o vídeo na hora. Kungsträdgårdsgatan, exatamente dois anos atrás, o cortejo real com o casal real e o presidente da Grécia.

Os soldados balançando em seus cavalos, os espectadores nas calçadas mexendo em seus celulares. Tinha visto esse vídeo centenas de vezes, reconhecia cada rosto, cada expressão. O cara com o cachorro, a mulher com o chapéu branco, os turistas alemães com suas mochilas enormes... Sabia o restante do vídeo de cor. A qualquer momento agora um flash iria iluminar a imagem e uma explosão como a que experimentou em seu apartamento iria fazer com que a mão segurando a câmera tremesse. Então o caos completo, cavalos galopando, soldados no chão, pessoas gritando em pânico.

Mas em vez do foco no cortejo, como esperava, a câmera de repente começou a se movimentar ao redor. Balançou por alguns segundos, e então a imagem deslizou ao longo da multidão se alinhando em um dos lados da rua.

E acabou por focar em uma figura familiar, aumentando o zoom lentamente em seguida, até que aquela pessoa enchesse quase a tela inteira.

HP não pôde deixar de se contorcer. Foi tomado repentinamente por um sentimento de náusea.

Um homem vestido de preto sentado em uma mobilete. O capacete escuro fumê podia estar escondendo o rosto, mas Rebecca não teve trabalho em reconhecê-lo. Sua postura, movimentos irregulares, a forma como ele mantinha sua cabeça levemente inclinada. Não havia dúvida alguma...

Tinha suspeitado disso na época, mas havia deliberadamente evitado perguntar por não querer ouvir a resposta...

O homem na tela enfiou a mão numa sacola de plástico que estava pendurada no guidom, puxou um objeto cilíndrico e começou a agitá-lo. O barulho dos cascos dos cavalos ficava constantemente mais alto à medida que o cortejo se aproximava. O zoom da câmera aumentou ainda mais. O homem olhou para cima, esperando pelo momento certo com o objeto em ambas as mãos. Então ele moveu uma das mãos de repente, erguendo o braço. Ela já sabia o que ele estava prestes a jogar.

A explosão da granada fez com que o vídeo também tremesse, mas o cinegrafista não perdeu a mobilete de vista. De acordo com o relógio no canto da tela, ele sentou lá impassível por dez segundos, olhando os efeitos do que tinha causado, antes de pôr a mobilete em ação, fazendo uma curva fechada e desaparecendo pela Wahrendorffsgatan.

O vídeo parou abruptamente e a sala se encheu de silêncio. HP se mexeu na cadeira e engoliu seco algumas vezes. Alguns cliques no computador e, de repente, uma imagem dele cobriu toda a tela. Uma imagem congelada do momento preciso quando lançou a granada. Seu braço no ar, seu corpo contorcido como uma mola. Quando você acrescenta o capacete fumê, parecia alguém bem ameaçador, para dizer o mínimo.

"Então, Henrik", começou Hellström, em um tom de voz consideravelmente menos amigável do que antes. "Esse é..."

"...seu irmão na tela?"

Stigsson e Runeberg estavam ambos olhando para ela agora, e por alguns segundos sua mente estava completamente vazia. A ponta de sua blusa estava aparecendo por baixo de sua jaqueta, e o ar na pequena sala de repente se tornou insípido e difícil de respirar. Ela olhou para a sala de interrogatório, mas fazia um silêncio completo lá dentro também. Tinha que tentar ganhar um pouco de tempo, ter a chance de pensar direito naquilo tudo... Mas a julgar pelos olhares nas faces de ambos os homens, estavam esperando uma resposta imediata.

Então, o que deveria fazer? Mentir ou dizer a verdade?

Tome uma decisão, pelo amor de Deus!

Engoliu seco algumas vezes para tirar aquele calo de sua garganta.

"Bem...", começou.

"Você não precisa responder, Henrik!"

A porta da sala de interrogatório se abriu e um homem alto com cabelos grisalhos penteados para trás entrou. Com um toque, o homem desatou os botões dourados em seu paletó e sentou-se na cadeira vazia ao lado de Henke. Rebecca reconheceu quem era naquele mesmo instante.

"Meu cliente se nega a responder essa pergunta", disse o homem, dessa vez olhando para os policiais enquanto colocava sua maleta na mesa e a abria com um estalo. Tirou de lá uma pasta.

"Bem, agora eu gostaria de saber por que esse interrogatório já havia começado mesmo que meu cliente tivesse claramente declarado que queria ter seu representante legal presente. Como eu tenho certeza que vocês estão cientes, isso viola o capítulo vinte e dois do Código Penal..."

"Johan Sandels!"

A exclamação de surpresa de Runeberg sobrepôs o restante do discurso do advogado.

"Como diabos seu irmão conseguiu acionar um peso pesado como esse em tão pouco tempo?"

"Não tenho a mínima ideia", ela retrucou encolhendo os ombros.

Essa parte era completamente verdade.

O que diabos estava acontecendo?

3 Tempo esgotado

O portão de metal fechou às suas costas e ele deu alguns passos até a Bergsgatan. Liberdade mais uma vez – caralho, que alívio!

O promotor tinha recuado quase que imediatamente. Um clipe de vídeo embaçado evidentemente não tinha base suficiente para segurá-lo, ao menos não quando Johan Sandels estava envolvido. Os policiais claramente não tinham feito seu dever de casa e ainda achavam que ele era algum tipo de peixe pequeno que podiam assustar até se cagar, arrombando sua casa no meio da noite, dando um gelo de algumas horas e encostando-o contra a parede por um breve momento.

Alguns anos atrás isso poderia muito bem ter funcionado e, de fato, provavelmente *teria*. Mas era uma pessoa completamente diferente agora e estava jogando em uma liga consideravelmente maior do que aqueles policiais foram capazes de perceber.

Mesmo que *tivesse* escolhido quebrar a regra número um e dissesse a eles o que de fato tinha acontecido, seus pequenos cérebros de polícia nunca seriam capazes de aceitar a verdade.

Eu achei um celular em um trem, uma coisinha brilhante e prateada com tela de vidro touchscreen, e por ele eu fui convidado a jogar um jogo. Um jogo de realidade alternativa que alterou minha realidade para sempre. Mas eu me libertei, ou ao menos eu pensei que tivesse...

Alguém o tinha manipulado, pelo menos isso era óbvio. Enviado o clipe do vídeo e dado seu nome para a Polícia de Segurança. O clipe estava longe de ser um novo Zapruder,[1] tendo sido claramente filmado por algum turista que tinha abocanhado mais do que era capaz de mastigar. Não. O cinegrafista tinha focado especificamente nele e sabia exatamente onde estaria. O que significava que o vídeo tinha vindo do Jogo.

Mas o Jogo não tinha nada a ganhar com ele sendo preso – pelo contrário. Já tinham conseguido novamente pôr suas mãos nele e precisavam dele

1 Abraham Zapruder ficou conhecido por ter filmado acidentalmente o assassinato de John Kennedy e produzido o registro mais célebre do crime. [As notas são do Editor]

livre para que tivesse qualquer chance de completar a missão que lhe pediam. A missão que o forçavam a realizar.

Ele tinha, de fato, considerado tentar fazer com que fosse preso. Bolar algum crimezinho barato que o poria atrás das grades por alguns meses e literalmente lhe tiraria do Jogo. Mas, como muitas de suas outras brilhantes ideias, tinha preferido deixá-la estacionada por enquanto. E o presídio realmente não era muito a sua praia.

Nada que já não tivesse feito antes.

Puta sorte que o tal do Sandels apareceu.

Tinha ligado para quatro das maiores firmas de advocacia, solicitando pelos seus advogados mais famosos, e toda vez parava em algum subalterno arrogante que lhe dava uma promessa meia-boca de que entrariam em contato. Decidiu então se virar com uma empresa menor, lado B, e passar algumas noites na cama de pedra.

Mas, de repente, Sandels aparece como uma carta na manga...

Talvez o advogado tivesse ficado de saco cheio da vida no interior com sua família e estava agradecido por ter uma desculpa para vir à cidade visitar sua amante?

Um golpe de sorte, de toda forma. A menos que não tivesse sido...

De todo jeito, tinham pegado bem pesado com ele, o banindo de viajar, e os policiais tinham confiscado seu passaporte.

Mas ao menos estava livre.

Respirou fundo mais algumas vezes, e então se mandou em direção à tabacaria alguns blocos adiante.

Eles o tinham deixado ir fácil demais.

Podiam segurar um suspeito por até setenta e duas horas, e em casos de terrorismo a corte normalmente seguia a recomendação da Polícia de Segurança e concordava em manter os suspeitos detidos. Mesmo assim, Henke permaneceu lá por menos de treze horas. Isso não podia ser apenas devido ao fato de que tinha conseguido um advogado famoso.

"Stigsson. Há quanto tempo ele está na Agência?", ela perguntou a Runeberg quando estavam sentados na cantina da polícia.

"Por que pergunta?"

"Eu pensava que conhecia a maioria das pessoas na Polícia de Segurança, mas ele é novo para mim..."

Runeberg se contraiu um pouco, o bastante para que ela notasse.

"Certo, ele não é novo, na verdade era meu supervisor antigamente. Mas depois foi trabalhar no exterior por alguns anos. ONU, OSCE, esse tipo de coisa, mas agora estamos chamando de volta todos os reforços possíveis. Você já recebeu sua carta, por sinal?"

"Carta?"

"Todos os funcionários de licença estão sendo chamados a retornar ao trabalho para cobrir o casamento. Iremos precisar de todos os guarda-costas treinados que temos. Já estamos apertados como estamos, com todos esses Democratas suecos de direita precisando de proteção contra os eleitores. O que você acha? Seria apenas por algumas semanas..."

Ela balançou a cabeça.

"Não no momento, Ludvig, nós estamos apenas começando a organizar as coisas na Sentry. Está tudo um pouco confuso com a equipe nova e o processo de aquisição da empresa. Eu tenho mais coisas acontecendo do que consigo dar conta no momento..."

De repente se tocou que ele dava um jeito de mudar de assunto.

"Certo, é mais ou menos da seguinte forma", ele disse. "Novo diretor-geral e tudo o mais. Bem, você promete que vai pensar a respeito? Quer mais café, por sinal? Estão prestes a encerrar."

Ela negou com a cabeça e se levantou.

"Tenho que ir pra casa, Micke vai preparar o jantar para mim e já estou atrasada."

"Ok", ele disse, empurrando a cadeira para trás. "Como estão indo as coisas em casa...? Digo, depois que..."

"Tobbe Lundh? Bem, nós superamos isso. Micke é do tipo que perdoa."

"Bom." Runeberg olhou para o nada por alguns segundos. "Bem, tenho que te levar até a saída. Novos chefes, novas rotinas, você sabe como é."

HP emergiu da tabacaria, rasgou o papel celofane do pacote de cigarros e tirou um Marlboro. Suas mãos ainda tremiam um pouco, mas isso era provavelmente devido à sua abstinência de nicotina. Ao menos essa era sua explicação preferida...

Um par de tragadas profundas na calçada para acalmar a pior das pontadas e seguiu em direção ao subsolo. Hora de ir pra casa e analisar os danos. Os policiais, sem dúvida, devem ter virado seu apartamento de cabeça pra baixo. Ainda bem que não tinha nada ali com o que devesse se preocupar.

Abriu então a porta para a estação no subsolo. Sem se dignar a olhar para a bilheteria, pulou as catracas como de costume e continuou em direção às escadas rolantes.

No caminho abaixo passou por uma loira alta de cabelos claros platinados, mais ou menos da mesma idade que ele. Quase que por hábito, ele olhou o movimento dos seus quadris por alguns segundos antes de retornar para o turbilhão de pensamentos na sua mente.

Precisava achar algum sentido ou algo do tipo sobre essa merda toda que estava acontecendo e quem tinha lhe dedurado. E, acima de tudo, por quê...

Mas primeiro tinha que tirar algumas horas de sono.

Chegou ao final da escada rolante e caminhou devagar pela plataforma em direção a um banco vazio.

A loira platinada estava sentada a uma pequena distância adiante. A música em seus enormes fones de ouvido devia ser extremamente envolvente, porque olhava para frente com uma expressão vidrada em seu olhar, sem sequer parecer notar a presença dele.

Que se foda, mulheres eram o menor de seus problemas agora, e além disso, a julgar pelo brilho de suas unhas pretas, roupas franjadas e sombrias, parecia ser muito provavelmente um tanto quanto *emo*. Não exatamente seu tipo...

Uma breve rajada de vento em suas pernas fez com que virasse a cabeça em direção à entrada do túnel. Levantou-se vagarosamente à medida que o trem entrava trovejando na estação.

"Bem, ainda assim foi bom te ver, Normén", disse Runeberg quando se aproximaram da área da recepção. "Embora as circunstâncias pudessem ter sido um pouco melhores..."

Ele ergueu seu crachá em direção a um pequeno leitor preto ao lado da porta. Parecia novo – o contorno pálido do antigo sensor ainda estava visível na parede por trás do sensor atual.

Runeberg manuseou a maçaneta, mas a porta permaneceu trancada. Murmurou algo e repetiu o procedimento, obtendo o mesmo resultado.

"Maldito sistema de segurança", murmurou. Dois anos de planejamento, milhões de coroas suecas, e essa merda ainda não funciona direito..."

Fazendo o passo-a-passo mais devagar, repetiu o procedimento por uma terceira vez e de repente a fechadura se abriu. Lá na mesa de recepção, duas pessoas aparentavam estar tendo uma discussão acalorada com os guardas. Runeberg rapidamente conduziu Rebecca para longe deles e em direção à porta principal. Ela abriu a boca para dizer algo, mas Runeberg foi mais rápido.

"Entrarei em contato...", gesticulou em direção ao teto, e ela levou alguns segundos para perceber que estavam em pé bem abaixo do globo escuro de uma pequena câmera. Assim como o painel de leitura, parecia muito novo.

Ela franziu as sobrancelhas e por alguns segundos permaneceram um de frente pro outro sem falar nada. Até que deram um rápido abraço e ela abriu a porta.

"Até mais, Ludvig", disse ao sair, mas, por alguma razão, Runeberg não respondeu, apenas ensaiou uma careta involuntária. Só durou uma fração de segundos, antes de sua face voltar ao normal. Mas pela segunda vez em apenas algumas horas ela não podia deixar de sentir que algo não estava certo.

O aviso estava grudado na sua porta da frente, e ele chegou muito perto de simplesmente amassá-lo e jogá-lo escada abaixo. Um pequeno fragmento branco-acinzentado de papel reciclado, com um minúsculo pedaço de fita adesiva para segurá-lo, assim como todos os outros que existiram antes desse. *Favor não tocar música alta de noite* ou *Nós gostaríamos de lembrá-lo das regras da associação dos moradores sobre blá-blá-blá...*

A visita noturna Nescafé pelo batalhão antiterrorismo provavelmente fez com que o comitê se cagasse nas calças. Podia facilmente imaginar a discussão lá embaixo na área comum. *Precisamos fazer com que nossas impressões sejam ouvidas, Gösta. Use letras maiúsculas dessa vez...*

Nos anos anteriores tinha preferido sempre transferir os avisos para a porta de Goat, simplesmente. O que provavelmente não era uma coisa muito legal de se fazer, em um rápido retrospecto. O pequeno e confuso duende já era paranoico o suficiente. Era até um pouco estranho que ele ainda não tivesse dito nada sobre se mudar, ou batido em sua porta para pedir ajuda.

Mas, por outro lado, ele mesmo também não tinha sido muito sociável nos últimos meses, e já tinha há muito tempo cortado os fios da campainha.

Ah, vai, seu novo e ainda desconhecido vizinho poderia muito bem receber mais uma mensagem de boas-vindas.

Tirou o aviso e fixou na porta do apartamento vizinho. Suas mãos ainda tremiam um pouco, o que o irritava mais do que ele queria admitir.

Agora sim, bem-vindo à Associação dos Moradores bloco número 6, fdp!

Deu um passo pra trás e estava pronto para se virar quando percebeu que o aviso não parecia o mesmo de antes. Em vez da letra do velho presidente da associação, esse aviso estava escrito em letras arredondadas, quase femininas.

PROBLEMAS?
NÃO DESISTA, NÓS PODEMOS TE AJUDAR!
070-931151

Olhou desconfiado para a mensagem por alguns segundos. Para ser sincero, estava precisando de um pouco de salvação imediata, mas uma assinatura da revista *A Sentinela Anunciando o Reino de Jeová* dificilmente iria lhe ajudar.

Ao menos os policiais tinham tido a decência de consertar sua porta, percebeu. Mais ou menos, pelo visto. Duas das fechaduras estavam completamente arruinadas, mas a terceira pareceu ter sobrevivido quase intocada.

A armação torta rangeu, reclamando à medida que empurrava a porta ao abri-la.

Assim que pisou dentro do apartamento, pensou ter ouvido o barulho da porta do vizinho e, por alguns momento,s imaginou que alguém estava prestes a sair.

Fechou rapidamente a porta atrás de si e observou pelo olho mágico, mas o novo vizinho deve ter mudado de ideia, porque nada aconteceu.

Bem, mais cedo ou mais tarde iriam ter que cruzar um com o outro. Agora tinha coisas mais importantes sobre o que pensar. Consideravelmente mais importantes...

Os policiais evidentemente não tinham achado o cartão de memória USB que ele tinha escondido na térmica de café na cozinha, mas apesar disso o apartamento parecia exatamente como esperava que estivesse. Cada gaveta tinha sido esvaziada, as prateleiras limpas e o colchão manchado da cama tinha sido virado do lado contrário.

Algumas de suas coisas estavam faltando, já sabia disso. Tinha recebido uma cópia da lista de itens que tinham apreendido antes que ele fosse arremessado para fora da delegacia. A única questão era o quão bem informados estariam os policiais após examinar alguns livros com as orelhas amassadas e uma coleção de filmes de ação. Sem mencionar sua extensa coleção de filmes adultos...

Por sorte, não tinha mantido qualquer droga no apartamento por meses, e mal podia se lembrar a última vez que tinha fumado um baseado. Deve ter sido em Dubai, após o falso francês-barra-assassino ter lhe fornecido uma *bad trip* e tentado culpá-lo pelo assassinato da deusa do sexo Anna Argos.

Tinha ficado longe das drogas nesses últimos dias – já se sentia paranoico o suficiente do jeito que estava.

Passou dez minutos limpando o grosso da bagunça e então se jogou sobre a cama.

"Ah, chegou uma carta pra você...", disse Micke quando estavam quase acabando de comer. "Algo sobre um cofre particular."

Ela se assustou, mas ele parecia ter interpretado mal sua reação.

"Perdão, eu não quis abrir sua carta. Eu apenas vi o logo do banco SEB no envelope e presumi que deveria ser pra mim. Estou com muita coisa na cabeça esses dias..."

"Não se preocupe", ela murmurou. "Não guardo segredos de você..."

...não mais, uma pequena voz dentro dela acrescentou, e a julgar pela reação de Micke, ele deve ter ouvido a mesma coisa.

Ele se levantou rapidamente e voltou com o envelope aberto.

```
Prezada Rebecca Normén,
O contrato referente ao cofre particular 0679406948,
listando você como uma das titulares da chave,
está prestes a expirar.
Favor entrar em contato com nossa filial
em Sveavägen, 6, em Estocolmo, para discutir
a extensão do contrato.
Se não tivermos retorno em até trinta (30) dias
a partir da data desta carta, o cofre será aberto
na presença de um tabelião de notas e o seu conteúdo
guardado pelo banco por mais sessenta (60) dias.
Após esse prazo, o conteúdo será levado a leilão,
e qualquer lucro eventual, menos a taxa de manuseio,
será depositado em uma conta no banco nos nomes
dos titulares das chaves.
Atenciosamente,
L. Helander
SEB
```

"Eu achava que os cofres particulares de bancos tinham desaparecido anos atrás", disse Micke com uma voz exageradamente animada. "Uma caixa de metal escondida em um caixa-forte subterrâneo parece uma forma antiquada de se guardar coisas valiosas. O tipo de coisa que meus pais ou avós fariam. Não sabia que você tinha um...?"

"Nem eu sabia", retrucou suavemente.

Ele abriu sua boca para dizer algo, mas pareceu mudar de ideia.

"Então, o que você quer fazer?", perguntou alguns segundos depois.

"O q-quê?" Ela olhou por cima da carta.

"É sexta-feira à noite, e pelo menos dessa vez estamos os dois livres ao mesmo tempo. Que tal um cinema?"

"Você não quer trabalhar? Achei que estava até o pescoço...?"

"Estou, mas pode esperar até amanhã. O novo filme do George Clooney parece interessante."

Ele ainda estava agindo com uma alegria exagerada, mas nem seu tom de voz nem seu sorriso conseguiam convencê-la. Certo, então tinham conversado sobre tudo. Ela tinha contado a ele os detalhes menos dolorosos sobre o caso com seu colega, Tobbe Lundh, e Micke tinha dito que havia lhe perdoado. Que acreditava em sua promessa de que a coisa toda tinha sido um erro estúpido e que era ele quem ela amava. Mas mesmo embora já tivessem se passado seis meses desde sua confissão, e ele nunca tenha tocado no assunto de novo – nem mesmo durante algumas das suas raras brigas –, ela não tinha dificuldade alguma em perceber a emoção que estava borbulhando por baixo de sua fachada educada.

Não confiava nela...

E com quase toda certeza não era o único...

Ele apanhou o jornal de uma das cadeiras da cozinha e folheou até achar a página certa. "Está passando no Filmstaden em Södermalm, podemos tentar a sessão de nove horas e tomar uma cerveja depois..."

Seu primeiro instinto foi dizer não. O computador estava carregado de trabalho que precisava fazer, coisas que realmente não podiam esperar. Mas um filme e algumas cervejas podiam servir para reforçar a ilusão de que o relacionamento deles ainda estava funcionando. Podia até fazer com que seu cérebro esquecesse o pesadelo de sempre e facilitar as coisas para que dormisse à noite.

Não custava nada ter alguma esperança.

"Claro, maravilha! Vamos lá!", tentou soar convincente. "Você quer ir comprar os ingressos agora?"

"Sim!"

Ele levantou para pegar seu laptop e ela deu uma olhada na carta mais uma vez.

Uma caixa de metal escondida num caixa-forte subterrâneo...

Por alguma razão ela não conseguia parar de tremer.

4 Conhecimento é poder

"Olá, meu nome é Rebecca Normén. Aparentemente eu tenho um cofre particular aqui?"

Entregou a carta e sua carteira de motorista para o homem atrás do balcão.

Estava em uma pequena área de recepção atrás de uma porta anônima, bem ao lado da praça Sergels, no centro da cidade. Devia ter passado por ali milhares de vezes sem nunca ter notado o lugar. Uma campainha e um interfone, uma mesa de recepção e um homem solitário em um terno. Atrás dele um pequeno lance de escadas que levava a uma porta de aço escura. Seria tudo perfeitamente inocente não fosse pelas discretas e pequenas câmeras redondas no teto. Cinco delas, exatamente o mesmo tipo das do Quartel-General de Polícia, e deveriam ser pelo menos três a mais do que o necessário. Cada ponto na sala estava coberto por pelo menos dois ângulos.

"Você precisa usar o seu cartão..."

"Perdão?"

"Seu cartão de acesso... para entrar no cofre você precisa usar o seu cartão de acesso", explicou o homem, gesticulando com seu dedão para trás, em direção à porta de ferro às suas costas.

"Ele também abre a seção correta do caixa-forte. Depois você usa a chave para abrir a caixa em si. Você está com a chave?"

Ela balançou a cabeça.

"Eu não tenho um cartão de acesso nem sequer uma chave. Para ser sincera, eu nem sabia da existência desse cofre particular até receber essa carta de vocês. Esperava que você pudesse me dar um pouco mais de informação..." Ela acenou para o pedaço de papel na frente dele.

"Entendo. Só um momento..."

Ele começou a digitar em seu teclado, e ela notou uma pequena tela virada discretamente para o balcão.

Quando o homem se virou levemente para um dos lados, notou outro detalhe. Em um dos seus ombros havia uma protuberância bem familiar, um traje mais grosso embaixo de sua camisa e do terno bem acabado. Ela tinha visto isso milhares de vezes em seu trabalho, nela mesma e em outras pessoas. O homem estava vestindo um colete à prova de balas. Não pôde deixar de se perguntar se também não estaria armado.

Deu um passo cuidadoso pra perto e se inclinou com cuidado por cima do balcão. Seus olhos deslizaram para baixo da linha da jaqueta até os quadris do homem.

"Esse cofre particular em questão tem dois titulares de chave." A voz dele a fez se assustar e se endireitar inconscientemente.

"Perdão?"

"Você e um Henrik Pettersson. Você o conhece?"

Ela balançou a cabeça. "É meu irmão."

"Talvez ele seja a pessoa que está com a chave e o cartão de acesso?"

A ideia de Henke ter um cofre particular parecia bem estranha. Ele não tinha posse de nada que fosse exatamente valioso o bastante que precisasse desse tipo de proteção. Mas, por outro lado, a conta para o cofre não tinha sido paga, e isso parecia ser bem o tipo de coisa dele.

E, considerando a forma como ele vinha se comportando nos últimos meses, talvez não fosse tão improvável que tivesse segredos que precisava manter escondidos.

Ela deu de ombros.

"Talvez..."

"Bem, o cartão não é problema", prosseguiu. "Uma vez que você é uma das titulares da conta, eu posso encomendar um novo pra você. Isso iria custar duzentas coroas. E você também teria que pagar a taxa extra se não quiser usar a furadeira para abrir a caixa."

"Claro, sem problemas, apenas me mande a conta."

Ele balançou a cabeça e digitou algo no computador. Ela entendeu que devia ser a solicitação do novo cartão.

"Pronto, o cartão será enviado para você dentro dos próximos dias. Mas eu receio que não possa lhe ajudar com a chave."

"O que você quer dizer?"

"A pessoa que assinou o contrato recebeu todas as chaves. Então depende dele ou dela distribuí-las. As chaves são protegidas contra cópia, então nós simplesmente não podemos mandar fazer cópias novas, mesmo que quiséssemos. Por isso é que precisamos da furadeira para os cofres se as pessoas não entram mais em contato."

"M-Mas... Se eu estou listada como titular...?"

"Não é incomum para uma pessoa que assina o acordo listar diversas pessoas em uma mesma conta, como uma forma de garantia. Caso qualquer coisa venha a acontecer a eles..."

PayTag – eram eles que estavam por trás de tudo. Mesmo que estivesse tendo problemas de juntar as peças do quebra-cabeça e montá-lo, tal fato era ainda à prova de fogo. A PayTag era proprietária da ACME Serviços de Telecomunicação, que por sua vez hospedara o parque de servidores em Kista, o mesmo que foi explodido pelos ares dois anos atrás.

A mesma PayTag que tinha tentado comprar a ArgosEye e tornar multimilionária toda a sua suspeita diretoria, lá no alto dos seus escritórios da cobertura da praça Hötorget, antes de ele estragar tudo e mandar aquele barco para o fundo do abismo com todo mundo dentro.

Mas a PayTag parecia ter seguido em frente, ainda engolindo pequenas empresas em um ritmo febril enquanto seu império crescia ainda mais.

Tinha reunido todo o tipo de notícias sobre a PayTag que escorria pelos recantos mais profundos do ciberespaço e salvado a maior parte em um pendrive USB que os policiais tinham falhado em encontrar.

Mas perdê-lo não seria um completo desastre, havia memorizado quase tudo.

Acendeu um cigarro, deu uma tragada profunda e mandou um anel de fumaça quase perfeito pra cima, em direção ao teto amarelado de nicotina.

1992 – A PayTag é fundada por quatro caras em uma universidade norte-americana. A ideia básica era facilitar suaves transações de dinheiro pela internet. Não havia nada de errado com a ideia, mas em termos puramente técnicos eles estavam dez anos muito adiantados, e o software apresentou problemas. Apesar disso, investidores de risco aplicaram dinheiro no negócio e eles foram capazes de construir um bom número de grandes parques de servidores necessários para as transações com as quais esperavam ter que lidar.

1997 – Após cinco anos de números no vermelho, os cofres começaram a secar. Após uma divergência, dois dos fundadores abandonam a empresa. Os outros dois decidem mudar de direção e, em uma tentativa desesperada de explorar seus parques de servidores não utilizados, começam a alugar espaço para outras empresas que precisam de um backup externo caso seus próprios servidores caíssem. Os rapazes encontraram ouro e os clientes começaram a cair do céu quase que imediatamente.

1999 – Pela primeira vez a conta bancária da empresa apresenta lucro, e um lucro razoavelmente saudável, fazendo da PayTag uma empresa praticamente única no universo do TI.

2001 – BANG! Todo o ar se esvai da bolha de TI global, mas uma vez que a necessidade por backup é maior do que nunca, a PayTag continua a obter alguma forma de lucro. E, estranhamente, em face do colapso do mercado das ações, um novo capital encontra-se disponível. A PayTag inicia uma série de compras entre seus competidores ameaçados de falência e logo consegue se expandir em cada aspecto do setor de TI: instalações, contratos de serviço, consultoria – o que se possa imaginar!

2005 – A empresa é listada na Nasdaq. A maior participação acionária individual pertence a uma fundação que é provavelmente ligada aos dois fundadores remanescentes, mas diversas manobras financeiras, na mesma linha daquelas utilizadas pela Ikea, tornam praticamente impossível saber se esse é realmente o caso.

2009 – Outro marco histórico! O guru de TI e queridinho da mídia Mark Black é nomeado o novo CEO. Ele imediatamente começa a trabalhar em busca de seu sonho – a Nuvem. Os clientes não mais precisariam usar a PayTag para hospedar apenas seus backups críticos simplesmente, mas TODOS os seus dados. Espaços de servidores são expurgados dos escritórios ao redor do mundo e, em vez disso, estabelecidos na internet – ou melhor, em um dos corredores de servidores gigantes e fortemente protegidos da PayTag, que agora estavam se multiplicando como sapos em áreas esparsamente povoadas por todo o planeta.

Mas HP estava quase certo de que o Jogo tinha começado antes de 1992, e a PayTag realmente parecia ter sido um negócio legítimo por uns bons anos. O que significava que seus caminhos devem ter se cruzado em algum momento.

O Jogo pode ter sido uma fonte de capital secreto que surgiu durante o colapso da bolha de TI, por exemplo.

Ou talvez a misteriosa fundação que era dona da maioria das ações podia estar escondendo algo consideravelmente mais desagradável do que um par de pequenos Ingvar Kamprads[1] gananciosos que não querem pagar impostos.

Mas a forma mais segura de tomar conta da empresa provavelmente não era através de suas ações, ou ao menos não apenas isso.

Eles precisariam de algum tipo de presença física no solo, alguém para fazer com que as coisas corressem da forma que quisessem, o que o levava à sua mais recente teoria.

O Jogo provavelmente plantou um cavalo de troia dentro da PayTag. Ele conhecia um pouco sobre esse tipo de programa invasor, uma vez que ele próprio tinha sido algo do tipo dentro da ArgosEye. Algo ou alguém que na superfície aparentava ser um recurso útil, mas que, na verdade, trazia algo mortal para dentro das muralhas. Para a tática funcionar, o cavalo de troia deveria ser implementado no ponto mais alto da pirâmide. O que significava que havia apenas um único candidato...

1 Empresário sueco, fundador da IKEA, rede de móveis e decoração.

Mark Black.

Foi sob sua liderança que a empresa cresceu para abranger o mundo inteiro. A Nuvem e os parques de servidores eram todos parte do sonho de Black, e os donos da PayTag aparentemente deram a ele total carta branca. Celebridades e políticos como um todo pareciam amar aquele imbecil conquistador, e a mídia babava por tudo o que ele fazia. Ninguém parecia ter descoberto quem Black realmente era. Ninguém além de Henrik HP Pettersson.

Imaginava poder ter uma pequena conversa com o sr. Black.

Olho no olho.

De Jogador para Jogador...

Deu uma última tragada, então apagou o cigarro em um cinzeiro transbordando na mesa de canto.

Um encontro com Mark Black. Essa não era de fato uma ideia ruim.

"Mark Black, presidente-executivo da PayTag e, portanto, indiretamente nosso chefe superior, irá nos prestar uma visita daqui a duas semanas como todos sabem..."

Rebecca clicou para abrir a primeira imagem da sua apresentação de PowerPoint. Mostrava cerca de trinta pessoas vestidas de branco, todas usando máscaras de Guy Fawkes e segurando cartazes.

"O nível de ameaça é atualmente considerado alto, principalmente como resultado de vários protestos vistos nas inaugurações anteriores."

Ela mudou para uma imagem de manifestantes sendo levados embora pela polícia.

"O avião particular de Black, número de registro November Six Bravo, irá aterrissar em Bromma em 25 de junho às 19h55. Kjellgren e eu iremos apanhá-lo no Audi, Mrsic e Pellebergs irão esperar fora do portão número um com o veículo de suporte. Iremos nos dirigir diretamente para o Grand Hotel, onde eu e provavelmente Mrsic iremos acompanhá-lo à sua suíte. Decidiremos isso uma vez que soubermos como as coisas de fato serão. Black evidentemente não aprecia muito ter tanta segurança visível ao seu redor... Nossa base será o quarto 623, no mesmo corredor da suíte de Black, e eu ficarei hospedada lá."

Sua boca ficou seca de repente, e ela pausou para tomar um gole de água do copo na mesa à sua frente.

"A saída para a Fortaleza será às 6h15 do dia 26. Mesmos carros e mesma escala de antes. O gerente do local e Anthea Ravel, da diretoria, irão se juntar a nós..."

Viu alguns dos guarda-costas trocarem olhares e agiu rapidamente antes que qualquer um deles tivesse a chance de abrir suas bocas.

"A cerimônia de inauguração começará às 9h30, seguida diretamente da entrevista coletiva. Alguma pergunta até agora...?"

Nenhuma das seis pessoas na pequena sala de reuniões se mexeu.

"Bom", continuou. "Lindh, você e Gudmundson irão nos encontrar no local. Você já se comunicou com o gerente de lá?"

Lindh, um homem musculoso e bronzeado nos seus quarenta anos, limpou a garganta e olhou para baixo, em direção ao pequeno notebook preto na mesa à sua frente.

"Sim, tudo já resolvido. Trinta jornalistas responderam para dizer que estarão presentes, junto com um grupo de políticos locais, o ministro dos Negócios e sua equipe, e representantes de alguns clientes. Provavelmente mais algumas outras pessoas. Nenhum nome que tenha levantado qualquer suspeita até agora, devo provavelmente acrescentar. Obviamente nós checamos todos..."

Quando o resumo terminou, ela pegou as escadas para o andar abaixo, disse olá para alguns rostos conhecidos, e então se enfiou no pequeno e estreito escritório de Micke. Ele estava debruçado sobre seu computador e quase não a notou.

"Oi!" Ela se inclinou e deu um rápido beijo na bochecha dele.

"Oi, Becca, correu tudo bem?", ele girou sua cadeira.

"Sim, temos a visita do Black sob controle."

"Bom, a empresa inteira parece um pouco nervosa. É algo importante ele escolher vir aqui tão cedo logo após a aquisição. Você irá até à Fortaleza com ele?"

Ela balançou a cabeça ao mesmo tempo que o celular dele começou a tocar.

Ele o pegou de sua mesa e olhou para a tela.

Levantou então rapidamente.

"Perdão, tenho que atender essa ligação. Estamos com uma quantidade absurda de trabalho no momento, completamente sobrecarregados..."

"Sem problemas, eu já estava de saída mesmo. Apenas pensei em te perguntar sobre as fotos..."

"Fotos?" Ele já tinha dado um passo em direção à porta e colocado o telefone na orelha.

"Aquelas que eu tirei na sexta-feira, da van. Você ia tentar melhorar os pixels, ou alguma coisa assim."

O celular continuava a tocar e ela sentia que ele estava se irritando com a situação.

"Ah, não, não funcionou. Ouça, eu realmente tenho que atender..."

Ela acenou para ele rapidamente e deixou a sala.

"Alô...? Sim, tudo indo de acordo com o planejado...", ouviu ele dizer antes da porta fechar atrás dela.

Ele não ousava ter um computador para si próprio. Em seus dois meses como funcionário da ArgosEye, tinha percebido o quanto de rastro você deixa, tanto na internet quanto em seu HD. De nenhuma forma ele iria oferecer a eles um banquete desse tipo.

Em vez disso, tinha desenvolvido uma estratégia onde trocava de vários computadores emprestados aleatoriamente. Entrava e saía rapidamente, de forma que sua pegada minúscula na internet ficava soterrada pela de milhares de outras pessoas. Na verdade, de toda maneira, deveria ficar realmente livre da internet como um todo. Seguir o exemplo de Erman, o eremita, cortar os laços com a civilização, se esconder em uma cabana na floresta e viver uma vida de baixa tecnologia, bem abaixo do radar do Jogo.

Mas desistiu rapidamente dessa ideia. Tinha nascido para viver no asfalto, e a vida na floresta iria, sem dúvida, levá-lo ao fim. Assim como tinha levado o pobre Erman ao fim...

Não, bem melhor era jogar com tranquilidade, ir com a maré e tirar o melhor dessa calmaria para juntar o máximo possível de peças do quebra-cabeça. Se preparar o melhor que podia para que estivesse pronto quando quisessem uma resposta.

Ao menos, era isso que tinha pensado no inverno passado, após seu encontro com o Mestre do Jogo.

Foda-se. Obviamente, deveria ter cortado o uso do Xbox e se concentrado na realidade muito mais do que de fato fez. Porém, até o momento em que os policiais arrombaram sua porta, a completa ausência de comunicação tinha quase conseguido persuadi-lo de que aquele encontro na floresta havia sido apenas um pesadelo. Uma fantasia maluca conjurada em seu cérebro fodido, desesperado por um pouco de aplausos.

Muitas horas sentado com o controle de mão – ou seu próprio joystick, de certa forma – facilitaram para que perdesse o foco.

Seis meses tinham se passado desde que tinha recebido a missão naquele arrepiante cemitério de animais. Seis decentes meses de paz e calmaria, e metade do tempo para pensar que havia sido prometido a ele.

Hoje era a vez da biblioteca em Medborgarplatsen. Escondido em um canto onde podia ver todos que entravam a partir de um ângulo em que não era visto.

Conectou o pequeno pendrive USB em uma das entradas do computador e esperou para que os arquivos fossem carregados. Então deu início ao programa de segurança no topo da lista.

Escaneando – favor aguardar, disse uma pequena caixa de diálogos enquanto uma ampulheta começava a girar. Levava normalmente um minuto para que se checasse por softwares espiões ou qualquer sinal de vigilância.

Nunca ficava por mais do que quinze minutos, mas após o desenrolar dos últimos dias, já era provavelmente hora de diminuir esse tempo ainda mais.

Batia um pé impacientemente enquanto roía uma das unhas em pedaços. Ainda tinha seis meses, 180 dias para bolar um plano, uma fuga, uma saída estratégica que o poderia tirar da armadilha infernal na qual tinha sido pego.

Errado – na qual *eles* tinham sido pegos... Porque não importava o quanto tentasse enxergar aquilo de outra forma, não conseguia se livrar da conclusão de que Becca estava sendo cada vez mais arrastada por uma antiga mas muito conhecida necessidade que ela mesma possuía. Um sentimento distinto e desconfortável tinha se entranhado nele no encontro na floresta quando ela os reuniu, a ele e ao Mestre do Jogo.

Tio Tage, ela o chamava. Dizendo que era um dos antigos companheiros de papai na Unidade de Reserva. Disse que eles tinham todos – ela, ele e nosso pai – visitado o velho em seu chalé de verão quando eram pequenos.

Obviamente, ele tinha tentado explicar a verdade a ela, mas sem nenhum sucesso.

Ela nunca tinha comprado toda a história sobre o Jogo, apesar de suas diversas tentativas de lhe explicar. Mas certamente tinha aceitado o que quer que esse tal de tio Tage tinha lhe dito, sem a menor resistência.

Merda, sua voz parecia quase carinhosa quando falava sobre ele, muito parecida com quando falava sobre nosso pai. O tempo realmente tinha afetado sua memória com relação ao velho. Em mais alguns anos, ela provavelmente sequer irá lembrar todas as vezes que o velho sádico tinha batido nele.

Todas as vezes que o velho desgraçado tinha mentido para os médicos e assistentes sociais, e persuadido ela e sua mãe a corroborar com suas histórias fabricadas.

Não, não importava o quanto ele tentasse, não conseguia colocar uma tampa sobre a panela de pressão de ódio que fervia dentro dele sempre que o nome do pai era mencionado. E o mesmo se aplicava ao "tio Tage".

Ódio e – sejamos honestos – ciúmes...

Apenas um ano ou mais atrás ele nunca iria admitir que era isso o que sentia, e tinha sempre sentido, com relação ao pai e a Dag. Como se estivessem roubando sua Becca e a transformado em alguma outra pessoa totalmente diferente.

Alguém que ele quase não reconhecia. Uma estranha.

Ciúmes e ódio, então – uma bela e antiga combinação, e só exacerbado pelo seu já baixo nível de credibilidade, o que efetivamente destruía qualquer chance que tinha de convencê-la da verdadeira identidade de Tage Sammer.

Mas não poderia nunca culpá-la. O fato era que toda a sua história soava tão absurdamente inacreditável que ele mesmo, por vezes, tinha dificuldade em acreditar nela. Por sorte, tinha se prendido a alguns itens de memorabilia, que mantinha escondidos em um lugar seguro.

Primeiro e mais importante, havia o celular que tinha tomado dois anos atrás do Kent "Número 58" Hasselqvist, lá na rodovia E4. Com a exceção dos números atrás do aparelho, era exatamente o mesmo celular que havia achado na cabine do trem e que o tinha arrastado para dentro de toda essa merda.

Depois vinha o cartão de acesso, o pequeno coelho branco que tinha caído de um livro na loja de departamentos NK, que o tinha ajudado a parar o relógio de sua vida normal e garantido a ele o acesso a seu País das Maravilhas particular.

O terceiro objeto em sua coleção era o HD contendo todos os arquivos da ArgosEye, a empresa que garantia que o Jogo continuasse enterrado nas profundezas da internet.

O cavalo de troia que Manga criou, e que ele tinha se arriscado imensamente para introduzir na rede de computadores da empresa, tinha feito a sua parte. Uma riqueza de informações tinha sido arrastada para a luz: os falsos trolls, os blogs que entregavam opiniões pré-fabricadas sob encomenda, o banco de dados da Stasi – o serviço secreto da antiga Alemanha Oriental – com pessoas que tinham visões opostas, e um bocado de outras coisas rasteiras que Philip Argos e sua gangue faziam para seus ricos clientes.

Mas, mesmo embora suspeitasse – correção: *soubesse* – que a ArgosEye estava protegendo o Jogo, ajudando-o a permanecer escondido enquanto simultaneamente matinha registro de qualquer um que tentasse descobrir a seu respeito ou quebrasse a Regra Número Um, o vazamento dos arquivos ainda não tinha providenciado um único pedaço de prova concreta de que sua teoria estava correta de verdade. Talvez tivessem protegido qualquer informação desse tipo por trás de um segundo firewall, ou talvez o software espião de Manga simplesmente tivesse procurado nos lugares errados?

O Jogo não tinha emergido na superfície da forma que esperava. Ainda estava à espreita nas profundezas: as coisas que tinha não provavam nada a ninguém que não conseguisse ver o quadro por inteiro. Nem mesmo a última adição a sua coleção tinha qualquer valor real como evidência: uma impressão de papel A4 ordinária que qualquer um poderia ter fabricado. *Sua última missão, HP*, Tage Sammer, mais conhecido como Mestre do Jogo, tinha lhe dito, em meio aos túmulos dos animais, onde tinham bebido café de um garrafa térmica juntos.

Apesar de tudo o que HP tinha feito para causar problemas ao Jogo, os planos que tinha estragado e o dinheiro que tinha roubado, o velho desgraçado ainda parecia perfeitamente tranquilo. Praticamente sem ressentimentos...

Mas, por outro lado, a missão que havia apresentado a ele não era qualquer missão ordinária.

Cristo, que merda de escolha...

Se completasse a missão, estaria basicamente acabado. Fodido pra toda a vida, em todo o sentido da frase. Se não a realizasse, então sua vida não seria a única em risco...

PORRA!

46 de 78 arquivos checados, nenhum objeto não autorizado encontrado, o programa tinha informado.

Olhou para a hora. Mais de um minuto tinha se passado, apenas nove sobrando até que tivesse que sair.

Vamos, vamos, vamos... Computador de biblioteca lento de merda!

Escaneando...

70 de 78 arquivos checados, nenhum objeto não autorizado encontrado

Ele se inclinou sobre o teclado, moveu o cursor do mouse sobre o ícone da internet e se preparou para entrar em ação. Nenhum site de busca, ah não, iria digitar os endereços diretamente, e depois apagar todos os favoritos e cookies do computador antes de deslogar. Deixando o mínimo de pegadas possíveis...

Um barulho inesperado na altura da porta o assustou. Levantou a cabeça e olhou cuidadosamente por cima da tela.

Um homem baixo em uma jaqueta de couro, óculos escuros e um boné de beisebol enfiado na testa entrou na sala de informática.

O homem parou na entrada enquanto olhava vagarosamente para os terminais, e algo na maneira que ele olhava fez com que os alarmes internos de HP imediatamente começassem a apitar feito loucos.

Merda!

Ela digitou o número e pressionou o ícone verde.

Conectando... a tela declarou, mas após olhar para ela por no mínimo trinta segundos percebeu que claramente não estava conectando. Irritada, clicou para encerrar a chamada e repetiu o procedimento. Era um smartphone de última geração e quase incapaz de realizar uma simples ligação...

"Sede de Polícia, recepção", uma voz disse de repente no telefone, antes que qualquer sinal de chamada tivesse tocado.

Ela hesitou por um segundo ou dois, então disse:

"Setor de Permissões, por favor."

"Um momento."

Você discou para o Setor de Permissões, o tempo estimado de espera é de... seis... minutos...

Ela suspirou e olhou para seu relógio. Por um momento, considerou abandonar a chamada e, em vez disso, ligar para Runeberg para ver se conseguia obter qualquer informação sobre o que estava acontecendo...

Stigsson a tinha proibido de entrar em contato com Henke. Não que isso fosse qualquer tipo de problema. Agora que parou pra pensar a respeito, já estava procurando Henke por semanas, meses, na verdade. Mas mesmo embora soubesse que estava em casa, em nenhum momento ele abriu a porta nas vezes que ela tentou visitá-lo, ou atendeu o telefone quando ela tentou ligar.

Algumas mensagens de texto atenciosas, basicamente isso, e ela não tinha qualquer ilusão de que seria mais fácil conseguir entrar em contato com ele agora.

O cofre particular do banco a tinha deixado inquieta.

Evidentemente, Henke tinha segredos que eram tão valiosos a ponto de fazê-lo se sentir obrigado a escondê-los em um caixa-forte de alta segurança. A equipe de Stigsson já tinha esvaziado seu apartamento, e restava apenas que alguém revistasse tudo o que tinha sido confiscado para achar a cópia do contrato do cofre particular com o banco, ou uma carta igual à que ela tinha recebido. Uma solicitação para um mandado de busca e então a furadeira seria posta em ação, e todos os segredos de Henke seriam expostos ao sol.

O que quer que estivesse dentro do cofre particular, dificilmente poderia fazer com que as coisas ficassem mais fáceis para ele.

"Setor de Permissões, Persson..." A voz fez Rebecca levar um susto.

"Sim, alô, er, meu nome é Rebecca Normén..." Ela olhou para os papéis na sua frente e tentou organizar seus pensamentos.

"Estou ligando sobre uma solicitação para licença de armas de uma empresa de segurança. Eu estava apenas querendo saber em que situação se encontra..."

Polícia!

HP se abaixou por trás da tela instintivamente. O cara fedia tanto a policial que quase fez suas narinas coçarem.

Ele se abaixou e puxou o pendrive do computador. Nem fodendo ele deixaria que tomassem toda a informação que tinha juntado nos últimos meses. A Polícia de Segurança com certeza iria arrumar algum jeito de usar tudo aquilo contra ele, prendê-lo por uma pena indeterminada...

Seus dedos fecharam ao redor do pequeno pedaço de plástico, mas naquele momento o homem de boné irrompeu em uma discussão longa e barulhenta numa língua estranha. Outra voz mais fina respondeu quase imediatamente, e quando HP espiou cuidadosamente, viu que o homem de boné estava saindo da sala na companhia de uma mulher de meia-idade que estava usando um computador a uma pequena distância dele.

Esperou mais alguns segundos e então se endireitou e respirou.

Alarme falso.

Deus, como estava nervoso!

Seu coração batia forte no peito, as mãos tremiam e teve que respirar fundo diversas vezes para acalmar sua pulsação. Ótima hora para largar a paranoia e se pôr em ação.

O programa de escaneamento devia ter terminado agora, e ele estava ansioso para ver qual tinha sido a reação da mídia com sua prisão.

A maior parte dos jornais ainda estavam dando dicas de dieta em suas matérias impressas, mas a edição on-line do *Expressen* deveria estar falando dele em algum lugar.

> *Ontem à noite, a Polícia de Segurança prendeu um homem de 32 anos de idade suspeito de planejar ataques terroristas. Uma fonte na Polícia de Segurança disse que a prisão quase certamente preveniu atos de terrorismo em solo sueco.*

Sim, era assim que você vendia mais jornais. O fato de que eles o deixaram ir após somente algumas horas provavelmente não seria publicado até semana que vem, quando ninguém mais estivesse dando a mínima.

A memória da mídia sempre foi curta, Henrik. As pessoas só podem lidar com uma história de cada vez...

Merda, em alguns momentos ele realmente sentia falta de Philip e da vida na ArgosEye. Mesmo que tivessem matado Anna Argos e quase tivessem conseguido culpá-lo pelo assassinato, sem mencionar tudo que fizeram a ele quando seu disfarce caiu, em alguns momentos não conseguia parar de imaginar o que teria acontecido se ele não tivesse sido descoberto. Quem seria a essa altura?

Namorado de Rilke?

Braço direito de Philip?

Ou, melhor: seu sucessor... O fiel parceiro do Mestre do Jogo, talvez até um futuro Mark Black. Nada disso soava ruim, de forma alguma...

Na tela a sua frente, uma pequena janela verde tinha aparecido. O programa de escaneamento deve ter travado quando ele tirou o pendrive. Merda, mais dois minutos jogados fora!

Irritado, moveu o cursor para fechar a janela e reiniciar o escaneamento. Mas na mesma hora que a pequena seta alcançou a cruz no topo direito da janela, letras começaram a aparecer. Uma por uma, até que formassem uma frase capaz de fazer os pelos de seus braços se eriçassem.

Q
u
e
r

J
o
g
a
r

u
m

J
o
g
o

H
e
n
r
i
k

P
e
t
e
r
s
s
o
n
?

Ele arrancou o pendrive do computador e se jogou debaixo da mesa. No caminho, bateu a cabeça, ficou preso na cadeira e quase caiu com a cara no chão. No último segundo, conseguiu se apoiar na mesa, ficou de joelhos e tentou desviar a cabeça. Já era tarde. Seu olhar foi atraído inexoravelmente para a tela, como o desejo suicida de um inseto atraído por uma luz UV.

Corra!, uma voz aterrorizada estava gritando em seus ouvidos.

Dê o fora daqui, idiota!

Mas seu corpo não obedecia.

Em vez disso, permaneceu de joelhos em frente ao computador, com a boca entreaberta e olhos arregalados como duas bolas de pingue-pongue, enquanto o cérebro absorvia tudo o que estava acontecendo na tela.

Uma nova janela tinha aberto e uma série de imagens começava a se desenrolar pela tela. Manchetes copiadas e coladas de vários sites de notícias:

```
O Palácio relata um nível recorde de interesse da
mídia estrangeira com relação ao casamento real...

Imenso corredor de servidores instalado em
uma antiga base militar no norte de Uppsala.
Segurança rigorosa...

Outro incidente sério envolvendo hackers tinha sido
relatado, dessa vez por várias empresas relacionadas
à indústria de defesa. Como nas ocasiões anteriores,
a polícia diz que nenhuma informação aparentava ter
sido roubada...

A Estrada de Ligação Sul estava fechada por uma
segunda vez na mesma semana por causa de uma falha
de computador, que por sua vez provocou falhas nas
barragens e no sistema de ventilação...

Vários dos principais sites de notícia estão mais
uma vez fechando suas seções de comentários...
```

Ele reconhecia as chamadas, ele mesmo tinha pesquisado, copiado e colado elas no seu pendrive.

Mais se sucederam, coisas que ele não reconhecia:

```
Pela terceira semana seguida, houve relatos
de quedas nas redes de celular e computador.
As operadoras mais afetadas são a 3 e a Telia,
mas outras redes também apresentaram problemas...

Três quilos de plutônio de projetos da Guerra Fria
na Suécia foram recentemente enviados para os EUA.
```

O ministro das Relações Exteriores garantiu que isso "não seria utilizado para fins militares".

A UE está forçando a Suécia a implementar a Lei de Retenção de Dados!

As manchetes desapareceram e foram trocadas por uma série de curtas mensagens de texto:

Mensagem recebida em 03/04 9:55 -
Emprego novo, número novo. Me liga! /Becca

Mensagem recebida em 12/04 14:55 -
Por que você nunca atende o telefone? /Becca

Mensagem recebida em 02/05 16:39 -
Tentei te visitar de novo. A TV estava ligada. Por que você não abriu a porta? /Becca

Mensagem enviada em 06/05 22:02 -
Eaí Mangalito, já tá de volta? /HP

Mensagem recebida em 14/05 21:13 -
Cadê você, Henke? Está tudo bem? Por favor, me ligue! /Becca

Mensagem enviada em 15/05 3:11 -
Manga, me liga preciso falar já! /HP

Mensagem recebida em 23/05 18:36 -
Henke, por favor entre em contato!!! /Becca

Assim que ele percebeu que estava lendo sua própria troca de mensagens de texto, as mensagens desapareceram da tela e foram trocadas por trechos de vídeos.

Uma figura familiar roubando um guarda-chuva de uma sacola.
CORTA
Um cortejo de cavalos e carruagens cavalgando por Estocolmo.
CORTA

Um cara vestido de preto em uma mobilete.
CORTA
Um carro de polícia não identificado capotando em câmera lenta.
CORTA
Um chalé isolado em chamas.
CORTA
Corvos do deserto circulando por sobre dunas de areia.

Então, finalmente:

A silhueta de um homem mais velho em contraste com uma clareira coberta de neve e cheia de lanternas piscando em meio à floresta.

A tela de repente ficou escura. Mas ainda assim HP não conseguia parar de olhar. Ainda estava ajoelhado, sem reação, em frente ao computador, prendendo o fôlego e esperando. Quando a mensagem finalmente apareceu, ele quase se mijou:

Hora de decidir, Henrik!
Essa é sua missão final.
Você quer jogar um Jogo?

Sim
ou
Não?

5 Fantasmas do passado

Obviamente deveria tentar entrar em contato com ele. Era seu irmão, afinal de contas. Diria a Stigsson onde ele deveria enfiar a merda do manual de regras...

Mas a verdade é que já havia tentado. Tinha a sensação que estivera correndo atrás dele por toda a primavera, ligando, mandando mensagens, indo até mesmo a seu apartamento e batendo na porta algumas vezes. Ele ainda estava lá, ela tinha certeza disso. O apartamento tinha cheiro de vida lá dentro, não mais o cheiro de mofo que tinha quando ele estava fora.

Algumas vezes chegou a ver, a partir da rua, a luz da televisão piscando, mas mesmo assim ele não abria a porta.

E, em algum momento no inverno passado, ele deve ter mudado a fechadura, porque sua chave reserva não mais funcionava. Ele estava com raiva dela. E ela sabia o porquê...

Não tinha gostado do fato de que ela mantinha contato com Tage Sammer. Sabia perfeitamente porque ela gostava do velho e, exatamente pela mesma razão, Henke era obrigado a odiá-lo, sem sequer lhe dar uma chance. Tio Tage lembrava a ambos do seu pai...

Mas mesmo que Henke fosse um tolo obstinado, ela ainda deveria tentar ajudá-lo.

Fazer o seu melhor para salvá-lo de si próprio.

Ela olhou o número em seus contatos, hesitou por alguns segundos, então pressionou em ligar.

Era uma ideia estúpida. Mas não tinha escolha...

Ele atendeu após a primeira chamada:

“Unidade de Proteção Pessoal, Runeberg!”

“Olá Ludvig, é Rebecca. Perdão por ligar tão cedo, mas eu arrisquei que você talvez já estivesse no trabalho...”

“Normén, olá! Certíssima, não há tempo pra descansar por aqui esses dias. Como você sabe, estamos atolados. Está ligando pra dizer que mudou de ideia? Ansiosa para voltar à nave mãe?”

A voz de Runeberg soava a mesma de sempre, o que tornou mais fácil o que queria dizer.

"Não exatamente. Ainda estou pensando a respeito", mentiu. "Eu queria te pedir um favor, Ludvig... É um assunto um tanto sensível."

"Mmm."

Acreditou ter ouvido a cadeira do escritório dele ranger enquanto ele rearranjava seu imenso corpo.

"É sobre meu irmão..."

"Ligue para o meu celular em dez minutos." O tom da voz dele ficou bem diferente de uma hora pra outra.

"O q-quê..?"

Mas ele já havia desligado.

Pela terceira vez em cinco minutos ele afastou as cortinas e espiou a rua mal iluminada lá embaixo. Tudo parecia normal, mas ainda estava *certo* de que estava sendo vigiado. Cem por cento, completamente e absolutamente certo...

Cada momento, cada site que tinha visitado, todas as suas mensagens de texto. Tinham vigiado tudo, apesar de todas as suas precauções. Estavam jogando com ele, tentando foder com sua mente.

E fazendo um ótimo trabalho...

Largou as cortinas, andou ao redor do sofá, uma vez, outra. Então sentou, batendo os dedos em um dos joelhos antes de notar uma unha que ainda não tinha conseguido arruinar completamente. O plano, considerando até agora que realmente tinha um, não havia levado em conta esse cenário.

Nem de longe!

E tinha tentado se convencer de que haviam esquecido dele...

Falha épica da porra!

Precisava sair do apartamento, logo, antes que começasse a subir pelas paredes. Era apenas sete e pouco da manhã, e normalmente demoraria ainda muitas horas antes que caísse da cama. Mas a experiência na biblioteca pareceu ter aberto as comportas em sua cabeça. Sua mente ainda estava cheia de imagens fragmentadas. Como se tivesse sonhado um filme inteiro com começo, meio e fim, mas só pudesse se lembrar de algumas cenas. Trechos de sequências que não conseguia juntar, não importava o quanto o seu dolorido cérebro tentasse.

O cinzeiro transbordando na mesa de centro tinha acabado de engolir seu último cigarro, o que deu a ele uma razão legítima de descer até a loja de conveniência na Mariatorget e respirar um pouco de ar puro.

Assim que abriu a porta da frente e pisou na rua, pôde sentir os olhos em cima dele. Contorceu a cabeça pros lados, checando cada ângulo possível, mas, obviamente, eles eram muito profissionais para vacilarem assim tão facilmente.

Embora ainda fosse cedo, já havia quatro ou cinco pessoas espremidas na loja. Um cara bombado de academia com tatuagens perto de uma das prateleiras lhe deu uma olhada rápida e HP congelou no meio do caminho. Tinha quase certeza que já tinha visto esse homem antes. E sua pretensão de olhar inocentemente os doces da prateleira o tinha convencido: jujubas de framboesa não combinavam muito bem com uma dieta de baixo carboidrato e alta gordura. HP não teve escolha a não ser girar os calcanhares e sair daquela loja na mesma hora. Na verdade, deveria ter voltado direto para o apartamento, mas sem os cigarros não conseguiria prosseguir.

Em vez disso, continuou andando pela Hornsgatan em direção ao cruzamento com a Slussen, tentando ao máximo resistir à tentação de se enfiar no tráfego matinal só para dar a seus perseguidores um pouco de desafio. A caminhada levou menos de cinco minutos, mas, apesar de que não estava particularmente quente, sua camiseta estava grudando em suas costas e teve que sentar em um dos bancos do lado de fora da estação do metrô para recuperar o fôlego.

Estava desgastado, não apenas fisicamente, e não foi até que terminasse de procurar em seus bolsos por um cigarro que se lembrou que a falta deles foi a razão para essa sua pequena expedição, em primeiro lugar. Havia uma banca de jornais logo na entrada da estação e ele olhou ao redor algumas vezes antes de se levantar e ir naquela direção.

Um trem devia ter acabado de chegar, porque no meio da entrada ele foi de repente confrontado com uma grande maré de pessoas saindo.

Funcionários de escritórios em seus ternos e gravatas, turistas matinais e suecos perfeitamente normais em seu caminho para o trabalho. Ele alinhou o queixo com o peito e abriu caminho com os cotovelos pela multidão, ignorando as reclamações insatisfeitas que surgiam.

Do nada, foi empurrado por um dos lados e quase perdeu o equilíbrio. Olhou ao redor com raiva, mas havia rostos circulando por todos os lados e era impossível dizer quem o tinha empurrado.

Então a multidão de repente se foi, e ele se viu de pé em frente à bilheteria. Em vez de continuar seu caminho para o pequeno quiosque, ficou ali enquanto seu cérebro tentava achar a sinapse correta. Um dos rostos que tinha passado por ele parecia familiar. O fisiculturista da loja de conveniência poderia ter sido apenas um fantasma, mas isso agora era algo bem diferente. Os olhos, a testa, a fisionomia do rosto, era tudo terrivelmente familiar. Mas havia algo que não estava certo, algo faltando que o impedia de juntar as peças.

Demorou alguns segundos a mais antes de seu cérebro finalmente fazer a conexão correta.

A barba!

Deu alguns passos hesitantes de volta em direção à entrada, e então alguns outros, agora mais rápido. Correu para a praça e até pulou sobre um dos bancos para poder enxergar melhor, sua cabeça se contorcendo como a porra da Linda Blair.[1]

"Erman!", gritou. "Ermaaaaaan!"

Mas tudo que podia ver eram as costas das pessoas enquanto corriam para longe dele, nenhuma delas mais familiar do que qualquer outra.

Abriu a boca para gritar de novo, mas então notou a expressão que vinha das pessoas ao seu redor. Apesar do alvoroço da praça, um pequeno grupo de transeuntes se reunia ao redor do banco em que ele estava em pé, como se quisessem ver o que estava acontecendo, mas não ousavam chegar muito perto.

Um par de adolescentes estava apontando para ele e rindo, um pai arrastava seu filho pequeno para perto, e alguns turistas alemães estilo Stieg Larsson já tinham suas câmeras à mão. Ele avistou de relance seu reflexo em uma das portas de vidro da estação. Rosto vermelho-claro, cabelo completamente despenteado, olhos esbugalhados como bolas de pingue-pongue. Acrescente uma barba de uma semana mais ou menos por fazer e suas roupas esfarrapadas e não era nem um pouco surpreendente que as pessoas estivessem encarando. Parecia completamente maluco!

Schwedisch Dummkopf, ja, ja – sehr gut!

Envergonhado, desceu rapidamente do banco, fixou seus olhos na calçada e fez o melhor para se misturar com a multidão enquanto se dirigia para Guldgränd.

Tinha se enganado.

Ele *só podia* ter se enganado.

Pela enésima vez, sua furiosa imaginação se libertou das rédeas e galopou para longe.

Tinha que ter sido isso.

"Fantasmas não existem", murmurou.

Fantasmas

Não

Existem

"Você compreende que isso contraria um número extenso de regulamentos, certo, Normén?"

Ela acenou com a cabeça.

"Com certeza. Como eu disse, Ludvig, eu realmente sou grata..."

1 Atriz que interpretou a menina possuída no filme *O Exorcista*, em referência à famosa cena em que a personagem gira o pescoço.

"Bom, chega disso tudo. Você tem mais ou menos meia hora, então eu quero tudo de volta no momento em que terminar de almoçar. Sunesson está encarregado dos arquivos hoje, estou certo de que você se lembra dele."

"Transferido de Norrmalm? Claro. Ele trabalhou como oficial de plantão por um tempo."

"Ótimo, não vai haver problemas com isso então. Apenas sorria e acene... Os corredores estarão cheios de pessoas almoçando, então haverá muita gente no caminho. Mas Sunesson sempre traz almoço de casa. Provavelmente não quer perder a corrida de cavalos do meio-dia..."

Runeberg se inclinou para frente e cuidadosamente passou uma cópia dobrada do jornal *Metro* para ela.

"Isso é tudo o que você precisa..."

"E você tem absoluta certeza disso?"

"Sim, eu chequei o registro de bens confiscados depois que você ligou."

"Ótimo!"

Por um momento, não sabia o que dizer. Embora isso não tivesse sido explicitamente mencionado, estava bem certa do porquê Runeberg a estava ajudando. Era o melhor amigo de Tobbe Lundh e padrinho do seu filho, Jonathan. O mesmo Jonathan que, junto com o seu melhor amigo, Marcus, tinha criado o fantasma na internet MayBey, que depois usaram para atormentar sua vida por meses, espalhando rumores e fofocas sobre ela on-line, e até mesmo a fazendo pensar que Henke estava em sério perigo, até que ela finalmente descobriu tudo e pôs um fim naquela charada toda.

De fato só tinha como culpar a si mesma: fora ela que tinha embarcado em um caso com Tobbe Lundh, mesmo sabendo que era um homem casado, pai de família. De todo jeito, Runeberg parecia se sentir parcialmente responsável pelo que aconteceu.

De repente, se viu arrependida de estar explorando sua consciência culpada desse jeito. Todo o plano era de fato bem estúpido desde o início...

As instruções de Stigsson não tinham dado espaço para ambiguidades:

Durante a investigação antiterrorismo, obviamente você não poderá ter qualquer tipo de contato de qualquer forma com seu irmão. Repito: nenhum contato de nenhum tipo, ficou claro, Normén?

Mas ela não tinha escolha. Precisava abrir o cofre particular do banco antes que a equipe de Stigsson o descobrisse. Dar uma rápida olhada apenas, e uma vez que tivesse se assegurado de que não havia nada lá que pudesse tornar as coisas ainda mais difíceis para Henke, poderia, em tese, alertá-los sobre a existência do cofre. Ao menos era isso que tentava dizer a si mesma...

Runeberg parecia notar sua hesitação.

"Pode ir agora, Normén, o relógio está andando e minha comida está para chegar..."

Uma garçonete se aproximava com uma bandeja pesada, e Rebecca se levantou antes da jovem mulher chegar até sua mesa; ela pegou o jornal e colocou na sua mochila.

"Obrigado de novo, Ludvig. Eu realmente..."

Ele sorriu e encolheu os ombros.

"Sem problemas, Normén. Pode ir agora."

"Por sinal", acrescentou quando ela tinha começado a sair em direção à porta, "se isso tudo der errado eu provavelmente vou estar a procura de um novo emprego, então você pode ter certeza que irei te procurar..."

Uma caminhada rápida de três minutos a levou à entrada dos funcionários. Ela ergueu o cartão contra o leitor em cima da catraca, segurando-o de cabeça pra baixo de propósito para que ninguém visse a fotografia de Ludvig na frente.

O guarda deu uma rápida olhada para ela e acenou em reconhecimento. Primeiro obstáculo vencido.

Seguiu o caminho de vidro entre os prédios, mantendo a cabeça ereta e tentando parecer como se estivesse tento um dia perfeitamente normal de trabalho. Isso não deveria ser muito difícil, visto que realmente tinha trabalhado ali até o fim do ano passado. Em teoria, ainda era funcionária da Polícia de Segurança, então não fazia lá muita diferença.

Ainda assim, se sentia como uma estranha, alguém que não pertencia. Não conseguia parar de olhar para as pequenas câmeras esféricas no teto, e fez o melhor que pôde para ficar o máximo possível fora do ângulo delas.

Ela virou para a direita em um corredor pintado de amarelo. Ao final, parou em frente a uma porta de metal com um pequeno aviso em papel branco.

DIVISÃO DE BENS CONFISCADOS.

Ergueu o cartão de Ludvig contra o leitor.

Um bipe, mas nada aconteceu. Merda!

Tentou de novo, mais devagar dessa vez.

Outro bipe, mas dessa vez a fechadura começou a roncar.

Fique calma, Normén!

Entrou em uma pequena área de recepção. A uma pequena distância atrás do balcão, estava sentado um homem velho, levemente obeso e com cabelo formato de cuia. Uma tela de televisão fixada na parede mostrava uma corrida de cavalos, e o homem fez uma careta irritada quando foi obrigado a desviar o olhar da tela.

"Oi, Sune", disse com exagerada cordialidade.

"Não, não, fique onde está, eu me viro", continuou ela quando o homem ensaiou uma tentativa de se levantar.

"Só preciso checar mais uma vez algumas coisas que foram apreendidas na última semana."

"Bem", o homem acima do peso murmurou, deixando seu corpo largo afundar de volta na cadeira. "Não esqueça de assinar seu nome na lista..."

Acenou com a mão para um balcão e virou sua atenção de volta para tela da televisão.

Rebecca pegou o registro e rabiscou algo ilegível no lugar do seu nome. "Pronto!"

Sem tirar os olhos da tela, Sunesson levantou uma mão e pressionou um botão no topo da mesa. Uma porta à direita de Rebecca fez um zumbido, e alguns momentos depois ela se encontrava em uma grande sala de arquivos cheia de prateleiras de estantes de metal.

Fazia vários anos que não entrava lá e deu alguns passos incertos para frente enquanto tentava se orientar. O cheiro era exatamente o mesmo do qual se recordava, um ar gelado misturado com papelão e concreto caiado. Alguns metros adiante, contra uma das paredes, estava um computador comum, e ela se apressou até ele.

Tirou um dos cartões de acesso de Runeberg e o inseriu na pequena caixa ao lado do teclado. Então digitou rapidamente o nome de usuário e senha de Runeberg.

A ampulheta na tela girou e o banco de dados abriu.

Henrik Pettersson, digitou no campo de busca por nomes, adicionando sua data de nascimento no campo seguinte. Pressionou buscar e a ampulheta girou uma vez, duas.

Rebecca olhou ao redor, mas estava sozinha naquela imensa sala.

Podia ouvir o som da televisão de Sunesson à distância. A ampulheta desapareceu e foi trocada por uma linha de texto.

```
Caso número K3429302-12, Seção 5,
  Fileira 47, Prateleira 23-25.
```

O depósito era na verdade maior do que lembrava, e ela demorou alguns minutos para descobrir aonde ir.

O corredor principal se estendia paralelo a uma das paredes externas, com várias pequenas passagens levando a diferentes seções.

A seção 5 se encontrava no final da sala, onde a luz era muito mais fraca, e perto da entrada.

Apenas algumas das lâmpadas fluorescentes estavam acesas, e ela entendeu que devia haver um interruptor em algum lugar para corrigir aquilo, mas não havia tempo para tentar achá-lo.

As prateleiras das estantes ao seu redor chegavam até o teto e estavam quase todas lotadas com caixas de papelão marrom que pareciam sugar a luz já enfraquecida.

No chão havia pallets carregados de coisas que eram muito grandes para caber nas estantes, e ela passou por itens como móveis, rolos de cabo e parte do que parecia uma estátua de bronze.

Quatro das caixas na prateleira 23 estavam marcadas com o número do caso correto. Ela pegou a que estava mais perto dela e abriu a tampa.

A caixa estava cheia de livros e filmes, o que explicava porque era tão pesada. Ela a fechou e colocou de volta na prateleira.

A próxima caixa continha exatamente o mesmo tipo de coisa, mas a terceira parecia mais promissora. Alguns arquivos, documentos aleatórios e, por baixo de tudo – bingo!

Um grande molho de chaves, em torno de cinquenta, assim como descrevia o registro do caso.

Eles tinham se livrado de quase todos os pertences do pai após sua morte, mas a mãe tinha sido inflexível sobre manter as chaves.

Você nunca sabe quando vai precisar de uma chave, então é melhor guardá-las...

Provavelmente, Henke as manteve pela mesma razão. Metade das chaves eram tão velhas que o metal já tinha começado a se decompor, outras estavam tortas e desgastadas pelo uso, mas quando olhou mais de perto viu que havia ao menos cinco ou seis chaves para cadeados de bicicleta, e um par que parecia pertencer a mobiletes ou motocicletas, e – assim como esperava – parecia que Henke tinha adicionado algumas à coleção...

Então, com o que a chave do cofre particular se parecia?

Um barulho repentino interrompeu seus pensamentos. Alguém tinha aberto a sala do arquivo.

PROBLEMAS?
NÃO DESISTA, NÓS PODEMOS TE AJUDAR!
070-931151

O aviso estava pregado logo acima da fechadura. A caligrafia era a mesma de antes. Provavelmente o mesmo aviso, o que sugeria que seu vizinho tinha descoberto de onde tinha vindo. Mas agora ele realmente não se importava.

Seu cérebro estava trabalhando em velocidade máxima. Tinha caminhado por metade de Södermalm tentando digerir o que havia visto.

Se o que viu em Slussen não foi apenas sua imaginação, se Erman fosse *real*, então tudo o que tinha vivido durante os últimos dois anos não seria... bem, o quê?

Caralho de merda!

Sua dor de cabeça daquela manhã voltou com tudo e o fez pressionar a ponta do nariz em reflexo. Ele rasgou o bilhete e tirou as chaves do apartamento do bolso.

Um barulho à sua esquerda o fez pular e ficar lá, em pé, com a chave na fechadura. Seu coração estava praticamente fazendo um buraco no peito, o forçando a respirar fundo algumas vezes para diminuir sua pulsação. Puta merda, como ele estava nervoso!

Calma e tranquilidade agora...

Olhou com cuidado para a porta do vizinho. O som tinha vindo dali, tinha certeza disso, na verdade, havia até reconhecido o barulho do dia anterior. Uma corrente de segurança roçando contra o interior da porta. Uma corrente não começava a mexer por conta própria, então alguém deve ter mexido nela. Seu novo vizinho estava de saída.

Por razões que não conseguia explicar, sua necessidade de saber a identidade do novo vizinho era muito mais forte hoje, então esperou por alguns segundos enquanto permanecia encarando a porta ao lado. Mas nada aconteceu. A porta permaneceu fechada.

Estava pronto para se virar e ir embora quando pensou ter visto um movimento pelo olho mágico. Uma mudança vaga de luz para escuridão, como se alguém tivesse colocado o olho no buraco. E, de repente, tinha certeza que havia alguém parado do outro lado da porta.

Vigiando ele...

Girou rapidamente a chave na fechadura, abriu forçadamente sua porta danificada e a bateu com força assim que entrou.

Ela prendeu a respiração e permaneceu escutando na direção da porta. Pensou ouvir passos à distância. Mesmo que fosse apenas o bunda gorda do Sunesson arrastando suas sandálias, não se sentia a vontade em deixá-lo saber qual caso estava investigando. Rapidamente, largou o molho de chaves na sua bolsa e fechou a caixa novamente. Os passos se aproximavam pelo corredor principal. Ela reconheceu o barulho de sapatos duros no chão de concreto. Um par digno de sapatos, diferente das sandálias de Sunesson ou das botas de um policial de ronda. Poucas pessoas no Quartel-General de Polícia usavam sapatos assim, e, quem quer que fosse, não sentiu qualquer desejo de esbarrar com essa pessoa. Mas a única saída era pela passagem principal...

Levantou gentilmente a caixa de volta ao seu lugar na prateleira. Os passos estavam aos poucos cada vez mais próximos, firmes, em estilo quase militar.

Olhou ao redor e deu alguns passos adiante no corredor. Uma das prateleiras de baixo do seu mesmo lado estava vazia e, premida pelo momento, ela se agachou e se arrastou para dentro do espaço vago.

As pegadas estavam próximas agora, mas uma grande caixa em um pallet bloqueava a linha de visão do corredor. Tudo o que precisava fazer era esperar até a pessoa ter saído e então se arrastar para fora o mais silenciosamente possível.

De repente, os passos pararam. Rebecca se encolheu ainda mais e prendeu a respiração.

A pessoa então continuou a caminhar, mas muito mais devagar agora, e ela demorou alguns segundos para perceber para onde os passam seguiam. Em direção à passagem onde estava!

Ela se encostou contra a lateral da grande caixa no pallet. Ainda havia diversas prateleiras entre ela e o final da passagem. Se a pessoa estivesse seguindo em direção a uma delas, com certeza seria vista.

Merda, tinha sido realmente uma ideia idiota tentar se esconder. Deveria ter saído na cara de pau, dito olá e fingido que estava tudo bem.

Que merda deveria dizer agora?

Oi, sim, eu estava apenas rastejando para ver como é a aparência das coisas aqui debaixo.

Os passos estavam cada vez mais próximos, apenas alguns metros faltavam agora.

Teria que se levantar na hora, isso seria ligeiramente mais normal do que ser encontrada engatinhando por trás de uma das prateleiras. Seu coração estava batendo forte no peito.

Respirou fundo algumas vezes e colocou o peso do corpo pra frente. Tinha que parecer tranquila, o mais natural possível.

Os passos de repente pararam. Ela ouviu algumas caixas sendo movidas, e então alguém limpando a garganta.

Um homem, não havia dúvidas a esse respeito, e apenas alguns metros à frente. Rebecca esticou a cabeça, se inclinou para frente e com cuidado espiou por trás da quina da caixa.

Merda!

Recuou a cabeça de volta, rápida como um raio. Um par de calças de terno escuras, combinando com sapatos pretos, era basicamente isso o que tinha visto. Mas mesmo assim tinha praticamente certeza. O homem em pé na passagem era Stigsson. Ele estava em pé de frente para as caixas que ela tinha acabado de olhar.

Ouviu ele levantar uma delas e depois o baque dele a colocando no chão. A tampa sendo retirada com um ruído seco e depois barulhos abafados enquanto ele mexia por dentro da caixa.

Uma dor repentina em sua panturrilha esquerda fez com que tremesse involuntariamente. Merda, a posição desconfortável tinha feito com que sua perna começasse a ter cãibras. A dor estava ficando pior e começava a se alastrar para cima. Quando alcançou sua coxa, teve que morder os lábios para se impedir de gemer. Stigsson ainda estava vasculhando por dentro da caixa.

Tentou mudar sua posição para que um pouco de sangue corresse por seus músculos atormentados, mas, em vez disso, perdeu o equilíbrio e quase caiu se encostando contra a lateral da caixa.

O barulho que vinha da passagem parou.

A dor em sua perna estava ficando pior e ela mordeu os lábios tão forte que conseguia sentir o gosto do sangue.

Stigsson limpou sua garganta de novo.

Suas costas estavam começando a escorregar em direção à beirada da caixa, cada vez mais perto da passagem. Pressionou sua perna de apoio contra o chão para se manter firme. Mas era impossível manter o equilíbrio. Seu corpo estava lentamente escorregando em direção ao canto da caixa, cada vez mais próximo da passagem.

Em apenas alguns segundos, tombaria e aterrissaria bem aos pés dele.

De repente, ouviu o barulho da caixa sendo empurrada de volta na prateleira. Passos se iniciaram no chão de concreto como as batidas de um chicote, e por um momento pensou que seu coração tinha parado.

Então percebeu que o barulho foi ficando cada vez mais distante, e gastou suas últimas forças tentando permanecer imóvel. Assim que a porta da sala de arquivos se fechou com uma pancada, ela caiu de bruços no chão duro.

ANDERS DE LA MOTTE THE GAME

Jogos mentais 6

Ele passou três manhãs seguidas com o traseiro estacionado na merda do banco. Começando meia hora antes do momento da primeira visão e ficando por mais de uma hora depois. Usava capuz, boné enfiado no rosto e, só para garantir, um par barato de óculos escuros na ponta do nariz. Tudo para ter certeza de que não seria visto.

Mas, assim como nos dois dias anteriores, havia falhado em perceber qualquer coisa, e agora o projeto inteiro começava a parecer mais estúpido do que seria razoável a rigor. À medida que sua bunda começou a ficar dormente, percebeu o quão ridículo era seu comportamento. Tinha problemas consideravelmente mais importantes do que um possível sósia passeando por Södermalmstorg, e – assim como jogar Playstation ou bater uma punheta – esse projeto inteiro era mais uma forma de evitar encarar a verdadeira questão.

Erman estava morto, tinha morrido no incêndio quando o Jogo finalmente o alcançou quase dois anos atrás. Eles tinham incinerado seu chalé, seus restos foram encontrados nas cinzas. O pobre canalha tinha tentado viver fora do mundo conectado, como um eremita, mas quando HP conseguiu achá-lo no meio do mato, ele tinha definitivamente caminhado para o lado errado da linha sutil entre um gênio visionário e um total maluco perturbado. A despeito disso, ele com certeza tinha sido bastante útil. Abrindo os olhos de HP e fazendo-o ver o Jogo como realmente era. E não apenas os seus níveis mais superficiais e unicamente desagradáveis: as Formigas vigiando tudo, cavando por informação e recrutando possíveis jogadores para pôr em prática as diversas missões. Depois as apostas, enquanto as missões eram filmadas e transmitidas ao vivo e exclusivamente on-line para os apostadores.

Não, o que Erman havia dito para ele, combinado com sua própria experiência, também o havia feito entender os aspectos consideravelmente mais sombrios do Jogo, e do que era realmente capaz. Não importa em qual estado mental o cara estava, HP ainda devia um bocado ao maluco bicho do mato, e por mais que tivesse tentado se convencer que a morte de Erman não era sua culpa, suas desculpas todas soavam bem vazias. Era mais do que provável que sua própria consciência culpada e sua falta de sono, elevadas por um pouco da paranoia habitual, o tivessem levado a ver fantasmas em plena luz do dia.

Não havia outra explicação.

Ou, ao menos, *simplesmente não podia haver qualquer outra explicação*, se corrigiu enquanto se desfazia dos tênis e se deitava no sofá.

Deitou em algo duro e, após algumas manobras acrobáticas intercaladas com bastante xingamento, conseguiu remover o controle remoto de suas costas e saiu zapeando por uma série de programas de televisão deprimentes que passam de dia.

Na mesa de centro, achou uma caixa pela metade de Marlboro. Acendeu um e tentou fazer a coluna de fumaça ir em direção ao bocal da lâmpada no teto.

Foi quando a notou. Lá no alto, no topo da estante modelo Billy, estava largada uma pequena caixa preta. Um livro solitário, abandonado.

De onde estava, tudo o que era visível era um pouco da lombada, então presumivelmente você não conseguiria ver nada dele se estivesse de frente para a estante, o que explicaria porque os policiais não o tinham confiscado.

Entortou a cabeça e apertou os olhos enquanto tentava decifrar que livro era, mas a escrita era muito pequena. Era definitivamente um livro de biblioteca, contudo, conseguia ver a as letras brancas da classificação no canto inferior da lombada. Três letras, provavelmente Hce – *Ficção Estrangeira...*

Então os otários não tinham visto um item de propriedade roubada bem na frente do nariz deles, e no lugar disso encheram suas caixas com filmes pornô perfeitamente legítimos e livros de brochura com as orelhas amassadas.

Tentou imitar a voz levemente anasalada de Hellström:

Henrik Pettersson, você está sendo detido por suspeita de crimes contra o Estado por não devolver livros da biblioteca no prazo. Como você se declara?

Culpado das acusações, filhos da puta!!!

Arreganhou os dentes e soprou outra coluna de fumaça, dessa vez apontando para o topo da estante.

De repente percebeu que estava com fome. Quanto tempo fazia desde que tinha comido pela última vez? Se alimentado bem, em vez de somente enfiar a cara na pia com uma microbomba de tortas de carne Gorby?

Não conseguia se lembrar, na verdade...

Mas o ronco de seu estômago era um bom sinal, como se o antigo livro da biblioteca tivesse feito seu cérebro pegar no tranco e retornar ao chão sólido. Um banho e um pouco de comida decente iriam provavelmente fazer maravilhas ao seu humor. Chinesa ou, por que não, um kibe de verdade, lá na Jerusalém? Mmm!

Olhou para o relógio da televisão: 10h25.

Um pouco cedo para o almoço, teria que esperar por pelo menos mais meia hora. Banho primeiro, então. Ele se levantou, mas, em vez de ir direto ao banheiro, foi para a prateleira, se esticou de ponta de pé e alcançou o livro.

As pontas de seus dedos conseguiram apenas tocar a lombada livro e ele o afastou alguns centímetros mais para perto,

O Apanhador no Campo de Centeio, de J.D. Salinger. Com certeza, um favorito, já devia ter lido pelo menos umas dez vezes. Muito provavelmente, o livro tinha sido da biblioteca lá na Bagarmossen, o que significava que o roubo tinha ultrapassado o prazo de prescrição uns dez anos atrás, se não mais.

Com base nessa nova informação, meu cliente deseja mudar sua alegação para – inocenteee!

Se esticou um pouco mais, segurou o livro melhor com os dedos e tentou puxá-lo. Mas em vez disso, perdeu o equilíbrio e o livro escorregou da beira da estante. Um objeto em cima dele caiu junto, atingindo-o fortemente na cabeça antes de tombar no chão.

Um celular.

Um celular prateado, brilhante, com uma tela touchscreen de vidro.

O cartão de acesso era branco e, diferente do que ela tinha pegado emprestado de Runeberg alguns dias atrás, não continha nenhum tipo de informação visível. Nenhum nome, nenhum logo, e certamente nenhuma fotografia de seu dono. Apenas um pequeno cartão liso e branco que tinha surgido num envelope marrom sem o nome do remetente.

Provavelmente, o anonimato era outra medida de segurança. Um grosso envelope retangular com um logo do banco nele cheiraria a cartão de crédito, e portanto deveria aumentar o risco de ser roubado em mais de cem por cento.

Eles claramente levavam a questão da segurança bem a sério.

Ela entregou sua carteira de motorista para o homem do outro lado do balcão, e ele o inspecionou cuidadosamente antes de digitar seu número de identificação no computador.

Era o mesmo homem de antes, mas, mesmo que apenas alguns dias tivessem se passado desde sua última visita, não aparentava reconhecê-la. Na verdade parecia até mais formal do que antes.

"Obrigado."

Ele devolveu a carteira de motorista a ela.

"Você está familiarizada com o procedimento?"

"Não."

Ele se moveu para o canto do balcão e apontou para a porta atrás dele.

"Eu vou abrir a porta para você, e quando você estiver dentro da câmara de pressão, vai passar seu cartão no leitor. Então a porta mais distante irá se abrir e você poderá entrar na caixa-forte..."

Ela acenou para mostrar que tinha entendido.

"Dentro há várias salas contendo cofres particulares. As portas são mantidas trancadas, mas aquela contendo seu cofre será destravada. Então você terá que usar sua chave para abrir o compartimento certo.

"Você tem uma chave com você, não é?"

"Com certeza", ela respondeu, batendo na bolsa pendurada em seu ombro enquanto fazia o melhor para reprimir um sorriso.

Julgando pelo olhar dele, ela não obteve sucesso.

"Dentro do compartimento está um cofre de metal. Normalmente os clientes levam o cofre para uma das cabines privadas no final da caixa-forte. Há menos riscos de serem perturbados lá do que na caixa-forte em si..."

Ele pausou por um momento, mas algo na expressão dela parecia incitá-lo a continuar.

"As cabines não estão cobertas por câmeras de vigilância...", acrescentou.

"Eu entendo", ela respondeu brevemente.

Ele pressionou um botão e a porta escura de aço atrás dele se abriu.

Rebecca entrou na pequena câmara de pressão. Na sua frente, a apenas um metro ou pouco mais de distância, havia outra porta de metal, ainda mais pesada do que a que ela tinha acabado de passar. Ela virou sua cabeça levemente e olhou para a câmera de segurança no teto, tentando parecer o mais calma possível. Tinha na verdade uma razão legitimamente perfeita de estar lá, então por que estava tão nervosa?

A porta atrás dela se fechou e o som a fez pular.

Se acalme, Normén!

Inspirou fundo, segurou o ar por vários segundos e depois soltou a respiração bem devagar.

Então passou o seu cartão de acesso pelo leitor. Por alguns segundos tudo permaneceu em silêncio. Então a porta de aço na sua frente se abriu.

A caixa-forte era consideravelmente mais exclusiva do que havia esperado. Lamparinas discretas ao redor da parede de concreto e um cheiro leve de limão, ambos presumivelmente intencionados tanto a aliviar qualquer alusão a algum refúgio nuclear ou sentimento claustrofóbico. Funcionava muito bem.

Um caminho curvado de tinta fluorescente no piso de mármore brilhante a levava por entre uma fileira de portas com barras de ferro. Nas salas adiante podia ver um grande número de cadeados cor de bronze. No final da caixa-forte havia o que pareciam ser portas para provadores. Provavelmente as cabines mencionadas pelo guarda.

Uma lâmpada verde estava acesa por sobre o quarto portão do lado esquerdo. Ela segurou a alça e o portão abriu sem fazer qualquer som. A sala por dentro era pequena, provavelmente não mais do que um par de metros quadrados. Outra das câmeras esféricas olhava para baixo a partir do teto, mas ela fez o seu melhor para ignorá-la. Então, em qual dos duzentos ou mais compartimentos dentro da sala estava seu cofre?

Correu os dedos pelas portas: 115, 120, 125... Lá estava, quase no final da fileira.

Ela se ajoelhou, puxou o enorme molho de chaves da bolsa, então inspecionou a porta dourada com cuidado. Uma das portas de tamanho médio, cerca de trinta centímetros quadrados?

A fechadura era bastante larga, o que significava que ela podia dispensar um bom número de chaves, mas ainda havia em torno de uma dúzia que poderiam servir.

Olhou para a câmera e imaginou poder ver as lentes se movendo para focar o zoom em cima dela. Como se já suspeitassem que não deveria estar ali, que a caixa e seu conteúdo não eram de fato dela e pertenciam a outra pessoa.

Não, ela realmente precisava se acalmar. O banco tinha entrado em contato com *ela*, e havia enviado um cartão de acesso a *ela*. E com relação a Henke, ele claramente não se importava o suficiente com aquilo se tinha deixado para ela o pagamento da conta do cofre do banco.

Em outras palavras, tinha todo o direito do mundo de abrir o cofre.

Olhou mais uma vez rapidamente para a câmera, então se inclinou para frente e escolheu a primeira chave dentre aquelas que pareciam mais prováveis.

Muito grande, muito grande mesmo. O que significava que podia dispensar aquela e qualquer outra que fosse maior.

Tentou uma chave relativamente menor. Ela entrou na fechadura, mas uma vez dentro apenas girou ao redor sem conseguir nenhum resultado. Então descartou aquela e qualquer outra ainda menor.

Quatro chaves possíveis sobrando. Ela as inspecionou com cuidado. Uma delas era levemente torta e parecia muito velha, então decidiu não tentar com esta. As demais pareciam muito mais promissoras.

Nenhuma delas funcionava, contudo, nem mesmo sua terceira escolha.

Estava prestes a tentar a chave meio torta quando houve um ruído leve do lado de fora da caixa-forte. Ela se assustou e ficou de pé, virando e olhando com cuidado para fora no corredor.

Vazio, é claro.

A porta para a caixa-forte era motorizada, e se tivesse aberto, sem dúvida nenhuma teria escutado.

Voltou à fechadura e colocou a chave torta no lugar. A chave encaixou, mas não conseguia girá-la. Após algumas tentativas ela a tirou.

Que merda!

Sua aposta sobre o molho de chaves parecia ter sido errada. Henke tinha provavelmente escondido a chave em algum outro lugar totalmente diferente, então sua melhor esperança de abrir o cofre tinha se perdido.

Provavelmente podia persuadir o banco a perfurar o cofre por fim, mas, considerando o número de procedimentos de segurança que eles tinham em prática, isso deveria levar vários meses.

O que com certeza daria a Sitgsson e sua equipe tempo suficiente para descobrir a respeito do cofre.

Então o que faria agora?

A chave torta tinha ao menos encaixado, então, quem sabe, ela pudesse ser endireitada?

Ela removeu a chave do molho, botou no chão e colocou seu salto na parte amassada algumas vezes. Então pegou a chave mais uma vez e olhou com cuidado.

Valia a pena tentar, ao menos.

Botou a chave na fechadura e girou com cuidado. O cofre fez um barulho de clique e a pequena porta se abriu.

A pequena caixa de metal lá dentro a surpreendeu. Não apenas porque estava trancada, com uma combinação de discagem numérica na parte superior, mas também porque sua cor e formato realmente não pareciam pertencer a essa exclusiva, quase estéril caixa-forte. A caixa tinha provavelmente sido verde em algum momento, mas a tinta tinha descascado severamente. Em alguns espaços, podia perceber o que sobrou de letras e números amarelos. E a lataria grossa estava severamente danificada em alguns lugares, quase como se alguém a tivesse tentado abrir a força. Vagarosamente, retirou a caixa do compartimento. Tinha entre setenta a oitenta centímetros e era muito mais pesada do que esperava, mas, felizmente, havia uma alça por trás, permitindo que ela a levantasse e carregasse para um dos pequenos cubículos sem dificuldades.

Fechou a porta atrás de si com cuidado, trancou a pequena fechadura e botou a caixa no meio da mesa. A combinação da fechadura parecia vagamente familiar. Lembrou que havia na verdade visto algo similar em uma pequena delegacia de polícia que tinha um cofre na sala de armamentos. Você começava do zero, escolhia um número entre um e cem, então de volta ao zero, tentava o número seguinte, até que tivesse inserido a combinação correta.

Três números após os zeros era normalmente o caso. Então, o que deveria tentar?

De repente, ouviu o barulho do lado de fora da caixa-forte mais uma vez e endureceu. Dessa vez era mais claro. Um pequeno e rápido barulho de guincho, como alguém passeando muito rápido por um chão de mármore com um sapato de sola de borracha.

Não tinha ouvido a porta da caixa-forte abrir, então alguém devia já estar dentro quando tinha entrado.

A menos que houvesse uma outra entrada que não tinha notado...?

Destravou a porta, abriu uma fresta com cuidado e espiou o corredor.

“Tem alguém aí?”, disse baixinho. Nenhuma resposta.

Esperou alguns segundos antes de cuidadosamente travar a porta mais uma vez.

Se iria abrir a caixa, ela tinha que focar em trabalhar em cima da combinação.

Tentou a data de nascimento de Henke, mas sem sucesso.

Depois a de mamãe. Nada.

Se Henke tivesse escolhido números do nada, teria que achar outra forma de abrir a caixa.

Era muito grande para levar em sua bolsa, e imaginou se poderia simplesmente carregá-la para fora. Seria permitido?

Ficou sem ação por alguns momentos, e percebeu que estava procurando por sons vindos do caixa-forte. Mas além do leve zumbido do ar-condicionado, tudo estava quieto.

De repente teve uma ideia e tentou uma combinação nova de números. Zero, então dezenove, de volta ao zero, então seis, de volta ao zero, setenta e cinco.

Devagar ela moveu o indicador de volta para o zero. O cadeado fez um som audível de clique.

Henke tinha usado a data de aniversário dela como combinação!

A caixa tinha um fundo falso que a dividia em duas seções. Na parte superior, ela achou um punhado de dólares. Ao lado do dinheiro tinha uma pequena pilha de folhetos, segurados por um elástico marrom e grosso. Enquanto os apanhava, o elástico seco partiu e os folhetos caíram espalhados por cima da mesa. Levou apenas uma fração de segundo para perceber o que os vários folhetos coloridos eram.

Passaportes estrangeiros, a maioria deles já com alguns anos de uso uma vez que não os reconhecia imediatamente.

Abriu um deles e se viu olhando para uma fotografia cinzenta de um homem de cabelos lisos com um bigode e óculos de armação escura. Ele lhe lembrava Henke. O alinhamento do cabelo, seu par de olhos e suas maçãs do rosto proeminentes.

John Earnest, nascido em 1938 em Bloemfontein, África do Sul, de acordo com os detalhes no passaporte.

Mas aquilo era impossível. Apesar da coloração dos cabelos, do óculos e do bigode, ela tinha praticamente certeza. O homem na foto era seu pai.

Demorou quase um minuto inteiro antes que ele ousasse tocar o celular. Suas mãos tremiam tanto que mal conseguia segurar o objeto de metal direito.

Podia sentir os números com as pontas dos dedos e nem precisava virar o objeto do outro lado para checar.

1
2
8

Claro. Qualquer outra coisa estaria fora de questão.

Colocou o celular gentilmente na mesa de centro e deu uma volta ao redor do sofá. Depois, mais uma volta...

O livro ainda estava no chão. Tinha derrubado junto com ele algumas bolas de poeira enormes do topo da prateleira, mas, assim como o telefone, a capa estava completamente limpa, o que só poderia significar uma coisa. Ambos os objetos deviam ter sido deixados ali muito recentemente.

Pegou a lista de bens confiscados na cozinha. Cinco páginas amassadas de A4, onde cada item apreendido do seu apartamento pelos policiais estava listado em detalhes pedantes. Na metade da terceira página achou o que procurava.

103. Um livro, O Apanhador no Campo de Centeio, *J.D. Salinger.*

A mensagem era perfeitamente clara. Alguém tinha retirado o livro de onde quer que fosse que os policiais o tinham mantido e o colocado de volta em seu apartamento junto com o celular. Assim como Erman tinha dito, o Jogo estava em todo lugar, e o livro no chão de sua sala de estar provava que nem a Polícia de Segurança estava imune.

Puta merda!

Ele desabou no sofá, encarando o celular na mesa de cabeceira enquanto corria seus dedos pelos cabelos.

Uma vez, depois diversas outras vezes, mais forte. Fios de cabelo se soltavam e se prendiam aos seus dedos, mas ele quase não notava.

O celular podia ser uma cópia.

Ele tinha dado o seu para Manga, dois anos atrás, e então Becca o tinha pego e enterrado no departamento de itens perdidos. Depois descobriu que o celular era propriedade da ACME Serviços de Telecomunicação, então presumidamente ele achou seu caminho de volta a eles.

ACME Serviços de Telecomunicação – membro do Grupo PayTag com orgulho...

Parou de arrancar seus cabelos, distraidamente retirou os fios soltos de seus dedos, e alcançou o aparelho.

Sua superfície parecia gelada enquanto o levantava para a luz e mexia até encontrar o que procurava. Alguns arranhões de um centímetro em um dos cantos da tela de vidro, da vez que ele tinha se pendurado em um muro de tijolos em Birkastan, ao mesmo tempo que um gorila tatuado cuja porta ele tinha acabado de desfigurar queria lhe dar uma pequena lição de aviso, fazendo de tudo para puxá-lo para baixo.

Um caralho que isso era uma cópia!

Ele já sabia no momento exato em que tinha batido os olhos no celular caído no chão. Esse realmente era seu celular.

Mesmo antes de levantar a tampa da seção inferior, ela já tinha uma boa ideia do que se encontrava ali.

Tinha sido o cheiro o que a havia alertado. Um cheiro amargo, oleoso, que ela já conhecia muito bem.

Levantou a tampa vagarosamente. Um revólver preto com um cabo marrom e estreito estava lá, escondido no compartimento inferior, e seu coração começou instantaneamente a bater mais forte.

Ela resistiu a uma vontade imediata de pegar a arma. Em vez disso. se inclinou para frente e inspecionou o revólver o mais perto que podia. Diferente de muitos dos seus colegas, não tinha qualquer interesse particular em armas. As Sig Sauers da força policial e os fuzis de assalto compactos escolhidos como armas de apoio pela Unidade de Proteção Pessoal eram praticamente as únicas com as quais ela já tinha atirado. Mas, em comparação com uma pistola ou um fuzil de assalto, um revólver era uma arma consideravelmente mais simples. Um cilindro rotativo no meio, contendo normalmente seis balas.

Cabo, tambor, gatilho e um cão largo e visível que podia ser engatilhado com seu dedão - era basicamente isso.

O tambor grosso fazia com que a arma parecesse cruel, um pouco como o focinho de um buldogue.

Mediu cuidadosamente o diâmetro do tambor com o dedo mindinho. Era quase o mesmo da sua própria pistola de serviço. Nove milímetros ou quase, mas tinha um pressentimento de que o calibre dos revólveres era normalmente medido em milésimos de polegada. Tentou calcular em sua cabeça, mas não chegou muito longe.

Havia um pequeno abajur de leitura na mesa de canto, e ela o acendeu e direcionou para iluminar a caixa de metal.

Imediatamente acima do tambor, achou algumas palavras encravadas.

Cal .38, então um número comprido, provavelmente o número de série da arma. Obviamente deveria copiá-lo. Pegou uma caneta e um bloco de notas de sua bolsa. Checou mais de uma vez com cuidado, enquanto escrevia o número duas vezes, sobrescrevendo de volta e o deixando mais grosso no papel, apenas para prolongar o processo. Para ocupar sua mente com algo.

Mas o adiamento era apenas temporário.

Que merda tinha de fato encontrado aqui?

Ela espalhou os passaportes na mesa a sua frente e passou a folheá-los.

Todos os cinco tinham sido emitidos no final dos anos 1970 e continham fotografias de seu pai.

Em alguns, ele usava óculos, em outros bigode ou barba, e em um deles a cor dos cabelos estava diferente. A única coisa que todos tinham em comum era que nenhum tinha sido emitido com seu nome verdadeiro. Ela olhou para a caixa de metal, ainda lutando contra a vontade de apanhar o revólver.

Mas seu treinamento da polícia venceu mais uma vez.

A arma era perfeitamente inofensiva onde estava, e tocá-la sem luvas significaria contaminá-la com suas digitais. Mas não faria nenhum mal dar uma olhada mais de perto.

Ela colocou sua caneta no tambor, levantou-a e tentou virá-la para o outro lado. O cilindro deslizou levemente para fora, e quando tentou virar a arma ele abriu por inteiro. Seis câmaras, como suspeitava, e cada uma continha um disco plano cor de bronze. A arma estava carregada, em outras palavras. Duas das balas tinham marcas óbvias do cão da arma, significando que deviam ter sido usadas, mas as outras quatro estavam completamente intactas.

De repente teve uma ideia. Realmente, devia ter pensado nisso de primeira em vez de perder tempo com seu bloco de notas.

Colocou o revólver na mesa e pegou seu celular.

Obviamente, não havia sinal lá embaixo, mas isso não importava. Abriu o aplicativo da câmera e tirou diversas fotos do revólver de ângulos variados. Então, cuidadosamente, recolocou a arma na parte inferior da caixa.

Olhou o relógio: já deveria estar voltando ao trabalho agora. Hora de tomar uma decisão.

Juntou rapidamente os passaportes, abriu sua bolsa e enfiou-os no bolso interno. Após alguns momentos de reflexão, colocou também o dinheiro, mas hesitou com relação ao revólver – aquilo fazia com que se sentisse insegura. Não podia deixá-lo para que o time de Stigsson o encontrasse, isso estava fora de questão. Mas, por outro lado, ela definitivamente não estava afim de levá-lo ao trabalho e depois para casa com Micke. Mas talvez houvesse outra opção.

Hesitou um pouco mais, então fechou a pesada tampa e virou o disco com a combinação numérica algumas vezes. Depois, pegou a caixa com uma mão, pendurou a bolsa no ombro, e se virou em direção à porta.

Por um breve momento, ela ficou ali com a mão na maçaneta enquanto escutava por qualquer barulho do lado de fora da caixa-forte. Depois abriu a porta do pequeno cubículo, olhou rapidamente para a câmera mais próxima e se dirigiu de volta ao compartimento principal da caixa-forte, tentando agir naturalmente. Colocou a caixa de volta em seu lugar, girou a chave danificada com alguma dificuldade para trancar a fechadura e então saiu da caixa-forte.

"Eu estava pensando, poderia ter uma cópia do contrato original que trata do aluguel do cofre?", perguntou ao homem atrás do balcão. "Também gostaria de fazer um contrato para um novo cofre, no meu nome apenas. Preferivelmente de imediato..."

8Ele largou o telefone, pegou o livro do chão e folheou as páginas com seus dedos trêmulos.

Biblioteca da Cidade de Estocolmo – Bagarmossen, dizia o carimbo na parte interior da capa. Após uma rápida busca, encontrou o ano em que fora impresso – 1986.

Mas foi a mensagem na primeira página que fez com que a tremedeira de suas mãos entrasse em frenesi. Uma ornamentada e antiquada letra escrita à mão que parecia muito com a de seu pai:

É HORA DE DECIDIR,
HENRIK!
VOCÊ QUER JOGAR UM JOGO?
SIM
OU
NÃO?

7 Só porque você está paranoico...

Ele moveu o copo para uma parte diferente da parede, então pressionou a orelha contra o fundo. Mas só conseguiu melhorar um pouco. O mesmo fluxo constante de vozes vagas e murmúrios, diversos sons de uma só vez, mas ainda não era possível entender o que estava sendo dito.

Bosta!

Ele tinha se demorado no corredor por diversos dias, esperando alguém entrar ou sair, e tinha até tocado a campainha algumas vezes. Cacete, ele tinha até comprado uma caixa de chocolates como um singelo e educado presente de boas-vindas.

Mas embora estivesse certo de que havia pessoas dentro do apartamento, seu novo vizinho não tinha aberto a porta. Quem quer que estivesse lá dentro claramente não tinha o desejo de encontrá-lo, o que basicamente só confirmava suas suspeitas.

O jogo estava mantendo um olhar atento em cima dele e sabia tudo sobre suas idas e vindas. Isso significava que tinham que ter um posto de observação, e um que fosse realmente bom pra caralho. Uma vez que entendeu isso, o restante tinha ficado fácil de decifrar. Podia imaginá-los dentro do apartamento, uma gangue inteira de agentes da Stasi de terno e sem rosto com fones de ouvido enormes sobre as orelhas, movendo os microfones pela parede ou perfurando pequenos buracos para que pudessem enfiar microcâmeras através das paredes, perto das tomadas.

Tudo isso enquanto murmuravam entre si, planejando a próxima etapa da operação...

Largou o copo e começou a andar rapidamente pelo apartamento.

Obviamente deveria ir embora. Sair daquela merda de lugar e se esconder em algum buraco no chão. Mas isso não o ajudaria, o Jogo iria por certo encontrá-lo mais cedo ou mais tarde. Enquanto estivesse dentro do apartamento, sabia também onde eles estavam. O Mestre do Jogo ainda não tinha forma alguma de saber que ele havia descoberto onde seu centro secreto de vigilância estava localizado.

Vantagem para HP, em outras palavras...

Uma pequena vantagem, talvez, mas ainda assim!

E se iria mantê-la, teria que implementar algumas medidas de segurança...

Fita adesiva. Precisava de mais fita adesiva. Todas as tomadas e soquetes na parede tinham sido cobertas, assim como as rachaduras e buracos maiores, mas ainda não se sentia seguro. As paredes eram antigas e muito irregulares, e podiam facilmente esconder uma pequena lente de câmera microscópica.

Porém, para conseguir mais fita adesiva, tinha que sair e deixar o apartamento desguardado enquanto seguiria para a mercearia na Hornsgatan.

Ele não saía já por quase uma semana, vivendo de sardinha enlatada, cigarros e água da torneira até que sentiu que estava arrotando alumínio. Mas agora não tinha mais escolha.

Primeira parada, supermercado: torradas, ovas de peixe, comida enlatada, algum tipo de comida pronta congelada e uma quantidade tão grande de cigarros que a garota no caixa estava claramente impressionada pelo tamanho de seu pedido.

Depois, com todas as compras rapidamente enfiadas em sacos plásticos, de volta às ruas.

Fixou o olhar na calçada, contraindo os músculos do pescoço o máximo que podia para refrear o impulso de olhar ao redor. Mas independentemente de quanto tentasse, não conseguia deixar de olhar para trás.

Percebeu-os quase que instantaneamente. Dois deles, nos seus trinta anos, em pé de frente a uma vitrine a uma pequena distância. Calças chino, sapatos pretos de qualidade, olhando com atenção para o que acontecia ao redor em vez de olharem um para o outro. Polícia, tinha certeza.

Mas podia muito bem ser que estivessem trabalhando para o Jogo. Ou as duas coisas...

Virou bruscamente para a direita, podia sentir seus olhares queimando sua nuca.

Cerca de duzentos metros até a loja, alguns rolos de fita adesiva, e então direto de volta pra casa.

Uma vez que o apartamento estivesse devidamente seguro, poderia finalmente aproveitar a chance para colocar a cabeça pra funcionar direito.

As capas dos jornais na banca de revistas que ficava no caminho estavam repletas das últimas notícias do casamento real. As roupas, o cardápio, lista de convidados...

Assim como esperava, sua própria prisão já havia sido esquecida. Agora, evidentemente, tudo era sobre uma "escolha difícil" que o novo príncipe tinha pela frente. Se fosse para adivinhar, seria pra qual empresa de caridade ele iria fingir trabalhar agora que os contribuintes iriam garantir sua renda futura...

Cuspiu um grande gota de saliva no meio-fio e olhou para trás de relance, por cima dos ombros. Seus perseguidores ficaram de repente fora de vista, o que provavelmente apenas significava que havia mais do que apenas duas pessoas o seguindo.

O suor estava grudando a camisa em sua pele, o que fez ele parar fora da loja para desgrudá-la do peito. Um odor azedo de cecê subiu no ar e o fez torcer o nariz. Deus, como fedia!

Deu uma rápida olhada em si mesmo no vidro da vitrine. Sua camiseta úmida estava agora mais amarela do que branca, e suas calças jeans rasgadas estavam tão machadas que quase não dobravam mais. Acrescente a isso sua barba, cabelos oleosos, as olheiras escuras embaixo de seus olhos e seu olhar de doido de olhos esbugalhados e o diagnóstico era cristalino. Não era surpresa que as pessoas abrissem caminho para ele na calçada. Parecia um louco em pleno surto psicótico.

Um barulho repentino eclodiu em meio ao som do tráfego, fazendo com que se assustasse e somando mais vinte batidas por minuto à sua pulsação. Mas tinha sido apenas o freio de ar do ônibus 43 parando do outro lado da rua. Ele já estava desviando o olhar quando seu cérebro acompanhou o que acontecia. Terceiro assento dos fundos, o cara sentando perto da janela...

Puta que pariu!

Correu direto para o meio do trânsito. Houve uma cacofonia de buzinas delirantes, freios chiando e pneus derrapando. Mas nada daquilo o fez tirar os olhos do ônibus.

Escapou por pouco de ser atropelado por um Saab, mas o Volvo na faixa seguinte freou um pouco tarde demais e o atingiu na altura do joelho.

Ele caiu no asfalto e o conteúdo do saco plástico se espalhou pela rua, mas não tinha a mínima intenção de recolher tudo de volta. Em vez disso, usou o impacto do Volvo para voltar a ficar em pé mais rapidamente.

Checagem de status: dor angustiante, mas – por sorte – sem sinal de sangue ou ossos expostos...

Deu alguns passos vacilantes. A dor era possível de suportar.

O motorista saiu do carro, seu rosto inchado como um tomate.

“Que merda de brincadeira é essa, seu filho da...!”

HP não ficou para dar continuidade ao debate.

O ônibus já tinha arrancado da parada e estava começando a ganhar velocidade enquanto seguia pela Hornsgatan.

Pôs as pernas pra funcionar, esquerda, direita, esquerda de novo. Mais rápido e mais rápido. Desviou para um lado para contornar um carro e se viu atrás do ônibus.

Já tinha ganhado velocidade agora, quase correndo na última marcha – mas o ônibus continuava se afastando dele. Um sinal vermelho no cruzamento seguinte daria fim a isso.

Mas o motorista do ônibus não deu sinal de que iria frear, e de fato, parecia acelerar ainda mais. HP podia ver as luzes do semáforo agora – verde. *Porra!*

Devia estar uns setenta e cinco metros atrás do ônibus, e os carros passavam cortando por ele rapidamente em ambos os lados com suas buzinas estridentes.

Suas pernas doíam da batida, seus pulmões queimavam com o súbito esforço, mas não tinha qualquer intenção de desistir, ao menos não enquanto ainda tivesse o ônibus à vista.

Atravessou a rua e continuou correndo pela calçada. Lá na frente, o ônibus finalmente parecia ter parado na Mariatorget. Isso!

Correu ainda mais rápido, atravessando a Torkel Knutssonsgatan enquanto se aproximava da parte de trás do ônibus.

Cinquenta metros.

Quarenta.

Trinta.

"Alô, Nina Brandt falando!"

"Olá Nina, você poderia aguardar..."

Ela largou o telefone um segundo, se levantou da sua mesa e fechou a porta do escritório.

"Pronto, agora podemos falar."

"Está tudo bem, Becca?"

"Sim, com certeza", mentiu. "Apenas um pouco mais ocupada do que o normal, talvez..."

"Então você está tentada a voltar para a Firma...?"

Ela forçou uma risada.

"Bem, não agora, pelo menos... Você conseguiu descobrir alguma coisa?", acrescentou rapidamente antes que Nina tivesse tempo de continuar.

"Nada ainda..."

Rebecca suspirou silenciosamente.

"Não há registro desse revólver em nossos sistemas. Nunca foi relatado como roubado, nem registrado com qualquer conexão a algum crime."

"Certo, bom saber."

"Mas meu contato na equipe forense ainda gostaria de levá-lo para alguns tiros de teste."

"Certo, para quê?"

"Porque é um calibre .38 manufaturado antes de 1986..."

"Quê...?"

"Ora, Rebecca, o revólver é no mínimo em teoria uma potencial AOP..."

"Não estou te entendendo, Nina..."

"A Arma do Olof Palme."

Um curto silêncio se seguiu enquanto Rebecca tentava absorver esta nova informação.

"Mas o assassino não usou um Magnum 357? Holmér foi na televisão e disse que..."

Ela devia ter visto a imagem pelo menos uma centena de vezes ao longo dos anos. A coletiva de imprensa, com o comissário da polícia local exibindo confiante dois revólveres potentes.

"Bem, Holmér conseguiu interpretar errado a maior parte dos fatos, incluindo a arma. Veja, Rebecca, o .38 e o 357 têm balas do mesmo tamanho, apenas o comprimento é diferente. Alguns modelos de .38 podem ser usados com munição para o 357, e é por isso que a equipe forense está tão ávida por testar todas as armas antigas que se encaixem no perfil da AOP. Meu amigo da forense poderia testá-la na próxima semana..."

"Certo, tudo bem... Veja, eu vou ter que te ligar de volta, Nina, tenho uma ligação na espera... Mil vezes obrigada por sua ajuda", acrescentou. "Entrarei em contato na próxima semana e a gente pode marcar um almoço juntas..."

Ela desligou, largou o telefone na mesa e se encostou devagar na cadeira. Abriu então a gaveta da mesa e pegou algumas folhas de papel. Desde sua visita à caixa-forte do banco estava achando impossível encaixar todas as peças do quebra-cabeças que tinha achado na caixa.

Não até ter chegado à cópia do contrato do cofre particular.

Estava certa de que o cofre pertencia a Henke. E tinha se enganado. O acordo havia sido feito em 1986, e os nomes dela e de Henke tinham sido listados na seção de *outros indivíduos com acesso ao cofre particular.*

Em outras palavras, Henke provavelmente sabia tanto sobre aquele cofre quanto ela.

Os lembretes sobre os pagamentos em aberto devem ter sido enviados a ambos, a única diferença era que a coleção de envelopes não abertos pertencente a ele fora provavelmente apreendida antes que pudesse abri-los. Então, os segredos do cofre não eram de Henke afinal de contas, mas pertenciam à pessoa que estava listada como titular principal no contrato. A pessoa a quem pertencia o molho de chaves antes de Henke o ter herdado.

Erland Wilhelm Pettersson.

Seu pai.

Quando estava a vinte metros de distância, as luzes traseiras do ônibus começaram a acender.

Pôs toda a energia que tinha em ação.

O ônibus começava a deixar a parada.

Dez metros de distância.

Oito.

Cinco.

A distância parou de encurtar.

Logo começou a crescer novamente enquanto o ônibus começava a acelerar na longa faixa em direção à Slussen.

Porra!

Seu estômago contraiu e ele sentiu a primeira convulsão estomacal enquanto tentava segurar o vômito. Forçando suas pernas a continuar em frente...

O contorno quadrado no fundo do ônibus começava a ficar cada vez menor.

A segunda ânsia quase alcançou sua boca.

O ônibus desapareceu da sua vista.

Mas ele não podia desistir agora.

Não conseguiu segurar a terceira convulsão, e teve que dar alguns passos cambaleantes para tentar evitar vomitar em cima dos próprios tênis.

O ônibus deve ter parado do lado de fora da estação de metrô na Slussen pelo menos há um minuto, o que significava que ele chegaria lá muito tarde. O ônibus teria já saído para Skeppsbron e em direção ao centro da cidade.

Mas tinha que pelo menos tentar.

Ele tinha visto o sósia de Erman na estação de Slussen da última vez, então talvez fosse pra lá que também estivesse indo dessa vez?

Com um pouco de sorte conseguiria alcançá-lo antes que ele entrasse na bilheteria.

Tudo o que precisava era de alguns segundos a uma distância aceitável...

Ele desviou para a direita, em direção a Götgatsbacken, então forçou suas pernas doloridas a entrar na esquina do Museu da Cidade.

Seu estômago o estava deixando ciente de que se preparava pra mais uma erupção, mas no momento em que a Ryssgården clareou à sua frente, parou abruptamente. Tossiu um punhado de vômito amargo da sua garganta, cuspindo aquilo pra fora pelo canto da boca. Seus pulmões queimavam e seu coração batia tão forte que não conseguia deixar de contorcer os olhos de dor, mas, mesmo assim, sem tirar a vista da praça. Ele estava lá, em algum lugar, no meio da multidão.

Bem, deveria estar.

A menos...

Que não estivesse...

Caralho!

Sua pulsação foi gradualmente diminuindo, o que ajudou a controlar as cãibras no estômago.

Deu alguns passos em direção à praça. Ainda nenhum sinal. Ou Erman já se encontrava dentro da estação, ou então tinha continuado com o ônibus em direção ao centro da cidade.

Azar do caralho!

O pico de adrenalina estava começando a diminuir e, de repente, sentiu uma espécie de tontura. Apoiou as mãos nos joelhos, reuniu mais uma bola de saliva e cuspiu com tudo nas pedras da calçada.

"Que nojo!", alguém chiou à sua direita, mas ele ignorou.

As pedras abaixo dos seus pés pareciam estar lentamente girando no sentido horário, e o suor escorria por suas costas, ensopando a cintura de suas calças e acabando com os últimos pedaços secos da sua camiseta.

Abaixou a cabeça um pouco mais próxima dos joelhos para melhorar a circulação do sangue. Ficou ali naquela posição por alguns minutos, tentando se recuperar.

Quando o chão parou de rodar, se endireitou, respirou fundo e se virou. E foi então que bateu os olhos nele. Dentro da cabine transparente do elevador, a apenas nove, dez metros de distância. Camisa branca, calças de linho e um uma jaqueta desgastada pendurada casualmente sobre um dos ombros.

Apesar das roupas nada familiares, apesar do fato de que o homem estava com a barba completamente feita, consideravelmente mais magro e parecia perfeitamente normal, parecia pra caralho com Erman.

Desconcertantemente familiar, na verdade...

Precisava chegar mais perto para ter absolutamente certeza. HP deu alguns passos incertos para frente, depois mais alguns, mas naquele momento o elevador começou a descer. Ele acelerou, forçando suas pernas a lhe obedecerem.

Os pés do homem desapareceram chão abaixo, seguidos por suas pernas, tronco, e, momentos antes que sua cabeça sumisse abaixo do nível da rua, HP olhou nos olhos do outro homem.

Puta merda...

Por que razão papai tinha um cofre privado secreto com passaportes falsos, milhares de dólares em dinheiro e um revólver de grosso calibre?

Se estivessem em um romance de espionagem a resposta seria óbvia, mas esse era o seu pai, pelo amor de Deus. Um sueco perfeitamente comum com um emprego medíocre, um apartamento em Bagarmossen e uma esposa com duas crianças.

Havia cinco passaportes espalhados sobre sua mesa.

Havia o da África do Sul, então um da Suíça, um do Canadá, um da Bélgica e outro da Iugoslávia. Todos eles tinham vários carimbos estrangeiros, a maioria dos Estados Unidos, mas havia também alguns de outros países. Na penúltima página do passaporte canadense, ela também achou uma fotografia antiga em preto e branco que estava quase grudada entre as páginas. Mostrava em torno de uns sessenta homens jovens em uniforme, posando ao redor de um tanque. As letras ONU estavam pintadas de branco no canhão, em letras maiúsculas.

Boinas azuis, Chipre 1964, alguém tinha escrito atrás com uma letra à moda antiga que parecia tanto com a de seu pai que seu coração pulou uma batida.

O foco da fotografia não era dos melhores e muitos dos rostos não estavam nítidos. Mas um dos homens, espremido na primeira fileira, tinha uma aparência bem familiar, principalmente o nariz e os olhos. Teria o seu pai servido nas Nações Unidas? E se tivesse mesmo, por que nunca havia mencionado isso?

Sabia que ele havia sido reservista quando mais jovem, tinha sido assim que ele e o tio Tage haviam se conhecido, e os encontros da associação dos veteranos era uma das únicas coisas que costumava conseguir deixá-lo de bom humor. Mas o fato de que ele talvez tivesse servido no exterior e nunca tivesse mencionado, isso parecia bastante estranho. Certo, ele não era mesmo do tipo de falar muito, mas, no mínimo, deveria ter uma dessas bandeirinhas, certificados ou algum tipo de souvenir, como as pequenas coisas com as quais todos os seus colegas que tinham servido na ONU costumavam enfeitar seus escritórios.

Ela tinha revivido a infância em sua cabeça diversas vezes agora, mas não conseguia relembrar ter visto qualquer coisa parecida. A coleção da mãe de bonecos de toureiros espanhóis e pratos decorativos eram basicamente os únicos enfeites que tiveram em casa, e não havia nada nos itens deixados pelo pai após a morte que pudesse lhe dar qualquer pista a esse respeito. Além de suas camisas e ternos, alguns poucos móveis pesados e uma máquina de escrever desgastada, o restante de suas posses cabia em uma sacola de plástico.

Tinha praticamente desistido de qualquer ideia a respeito do revólver ter sido uma antiga arma de serviço do seu pai. Oficiais de reserva nos anos 1950 e 1960 recebiam pistolas e não revólveres, ao menos até onde ela conseguiu pesquisar. Além disso, o Exército entraria em contato se sua arma tivesse sido perdida. Nada que ela encontrara no cofre particular fazia qualquer sentido, e havia apenas uma pessoa de fato que poderia lhe ajudar a começar a compreender isso tudo.

Ela puxou o teclado pra sua frente, fez o login em sua conta do Hotmail e abriu uma nova mensagem.

```
Para: tage.sammer@hotmail.com
De: rebecca.normen@hotmail.com
Assunto: Serviço na ONU

Querido tio Tage,
Espero que esteja tudo bem com você.
Encontrei recentemente alguns pertences do papai
que estavam guardados em um cofre particular. Entre
alguns objetos, havia uma fotografia de uma missão da
ONU no Chipre em 1964.
Eu na verdade não sabia que o papai tinha servido
com a ONU, esperava que você pudesse me dizer um
pouco mais.
Fique à vontade para me ligar!

Beijos,
Rebecca
```

Ele correu em direção ao elevador, até perceber que descia para o Museu da Cidade, então mudou de caminho, indo para a larga escadaria de pedra alguns metros à frente.

Foi descendo dois degraus por vez, empurrando pais com crianças pequenas enquanto corria para a entrada principal. Tinha perdido um pouco de tempo, mas havia um longo corredor de vidro que ia do elevador até a entrada do museu. Não havia como aquele cara chegar ao final do corredor antes dele.

As portas automáticas mal haviam aberto quando ele passou voando por elas.

Assim como esperava, chegou lá primeiro.

Respirou fundo por alguns instantes e começou a caminhar devagar pelo longo corredor que levava até as portas brilhantes do elevador.

Sua mandíbula estava cerrada e ele podia sentir o sangue concentrado por trás das pálpebras. A qualquer momento agora as portas do elevador iriam se abrir e ele estaria frente a frente com Erman.

Porque aquele cara que ele viu tinha que ser Erman.

Barbeado, limpo e arrumado, e muitos quilos mais magro. Mas ainda assim era ele, caralho.

Então ele claramente não tinha sido queimado vivo lá no mato de Fjärdhundra, e parecia que a alergia a eletricidade que o tinha forçado a levar uma vida de baixa tecnologia não o incomodava mais.

O que significava que...?

Bem, era o que ele estava planejando descobrir assim que as portas do elevador se abrissem. Possivelmente de maneira mais violenta do que a situação demandava...

Ele fechava e abria as mãos e podia quase sentir a adrenalina em sua língua.

Dez segundos se passaram.

Vinte.

Trinta.

Certo, então o elevador era do tipo lento, para os deficientes, mas mesmo assim – já deveria ter chegado a essa hora.

Ele apertou o botão e olhou ao redor, imaginando se deveria correr de volta para a praça.

Mas, de repente, o elevador fez um som de apito que quase o fez pular para fora dos sapatos.

Seu coração dava cambalhotas no peito enquanto ele erguia os punhos e se preparava.

As portas se abriram devagar.

ANDERS DE LA MOTTE THE GAME

8 ...não significa que não estão atrás de você

"Sim, alô?"

"Boa tarde, meu querido amigo, ou seria bom dia?"

"Sim, é ainda manhã aqui. Que bom que você ligou. Está tudo bem?"

"Mais ou menos..."

"O que você quer dizer? As coisas não deveriam...?"

"Não se preocupe, as peças estão prestes a se encaixar."

"Espero que sim. Falhar não é uma opção."

"Entendido..."

"Minha querida Rebecca, que bom te ver!"

"Olá, tio Tage, bom te ver também..."

Ela estava dez minutos adiantada para o encontro, mas claro que ele já estava lá.

"Achei que você estivesse fora do país, quando foi que chegou?" Inclinou-se por sobre a mesa de café e beijou o velho na bochecha.

Ele ainda cheirava da mesma forma. Creme de barbear, loção pós-barba, cigarros e alguma outra coisa bem familiar. Algo que ela gostava...

"Ah, algumas semanas atrás. Gostaria de algo? Café, chá? Não, que tolo da minha parte... Com licença!"

Ele acenou para a garçonete.

"Um cappuccino por favor, com leite sem lactose, é possível?"

Sorriu para Rebecca, mas ela demorou alguns segundos para sorrir de volta. Ele não pareceu notar sua reação.

"Perdoe por não entrar em contato antes, Rebecca, querida, mas desde que retornei minha agenda tem estado completamente cheia... Esses são tempos turbulentos, mas claro que você já sabe disso."

Sorriu mais uma vez, enquanto tomava um gole de café.

"Claro", ela murmurou. "Com certeza", acrescentou com uma voz mais clara.

A garçonete retornou com seu cappuccino, e ela deu um rápido gole.

"Então, como anda o emprego novo, Rebecca? Posso imaginar que é bem diferente de trabalhar para a Polícia de Segurança?"

"Está indo bem, obrigada. Tivemos um pouco de dificuldade em conseguir organizar tudo – equipamento, equipe, licenças e um bocado de outras coisas. A papelada tomou mais tempo do que eu esperava."

"As rodas da burocracia sueca se movem bem devagar..."

"Nem me fale!" Dessa vez seu sorriso foi mais fácil de devolver.

"Nesse caso imagino que você solicitou a licença para ter o porte de armas no decurso do trabalho. Não é particularmente comum para empresas privadas serem aprovadas nesse quesito. O Estado é bem reservado com relação ao seu monopólio da violência..."

Ela abriu a boca para dizer algo, mas fechou de novo na mesma hora. Em vez disso, apenas balançou a cabeça. Não deveria ficar realmente surpresa. Tio Tage sempre parecia saber quase perfeitamente o que andava fazendo, mesmo quando trabalhava para a Polícia de Segurança, e nada parecia ter mudado só porque tinha um emprego novo. A ideia de que ele estava de alguma forma cuidando dela fez com que sua decepção de antes desaparecesse por completo.

"Talvez eu possa ser útil? Como você sabe, eu ainda tenho um bom número de contatos..."

"Isso seria ótimo!"

Ela lembrou muito bem como seus contatos tinham lhe ajudado no inverno anterior. Ele tinha conseguido liberar ela da suspeita de uso indevido do cargo, e a tinha salvado de ser demitida. Realmente, não devia explorar sua boa vontade em ajudar com um assunto assim tão insignificante, mas ele tinha se voluntariado, e ela realmente já tivera duas solicitações para licença de armas rejeitadas.

Os membros de sua equipe já estavam reclamando mais abertamente, e era apenas uma questão de tempo antes que tais lamúrias chegassem aos chefes. E isso era algo que ela não precisava...

"Se não for muito trabalho, quer dizer...", acrescentou.

"Não, de forma alguma, farei algumas ligações na segunda-feira. Sem garantias, claro, mas vou fazer o que posso. Para o que mais servem os amigos, se não para ajudar um ao outro...?"

"Muito obrigada, eu realmente te agradeço, tio Tage."

Ele pôs sua caneca na mesa, empurrando-a gentilmente para o lado.

"Agora, sobre o assunto que você me perguntou. Como disse, eu realmente não queria discutir isso por e-mail. É melhor discutir certas coisas frente a frente..."

Ela concordou.

"Estou muito feliz de lhe contar sobre meu passado em comum com seu pai, mas primeiro é minha vez de pedir a você um pequeno favor, Rebecca..."

"Qualquer coisa, tio Tage, você sabe disso..."

"Bom."

Ele abaixou a voz e se inclinou por sobre a mesa.

"Você mencionou um cofre particular que pertencia a seu pai, e uma fotografia antiga?"

"Sim, é isso..."

Ele se inclinou ainda mais.

"Eu quero que você me diga exatamente o que encontrou, Rebecca. É muito importante que você não deixe nada de fora!"

Ela foi pega de surpresa pela repentina rispidez da voz do tio Tage, e recuou levemente.

"Alguns documentos", retrucou, passeando o dedo pela borda da caneca de café.

"Que tipos de documentos, Rebecca?" Seu olhar concentrado parecia atravessá-la por inteira, e ela deu um gole de café exageradamente lento para ter uma razão para desviar o olhar. Tage Sammer era um dos amigos mais antigos do seu pai, alguém em quem confiava. Ainda assim se sentiu de repente hesitante.

"Eu entendo que isso seja um assunto bem sensível. Estamos falando do seu pai, afinal."

Seu tom estava mais suave agora, mais pessoal.

"Deixe-me ver se posso ajudá-la um pouco, Rebecca, minha querida..."

Ele olhou rapidamente para a mesa ao lado, então baixou sua voz ainda mais.

"Talvez os documentos possam ser passaportes – passaportes estrangeiros contendo a fotografia do seu pai?"

Ela hesitou por mais alguns segundos, então balançou a cabeça devagar, concordando.

"Eu entendo...", ele repetiu, e dessa vez sua voz soou quase triste.

Continuaram sentados ali em silêncio, enquanto ele parecia ponderar sobre o assunto.

"Um cofre particular é na verdade um tipo de bolha, você já parou pra pensar nisso, Rebecca? A vida do lado de fora continua, coisas mudam, mas lá dentro o tempo permanece parado. Muito como a vida em si. Nós criamos nossa própria realidade, pequenas esferas onde imaginamos controlar o que acontece. A grande verdade é que o sentimento de controle é apenas uma ilusão, e essas esferas nada mais são do que bolhas. Mas toda bolha está fadada a estourar uma hora ou outra, não?"

Ele balançou a cabeça.

"Você deve prometer manter em segredo o que estou pra lhe dizer, Rebecca", continuou ele.

Ela acenou, concordando.

"Você não pode compartilhar isso com ninguém, nem mesmo com seu irmão. Como você sabe, Henrik não é capaz de manter segredo do mesmo jeito que você ou eu, e se o que estou prestes a te dizer vazar, haverá consequências, sérias consequências. Você entende?"

"Claro, tio Tage. Você pode confiar em mim."

"Sim, eu sei que posso, Rebecca. Você parece mais com seu pai do que pode imaginar..."

Ele lhe deu um sorriso torto que fez seu coração pular uma batida.

"Tudo começou em 1964, em uma pequena vila no norte do Chipre. Eu era o comandante do batalhão e seu pai, um dos meus quatro líderes de pelotão. Nós já nos conhecíamos da Escola de Treinamento de Oficiais, e nos dávamos bem. Erland talvez não fosse o líder mais nato de todos, mas compensava por ser extremamente bem preparado para qualquer cenário possível. E ele era confiável e leal, qualidades que estão se tornando cada vez mais difíceis de encontrar esses dias..."

Ele ergueu sua caneca de café gentilmente.

"Em uma ocasião, nós fomos despachados para proteger uma vila turco--ipriota que estava sob fogo constante de forças greco-cipriotas consideravelmente melhor armadas e em maior número."

"Infelizmente, nossa presença não pôs fim às hostilidades e fomos forçados a assistir a vila turco-cipriota ser explodida em pedaços. Erland era um homem de princípios firmes. Junto com alguns colegas, ele teve grande dificuldade em aceitar que nós não tínhamos ordens de intervir para proteger o grupo mais fraco."

Ela balançou a cabeça.

"Bem, infelizmente, as frustrações deles os levaram a carregar dois de nossos veículos da ONU com algumas metralhadoras pesadas e diversas caixas de munição, com a intenção de levá-las até os turco-cipriotas. A ideia era provavelmente igualar a batalha, ao menos um pouco. Não era uma declaração de cunho político, e mesmo que eles tivessem sucesso em entregar as armas, duvido que isso tivesse feito qualquer diferença..."

Ela concordou, balançando a cabeça vagarosamente.

"Mas eles foram parados em um bloqueio de estrada dos greco-cipriotas, e foi tudo pro inferno... Houve uma investigação minuciosa, seu pai e seus colegas foram desligados de suas funções imediatamente, e todo o contingente sueco das forças da ONU foi realocado imediatamente para a parte sul da ilha. Erland ficou extremamente abatido com tudo aquilo. Ele acreditava que estava meramente agindo para proteger as forças mais fracas, de acordo com as ordens. Não posso fingir que não simpatizava com ele, mas as regras eram cristalinas, e ele havia não apenas as violado, como também tinha abalado a confiança de toda a missão da ONU."

"Então, o que aconteceu?"

Ele deu de ombros.

"Demissão sumária tanto das forças da ONU quanto do Exército sueco. Como seu comandante superior, fui forçado a assinar os papéis. Um dia triste. Um dia muito triste..."

Ele pausou por alguns segundos enquanto continuava a brincar com sua xícara vazia de café.

"Entenda, Rebecca, seu pai gostava de ser um militar, parte de um contexto maior, cercado por colegas. Ele almejava por uma carreira longa e de sucesso no Exército. E quando isso foi repentinamente tomado dele, ele se tornou..."

"Amargo..."

Ele olhou para cima.

"Eu estava pensando em dizer 'um homem diferente', mas claro que você está certa. Erland nunca mais foi o mesmo..."

Vazio!

A merda do elevador estava vazio! Ainda não conseguia entender como isso tinha acontecido.

Nada no elevador, nada no corredor, nada na entrada do museu. Então onde caralho aquele cara tinha ido parar? Afinal, não podia ter feito algum truque de mágica e desaparecido em um sopro maldito de fumaça, podia?

Mas ele sabia o que estava acontecendo. Os filhos da puta estavam fodendo com sua mente! Não contentes em manter o controle de cada passo seu e de ouvi-lo através das paredes, agora estavam fazendo joguinhos mentais com ele. Fazendo com que perseguisse um fantasma por metade de Södermalm. Entrando de fininho no apartamento quando estivesse fora, plantando o celular com a clara mensagem de que quem quer que o tenha colocado lá tinha ligações com a polícia; muito provavelmente o Jogador *era* um policial.

Bem, não iriam conseguir quebrá-lo assim tão fácil! Começaria a empilhar os móveis contra a porta naquela noite, e nas poucas ocasiões em que saísse, colocaria fios de cabelo na fresta da porta para que pudesse saber se o apartamento havia sido invadido. Mas preferia muito mais não sair.

Todo o chão de sua sala de estar estava coberto com caixas de pizza, jornais e revistas. Ele praticamente tinha limpado as prateleiras da banca de revistas, e os sinais eram inegáveis. Alguma merda esquisita estava acontecendo por todo lugar: pessoas saindo para comprar cigarros, mas nunca voltando pra casa; sistemas de computador desligando sem razão, fechando as barreiras na rede de túneis da rodovia de Ligação Sul, mudando as luzes de pouso do aeroporto de Arlanda, impedindo químicos de emitirem prescrições; coisas simples desaparecendo – como a bandeira do Kastellholmen, que sempre deve estar hasteada em tempos de paz. Os jornais pareciam achar que era alguma brincadeira qualquer. Uma pegadinha inocente antes do casamento real... mas ontem os aposentados de Estocolmo congestionaram a central telefônica do Exército com ligações preocupadas.

Como de costume, o mundo cheio de suecos comuns não fazia ideia.

Sem bandeira – sem paz.

Em outras palavras, guerra!

Bem, se era guerra que queriam, eles teriam!

DAS GRANDES!!

Levantou-se do chão e coçou sua barba enquanto se encaminhava para a geladeira. Hora de checar seus mantimentos: quatro cervejas lager de baixo teor alcoólico, seis tortas de carne Gorby, metade de uma lata de ovas de peixe. A prateleira superior da despensa aumentou seus bens em três pedaços de torrada e uma lata de salsicha. A segunda prateleira estava cheia de fita adesiva prateada. Dezesseis rolos, para ser preciso. Ele fez um cálculo rápido com os dedos. Mais três dias, possivelmente quatro, antes que fosse preciso sair mais uma vez.

Bom!

Tinha muito o que organizar, coisas a fazer...

"Então, onde os passaportes se encaixam?"

Ele respirou fundo, e soltou o ar devagar mais uma vez.

"O que eu disse a você até agora não é especificamente sensível. Você pode achar tudo isso na internet ou em vários livros sobre a história da ONU. Mas o que eu estou prestes a te contar é estritamente confidencial. Espero que você entenda."

Ela concordou.

"Após a missão no Chipre, eu continuei minha carreira como militar. Estávamos no meio da Guerra Fria e o Exército era muito maior e mais influente do que é hoje em dia. Erland e eu continuamos em contato, muito mais por minha iniciativa, pois sentia um certo grau de culpa pelo que tinha acontecido. Eu era tanto seu amigo quanto seu comandante, mesmo assim não fui capaz de ajudá-lo. Mas, à medida que minha carreira no Exército se desenvolvia, eu percebia cada vez mais que havia sempre a necessidade por homens leais e decididos como Erland. Comecei a usá-lo para um número de... pequenas tarefas de consultoria, creio que podemos chamar assim. Você gostaria de mais alguma coisa para beber, por sinal? Água mineral, talvez?"

Ele acenou para a garçonete e pediu duas garrafas de Ramlösa, e ela trouxe imediatamente.

"Esses trabalhos de consultoria envolviam o quê?", perguntou Rebecca depois de tomar um gole.

"Temo não poder entrar em detalhes..."

"Você quer dizer que ele era algum tipo de espião?"

"Não, não, absolutamente."

Ele levantou as mãos na sua frente, gesticulando.

"Nada desse tipo, era em grande parte serviço de entregas. A troca de serviços e informação. Realmente não posso falar mais nada além disso... Ainda é algo protegido pelo Ato Sigiloso Oficial..."

"Mas se ele precisava de passaportes falsos...?"

"Eu sei que deve soar estranho, mas você precisa entender que os tempos eram bem diferentes. A Guerra Fria estava pegando fogo e a Suécia se encontrava entre duas superpotências. Tenho certeza que você se lembra do DC-3 sueco que foi derrubado no Báltico pela União Soviética, seguido de um dos aviões Catalina que foi enviado para encontrar sobreviventes. Mesmo as atividades mais inocentes estavam sujeitas a serem mal-interpretadas pelo inimigo, então era importante tomar qualquer precaução que estivesse disponível, especialmente uma vez que Erland tinha uma família..."

"M-mas papai tinha um emprego, ele trabalhava como vendedor, para... para..."

Ela tentou em vão se lembrar do nome da empresa – alguma coisa com T, estava bem certa disso. Ele a deixou pensar.

"Ficaria surpreso se qualquer um de vocês soubesse muito sobre o trabalho de Erland... se ele contou qualquer coisa a vocês, foi provavelmente apenas em termos gerais, nada específico. Algo para explicar sua ausência e longas viagens ao exterior, talvez...?"

Ela pegou a garrafa para encher de novo o copo, mas sua mão direita de repente começou a tremer, fazendo com que derramasse água sobre a mesa. Usou alguns guardanapos para enxugar o melhor que podia.

Se alguém tivesse sugerido, a apenas alguns dias atrás, que seu pai fora qualquer outra coisa que não um cidadão perfeitamente comum, ela provavelmente teria apenas sorrido. Mas isso foi antes de ela abrir aquele cofre particular...

"Percebo que tudo isso deva soar um tanto... irreal, Rebecca."

Ele se inclinou para frente e colocou suas mãos sobre as dela.

"Acredite, preferia não ter que lhe contar nada disso..."

Olhou para ele cuidadosamente, tentando achar qualquer indicação de que não estivesse sendo sincero. Mas parecia estar sendo completamente genuíno.

"En-então, o que faremos agora...?", tentou perguntar. "Com as coisas no cofre?", ela esclareceu, baixando sua mão direita para seu colo numa tentativa de parar de tremer.

"Deixe isso comigo. Darei um jeito de que tudo isso desapareça. Os passaportes, o cofre privado, qualquer documento que possa levá-los a seu pai. Apenas me dê todas as chaves, códigos e qualquer coisa necessária, e todas as suas preocupações terão ido embora."

Ela enrijeceu involuntariamente.

"Naturalmente, eu tenho que garantir que nenhuma sombra se apodere da memória do seu pai..." Ele sorriu de maneira aconchegante e ela pausou por uns momentos enquanto considerava.

"Não tenho certeza de que é isso que quero, tio Tage", disse, finalmente. "Entregar tudo, digo..."

Ele franziu a testa e olhou longamente para ela. Então recolheu suas mãos devagar e se endireitou na cadeira.

"Nesse caso, não posso deixar de perguntar por que não, Rebecca?"

A expressão em seu rosto tinha mudado de repente, se tornado mais dura. Ele continuou a encará-la por alguns segundos, enquanto seus olhos se comprimiam vagarosamente e sua boca se contraía. "Havia algo a mais no cofre, não havia? Além dos passaportes e da fotografia..."

Ela não moveu um músculo, mas ele balançou a cabeça devagar como se ela tivesse mesmo assim confirmado sua suspeita.

"Você achou alguma outra coisa, algo muito mais preocupante..."

Sua mão ainda tremia em seu colo, e podia sentir o coração bater mais rápido. Fez um esforço obstinado de não mostrar o menor sinal que pudesse entregá-la.

Tio Tage a estava encarando, mas dessa vez ela não desviou o olhar. Em vez disso, abaixou seu queixo sutilmente e manteve o contato olho no olho.

Cinco segundos.

Dez...

"Certo", ele suspirou enfim, levantando as mãos. "Há uma outra parte da história. Algo que eu esperava não ter que lhe dizer... Nós trabalhamos juntos em um projeto... um projeto especial, suponho que dê pra chamar assim", continuou. "Algo bem controverso, o que significa que tivemos que ser extremamente cuidadosos. É por isso que não usamos nosso próprio pessoal, mas trouxemos autônomos, como seu pai. Pessoas sem qualquer conexão oficial com o projeto, mas que ainda assim eram indubitavelmente leais..."

"E que podiam ser descartadas se qualquer coisa desse errado...?"

"Isso soou um tanto cínico..."

"Mas é verdade, não é?"

Ele deu de ombros.

"Seu pai estava bem ciente das regras do jogo. Ele sabia como tudo funcionava. De toda forma, foi dada alta prioridade ao projeto por vários anos, e nós tivemos acesso a recursos quase ilimitados. Então de repente, tudo mudou, o apoio político foi retirado e o orçamento foi cortado drasticamente. Mas continuamos com nosso trabalho de todo jeito, apenas de forma mais discreta. Todo mundo envolvido com o projeto estava convencido de sua importância para a segurança nacional. E nós tínhamos também certo grau de apoio de alguns de nossos patrocinadores, o que nos permitiu atravessar bem os anos 1980. Mas, por fim, um dos nossos parceiros mais fiéis nos abandonou, alguém que tinha antes sido nosso maior patrocinador. Nossa pequena unidade foi desmobilizada de vez, os escritórios fechados e o restante da equipe realocada para outro lugar. Além disso, eu deixei o serviço para sempre. Desde então tenho trabalhado para o setor privado..."

"E papai, o que aconteceu com ele?"

"Seu pai nunca foi formalmente empregado, não havia um contrato, e, portanto, nenhuma obrigação..."

Ele balançou a cabeça.

"Não era certo, considerando como tinha servido fielmente à nossa causa... Claro que haviam outros como ele, pessoas que também terminaram no meio da rua sem sequer um obrigado. Mas receio que Erland foi um dos que mais sofreu com isso. Essa era a segunda vez que tinha sido expulso, banido de algum lugar que sentia que fazia parte..."

Ele pausou para beber o restante de sua água mineral.

"Quando foi isso? Em que ano?"

"No fim dos anos 1980, você tinha o quê, 11 ou 12 anos naquela época...?"

Ela respirou fundo e deixou o ar sair devagar. Sua mão direita tinha finalmente se acalmado o bastante para que ousasse colocá-la de volta na mesa.

"Você lembra de muita coisa daquela época, Rebecca?"

"Bem, quer dizer...", ela disse, sua voz travando enquanto ela limpava a garganta. "Não muito, na verdade."

Mas isso não era inteiramente verdade. Ela lembrava bem de algumas coisas. Bem até demais.

Ele não acordou até que fosse quase noite, o que não era assim tão estranho. Tinha ido pra cama por volta das quatro horas.

Permaneceu sentado contra a merda da parede escutando, tentando pescar o mínimo detalhe das conversas que pareciam estar rolando do outro lado. Hora após hora de murmúrios indefinidos, com apenas algumas palavras soltas audíveis.

A essa altura seu bloco de notas estava cheio de coisas que achava ter ouvido, mas nada daquilo fazia qualquer sentido.

As palavras *glúten, labirinto* e *cuidador* tinham se repetido diversas vezes, mas, assim como todas as outras palavras, era impossível juntá-las em algo que parecesse fazer parte de qualquer contexto coerente.

Arrastou-se até ficar sentado, coçou a barba, depois os sovacos e o saco. Então pegou um dos maiores tocos de cigarro do cinzeiro da mesa de canto e saiu tateando atrás do isqueiro. Toda aquela situação estava prestes a escapar de suas mãos. Não tinha plano algum, nenhuma defesa sequer, a polícia estava fungando em seu cangote e, além disso tudo, estava constantemente sendo vigiado.

Não falava com Becca havia várias semanas, meses na verdade, o que não era na verdade algo ruim. Se ele ficasse longe dela, então ela permaneceria a salvo. O único problema era que se sentia tão fodidamente sozinho! Tinha tentado entrar em contato com Manga, mas o pequeno escroto amante de tapetes não estava atendendo o telefone, e a loja de computadores estava fechada desde o inverno, quando seus pequenos colegas estagiários foram presos. Certo, então ele podia ter ido até Farsta e batido na porta do apartamento de Manga, mas isso parecia um projeto ambicioso demais. De toda forma, além do fato de que ele realmente não tinha vontade de sair do apartamento, também não tinha qualquer desejo de trombar com a outra metade miseravelmente certinha de Manga, Betul, a escrota...

Achou uma caixa antiga de fósforos em uma das prateleiras da cozinha e, com alguma dificuldade, conseguiu acender o toco de cigarro.

Mas mesmo uma tragada não foi suficiente para melhorar seu humor.

Devia estar faminto, já fazia diversas horas desde seu último banquete gourmet de micro-ondas. Mas ele não estava com apetite nenhum.

Assim que afundou no sofá seu telefone começou a tocar no quarto. Ele considerou brevemente não se importar em atender.

Mas quem quer que estivesse ligando parecia ansioso em falar com ele, pois o telefone continuava tocando.

Imaginou que fosse Becca e, de repente, sentiu seu humor melhorar. Pensou em abandonar seus princípios e atender dessa vez, apenas uma breve conversa para que pudesse ouvir sua voz. Isso não faria lá muito dano.

Lutou com dificuldade para levantar do sofá e se arrastar de volta para seu quarto. Já estava quase na metade quando percebeu que algo estava errado. O toque do telefone era o mesmo, mas o problema era que ele tinha desligado seu Nokia no momento em que os policiais o deixaram ir. Tinha até tirado a bateria e colocado o celular em uma das gavetas da cozinha.

Então não era *aquele* telefone que estava tocando.

Ele acelerou e cambaleou para dobrar na quina da porta e entrar no quarto.

O telefone ainda chamava, mas o tom parecia ter mudado e de repente soava mais alto, mais preciso. Como uma lâmina contra seus ouvidos.

Demorou alguns segundos para identificar de onde o som estava vindo. A pilha de jornais na mesa de canto, ao lado do cinzeiro onde ele tinha buscado por tocos de cigarro. Ele jogou aquele monte de coisas no chão do quarto. Viu o celular prateado deslizar pelo piso do chão até quase desaparecer embaixo da cama. Por um momento seu coração parecia ter parado.

O celular tinha estado apagado, desligado – ele tinha absoluta certeza disso!

Tinha até tentado trazê-lo de volta à vida na noite anterior, só para ter certeza. Por que caralho ele não tinha simplesmente o destruído, esmagado com um martelo e jogado os pedaços na lata de lixo?

A tela estava piscando, e a vibração fazia o celular se mover, quase como se fosse uma criatura viva escondendo-se embaixo de sua cama.

HP sentiu os cabelos da sua nuca se levantarem. O celular tinha quase girado 180 graus, e ele não conseguia tirar os olhos do aparelho.

Obviamente ele não deveria atender, havia ao menos mil razões óbvias para não o fazer.

ERRADO! Dez mil!

Mas, mesmo assim, ele ainda se colocou de joelhos e esticou o braço devagar embaixo da cama. Ele tentava em vão fazer sua mão trêmula parar. Seus dedos deslizaram próximo a ele, aos poucos se aproximando do objeto metálico retangular...

"Alô?", ele resmungou.

O telefone permaneceu em silêncio, e por alguns momentos pensou que a pessoa do outro lado havia desligado.

Então ele ouviu música. O som era distante, e ele pressionou o telefone com força contra sua orelha tentando descobrir o que era. Música de órgão, como numa igreja.

Demorou mais alguns segundos para descobrir o que estava escutando.

A marcha nupcial.

ANDERS DE LA MOTTE THE GAME

Armas, guardas e portões... 9

Ela ainda não sabia o que pensar. A história do tio Tage soava totalmente inacreditável e, se tivesse vindo de qualquer outra pessoa, ela descartaria de imediato como sendo uma completa bobagem.

Mas, até agora, a história dele era a única explicação que ela tinha. E, em muitos sentidos, tinha encaixado muito bem. Explicava tanto a fotografia quanto os passaportes falsos, e também lançava uma certa luz sobre outras coisas, sobretudo a amargura que parecia ter consumido seu pai por dentro, tornando-o uma pessoa diferente, uma pessoa que era cada vez mais difícil de gostar. E ela realmente tinha tentado. Feito tudo o que podia para agradá-lo, desejando o menor sinal de aprovação...

Contudo, ainda havia buracos demais nessa história. De acordo com o tio Tage, papai tinha sido demitido em algum momento em meados dos anos 1980. No entanto, até onde ela sabia, ele tinha continuado a trabalhar, mantendo as viagens de negócios por ainda quase dez anos antes de finalmente voltar da Espanha para casa, só que dentro de um caixão.

Ela não perguntou ao tio Tage sobre isso, não questionou qualquer detalhe sobre a morte do pai. Nem, apesar de ele ter sugerido, tinha dito qualquer coisa sobre o revólver dentro do cofre privado.

Porém, quanto mais ela pensava a respeito, mais se convencia de que ele já sabia tudo a esse respeito. E que era, de fato, a arma o que ele estava mais ansioso por obter.

Foi também por isso que ela quis esperar antes de fazer qualquer outra pergunta, ao menos até que tivesse tempo de checar a história dele. Pôr um pouco mais de carne naqueles ossos.

No entanto, se fosse mesmo sincera, sua relutância tinha a ver provavelmente apenas com o fato de que estava preocupada com as respostas.

Ou que seu cérebro estava já cheio de outros assuntos consideravelmente mais urgentes. Como as estranhas circunstâncias da prisão de Henke e a visita iminente de Mark Black, agora apenas a quatro dias de distância.

E ela não tinha sido capaz de parar de pensar sobre aquela van que estava lhes seguindo. Ela tinha acabado de receber a resposta da Agência de Trânsito em sua caixa de mensagens. A van era um veículo alugado registrado em nome de uma nova empresa localizada nos subúrbios ao oeste. Groundstone Ltd, um nome padrão alocado sempre que uma pessoa que estivesse registrando um novo negócio não fornecesse um nome para a empresa. O endereço era de uma caixa postal, assim como milhares de outros negócios. No final, a informação na carta não ajudou realmente a diminuir ou reforçar suas suspeitas.

Mas ao menos a van não havia aparecido de novo, o que era obviamente uma espécie de alívio.

Havia, contudo, outra coisa que estava começando a preocupá-la cada vez mais: a forma que suas mãos continuavam a tremer, particularmente a mão direita. Desde que ela quase deixou escapar a garrafa de água no café, as tremedeiras tinham retornado algumas vezes. Era provavelmente devido à falta de sono, como seu médico tinha sugerido. Ou poderia ser um efeito colateral de suas pílulas novas.

Vai levar algumas semanas até seu corpo se acostumar com elas, Rebecca, você precisa apenas ser paciente...

Não tinha dito nada a Micke, nem a mais ninguém, por sinal. A dose que estava tomando era moderada, mas antidepressivos dificilmente eram algo sobre o que gostaria de sair falando a respeito.

Ela andou pelo corredor em direção a seu escritório, passando pela porta de Micke no caminho.

Estava fechada, mas podia ver suas costas através da pequena janela de vidro.

Como na maioria das manhãs, ele tinha levantado mais cedo e ido ao trabalho enquanto ela ainda estava na cama.

Passavam muito pouco tempo juntos, estava bem ciente disso, mas dessa vez não era apenas culpa sua. Tinha aceitado o trabalho na Sentry em parte numa tentativa de corrigir as coisas com ele após seu caso com Tobbe Lundh. Para que pudessem compartilhar mais, ver mais um ao outro.

Essa tinha sido a teoria...

Mas por ela mesma, preferia que tivessem tido uma briga a respeito, com ele a xingando de coisas terríveis, todas merecidas. Batendo portas e não falando com ela por semanas, até que ela implorasse e pedisse perdão.

E talvez nem mesmo então...

No entanto, o comportamento dele havia sido muito mais maduro. Ela havia cometido um erro, e ele a tinha perdoado. Fim da história.

Muito mais sensível do que jogar um monte de acusações em cima dela e bater portas. Mas também meio que pouco natural...

Ela fechou a porta de seu escritório e ligou o computador.

Enquanto carregava, se encontrou olhando para a gaveta de sua escrivaninha.

Alguns minutos não iriam doer. Além do mais, parecia que seu computador estava atualizando...

Abriu a gaveta e cuidadosamente tirou a fotografia. Então ligou o abajur de mesa, ajustou a luz e tirou da bolsa a lupa que tinha acabado de comprar.

A nitidez da imagem não era ótima, e os quase cinquenta anos que tinham se passado desde que havia sido tirada não ajudavam muito a melhorar as coisas.

Mas o homem no meio da primeira fila, que, diferente dos demais, estava apenas sorrindo de leve, sem mostrar os dentes, certamente parecia muito com seu pai.

Ela o examinou com cuidado através da lupa. O mesmo nariz pontudo que ela tinha, as mesmas bochechas proeminentes e os olhos escuros. Mas era impossível ter absoluta certeza. A boina que o homem estava usando estava abaixada cobrindo sua testa, fazendo com que as proporções de seu rosto estivessem meio achatadas. E também escondia seu cabelo, fazendo com que ele ficasse ainda mais difícil de reconhecer.

Prosseguiu para os outros homens agrupados ao redor do tanque.

Sessenta e nove deles no total, todos perto dos seus vinte anos, vestidos em uniformes cáqui claro e boinas. Um dos homens na fileira de trás também parecia bem familiar.

Seu rosto estava encoberto pela sombra do homem à frente, o que deixava ainda mais difícil de perceber qualquer detalhe. Mas poderia muito bem ser o tio Tage...

O computador bipou e ela largou a lupa e digitou seu nome de usuário e senha.

Então abriu o sistema de buscas e digitou alguns termos chave.

Contrabando de armas, ONU, Chipre.

Mais de 50 mil resultados.

O primeiro a levou para o arquivo da história do Exército da Suécia, e com um pouco de paciência ela achou o que estava procurando:

```
Em dezembro de 1963, uma batalha estourou entre
cipriotas de origem grega e turca, o que levou a ONU
a enviar tropas de paz para a ilha. Sob pressão da
ONU, a Suécia recrutou um batalhão de 955 homens,
que foram mobilizados para o difícil terreno no oeste
do Chipre. O batalhão foi alocado em uma grande área
com 35 postos de observação e equipado com veículos
blindados para patrulhar a área. Mais tarde, no verão
daquele ano, a situação deteriorou-se e as tropas
suecas se viram encurraladas entre os lados em
conflito e foram forçadas a evacuar a população civil
turca. Foi nesse momento que soldados greco-cipriotas
descobriram que um pequeno número de soldados
suecos estava contrabandeando armamentos para os
```

```
turco-cipriotas. Os homens responsáveis foram punidos
e alguns oficiais remanejados, uma disciplina mais
rígida foi imposta e o batalhão sueco foi removido
para a região de Famagusta.
```

Ela se recostou na cadeira, respirou fundo e entrelaçou os dedos atrás da cabeça. Até agora a história do tio Tage parecia se encaixar. Mas como poderia achar mais detalhes?

Tentou alguns outros resultados de busca, mas nenhum dos outros sites foi de grande ajuda.

Mudou então os termos da busca, mas sem sucesso. Chegou a achar uma série de livros sobre as missões suecas junto à ONU e decidiu encomendar alguns deles. Assim que estava terminando, alguém bateu na porta.

"Pode entrar!"

Kjellgren olhou para dentro da sala.

"Bom dia, chefe, tudo bem?"

"Hmm, você quer algo em particular?"

"Sanna disse que você queria conversar comigo sobre a rota das próximas semanas...?"

"Sim, claro, pode se sentar..."

Ela gesticulou para uma cadeira enquanto enfiava a fotografia e a lupa dentro da gaveta superior da escrivaninha.

Hora de reorganizar sua lista de prioridades.

Ele segurava o celular na mão. Podia sentir sua superfície gelada contra sua palma enquanto media o quão pesado era. Correu os dedos por cima dos números em relevo na parte de trás pela enésima vez.

1 - 2 - 8

Ele tinha sido o segundo colocado, o aiatolá do rala e rola, o cara mais legal do Jogo. Só de pensar sobre isso ele ainda ficava com uma leve ereção. Foda, ele realmente tinha mesmo uma memória seriamente seletiva!

Todo o restante da coisa – a forma como eles o enganaram, fazendo com que pensasse que era um vencedor, o desafiando a fazer qualquer coisa que quisessem, o fazendo quebrar todos os seus limites e então o jogando no lixo – tinha sido quase esquecido. Talvez até perdoado... Um pouco como antigos amigos se vangloriam sobre os grandes dias em que serviam juntos no Exército e como o canalha do sargento era na verdade um cara bem decente...

Mas o Jogo não era apenas um exercício de treinamento, não era brincar de guerra, atirando com balas de festim e planejando tudo ao redor de uma mesa de caserna com sopa de ervilhas e costeletas de porco. Era totalmente real, cem por cento!

Não podia negar que segurar aquele celular certamente dava um sentimento agradável. Apenas por alguns segundos, sentir-se parte de algo maior, algo do qual o sueco comum nunca chegaria perto.

Mas apesar de tudo isso, ele não conseguia ir adiante com a missão, ele não era esse tipo de pessoa.

Tudo o que tinha acontecido lá em Bagarmossen era algo completamente diferente. Autodefesa, você poderia dizer basicamente.

Dag ou Becca. Não era exatamente uma escolha difícil...

O que o Mestre do Jogo estava lhe pedindo para fazer agora era uma questão totalmente diferente. Cristalino e direto ao ponto. Mas ele não poderia fazê-lo.

Não era um assassino.

Não daquele jeito...

Estavam tentando manipulá-lo, podia enxergar isso. Os policiais, a mensagem no computador, a vigilância, os artigos nos jornais. A ligação no celular, a marcha nupcial.

Era tudo parte de uma enorme foda mental, com a intenção de lhe fazer uma lavagem cerebral. Deixá-lo maleável. Fazer com que ele fizesse o que o Mestre do Jogo queria.

Ele precisava recuperar a iniciativa, a vantagem... Devagar, ele colocou o celular de volta onde estava e o cobriu com alguns jornais. E pegou então seu pé de cabra.

"Certo, se ninguém tem mais perguntas, vamos parar por aqui. Iremos nos encontrar às 6h na segunda-feira para uma revisão final antes de começarmos. Como todos sabem, muitas pessoas estarão nos assistindo, o que faz dessa uma excelente oportunidade de mostrar o que podemos trazer para as suas organizações como um todo."

O restante da equipe acenou concordando. Ninguém parecia ter nada a acrescentar.

"Bom." Ela se levantou e recolheu seus papéis, um sinal para os outros de que podiam deixar o local. Suas mãos estavam se comportando perfeitamente bem, nenhum traço de qualquer tremor.

Deve ter sido algo temporário, como seu médico havia lhe dito.

Pegou o celular e mudou do modo silencioso para o normal. A tela piscou algumas vezes até ficar azul. Ela murmurou consigo mesma, então pressionou o botão para desligar. A terceira vez essa semana, ela realmente deveria mandar consertar isso antes da visita de Black, mas se deixasse ele ligado e não mexesse nas configurações deveria continuar funcionando sem problemas. Além do mais, eles faziam a maior parte da comunicação interna deles por rádio.

Quando voltou para o escritório, a carta estava em cima de sua escrivaninha. Ela percebeu o que era de primeira e rasgou ansiosamente o envelope.

Solicitação para licença de armas: Sentry Security.

Um monte de oficialês e um grande carimbo no canto inferior direito.

Aprovado.

Isso!

Aquilo significava que eles estavam agora autorizados a portar armas em serviço, assim como ela podia fazer na Polícia de Segurança, e que podiam agora levar as pistolas que estavam usando no campo de tiro com eles quando fossem sair.

Uma preocupação resolvida, e uma das grandes. A pressão em seu peito diminuiu levemente.

Estarem armados era importante – sem armas, eles podiam apenas ser guarda-costas peso leve, um pouco melhor do que aqueles gorilas bombabos de academia que tentam manter os fãs longe das celebridades e artistas. Com armas, eram profissionais, especialistas que podiam defender a si mesmos e a seus clientes o tanto quanto fosse fisicamente possível.

A carta de aprovação não indicava o motivo pelo qual o órgão emissor mudara sua decisão, mas isso realmente não importava. Ela já sabia.

Seu telefone parecia ter ligado e ela deslizou o dedo por seus contatos até achar o nome correto.

"Obrigado por sua ajuda!", escreveu e pressionou enviar.

Apenas alguns minutos depois a resposta apareceu.

```
Nem precisa agradecer, feliz por ter ajudado!
Você teve tempo de pensar na minha proposta
a respeito do seu achado?
Tudo de bom, tio T.
```

Ela começou uma resposta, mas parou na metade do caminho. Obviamente seria melhor entregar tudo para o tio Tage. Ele parecia capaz de lidar com a maioria das coisas, e o revólver estava lhe preocupando mais do que ela gostava de admitir. Ainda assim, não sentia que era certo deixar tudo para lá até que soubesse mais sobre o passado do seu pai.

Apagou a resposta e escreveu uma nova no lugar.

```
Preciso de mais tempo para pensar!
```

Então foi ao computador para espalhar as boas novas.

Ele espiou com cuidado por trás da cortina. Obviamente deveria esperar até escurecer, mas a semiescuridão do verão sueco não cairia até às 23h, e não tinha como ele conseguir esperar isso tudo!

Abriu cuidadosamente sua barulhenta porta da frente e procurou por barulhos na escuridão da escadaria. Em algum lugar lá embaixo, ele podia ouvir o leve som de uma televisão, mas apenas isso.

Deu alguns passos com seus pés vestindo meias e pôs sua orelha na porta do vizinho. Silencioso como um túmulo.

Pela primeira vez em vários dias, o que poderia bem sugerir que o apartamento estava vazio.

Até mesmo os espiões da Stasi provavelmente tinham famílias esperando por eles em casa.

Ele se agachou e abriu cuidadosamente a caixa de correio. Escuro, bem mais escuro que a escadaria, o que significava que as janelas estavam cobertas. O cheiro não havia mudado desde as outras vezes em que tinha checado. Pó de serragem. Eles deviam estar fazendo um trabalho pesado lá dentro...

Endireitou-se, deu alguns passos e checou as escadas mais uma vez, só para ter certeza.

Então pôs a mão dentro da manga de seu casaco e puxou o pequeno pé de cabra.

Era surpreendentemente simples. A extremidade pontuda ia na fresta, logo acima da fechadura, uma batida com a palma da mão para que se encaixasse no lugar, então fazia um pouco de pressão e "madeira!".

Não era tão difícil, de fato. Diferente da sua própria porta, essa era de madeira, madeira velha. Cinquenta ou sessenta anos de exposição ao ar tinham encolhido a madeira severamente, dando bastante espaço para usar no vão entre a porta e sua moldura.

Um som abafado quando o pé de cabra entrou, então um mais alto quando o parafuso da fechadura cedeu.

Abre-te, sésamo!

Mal havia qualquer marca na porta.

HP ficou parado por um momento e escutou. Além da televisão lá embaixo, ainda não havia qualquer barulho, nem das escadas, nem do apartamento. Ele retirou algumas pequenas lascas de madeira com uma meia, grudando-as na parede para que não ficassem a vista contra o chão de granito. Depois pegou uma pequena lanterna de dentro de um dos bolsos, pisou dentro do apartamento e cuidadosamente fechou a porta atrás de si o melhor que podia.

O cheiro de serragem era mais forte lá dentro, enquanto ele permanecia lá por um momento mexendo na lanterna.

Uma imagem de repente surgiu na sua cabeça. Ele e Becca de frente para a fogueira. Não, era uma lareira.

Faíscas estalando, indo desaparecer no chão de azulejo... Ele as perseguindo, tentando pegá-las antes que apagassem. Ela rindo...

A luz súbita da lanterna se acendendo fez ele se assustar. *Se controle, caralho! O trem da memória pode esperar.*

Ele percorreu a pequena e escura sala com a luz da lanterna. O apartamento parecia com o seu, a planta era basicamente a mesma. Ele devia ter visto o lugar pelo menos umas cem vezes quando o Bode morava aqui. Mas agora parecia estranhamente não familiar, e ele pisava com cuidado enquanto deixava a a luz da lanterna iluminar o ambiente vazio.

Nenhum móvel sequer, nem uma simples cadeira ou caixa de papelão. O apartamento inteiro parecia estranhamente abandonado, mas ele ainda assim podia sentir seu coração bater mais rápido. Ele se agachou e lançou a luz da lanterna por sobre o chão, assim como eles fazem no CSI.

Havia claras marcas de pegadas na poeira. Um caminho óbvio pelo meio do cômodo, com quase nenhum desvio. Ele se virou e lançou a luz da lanterna por todas as direções. As pegadas levavam da porta de entrada, através do corredor, até a porta do quarto, passando pela sala de estar. Ele podia identificar pelo menos três diferentes tipos de sapatos, dois que pareciam como tipos diferentes de tênis e um terceiro que parecia mais suave, como um tipo mais alinhado de sapato.

Todos os visitantes aparentavam estar se dirigindo para o quarto, o que era bem estranho, uma vez que era o quarto mais distante do seu próprio apartamento. Devia ser lá que estavam realizando a maior parte do trabalho, porque apesar do cheiro ele não tinha visto um traço sequer de poeira de serragem.

À medida que ia se aproximando, foi percebendo aos poucos uma luz fraca embaixo da porta. Ele congelou e ficou pronto para fugir rapidamente. Então percebeu que a luz era muito fraca para vir de uma lâmpada qualquer.

Além do mais, era vermelha, então chutou que provavelmente vinha de uma tela digital de algum tipo de aparelho eletrônico.

Deu alguns passos cuidadosos e pôs sua orelha na porta do quarto.

Silêncio.

O cheiro de serragem era tão forte que quase fez arder suas narinas. Em algum lugar por baixo do cheiro doce e amadeirado se encontrava um odor mais azedo, que ele não reconhecia.

Pausou por alguns segundos.

Cinco.

Dez.

Então colocou a mão na maçaneta, respirou fundo e abriu cuidadosamente a porta.

Olhos de cobra 10

As seis armas dispararam tão perto uma da outra que os barulhos de tiro quase convergiram em um só. Tiros duplos com apenas alguns milissegundos entre eles. Os alvos foram embora com um curto chiado hidráulico.

O som dos pentes vazios atingindo o chão, seguido por um curto tilintar metálico enquanto o atirador rapidamente os trocava por pentes novos.

Os alvos vieram para frente mais uma vez.

Tiros individuais dessa vez, todas as armas clicando mais ou menos simultaneamente. Mas nenhum dos seis guarda-costas parecia de qualquer forma surpreso. Movimentos circulares rápidos lançavam as balas verdes de festim, que Rebecca tinha inserido em seus pentes, para o chão.

Então mais tiros, até que o relógio soou e os alvos foram embora mais uma vez.

"Cessar fogo e descarregar!", ordenou Rebecca enquanto removia seu protetor de ouvido.

O caro sistema de ventilação estava fazendo sua parte, notou. Mesmo embora sessenta tiros tivessem sido disparados no último minuto lá no campo de tiro, o cheiro de pólvora mal podia ser notado.

Pressionou um botão no controle remoto e os alvos vieram para frente. Seis figuras feitas de papelão marrom, do tamanho e formato de pessoas reais.

Mas em vez de desenhos de terroristas ameaçadores, esses alvos tinham meramente um círculo arredondado, do tamanho de um prato, desenhado na frente. No meio do peito – coração, pulmões, espinha dorsal.

Um tiro naquele círculo em um corpo desprotegido iria muito provavelmente ser fatal. Dois iriam garantir o estrago.

Não precisava ir até os alvos para checar os resultados.

Nenhum dos que faziam parte de sua equipe precisaria repetir o teste.

Todos os dez tiros foram dentro dos círculos, tiros diretos na área mortal, e nem mesmo a interrupção da performance perto do fim tinha feito com que eles perdessem o foco.

"Bom trabalho, todos vocês!", ela disse secamente enquanto anotava os resultados em seu arquivo.

"Prática leva a perfeição, chefe." Mrsic sorriu para ela. "Bom saber que não foi em vão..."

Ela deixou o comentário passar. Devia realmente estar satisfeita. Tinha projetado aquilo ela mesma, tudo, do desenho do campo de tiro até as demandas feitas por cada atirador.

Todo o negócio tinha custado mais do que dois milhões de coroas suecas e, se não tivesse conseguido garantir a licença, o dinheiro teria sido basicamente gasto em vão. Mas o tio Tage tinha vindo em seu socorro mais uma vez.

"Você quer realizar o seu próprio teste, Rebecca? Posso manter um olho nos alvos." Kjellgren apontou um dedo para o controle.

"Não, obrigada", disse, um pouco rápido demais. "Está ficando tarde, farei o meu amanhã cedo pela manhã", acrescentou ela, fingindo olhar para o relógio.

"Mas obrigada de toda forma, Kjellgren." Ela forçou um sorriso.

"Tudo bem, então", disse ela, virando rapidamente para os outros cinco guarda-costas. "Todos vocês passaram, muito bem!" Ela fez uma marca no arquivo de forma simbólica, tendo a certeza de fazer isso de um ângulo em que ninguém pudesse ver sua mão direita tremendo.

Demorou alguns segundos para perceber de onde aquele cheiro estava vindo.

Terrários.

Terrários grandes alinhados em molduras de madeira nas paredes, com lâmpadas os aquecendo por cima. Cinco lâmpadas no total, uma acima de cada tanque. Apenas uma delas estava acesa, mas ele podia sentir o calor a vários metros de distância.

No meio do quarto estava uma imensa mesa de trabalho completamente desordenada.

Ele apontou a lanterna ao redor do quarto e ensaiou alguns passos para frente. A porta fechou silenciosamente por trás, mas ele sequer notou.

Estava se perguntando que tipo de criaturas estavam rastejando dentro daqueles painéis de vidro...

Direcionou a chama de luz em direção aos terrários, mas todos pareciam estar vazios.

Bom!

Um barulho repentino veio do lado direito e fez com que ele pulasse e deixasse a lanterna cair no chão.

Merda!

Abaixou-se rapidamente para apanhá-la e, quando estava se levantando, pegou-se olhando direto nos olhos de um rato que era tão gigante que fez seus pelos do braço eriçarem.

Estava a cerca de um metro de distância apenas, fechado dentro de uma jaula de metal enferrujada e presa ao lado de um dos terrários, e ele podia ver os bigodes do animal se contorcendo enquanto farejava seu cheiro.

Odiava ratos. Pequenos e desprezíveis motéis de bactérias com dentes amarelos e rabos carecas...

Esse obviamente não era o típico rato nojento de esgoto, mas um daqueles pretos e brancos que você só consegue através de uma pet shop.

Bosta!

Então que porra aquele rato estava fazendo ali?

E os terrários?

Não podia ver qualquer sinal de microfones ou fitas cassetes de gravação. A única coisa que chegava perto de um aparelho tecnológico era algo que parecia com um pequeno rádio no canto de uma grande mesa de trabalho.

O display estava ligado, e quando a curiosidade foi mais forte e ele tocou em um dos botões, ouviu vozes no rádio murmurando umas para as outros em uma língua que não entendia. Provavelmente apenas um rádio perfeitamente normal sintonizado em alguma frequência AM... Movimentou a luz da lanterna ao redor do quarto mais algumas vezes, mas não podia ver qualquer traço da sala de controle de vigilância que estava esperando.

Estranho...

Um clique de plástico alto seguido por um leve zumbido o fez saltar novamente, mas dessa vez conseguiu segurar a lanterna. Captou de relance um leve movimento na gaiola do rato e apontou a lanterna até lá. Um dos lados da gaiola estava faltando, e em seu lugar estava um pedaço de madeira que também formava um dos lados do terrário. Uma pequena escotilha entre a gaiola e o terrário estava vagarosamente abrindo, provavelmente erguida por algum tipo de motor elétrico. Inclinou-se para olhar embaixo do terrário e viu uma pequena caixa preta conectada a um cronômetro.

A escotilha já estava quase completamente aberta agora, e o rato, que devia estar seriamente irritado por ficar preso naquela gaiola apertada, estava já explorando a abertura para o terrário.

Hesitou por um momento, seus bigodes se contorcendo, mas evidentemente algo lá dentro cheirava bem, uma vez que ele avançou rapidamente para o interior.

HP se inclinou para frente para olhar melhor. A lâmpada de aquecimento podia até estar ligada, mas o terrário ainda parecia estar vazio. Tudo o que podia ver era algum tipo de armação em um dos cantos, uma tigela de água e uma camada grossa de pó de serragem. O rato deu alguns passos cuidadosos sobre o pó de serragem, levantou a cabeça e farejou o novo ambiente. Por trás dele, o motor começou a vibrar de novo e a escotilha fechou-se devagar, mas nem o rato nem HP notaram isso.

O animal deu um passo para frente, depois outro. Uma contorcida súbita dos bigodes e então parou. Seu pequeno nariz rosa estava tremendo...

A cobra apareceu do nada. Ela se lançou do pó de serragem como uma mola contraída, mordendo o rato no meio de suas costas com tal força que ambas as criaturas bateram no vidro bem na cara de HP.

Ele tombou para trás no chão, e a lanterna rolou para longe enquanto seu coração dava cambalhotas em seu peito.

Mas em vez de seguir seu instinto inicial de correr em pânico, sentou lá quase paralisado de frente para o terrário.

A cobra estava deitada lá, quieta, ainda com suas mandíbulas presas nas costas do rato a se debater. Seus olhos mortais de réptil pareciam estar o encarando diretamente através do vidro.

HP percebeu que estava prendendo a respiração...

A briga do rato foi curta: tinha parado de se contorcer e em vez disso passou a ter pequenos espasmos que logo chegaram ao fim. Então alguns tremores em suas pernas e no rabo careca. E depois disso ficou completamente parado.

A cobra ficou deitada por um tempo antes de largá-lo. Então ela o envolveu, colocou sua mandíbula lentamente sobre a cabeça do rato, e, com um movimento de solavanco, começou a engolir o roedor por inteiro.

HP estremeceu.

Nojento pra caralho, de verdade. Que tipo de mente doentia teria inventado esse negócio com o cronômetro? Comida viva... que diabos estava errado com uma lata de Whiskas?

Ergueu-se do chão, segurou de novo a lanterna e olhou ao redor para as outras caixas de vidro. Mas todas elas pareciam estar vazias. Nenhuma gaiola de rato nas laterais, as lâmpadas todas desligadas e as escotilhas todas abertas. Provavelmente esperando pelos novos inquilinos.

Voltou para a mesa de trabalho e após uma rápida procura achou o interruptor de uma antiga luminária que estava encaixada em uma das laterais. Havia várias ferramentas sobre a mesa: pequenas chaves de fenda, algumas pinças desconhecidas e diversos aparelhos eletrônicos e cabos. Por um momento ele imaginou se estava certo realmente, se tudo aquilo tinha algo a ver com a vigilância de seu apartamento, e se todos aqueles instrumentos de medição e resistores eram na verdade microfones e câmeras. Mas depois de ter checado os desenhos empilhados em um dos lados da mesa, percebeu que tinha se equivocado.

Equivocado pra caralho...

O que estava sendo construído era consideravelmente mais sério do que aquilo.

Mãos na cintura.

Respirando fundo.

Para dentro...

Para fora...

Foco agora, Normén!

Para dentro...

O alvo girou ao redor de si mesmo com um estalo. Suas mãos se mexeram como um raio. Uma mão se fechou para ajeitar sua jaqueta, então sacou, engatilhou, tiro duplo. O alvo se moveu para longe. Ela tirou o dedo do gatilho, abaixou a arma na altura da cintura e deu um passo para frente.

E mais outro.

O alvo girou ao redor de si mesmo mais uma vez. Ela levantou a arma e disparou dois tiros rápidos. Então abaixou de novo, tirou o dedo do gatilho e tirou os cartuchos vazios.

O alvo continuou com sua rotina pré-programada, mas ela não se preocupou em continuar a rodada. Já sabia o resultado.

Os dois primeiros tiros tinham sido trêmulos, e os dois seguintes, com a arma engatilhada e um recuo mais duro, provavelmente sequer tinham atingido o alvo, muito menos a zona mortal no meio do peito.

Merda!

Bom trabalho ela ter tido o bom senso de mandar todo mundo pra casa antes.

Atirar sempre tinha seu forte, algo em que ela quase sempre era a primeira colocada. Desde que conseguiu superar seu medo de armas na Academia de Polícia, praticando com uma réplica até seus dedos doerem.

Mas agora ela não conseguia sequer fazer o básico. Em parte era sua própria culpa, claro. Tinha criado o teste ela mesma, fazendo-o mais difícil do que o da Polícia da Segurança.

E agora iria falhar em seu próprio teste...

Irônico.

Ergueu a arma à sua frente, ambas as mãos fechadas ao redor do cabo. A mão direita esticada, reta, a esquerda levemente dobrada para que puxasse a arma de volta ao seu corpo. Normalmente a base Weaver significava que a arma estava apontada quase perfeitamente parada no alvo. Mas naquele momento o tambor estava escorregando constantemente, e ela tinha que se esforçar para mirar no alvo da forma correta por mais do que meio segundo.

Mais prática, ela tentou convencer a si mesma.

Havia passado muito tempo sentada atrás de sua escrivaninha, algumas horas a mais no campo de tiro deveriam resolver seu problema. Mas conseguia perceber como sua desculpa soava vazia. Suas mãos trêmulas não tinham nada a ver com a falta de prática.

Nada mesmo.

Uma bomba.

Tinha absoluta certeza disso. Ele estava ainda longe de entender todos os desenhos e símbolos estranhos nos planos, mas isso não importava. Quem quer que fosse o dono da estação de trabalho, ferramentas e cobras estava ocupado projetando uma bomba – uma das grandes. Por algum motivo que ele não entendia, iria também ser redonda. Um círculo perfeito, 1106,1 milímetros de diâmetro, e 224,3 milímetros de espessura, com uma tela preta na base. Julgando por toda a aparelhagem eletrônica, isso não seria uma bomba ordinária, se é que há algo assim. Sem estopim ou celular para detoná-la remotamente, como a que ele tinha explodido em Kista. As baterias, o processador e o pequeno HD que ele pensou que podia ver nos planos só podia significar uma coisa. A pequena filha da puta iria ter sua própria IA e seria capaz de tomar suas próprias decisões, dependendo das circunstâncias. Uma bomba com um cérebro...

Havia um símbolo no canto dos planos. Laranja-rosa, formatos em 3-D com bordas azuis, ligados juntos em uma fileira.

Labirinto de Luttern, alguém tinha rabiscado embaixo de um dos lados.

E então foi como se ele quase pudesse ouvir através da parede. Luttern e não glúten.

Mas que caralho isso significava, e quem diabos era o *Cuidador*?

Claro que isso era apenas um apelido para o criador da bomba com seu fetiche por cobras e que normalmente passava seu tempo por ali...

Ele não conseguiu evitar pular por causa de outro barulho atrás dele, mesmo que já soubesse o que estava acontecendo. A cobra devia estar faminta, porque o rato estava agora a mais da metade do caminho da sua garganta, e ela rolava lentamente para frente e para trás para que seus restos fossem esmagados.

Cobras por acaso tinham garganta?

A não ser que fosse basicamente tudo o que elas tivessem?

Ele não pôde segurar um riso mais alto.

Merda, ele estava realmente desnorteado.

A cobra ainda o encarava com seus olhos mortais, e ele lhe deu uma dedada antes de voltar para os planos na mesa.

A bomba o fascinava. O *Cuidador*, ou quem quer que fosse que a estava montando, não era nenhum idiota...

Folheou a pilha de papéis, se inclinando para enxergar melhor. Seu pé atingiu algo embaixo da mesa. Um objeto longo, grosso, e por um momento ele achou que fosse uma grande corda.

O som de chocalho o fez mudar de ideia...

Ele se inclinou para trás com cuidado e espiou embaixo da mesa.

A cobra era enorme, seu corpo com um padrão em zigue-zague devia ter uns dez centímetros de largura em seu ponto mais grosso. estava lá deitada, enrolada bem ao lado do seu pé direito coberto apenas pela meia. A cabeça em formato de seta estava levantada e a criatura estava remexendo sua língua irritadamente enquanto o som do chacoalho no final da sua calda se tornava cada vez mais alto.

Os cabelos na nuca de HP se ergueram atentos, seu coração explodia em sua caixa toráxica, e por um momento ele pensou que ia se mijar. Mas no último instante conseguiu controlar a bexiga.

Corra, seu tolo!

Mas a filha da puta da cobra estava no caminho. Estava entre ele e a porta, e ele não tinha qualquer desejo de adentrar ainda mais naquele quarto.

Tinha presumido que as quatro caixas de vidro abertas e sem tampa estavam vazias, mas agora havia toda chance de seus ocupantes estarem em algum lugar no quarto, escondidas na escuridão ao redor dos terrários, onde a luz não atingia. Ele começou a mexer seu pé direito para frente bem devagar. O som do chocalho ficou ainda mais alto.

Porra!

O quão venenosa era uma cascavel, em uma escala de um a dez?

Provavelmente venenosa o suficiente para ter que desenvolver seu próprio fodástico sistema de alerta sonoro...

Nãoseaproximedemimporquesevocêviervocêvaisefoderatéamorte!!!

Precisava de algum tipo de arma, algo para usar contra ela. Mas a estação de trabalho não tinha muito a oferecer. Nenhuma das ferramentas ali era maior do que sua própria pequena e patética lanterna. Ele precisava de algo mais sério, algo como um martelo, ou o pé de cabra que ele tinha deixado na porta da frente...

Ah... Puta merda!

Mas havia uma gaveta logo abaixo do tampo da mesa.

Ele moveu gentilmente uma mão em sua direção, um centímetro de cada vez. O chocalho continuava sem diminuir enquanto a cobra encarava sua meia suja.

Boa cobra.

Calminha, calminha...

Seus dedos alcançaram a gaveta e se dobraram na alça. A cobra ainda parecia estar concentrada em seu pé.

Cuidadosamente ele puxou a gaveta para fora alguns centímetros.

Então mais alguns...

Levou diversos segundos antes de perceber para o que estava olhando. Esperava encontrar algum tipo de ferramenta.

Mas aquilo era melhor.

MUITO melhor!

Ele pôs sua mão dentro da gaveta, segurou com cuidado no cabo e sentiu a textura do couro contra sua palma. Tinha que fazer um sério esforço para não puxar a mão muito rápido.

Calminha, calminha...

A cobra ainda chacoalhava, mas não parecia ainda ter se decidido sobre o que fazer. Olhou para ela de relance e a viu mover a cabeça mais pra perto. Seu pé direito estava a apenas uns quinze, vinte centímetros de distância da sua boca, com sua língua se remexendo para dentro e pra fora, agora mais rápido.

HP contorceu a mão com cuidado e a trouxe de volta para perto de si. O chacoalhar estava ficando mais alto, e a cobra tinha começado a recuar a cabeça. Se preparando...

Ele alternou seu peso para a perna esquerda, e girou seu corpo de leve. Cinco segundos a mais, apenas mais cinco segundos, era tudo que ele precisava...

De repente a cabeça da cobra se lançou para frente.

HP rapidamente puxou seu pé para trás, tirou sua mão da gaveta e apertou o gatilho. O barulho foi tão alto que arrepiou seus ouvidos e o fez fechar os olhos instintivamente, virando a cabeça para longe e dando um grito alto de susto. Mas apesar de tudo isso ele continuou a apertar o gatilho do revólver.

Uma vez.

Duas vezes.

Faíscas e poeira voaram do chão, e um ricochete furioso eclodiu de algum lugar no seu lado direito. Então um som seco e abafado de madeira quebrando, e de repente toda a estação de trabalho foi ao chão. Uma nuvem de poeira e fumaça de pólvora encobriu o seu rosto, e ele deu alguns passos para trás enquanto abria e fechava a boca para dissipar o som de apito em seus ouvidos.

Seu coração estava acelerado pela adrenalina, seu diafragma bombeando os pulmões tão fortemente que suas costelas estalaram.

Caralho...

Com prudência ele procurou com os olhos o local onde a cobra estava. A mesa destruída cobria a maior parte do chão, mas havia sinais de sangue e entranhas escuras e gosmentas de cobra entre os escombros. Parte do rabo tinha se partido e se encontrava separado no meio do chão. Ainda se debatia convulsivamente, mas o som não mais assustava. Soava mais como maracás quebrados.

ISSO!

Engula merda e morra, cobra de merda!

ENGULA MERDA E MORRA!!!

Parecia que ele tinha atingido a cobra em cheio com o tiro, e depois a mesa desabando cuidou do restante. Mas teria a Dona Língua Sibilante conseguido mordê-lo?

No momento seguinte a dor rompeu a onda de adrenalina em seu cérebro e ele olhou pra baixo horrorizado.

Duas pequenas marcas vermelhas claramente visíveis em sua meia direita, bem no espaço entre o pé e a canela.

O livro do Chipre estava esperando por ela em um envelope anônimo no tapete da porta de entrada quando chegou em casa. Ela já o tinha folheado, mas não tinha encontrado nada muito útil. Uma história de contrabando de armas era mencionada resumidamente, como um incidente menor e lamentável em uma missão por sua vez bem-sucedida.

Os detalhes eram consideravelmente escassos. Assim como tio Tage tinha lhe dito, parecia que alguns dos soldados suecos não tinham conseguido sentar e olhar passivamente enquanto forças superiores de um lado esmagavam o grupo cercado e mal equipado do lado contrário.

Toda aquela coisa parecia um ato impulsivo e não uma atitude política, e muito provavelmente as poucas armas que eles tentaram contrabandear não fariam de fato diferença alguma, além de aliviar as consciências daqueles suecos. Mas as consequências desses atos impulsivos tinham sido dramáticas. Os dois oficiais foram desligados sumariamente e enviados para casa no primeiro avião, enquanto o restante do batalhão foi rapidamente deslocado para o sul de Chipre, longe da zona de combate. Ela não podia achar qualquer informação sobre os nomes dos soldados, mas também ela realmente não esperava que fosse conseguir.

Contudo, encontrou sim uma coisa, algo bem preocupante.

Uma pequena fotografia de um jovem soldado com uma aparência bem agressiva e uma jaqueta decorada com pequenas medalhas quadradas de honra. *Tenente-coronel André Pellas*, de acordo com a legenda. Mas ela tinha certeza que a foto era do tio Tage.

Ele nunca chegaria ao hospital a tempo.

O hospital Södermalm não era tão longe, mas a distância não era seu maior problema. Ele não tinha telefone, não tinha como soar o alarme.

O barulho todo tinha sido alto, mas a porta para o quarto das cobras era grossa, e ele mesmo era o vizinho mais próximo... era bem possível que ninguém tivesse escutado.

Todos os seus instintos gritavam para que fosse pra casa. Correr de volta para o seu apartamento e fechar a porta atrás de si. Mas se fizesse isso, nunca sairia vivo de lá.

Já se sentia verdadeiramente mal, seu pé tinha começado a doer e ele começou a achar que seria difícil seguir até a sala de estar.

Tinha que pensar em algo, imediatamente. Mesmo se cambaleasse pelas escadas e gritasse por socorro, batendo nas portas como um maníaco, duvidava que algum de seus vizinhos esnobes iria ter a coragem de abrir a porta.

Na melhor das hipóteses, iriam chamar a polícia, mas até que os caras de azul finalmente se dignassem a aparecer ele já estaria tendo um encontro quente com a Rigor Mortis...

E mesmo se, contra todas as expectativas, conseguisse chegar ao hospital vivo, não tinha como ter certeza de que eles teriam o antídoto correto por lá. Cobras suecas venenosas eram uma coisa, mas mordida de cascavel provavelmente não era o tipo de coisa que acontecia com tanta frequência na área de Estocolmo.

Basicamente, fosse o que fizesse, ele estava fodido.

Podia sentir que estava prestes a chorar.

Fodido, fodido, fodidamente fodido!

Ele tinha que acalmar sua pulsação – nesse momento seu coração não era nada além de uma bomba de espalhar veneno por seu corpo. Se ele não pudesse achar um meio de parar o pânico, logo estaria deitado como um vegetal, babando naquele chão de merda.

Ele se agachou, checou por trás dos ombros para ter certeza de que a porta para o quarto das cobras estava fechada e respirou fundo algumas vezes.

Seu pé estava explodindo de dor, e a sensação de náusea estava piorando, mas ao menos seu coração parecia ter começado a se acalmar. Quanto tempo teria antes que perdesse a consciência? Cinco minutos, sete talvez, mas dificilmente muito mais que isso...

Ele ergueu a cabeça e olhou ao redor do chão empoeirado.

Como tinha notado anteriormente, as pegadas vindas da porta da frente levavam diretamente para o quarto das cobras, com praticamente apenas duas exceções. O banheiro e a geladeira. Se o Cuidador tinha cobras a solta no seu local de trabalho, mas ainda era o tipo de pessoa que fazia bombas avançadas que exigiam total concentração, não seria provável que ele tivesse algum tipo de plano de contingência?

Algumas seringas de antídoto, só por precaução... E onde você guardaria o antídoto, Einstein?

Ele se levantou e cambaleou por um momento. Seu pé direito estava definitivamente enrijecido agora. Ao menos a geladeira estava ligada, ele podia ouvi-la enquanto se aproximava.

Não foi até que pôs sua mão na alça da geladeira que ele notou a trava e o cadeado.

Caralho de merda!

Ele sequer tentou abrir a porta. Em vez disso, rastejou de volta para pegar o pé de cabra que tinha deixado encostado na parede da sala.

O veneno já devia estar afetando seus músculos, pois o pé de cabra parecia inesperadamente mais pesado e ele teve que fazer um sério esforço para apanhá-lo do chão.

Sua perna direita mal estava obedecendo suas ordens, e ele também começava a sentir dificuldade para respirar.

Pausou então por alguns segundos, reunindo forças. Depois tentou enfiar o pé de cabra entre a fechadura e a porta da geladeira. Falhou, e isso quase o derrubou. Sua garganta agora começava a inchar, suas pálpebras estavam queimando e estava ficando cada vez mais difícil manter o foco.

Respirou áspera e profundamente uma vez.

Mais uma...

Dessa vez o pé de cabra encaixou, o cadeado voou para longe, mas o esforço também fez com que perdesse o equilíbrio e tombasse no chão. Por um breve momento ele contemplou ficar lá e descansar – apenas descansar por um instante.

Mas aí a porta da geladeira lentamente se abriu e a luz clara da lâmpada interna o acordou daquele transe. Ele lutou para ficar de joelhos, se apoiando contra a porta enquanto tentava se erguer.

A geladeira estava vazia.

Quase, pelo menos. No meio da prateleira de cima havia uma vasilha contendo cinco seringas pré-preparadas.

Se levantou com dificuldade, puxando uma das prateleiras de vidro, depois mais uma. Tentou pegar a caixa de seringas, dobrando seus dedos ao redor da superfície gelada.

Então tudo ficou escuro...

11 Ovelha elétrica

O avião negro aterrissou dois minutos antes do previsto, mas Rebecca estava tão imersa em seus pensamentos que mal notou.

"Um Global Express, nada mal!"

"O q-quê?"

"O avião de Black, November Six Bravo."

Kjellgren apontou para a pista de aterrissagem.

"Pode voar sem parar de Nova York até Tóquio. Alguém no trabalho disse que o avião é dele mesmo, e não da empresa. Um Global Express pode carregar vinte passageiros, mas aparentemente Black prefere viajar sozinho..."

"Mmm", ela murmurou, apertando os olhos para ver melhor.

Kjellgren continuou a falar de vários tipos de aviões, mas ela mal escutava. Era estranho ver um avião pintado completamente de preto. A maioria dos aviões era branco ou cinza, então ela imaginou que a cor era um testamento por si só. O avião desligou em uma das vias e lentamente se aproximou de seu portão.

Ela abriu a porta do carro e saiu. Por alguma razão se sentia um pouco nervosa.

Gostara de Black logo de cara.

Era impossível não gostar. Ao contrário de praticamente todo outro VIP com quem tinha trabalhado, ele veio diretamente apertar sua mão e se apresentar – como se aquilo fosse necessário...

Ele também lhe pediu para detalhar os arranjos de segurança e até lhe perguntou o que podia fazer para facilitar as coisas para ela e os outros guarda-costas...

Ela notou que ele parecia mais alto na vida real do que na CNN. Mais jovem, também, por sinal.

Talvez fosse porque ele sorria mais ao vivo do que na televisão, exibindo seus dentes brancos e brilhantes de uma forma que era imediatamente contagiosa.

Black não poderia ter muito mais do que quarenta anos. Ele tinha no mínimo 1,90 metro de altura e, apesar do físico magro, o terno trespassado caía nele como uma luva. O corte de cabelo era curto atrás, mas sua franja, tingida de cinza, caía para frente quase rebelde, então ele ocasionalmente tinha que passar os dedos pelos cabelos para colocá-la de volta no lugar. Por alguma razão, esse gesto repetitivo dava a seus olhos mais presença e intensidade.

Para alguém que tinha acabado de voar por dez horas, Black parecia quase indecentemente acordado. Nem sua camisa nem o paletó mostravam qualquer marca de vinco, então ele deve ter se trocado, talvez até tomado um banho.

De acordo com a descrição de seu colega, o avião privado de Black não era do tipo que carecia de conforto. Mas tanto Kjellgren quanto o arquivo com informações prévias que ela tinha recebido tinham errado em um ponto. Black não tinha viajado sozinho. Um homem corpulento com cabelo raspado, um pescoço de touro, sapato mocassim e um terno mal-vestido, de má-qualidade, também estava no avião.

Por alguns momentos, ela pensou que se tratava de um comissário de bordo. Mas então seus olhos o encontraram e ela mudou de ideia na mesma hora. O Pescoço-de-touro era obviamente do mesmo ramo que ela.

O homem ficou ao fundo, mas ela podia ver que estava ouvindo intencionalmente a sua conversa.

Após ela acomodar Black no banco de trás de seu carro e checar duas vezes se a bagagem estava no lugar correto, Pescoço-de-touro a levou discretamente para o lado.

"Thomas", ele disse sem maiores gentilezas, e ela não ficou certa se aquele era seu primeiro nome ou sobrenome. "Oficial Chefe de Segurança da PayTag", ele continuou. "Prazer em conhecê-la, Rebecca. Ouvi falar muito de você..."

Ela acenou brevemente com a cabeça enquanto eles apertavam as mãos.

Infelizmente não posso dizer o mesmo, ela pensou.

Ninguém mencionou você em momento algum.

Ele estava correndo.
O máximo que podia, direto rumo à saída no final do corredor.
Mas embora estivesse tentando o máximo que podia, mesmo que as portas dos escritórios de cada lado passassem tão depressa que mal podia vê-las, ele não parecia estar chegando nem perto da sua meta. Podia sentir seus perseguidores o alcançando...
O chão cinza de linóleo embaixo de seus pés era esponjoso, e ficava cada vez mais mole a cada passo que dava.
Quase como...
Areia.
Ele continuou correndo.
Sabia que eles estavam atrás dele. Podia sentir a respiração deles cortando a noite do deserto.

As cobras surgiram do nada. Pulando de seus covis com
suas mandíbulas abertas e os dentes brilhando. Dezenas
delas, talvez até centenas. Ele fez o melhor que pôde
para evitá-las, ziguezagueando pelas dunas de areia
para se tornar um alvo mais difícil de ser atingido.
Mas era impossível.
Sentiu os dentes cravando em sua coxa.
Uma, duas, três vezes...
Mais...
Então, do nada, as cobras sumiram.
Ele olhou para trás rapidamente por sobre os ombros e viu que
eles estavam chegando mais perto. Centenas de homens de terno,
correndo pela areia. Os chapéus de coco bem enterrados em suas
cabeças, quase em suas sobrancelhas, mas onde seus narizes
e bocas deveriam estar não havia nada além de uma maçã verde.
Os homens se aproximavam dele, a areia voava ao redor
de seus sapatos polidos. Seu peito parecia que estava
prestes a explodir e suas pernas de repente pareciam
pesadas como chumbo, mas ele as forçou a obedecer.
Avante!
Acima!
Para o monte!
Ele podia ver o clarão se abrindo à sua frente e tentou mudar
de direção. Mas suas pernas não mais lhe obedeciam. Em vez
disso elas continuaram para frente, forçando-o a chegar
cada vez mais perto da íngreme borda de algo que não
era mais uma duna de areia, mas o teto de um prédio.
Ele podia ver pássaros esperando ao longe. Milhares de corvos
negros com penas lustrosas e bicos em forma de foices.
A menos que seus olhos o estivessem enganando.
Não seriam na verdade rochas oleosas e afiadas?
Ele caiu.
Devagar, a princípio.
Então mais rápido e mais rápido.
O chão chegando mais perto.
Sabia que ia doer. Mais do que qualquer coisa que ele
jamais tinha experimentado. E no momento exato em que
a dor atingiu seu corpo por inteiro, fazendo seus membros
contraírem em um espasmo violento, ele ouviu suas vozes.
"Você quer jogar um jogo, Henrik Pettersson?!"
Quer jogar um... JOGO?

A palavra ainda ecoava através de sua cabeça quando ele acordou.

Levou alguns momentos para se lembrar onde estava, depois alguns momentos a mais para lembrar o que tinha acontecido. Então veio o pânico. Abriu os olhos e tentou sentar, mas seu corpo não o obedecia.

E estava escuro.

Completamente escuro.

Paralisado, então.

Cego.

Em breve estaria morto...

Então era assim que tudo iria terminar, em um chão asqueroso da cozinha de um apartamento abandonado. Lágrimas começaram a correr de seus olhos, e ele tentou piscar para expeli-las o melhor que podia.

Mas, de repente, notou uma mudança súbita na completa e total escuridão. Um risco débil de cinza que foi ficando mais forte e mais forte até que ele começou a conseguir notar certos detalhes. Um teto, uma lâmpada. Então uma janela coberta por uma persiana, e uma penteadeira de pinheiro desnivelada em um dos cantos. A sensibilidade estava gradualmente retornando a seus membros, e ele subitamente percebeu que não estava deitado em um chão duro de cozinha. Parecia estar em casa, em seu próprio quarto.

Comocaralho...?

Ele fez uma nova tentativa de se sentar, e dessa vez se saiu bem melhor.

Sim, suas suspeitas tinham se confirmado. Ele estava em sua própria cama de merda, com algo que parecia ser a mãe de todas as ressacas. Seu corpo doía absolutamente em todo lugar, das pontas dos pés ao topo do couro cabeludo. Sua dor de cabeça era tão forte que seus globos oculares latejavam, quase o fazendo piscar em sincronia. Podia sentir a pressão subindo dentro de si, então ficou de pé e tropeçou em direção ao banheiro.

Infelizmente, não teve muito sucesso, mas ao menos conseguiu pegar a maior parte do vômito com as mãos. Com um enorme esforço, entrou na banheira, ligou as torneiras e colocou a cabeça sob a maravilhosa e libertadora torrente de água.

Sentou na banheira por mais de uma hora, apenas deixando a água correr por seu corpo. Ele apenas se mexeu para vomitar mais algumas vezes no ralo do chão, ao lado da banheira, e sua pele já tinha começado a se enrugar no momento em que juntou forças suficientes para pegar suas roupas e fazer uma inventário dos danos.

Seu corpo estava tremendo como louco, alternando calafrios e ondas de calor, mas ao menos ele estava vivo, apesar de tudo...

Seu tornozelo parecia uma bola de futebol americano, e as duas pequenas marcas feitas pelas presas da cobra estavam claramente visíveis. Então por que ele não estava morto?

Encontrou sua resposta um pouco mais alto, na lateral de uma das coxas.

Um par de machucados do tamanho de moedas grandes, e algumas marcas de sangue coagulado. Ele deve ter conseguido se injetar com as seringas contendo o antídoto no final das contas. Parecia que ele tinha metido pra dentro todas as cinco, e depois rastejado de volta ao seu apartamento. Se salvando no último segundo de merda! *Bom trabalho, HP!!*

Mais um ataque de tremedeira fez com que seus dentes rangessem, e ele ajustou o indicador de temperatura mais para o vermelho. A água quente machucou sua pele, mas ele ainda estava achando difícil não se tremer todo.

Desligou as torneiras, se cobriu com duas toalhas, então cambaleou com a perna dura para fora da sala, quase tropeçando no pé de cabra no chão. Ele conseguia ver a lanterna sobre o tapete. Então ele evidentemente conseguiu trazer de volta consigo tudo do apartamento das cobras, e sem deixar evidências para trás.

Trabalho bem feito!

Então percebeu o revólver jogado bem ao lado da porta.

Apanhou-o cuidadosamente. Parecia ser muito mais pesado do que recordava. O cheiro acre da pólvora ainda era óbvio.

Espiou o corredor pelo olho mágico, mas tudo parecia tranquilo.

E a porta para o apartamento do vizinho estava fechada também – bom! Mesmo em seu momento de maior desespero, ele teve o bom senso de trancar as malditas das cobras lá dentro...

Basicamente ele tinha salvado as vidas de seus vizinhos arrogantes.

A Associação de Moradores do bloco número 6 gostaria de informar a todos os residentes sobre a presença de uma ou mais cobras aparentemente à solta nas redondezas...

Tentou rir, mas tudo o que saiu de sua boca foi um grunhido triste que fez seu cérebro balançar em seu crânio, fazendo-o parar abruptamente. Em vez disso, se voltou para a cozinha mais uma vez e bebeu quatro copos de água morna da torneira.

Deixou o revólver no escorredor da pia.

Black continuou conversando com ela por quase todo o caminho até a cidade, fazendo perguntas sobre a Suécia e a cultura sueca, e ela se viu falando sobre licença-paternidade e rituais estranhos de verão antes deles chegarem ao Grand Hotel.

Thomas não disse uma palavra. Sentou atrás, próximo a Black, e passou a maior parte da jornada mexendo em seu Blackberry. Mas ela notou que ele estava cuidadosamente prestando atenção em tudo o que ocorria dentro do carro.

Cerca de doze repórteres se agrupavam em frente ao hotel, e ela os avistou à distância.

“A imprensa está aqui”, ela disse. “Podemos pegar a entrada dos fundos se preferir evitá-los...”

Thomas parecia estar prestes a dizer algo, mas Black se adiantou a ele.

“Não, não, nós entraremos pela porta da frente. Presumo que estamos em mãos seguras, srta. Normén...”

“Entrada principal”, ela disse em seu microfone de pulso e recebeu um curto “Copiado” como resposta do carro de trás.

Eles pararam na esquina da rua, e ela esperou alguns segundos para que os dois homens no carro atrás parassem e saíssem antes que ela abrisse sua própria porta.

Havia algo entre dez e vinte pessoas por ali. Nenhum deles parecia estar particularmente entusiasmado ou agressivo. Mantinham uma distância respeitosa enquanto esperavam.

Mrsic, que veio no outro carro, já tinha assumido uma posição na escada. Ele olhou ao redor e acenou para ela brevemente com a cabeça. Ela abriu a porta de Black e os flashes das câmeras começaram a disparar. Mas não ouve nenhuma grande onda deles, apenas alguns cliques profissionais, e ela imaginou que a maioria dos fotógrafos estava lá para tirar fotos dos convidados do casamento e não de seu VIP.

Ela vinha na frente, com os dois homens um metro e pouco atrás.

Eles podiam ter entrado em cerca de dez segundos, mas Black avistou uma câmera de televisão.

“Srta. Johansson”, ele disse um pouco alto demais, apertando a mão da repórter.

“Claro que tenho um momento”, ela ouviu ele dizer. Rebecca reagrupou imediatamente e se posicionou no flanco logo atrás de Black. Thomas continuou até o hotel, contudo, e ela viu enquanto Mrsic segurava a porta aberta para ele.

Duas pessoas no que pareciam ser macacões brancos de repente apareceram à beira da multidão, bem perto da lateral do prédio, e ela os viu fazendo algo com uma sacola que carregavam. Provavelmente trabalhadores, mas por alguma razão a presença deles parecia levemente perturbadora.

Ela levantou o pulso com o microfone até a boca, pronta para falar. Tinha reconhecido vagamente a repórter loira como uma especialista em economia para um dos canais de TV, e a mulher deve ter dito algo engraçado, porque Black deu uma risada alta. O par de macacão, um homem e uma mulher em seus vinte anos, ainda estavam ocupados com sua sacola. Rebecca virou a cabeça para chamar Mrsic até ela, mas a porta estava desguardada. Ele deve ter entrado com Thomas e não tinha notado que eles haviam parado...

“Bem, srta. Johansson, a PayTag existe por uma única e bem simples razão”, ela ouviu Black dizer. “Queremos fazer a diferença. Queremos ajudar nossos clientes aqui na Suécia e ao redor do mundo a guardar material sensível de uma forma que é cem por cento segura. Lidando firmemente com os riscos inerentes ao gerenciamento de informação. Obviamente nós mesmos não temos interesse nos dados dos nossos clientes..."

O movimento do par de macacão parecia estar se tornando mais irregular, mais agitado. Ainda não havia sinal de Mrsic. Ela apertou o botão de transmissão no seu microfone. Sua mão direita tinha de repente começado a tremer.

"Kjellgren, duas pessoas em macacões brancos perto do muro estão fazendo algo, você consegue enxergar?"

"Estou vendo, a caminho!"

Do canto do olho, ela viu a porta do carro se abrir. Kjellgren estava chegando na calçada quando o par de macacão se virou.

Obviamente ele deveria fugir da cidade.

Ir para longe, uma porra de um lugar bem distante, algum lugar em que imbecil nenhum pudesse achá-lo.

A qualquer momento agora o *Cuidador* ou que merda fosse o seu nome iria voltar de seu intervalo e descobrir que alguém tinha feito espetinho de cobra com uma das suas belezinhas, roubado seu revólver e usado todas as seringas da geladeira.

Ele esperava não ter deixado qualquer impressão digital, e com um pouco de sorte o sangue não teria encharcado o assoalho e os policiais não teriam nada contra ele. Não que isso importasse, uma vez que ele já sabia que o Cuidador nunca envolveria a polícia. Não, ele iria localizar o suspeito mais próximo, com ênfase no *mais próximo*... e a pequena visita que se seguiria não envolveria pedir uma xícara de açúcar emprestada.

Mas havia duas razões porque ele não podia simplesmente ir embora. Para começar, os policiais tinham confiscado seus passaportes e dito a ele que não saísse de lá. O que não era muito um problema, ele podia sempre se mover livremente entre os países da área Schengen. E era sempre possível forjar um passaporte falso se você tivesse dinheiro. Mas ele pensou que se tornar um fugitivo internacional não era algo muito atrativo...

A segunda razão era bem mais séria. Estava em um estado deplorável para viajar. O veneno da cobra combinado com o coquetel das seringas que tinha injetado nele mesmo pareciam tê-lo envelhecido uns sessenta anos, e mesmo uma curta caminhada da cama até o sofá o havia deixado completamente exausto.

Então não tinha escolha a não ser continuar escondido em seu apartamento como algum tipo esquisito de Anne Frank.

Um barulho repentino na porta fez com que se assustasse. Um som metálico cortante, como se alguém estivesse tentando abrir a caixa de correio.

Lutou para sair do sofá e cambalear até a sala de estar.

Não havia qualquer perigo imediato. Tinha consertado a caixa de correio logo após a polícia ter arrombado a porta.

Havia apertado os parafusos para que não fosse possível abri-la mais do que alguns poucos milímetros.

Muito pouco para que qualquer um pudesse empurrar qualquer objeto inflamável por ela. Essa era a ideia, pelo menos.

E também era à prova de cobras.

Bem, pelo menos ele pensava que sim.

Tudo o que podia ver era a ponta de uma carta e, após hesitar por alguns segundos, ele a pegou com cuidado. Um envelope com um logotipo oficial.

Ele o abriu com um dedo enquanto voltava com dificuldade para o sofá.

Intimação para Interrogatório.

Henrik Pettersson está intimado a comparecer em interrogatório relativo ao caso número K-345456-12...

Amassou a carta e a mandou voando para a parede. Se a polícia queria falar com ele, teriam que ir lá e pegá-lo.

Afundou mais fundo no sofá, achou o controle remoto e passou devagar pelos canais até achar um telejornal.

"Erik af Cederskjöld, antigo líder de estratégias de comunicação para o Partido Moderado e nomeado novo porta-voz da imprensa para o Palácio: qual sua visão na avaliação recorde de baixa popularidade da família real? Isso não joga uma luz meio negativa nas preparações para o casamento...?"

Mudou o canal antes que o punheteiro magricela na tela pudesse ter tempo de responder.

Uma propaganda de sabão em pó...

Confie no Vanish...

ZAP

A novela *Emmerdale*.

ZAP

Mais um canal, outra entrevista com mais um imbecil idiota, e zap de novo. Mas logo antes da imagem mudar ele conseguiu ler a legenda.

Ele praticamente voou do sofá. Bateu com força no controle, fazendo com que o plástico rangesse. *Mark Black, presidente-executivo, grupo PayTag.*

Aumentou o volume até que a barra vermelha na tela chegasse ao máximo. Mas ainda tinha problema de ouvir o que estava sendo dito. Sentia como se seus ouvidos estivessem entupidos e tudo o que conseguia ouvir era um murmúrio vago de vozes desconhecidas. Fragmentos de sentenças que não pareciam se encaixar.

O único propósito da PayTag é ajudar...

Meramente fornecendo o que o mercado queria...

Um mundo mais seguro...

Prevenindo terrorismo...

Não entendo as críticas...

Grande momento em que a Suécia conseguiu uma legislação moderna apropriadamente adaptada à realidade...

Ele rastejou mais para perto da televisão, perto o bastante para tocar a tela. A encarou com a mesma fascinação horripilante que teve ao estudar a cobra consumindo o rato. E de repente percebeu que a cobra e Black eram de fato o mesmo tipo de criatura.

Monstros com olhos congelantes como o próprio gelo, fixos, no processo de engolir uma presa desavisada.

Ele olhava para Black, em seu terno imaculado, camisa perfeitamente passada e com um sorriso de réptil desconfortavelmente tranquilizador nos lábios. Mas, acima de tudo, ele estava encarando a mulher que segurava seu braço.

A PayTag assassina a liberdade da internet, dizia o cartaz que o casal de macacão abria. Nenhum deles dizia nada, apenas permaneciam lá, em completo silêncio por trás das assustadoras máscaras brancas de Guy Fawkes que tinham vestido. Kjellgren tinha quase os alcançado, mas ela podia vê-lo hesitando. Nenhum dos manifestantes fez qualquer menção de se mover.

Black se virou parcialmente na direção dela com um olhar que a fez imediatamente soltar o braço dele, que ela tinha acabado de segurar.

"Talvez seja o momento de ir agora?", ela murmurou, mas ele a ignorou.

"Perdão, srta. Johansson." Ele se voltou mais uma vez para a repórter. "Você poderia repetir essa última pergunta?"

"Nunca faça isso de novo, srta. Normén", ele disse calmamente enquanto caminhavam em direção ao lobby do hotel, alguns minutos depois.

Quatro paracetamóis.

Três copos de água.

Dois cigarros.

Um revólver.

Estava pronto. Essa missão seria a última, ele já sabia disso. Mas não tinha escolha.

Black era uma cobra venenosa, um monstro criado pelo Mestre do Jogo. Enviado para engolir o mundo inteiro.

E ele iria começar por Becca...

A cena era tão familiar. A mão dela em seu braço. O olhar firme dela.

Becca e papai.

Becca e Dag.

Becca e Black.

Obviamente o Mestre do Jogo estava por trás daquilo tudo. Ele tinha feito com que Black colocasse suas garras em Becca. E, assim como com aquele Dag filho da puta que batia em mulher, só havia uma forma de salvá-la. A diferença era que dessa vez ele tinha uma arma de verdade e não tinha que depender de uma grade de varanda sabotada.

Vestiu sua jaqueta, o mesmo casaco de reservista militar que tinha usado para sua segunda missão. Aquilo parecia ter uns cem anos de idade.

Quanto a ele mesmo, sentia ter um pouco mais do que cem anos. Mais compatível com um asilo do que com um homem em uma missão.

O revólver encaixava confortavelmente em um dos bolsos mais fundos.

Ensaiou sacá-lo algumas vezes em frente ao espelho. Mas não conseguia reproduzir muito bem todo o clima de *Taxi Driver.*

Talvez não fosse tão estranho. Ele não tinha realmente a mesma energia. Já sua aparência...! A barba estava apontando em diferentes direções, os olhos afundados e as bochechas pareciam dois abismos profundos. E os dentes de baixo estavam estranhamente visíveis, como se o lábio superior tivesse perdido o controle das gengivas.

Abaixou o boné sobre a testa e cobriu o restante do rosto com um par de óculos escuros maiores do que o normal. Ninguém iria reconhecê-lo, nem mesmo Becca. Ele quase não reconhecia a si mesmo...

O revólver parecia pesado, difícil de segurar direito. Ele testou o cão e teve que segurar com força para movê-lo. Tudo o que precisaria agora era um pouco de pressão, um aperto gentil do gatilho. E tudo estaria terminado...

Tanto para Black como para ele.

Não tinha como o Mestre do Jogo deixá-lo viver depois de algo como aquilo.

Mas não tinha escolha.

Tinha que decapitar a cobra.

12 Morte súbita

A batida na porta a acordou, e ela demorou alguns segundos para perceber onde estava.

Num quarto do Grand Hotel, a quatro portas de distância da suíte de Black. Ela sentou e olhou para a hora no rádio-relógio: 2h12.

Seu cérebro parecia se arrastar, como se estivesse cheio de algum tipo de gosma, e ela esfregava as palmas das mãos por cima dos olhos num esforço para fazer sua cabeça funcionar.

A batida se repetia. Levantou da cama e rapidamente vestiu suas calças e blusa antes de abrir uma fresta da porta.

Era Thomas.

"Perdão por lhe acordar, Rebecca", ele murmurou, dando um passo para frente para que ela não tivesse escolha a não ser deixá-lo entrar.

Ele acenou o Blackberry que trazia em uma das mãos. "Recebemos uma ameaça contra o sr. Black, uma particularmente verossímil..."

"Ahn...?"

Ela não estava realmente certa sobre o que deveria dizer.

"Um antigo amigo no Serviço Secreto acaba de ligar. Eles têm informações sugerindo que uma organização terrorista está planejando um ataque contra nós durante nossa visita a Estocolmo."

"Certo..." Ela mexia nos botões da parte de baixo da blusa enquanto tentava colocar seus pensamentos ainda grogues em ordem.

"Qual organização?"

"Eles na verdede não têm um nome, o que provavelmente soa um pouco esquisito. Terroristas normalmente gostam de ostentar, afinal. Mas estivemos mantendo um olho neles por tempo o bastante para entender que não devem ser subestimados, apesar de levantarem pouca suspeita."

"Então qual a razão para esse interesse deles?"

Ele deu de ombros.

"Terroristas nem sempre precisam de uma razão, srta. Normén. Fanáticos tem sua própria lógica, mas provavelmente tem a ver com os recentes protestos. Aquele cartaz da noite de ontem..."

Ela concordou e se virou para abrir as calças e enfiar para dentro a parte de baixo da camisa. Ao mesmo tempo, aproveitou a chance para pegar as pílulas da mesa de cabeceira e colocá-las em seus bolsos.

Se virou de volta e deu a Thomas um sorriso de desculpas. Mas o olhar dele não permitiu a ela perceber se tinha visto as pílulas.

"Certo, então o que sabemos, de fato?", ela continuou.

"Não muito, mas meu amigo está preocupado o bastante para ter me ligado no meio da noite. Ele não podia dizer muito, o que provavelmente significa que as informações vieram de uma fonte confidencial."

"Alguém infiltrado?"

Ele concordou com a cabeça, enquanto sua mão que estava livre ajeitava a manga um pouco longa demais de sua jaqueta.

"Mas, apesar de tudo isso, você na verdade não sabe como é chamada a organização?"

"Você obtém nomes levemente diferentes, dependendo de a quem pergunta. "O Circo, o Evento, a Performance..."

Ela balançou a cabeça.

"Nunca ouvi falar deles..."

"Não, não creio que você teria ouvido falar. São bem anônimos. Usar um monte de nomes diferentes é uma boa forma de permanecer abaixo do radar. Mas sabemos por experiências anteriores que eles são capazes de quase tudo..." Ele ainda estava dobrando sua manga, como se estivesse tentando fazê-la ainda mais longa.

"Certo, bem, vamos colocar um guarda 24 horas na porta do sr. Black para começar..."

Ela pensou por alguns instantes.

"E eu sugiro que tomemos um helicóptero amanhã, no lugar de sair de carro."

"Excelente, mas será que conseguimos organizar isso em um prazo tão curto?"

Ela confirmou com a cabeça.

"Sem problemas."

Pegou a arma na mesa de cabeceira, fixou-a no cinto e vestiu sua jaqueta.

"Há mais alguma coisa que eu precise saber, sr. Thomas?"

"Não no momento. Me prometeram mais informações amanhã de manhã, logo cedo, então podemos prosseguir com o que sabemos até lá."

"Certo."

Ela o seguiu no corredor e parou fora da porta do sr. Black.

"Ele está...?"

"Está bem, falei com ele um tempo atrás."

"Bom."

"Bem, boa noite, então, Rebecca. Você me envia um e-mail assim que conseguir um transporte...?"

"É claro."

Ela hesitou por um momento. O pensamento tinha vindo do nada, mas ela sentiu que deveria falar, para tirar aquilo do caminho.

"Apenas mais uma pergunta. Essa organização..."

"Sim?"

"Não creio que já tenha sido chamada de..."

O Jogo!

Era tudo no que ele conseguia pensar.

Apesar dos paracetamóis, sua cabeça estava latejando tanto que pensava que seus olhos iriam pular para fora.

"Você não parece muito bem, amigo...", disse o taxista.

É nada, Sherlock...

"Gripe", ele disse abruptamente, mordendo seu cigarro ainda não aceso. "Uma pesada, no meio do verão e tudo..."

O taxista resmungou.

"Posso apostar! Eu me vacino no outono todos os anos. Você sabe, com tanta gente que você fica conhecendo nesse ramo de trabalho, germes e vírus e merda voando por todo o lado dentro do meu carro..."

O taxista parou o carro, olhou ao redor, e fez uma volta em U, apesar da faixa contínua no meio da rua.

"É curioso, depois da gripe suína e todo mundo ficando doente da vacina, faz você pensar..."

"Hmmm", HP concordou. O taxista lembrava a ele de alguém, mas não conseguia identificar quem.

"Algumas vezes você não pode deixar de se perguntar se realmente houve qualquer gripe suína, ou se foi só uma forma de liberar um monte de vacinas não testadas...", continuou o taxista.

Se você ao menos soubesse, colega!

Em qualquer outra circunstância ele teria se atirado naquela discussão, mas agora mal ousava abrir a boca para não lançar pra fora uma cascata de vômito.

Tinham chegado a Skeppsbron. Apenas mais três ou quatro minutos com nada a fazer a não ser esperar.

Ele apertou o botão para abrir a janela e sentir um pouco do ar fresco da manhã.

"...um monte de outras merdas, as autoridades jogam na gente. Como esse negócio deles manterem um registro do nosso uso da internet e do celular, você ouviu falar sobre isso? Como os Correios abrindo todas as nossas cartas e envelopes antes de enviá-los. Outra louca ideia da UE que a população em geral apenas engoliu porque estava muito ocupada embasbacando-se com todo o purismo real que se alastra por aqui... É igual à Alemanha Oriental, se você me perguntar..."

HP concordou, distraído.

De repente ele percebeu quem o taxista lhe lembrava.

Manga...

Foda, ele sentia saudades do Manga. Nem um pio desde o último inverno. Ele não atendeu o telefone, nem o celular, nem o telefone fixo. Quase como se ele estivesse se mantendo fora do caminho de propósito...

"Bem, aqui estamos, Kungsträdgården. Cartão ou dinheiro?"

HP murmurou algo inaudível e puxou uma nota amassada de cem coroas suecas do bolso da calça.

"Que horas são, por sinal?"

"Quinze para as seis da manhã, colega, uma hora de merda pra estar de pé e na rua..."

HP abriu a porta do carro e saiu andando até a calçada, tentando fazer seu isqueiro funcionar.

Suas mãos tremiam tanto que ele quase queimou a ponta do nariz antes de conseguir acender o cigarro.

O frio matinal o fez tiritar e ele deu algumas tragadas profundas para se aquecer um pouco. A fachada iluminada do Grand Hotel estava cem metros à sua frente. Ele enfiou a mão no bolso e fechou os dedos ao redor do cabo do revólver.

Quase lá.

Quase em casa...

Ela se levantou e se espreguiçou, enquanto ia fazer uma pequena caminhada pelo corredor. Quase quatro horas naquela cadeira tinham feito seus músculos endurecerem.

Abafou um breve bocejo e olhou para a hora. Estava quase no momento de partir, apenas alguns minutos.

O serviço de quarto tinha chegado meia hora atrás, o que significava que Black estava agora descansado, de banho tomado e alimentado.

Ao contrário dela mesma...

Disfarçou mais um bocejo e segurou a mão direita à sua frente. Apenas um leve, quase imperceptível tremor.

Os efeitos do remédio para dormir não tiveram tempo de passar direito ainda. As pílulas não pareciam de fato ajudar com sua insônia, e mesmo se o médico a tivesse dito para aumentar a dose, ela provavelmente só terminaria ficando dopada em vez de ter o sono profundo que precisava. Os pequenos potes estavam fazendo volume no tecido de sua calça.

Um tipo de pílula para aguentar a noite, outro tipo para passar o dia...

Seus pensamentos ainda estavam atordoados. O cofre particular, os passaportes, o revólver, Tage Sammer – a menos que seu nome fosse realmente André Pellas – e Henke, é claro.

Ela tinha ligado para ele quatro vezes durante a noite, e enviado a ele uma mensagem de texto. Uma quebra flagrante das ordens de Stigsson. Mas, como de costume, ela tinha apenas recebido a mensagem do serviço de caixa postal como resposta.

Obviamente podia ter sido tudo coincidência, era essa provavelmente a explicação mais provável. Um grupo terrorista mal organizado ocasionalmente conhecido como o Jogo não tinha necessariamente nada a ver com o jogo que Henke tinha se metido.

Estava acostumada com ameaças aleatórias, isso era basicamente parte da rotina diária na Polícia de Segurança. Mas não podia ter certeza, não até que tivesse falado com Henke, ouvido sua voz, checado se ele estava bem. E que nada do que estava acontecendo na PayTag tinha qualquer coisa a ver com ele.

Seu ponto no ouvido ganhou vida com um estalo.

"Estamos a postos do lado de fora da entrada principal, chefe", Kjellgren disse. "Há cerca de doze pessoas aqui fora, repórteres e alguns madrugadores de plantão à procura de membros da realeza e celebridades. Nenhum sinal de qualquer manifestante, câmbio."

"Bom, eu quero dois homens na calçada. Nós provavelmente nos encaminharemos em alguns minutos, câmbio."

"Copiado!"

Uma porta mais distante no corredor se abriu e Thomas apareceu.

Ele usava o mesmo terno e os mesmos sapatos, mas a camisa era nova. Assim como da última vez, o colarinho travava uma luta desleal contra o pescoço grosso de Thomas e o nó de sua gravata já estava consideravelmente frouxo.

"Bom dia, Rebecca. Estamos prontos?"

"Tudo pronto, partiremos de volta ao aeroporto Bromma e seguiremos via aérea. O helicóptero pode carregar até quatro passageiros, então haverá bastante espaço."

"E tudo está preparado por lá?"

"Dois carros estarão nos esperando, eu os enviei imediatamente após nossa conversa ontem à noite."

"Excelente, Rebecca, eficiência impressionante, devo dizer."

Ela balançou a cabeça e desviou o olhar.

"Acabei de receber uma mensagem do sr. Black", Thomas continuou. "Ele estará pronto em cinco minutos."

"Obrigada, irei avisar aos demais."

Assim que apertou o botão de transmissão, avistou o volume levemente perceptível na jaqueta de Thomas, sobre o lado direito de seu quadril. Podia ser seu Blackberry, uma vez que a maioria dos norte-americanos parecia ter o hábito estranho de manter seus aparelhos em suportes nos cintos. *Agente 007, licença para enviar e-mail...*

Mas subitamente sentiu-se convencida de que o volume era alguma outra coisa.

Algo consideravelmente mais perigoso...

Abriu a boca para dizer algo, mas a voz de Kjellgren em seu fone de ouvido a interrompeu.

"Chefe, creio que temos um pequeno problema..."

Ele estava mantendo distância, olhando a multidão por trás do cordão de veludo vermelho. De início tudo corria calmamente. Um grupo de velhinhas, um par de fotógrafos com cara de cansados.

Dois carros pretos estavam estacionados bem na frente da entrada principal, com dois homens de terno parados na calçada bem próximos a eles. Cheiravam a polícia, mesmo à distância, o que era um dos motivos pelo qual preferia se manter longe. Mas, alguns minutos atrás, as coisas começaram a sair do controle. Diversos micro-ônibus pararam mais à frente junto ao cais e uma multidão de pessoas jorrou de dentro deles. Vinte ou trinta, talvez mais, todas vestidas com macacões claros e máscaras brancas de plástico que os faziam parecer praticamente idênticos. Em apenas alguns segundos, eles tinham tomado conta da calçada e, à medida que ele ia chegando mais perto, começavam a desdobrar bandeiras.

PAYTAG = STASI
PAREM A DIRETIVA DE RETENÇÃO DE DADOS!!!
CUIDADO COM A INVASÃO CORPORATIVA
DA MEMÓRIA PRIVADA!
2006/24 = 1984

Os policiais em ternos estavam claramente nervosos, e ele podia ver um deles falando em um microfone de pulso.

Ele acelerou o passo para chegar mais perto, mas foi forçado a desacelerar quase imediatamente. E se Black tivesse reagrupado e tomado outra saída de última hora? Havia uma saída no outro lado do prédio, não havia? Ele nunca chegaria lá a tempo...

Merda!

Demorou-se à beira do cais enquanto mantinha um olhar atento ao que estava acontecendo do outro lado da rua. Uma equipe de televisão tinha chegado, o que parecia ter acordado os outros fotógrafos, que começaram a se empurrar uns aos outros. A comoção estava ganhando cada vez mais atenção, diversos pedestres curiosos se aproximavam para olhar.

Uma van branca com vidros fumês de repente se aproximou, bloqueando a vista por alguns segundos antes de frear a uma pequena distância. Os manifestantes pareciam ter tomado posição próximos ao cordão. Eles pareciam bem esquisitos com seus macacões brancos e suas máscaras. Nenhum deles dizia uma palavra, o único barulho vinha dos fotógrafos e da equipe de televisão, que agora pareciam estar brigando por espaço.

Um dos homens de terno estava falando em seu microfone de pulso. Ele não parecia nada feliz com a situação.

De repente, um carro policial solitário veio dirigindo da Skeppsholmen, e o outro homem de terno se dirigiu até a rua e acenou para que parasse.

HP se esgueirou entre os micro-ônibus estacionados. A curta caminhada desde a Kungsträdgården o tinha deixado completamente exausto, e ele teve que se encostar contra um dos ônibus para recuperar o fôlego.

A van branca estava a apenas alguns metros de distância, o motor ainda ligado. Ele foi atingido por um cheiro rançoso de asfalto quente e vapor de diesel, mas estava muito cansado para se importar. Mais espectadores tinham chegado, e agora cinquenta ou mais pessoas se agrupavam em frente à entrada do hotel.

O carro de patrulha tinha parado e os dois policiais estavam agora parados na calçada.

Estavam ali em pé conversando com os homens de terno, e HP aproveitou a oportunidade para atravessar para o outro lado da rua.

Seu celular da Nokia se encontrava no bolso do peito, e ele levou dois minutos para fazê-lo funcionar. O coração estava batendo forte em seu peito, a náusea por pouco sob controle.

"Bom dia, srta. Normén."

"Bom dia, sr. Black", ela respondeu, trocando olhares.

Nenhum sinal do desconforto do dia anterior. Que alívio!

"Há um grande número de manifestantes lá fora hoje", ela disse. "De quarenta a cinquenta pessoas no momento, e o número parece estar crescendo. Minha sugestão é que nós peguemos uma rota de saída alternativa..."

Ela olhou para Thomas.

"Qual é a situação nesse exato momento?", ele perguntou rapidamente.

"Calma, porém tensa." Temos dois homens na calçada e há também dois policiais uniformizados no local."

"Mídia?" A pergunta veio de Black.

"A mesma de ontem, possivelmente um pouco mais. Alguns fotógrafos e uma equipe de televisão."

Black e Thomas trocaram olhares.

Um leve tremor correu seu braço direito, fazendo com que seus dedos se contraíssem.

Merda, não agora!

"Nós não queremos parecer com o tipo de gente que foge sorrateiramente pelos fundos, Rebecca", disse Thomas. "Especialmente se há qualquer mídia presente. Poderia ser interpretado como um sinal de que temos algo a esconder. Transparência é parte integral da marca PayTag..."

Ela acenou, enquanto cuidadosamente segurava sua mão direita por trás das costas, numa tentativa de fazê-la parar de tremer.

"Entendo..."

Seu celular começou a vibrar no bolso da jaqueta, mas ela o ignorou.

"Kjellgren, estamos a caminho", ela disse em seu microfone de pulso.

"Sou eu", ele disse quando a caixa-postal dela foi acionada. Não tinha certeza do que dizer em seguida.

"Eu... er..."

Os policiais de terno de repente entraram em ação. Um deles abriu a porta do primeiro carro, e o outro deu alguns passos em direção à multidão atrás do cordão.

Os dois policiais uniformizados estavam mexendo em seus cintos e não pareciam inteiramente certos do que deviam fazer. Como se comandados, os manifestantes de repente começaram a cantar:

Não seja mau!

Não seja mau!

Ele terminou a ligação e pôs a mão livre no bolso da jaqueta. Seus dedos se firmaram ao redor do cabo do revólver. Em algum lugar atrás dele, uma pesada porta de carro tinha fechado. O som o assustou.

Uma música tranquila tocava no elevador, uma versão de flauta de "The Winner Takes it All". Claramente havia alguma regra tácita que todos os hotéis suecos tinham que tocar músicas do Abba nos elevadores.

Ela desabotoou cuidadosamente a jaqueta e pressionou seu braço direito contra si mesma para checar que sua pistola e bastão retrátil estavam no lugar. Ela realmente devia estar vestindo um colete à prova de balas. Mas, contra todos os seus princípios normais, ela tinha decidido dessa vez que não, principalmente por não querer aparecer muito suada e calorenta na frente de Black.

Um erro, um grande erro, ela agora percebia.

Merda, ela realmente tinha que se controlar, colocar os pensamentos em ordem...

Sua boca parecia ressecada, e seu coração estava batendo mais rápido do que esperava. A mão direita tremia tanto que teve que enfiá-la no bolso da calça.

Tinha se envolvido em tarefas consideravelmente mais arriscadas do que essa, então realmente não deveria estar nervosa.

Seu celular começou a vibrar no bolso da jaqueta mais uma vez. Essa era a terceira vez, então quem quer que fosse parecia ansioso para conseguir falar com ela. Mas iria ter que esperar, simples assim. O trabalho vinha primeiro.

O elevador parou no térreo e a porta se abriu lentamente. Respirou fundo.

O grito da multidão estava ficando mais alto.

Alguém esbarrou em um dos postes dourados, fazendo com que o cordão balançasse.

O homem de terno ao lado do cordão de repente começou a gritar.

"Para trás, para trás!"

Os dois policiais de uniforme deram alguns passos hesitantes para perto.

HP cerrou os dedos ao redor do cabo do revólver.

Agora não havia retorno.

As portas principais se abriram e o cântico da multidão começou a rugir.

Mas, de repente, parecia que seus ouvidos tinham sido entupidos.

O som do carpete ao seu redor virou um murmúrio débil, e tudo o que podia ouvir era sua própria e pesada respiração.

Para dentro...

Para fora...

Seu campo de visão encolheu, virando um túnel granulado, e por um momento ele pensou que estava prestes a desmaiar. Apertou o cabo do revólver ainda mais forte, sentindo o contorno do padrão do cabo em sua mão. Centenas de minúsculas e afiadas pontinhas de agulhas que o acordaram e lembraram a ele o que estava fazendo ali.

Ele tinha uma missão a realizar.

Sua última...

E de repente ele o viu.

A cobra em pessoa.

Mark Black...

O rugido começou no momento em que abriram as portas. A multidão empurrou para frente, ela teve tempo de notar as máscaras, os macacões brancos, o olhar preocupado no rosto de Kjellgren. Em seguida os rápidos movimentos dos policiais de uniforme enquanto sacavam seus bastões retráteis.

Sair pela porta da frente tinha sido um grande erro.

"Para trás, estamos recuando", ela gritou em direção ao pescoço gordo de Thomas.

Mas ele não parecia ouvi-la e continuou em direção ao carro, seguido de perto por Black.

Um dos postes segurando o cordão tombou, arrastando os outros com ele. E logo depois os manifestantes invadiram adiante.

Thomas imediatamente derrubou a primeira pessoa com uma cotovelada na cara. Soava como um chicote cortando enquanto a máscara quebrava, enviando uma chuva de sangue e saliva sobre os macacões brancos dos manifestantes mais próximos. Thomas não parecia remotamente preocupado, e meramente empurrou o corpo que cambaleava para trás para abrir caminho. Ele desferiu mais um golpe, e depois mais um.

Logo a seguir o viu pôr sua mão para trás e buscar algo embaixo da jaqueta, num movimento que ela reconhecia muito bem.

Ela puxou o topo do braço direito de Black com sua mão esquerda e o puxou em sua direção. Ela buscou seu bastão no cinto... Sua mão direita tremia tanto que ela teve problemas para encontrá-lo. E então ouviu Thomas gritar.

Ele o reconheceu da televisão.

Testa grande, nariz pontudo e cabelos penteados para trás, grisalhos. De perto a aparência reptiliana era ainda mais óbvia. Ele imaginou que podia ver uma pequena língua bifurcada saindo por entre seus lábios cerrados. Farejando tudo ao seu redor, preparando para atacar.

O público estava em alvoroço agora, forçando a passagem pelo cordão. HP foi com a maré. O suor escorria pelas suas costas.

Houve um som de batida, e uma das pessoas de branco à sua frente caiu de costas, abrindo um espaço.

A máscara dele caiu, revelando um rosto de mulher em choque e bastante pálido. O sangue escorria de seu nariz, encharcando parte de seu macacão branco.

Um momento depois ele avistou Becca. Logo atrás de Black, com a mão em seu braço.

Perto demais...

Devagar, ele começou a tirar a mão do bolso...

"AAAAARMA!!", Thomas gritou, e ela o viu sacar sua própria arma. Entre as figuras de macacão branco, avistou uma figura negra. Boné de beisebol, óculos escuros, uma barba malfeita...

Mãos puxavam suas roupas, tentando alcançar Black...

O grito veio da sua esquerda.

Um rugido gutural que mal conseguiu ouvir. Ele sequer mexeu a cabeça. Em vez disso, continuou erguendo sua mão, olhos fixos em Black.

De repente, tudo parecia estar acontecendo em câmera lenta. Ela conseguia identificar cada pequeno detalhe na cena que acontecia ao seu redor. Os manifestantes de máscaras brancas que Thomas acabava de empurrar, o sangue em seus macacões.

Logo em seguida, o revólver prateado de Thomas lentamente emergindo do coldre em sua cintura.

Os manifestantes à sua frente levantaram as mãos, tentando se defender.

Ela podia identificar o suspeito claramente na multidão. O boné, os óculos escuros, a jaqueta de camuflagem escura. A mão que estava na metade do caminho para fora do bolso...

Então a visão dela foi brevemente bloqueada. Sua mão alcançou a própria pistola e seus dedos cerraram ao redor do cabo.

O tremor tinha parado. Sinos de alarme estavam apitando em sua cabeça, afogando seus pensamentos. Algo sobre toda aquela situação estava errado... As mãos ainda a puxavam, tentando tirar Black de seu controle.

A arma de Thomas já estava erguida, apontando diretamente para o homem com a jaqueta camuflada. Mas os manifestantes pareciam estar bloqueando o tiro. Ele se moveu para o lado, tentando achar uma brecha.

Os alarmes apitavam loucamente em sua cabeça.

ERRADOERRADOERRADO!

De repente, uma brecha se abriu entre os manifestantes. O homem em jaqueta militar estava parado imóvel a apenas cinco metros de distância. Ele olhava diretamente para Black, diretamente para ela. A mão dele começou a sair do bolso. Ela percebeu de relance um objeto escuro.

E o instinto então tomou conta. Movimentos rápidos, decorados.

Sacou,

engatilhou,

atirou!

O som veio de sua frente.

Perto o suficiente para que ele sentisse a onda de pressão em seu rosto.

Um golpe forte em seu estômago. No momento seguinte, seus joelhos perdiam o controle. Gritos, vozes em falsete por todos os lados.

Alguém agarrou seu pescoço, puxando-o para trás. Tudo ficou escuro.

Pessoas gritando em pânico ao redor, se lançando ao chão.

Ela viu a cabeça de Thomas girar e olhar para ela, enquanto as pessoas de branco corriam em fuga ao seu redor.

Em uma fração de segundos ela guardou a arma, puxou o braço de Black e o empurrou o mais rápido que pôde em direção à beira da calçada, onde os carros esperavam.

Kjellgren a alcançou e ajudou a colocar Black em seu assento. Então rapidamente entraram no carro.

"Vai!", ela gritou para Kjellgren.

"E quanto a ele?"

Thomas estava ainda parado na calçada com seu revólver nas mãos, mirando aleatoriamente para a multidão como se estivesse procurando alguém. Um dos policiais uniformizados gritou algo que ela não conseguia escutar, e depois apontou sua própria arma para Thomas.

"Ele vai ter que cuidar de si mesmo, vamos, vamos embora!"

Kjellgren enfiou o pé no acelerador e eles saíram voando do estacionamento com os pneus cantando.

"Que merda toda foi essa que aconteceu?", ele gritou quando chegaram em Strömbron.

Balançando, movimentos abruptos, tão familiar.

Ele estava deitado na parte de trás de um veículo, algum tipo de van, que dirigia rápido. Muito rápido.

A ponta de algum objeto o empurrou para um lado, fazendo com que gemesse de dor.

"Ele acordou", disse uma voz feminina de algum lugar por trás de sua cabeça.

Tentou virar a cabeça, mas o esforço fez com que tudo ficasse escuro mais uma vez.

"Não, apagou de novo...", foi a última coisa que ouviu.

ANDERS DE LA MOTTE THE GAME

13 Equipe Fortaleza

Ela não gostava de viajar de helicóptero. A movimentação irregular da máquina parecia antinatural. Nada como um avião voando gentilmente pelas nuvens. Se o motor de um avião parasse de repente, nada ia de fato acontecer. O piloto abaixaria o bico da aeronave e planaria por um tempo enquanto tentasse lidar com o problema.

Mas se o motor de um helicóptero parasse, você não seria capaz de negar a gravidade por muitos segundos.

Ela ignorou o desconforto e olhou para o relógio.

"Dez minutos para decolar..."

Black tirou os olhos de seu Blackberry.

"Certo, obrigado..."

"Teve alguma notícia de Thomas?"

"Sim, ele disse que está resolvendo tudo com a polícia e que irá nos encontrar mais tarde, de carro."

"Bom..."

Ela respirou fundo.

"Então, como está se sentindo?", ela perguntou.

"Bem", ele respondeu, um pouco rápido demais. "Inteiramente bem", acrescentou. "Desculpe, Rebecca, eu devia ter lhe agradecido pelo que você fez mais cedo. O que exatamente estava acontecendo?"

Ele tentava soar calmo, mas ela não teve problemas em discernir o tremor sutil em sua voz. E ele também parecia ter trocado o modo de chamá-la, de srta. Normén para Rebecca.

"Não estou totalmente certa. A manifestação obviamente saiu do controle, mas depois disso ficou tudo muito confuso. Eu tinha esperanças de que Thomas pudesse me ligar para esclarecer as coisas..."

"Ele tem estado ocupado com a polícia..."

"Sim, posso compreender. As leis de posse de armas na Suécia são bem severas, eu teria tido todo o prazer de explicar isso se ele tivesse me perguntado. Mas ele nunca chegou, de fato, a me dizer que estava armado..."

"Não, isso provavelmente não foi muito sábio. Thomas é muito leal. Ele apenas deseja o que é melhor para a empresa."

Ela simplesmente balançou a cabeça concordando.

Black se endireitou e cruzou as pernas.

"Mas ele não chegou a atirar, no caso, o que deve contar a seu favor, certo?"

"Correto", ela disse. "Fui eu quem abriu fogo."

"Isso irá causar problemas para você? Para nós?"

"Eu não sei ainda. Temos licença para portar armas, e eu liguei para o superintendente de plantão em Estocolmo para explicar o que aconteceu e dizer como a polícia pode entrar em contato comigo. Teremos apenas que esperar pra ver..."

A última parte tinha sido mentira.

Ela teria um sério problema em explicar o que tinha feito, sabia bem disso. Tivesse você licença ou não, não podia simplesmente sair atirando por aí, e certamente não no meio da cidade. Os regulamentos que regiam tiros de advertência eram os mesmos que regiam atirar em um alvo: deve haver um perigo imediato e sério à vida e à integridade física.

Mas obviamente havia tal perigo.

O homem na jaqueta tinha uma arma, assim como Thomas tinha gritado, e era bem claro que ele estava focado em Black.

Ainda assim ela tinha apenas dado um tiro de advertência...

Tinha agido completamente por instinto, e em retrospecto não conseguia explicar porque tinha feito o que fez.

Afim de fazer o melhor de uma situação potencialmente desastrosa, ela tentou convencer a si mesma.

Tudo aquilo parecia ter sido tão errado. A visão de Thomas tinha sido bloqueada, não havia oportunidade para agir. A arma, o agressor, toda a situação tinha sido quase um exemplo tirado de um manual de situação de extrema emergência.

Todos os critérios estavam lá para que se atirasse diretamente no alvo. Mas na multidão era impossível atirar no agressor sem arriscar atingir observadores inocentes.

Tinha sido isso, obviamente.

Ela olhou para suas mãos, agarrando seus joelhos em uma tentativa de mantê-las paradas.

De repente, percebeu que Black ainda estava olhando para ela. Estudando seu rosto intencionalmente, de uma forma que ela não gostava, e logo a seguir baixou o olhar para fixar em suas mãos trêmulas.

"Adrenalina", ela disse. "Logo vai passar..."

Por um momento ela sentiu que ele podia enxergar dentro de sua alma.

"Dois minutos para o pouso", uma voz disse do alto-falante.

"Certo...", ela disse, dando a Black um rápido sorriso.

Mas ele não sorriu de volta.

Ele estava entrando e saindo do estado de consciência.

Ouvia vozes diversas vezes, conversas acontecendo ao seu redor.

"Ele está em péssimo estado..."

"Quanto foi que ele tomou?"

"Uma dose tripla. Não ousei dar mais do que isso..."

"Você chegou a falar com a Fonte?"

"Mmm..."

"E?"

"Ele disse que nós temos que trazê-lo de volta à vida. Que não há outra alternativa..."

"Certo... Então o que fazemos agora?"

"Esperamos..."

"Sabemos mais alguma coisa sobre o lugar?"

O som de folhas de papel sendo revirado vinha de algum lugar a sua esquerda. Ele devia estar acordado por cerca de cinco minutos agora, mas ainda mantinha os olhos fechados. Havia um barulho de bipe ritmado perto de seu ouvido esquerdo, o que ele deduziu ser uma máquina checando sua pulsação. Melhor se manter quieto e ir devagar, respirando fundo.

Havia duas pessoas no quarto, um homem e uma mulher. Ele parecia estar deitado em algum tipo de maca ou mesa a alguns metros de distância deles.

Sentiu uma leve pressão na junta de seu braço direito, o que imaginou vir de alguma agulha de aplicação de soro, mas além disso seu corpo parecia estar surpreendentemente bem.

Havia um cheiro esquisito, de éter e um outro cheiro forte que ele não conseguiu identificar.

"Para começar, é muito, muito maior do que pensamos. Dê uma olhada nisso!"

A voz da mulher mais uma vez, e depois um espécie de múrmurio que HP presumiu se tratar de algum tipo de plano.

"Certo, então essas marcas vermelhas são...?" A voz do homem parecia familiar, mas ele não conseguiu identificar muito bem.

"Vermelho é para os guardas, azul para as câmeras de segurança e amarelo são os diferentes tipos de alarmes..."

"Certo... E tudo isso vem da Fonte?"

"Sim."

"E você confia nele?"

"Ele nunca me deu qualquer motivo para questioná-lo. Tudo que ele passou para nós até agora tem sido cem por cento correto, basta olhar para esse pobre rapaz..."

HP demorou alguns segundos para entender que a mulher se referia a ele.

"Ainda não estou convencido. A respeito dele ou dessa coisa toda."

A voz do homem mais uma vez, um pouco chorosa e ainda extremamente familiar. Ele lutou contra a vontade de abrir os olhos e virar a cabeça.

De repente, notou que seus batimentos tinham acelerado.

Merda, tinha que relaxar.

Respirar fundo, tranquilo e devagar.

Queria ouvir mais, tentar entender que porra estava acontecendo.

"Seis andares, então", a mulher continuou.

"Trinta metros na rocha, cada andar contendo um hub e cinco túneis saindo dele como raios, cada um com cerca de cinquenta metros de comprimento. Cinco vezes cinquenta dá 250, multiplicado pelos seis andares..."

"Um quilômetro e meio. Isso é um espaço grande pra cacete..."

"E cada um dos raios tem dez metros de largura, o que significa que eles devem conter diversas fileiras de prateleiras de servidores dentro deles. Digamos, duas passagens para manutenção em cada túnel. Cada prateleira tem, o que, um metro de profundidade? Isso dá..."

"Cinco quilômetros, talvez mais. Cinco quilômetros de servidores... É uma capacidade fudida de grande!"

A voz do homem parecia agitada.

"Isso é o bastante para suprir..."

"...praticamente toda a necessidade europeia de armazenamento de dados com segurança."

O administrador do local fez uma pausa longa o bastante para que sua declaração fosse absorvida. Os cem ou mais visitantes pareciam impressionados. Quanto a ela, estava apenas parcialmente ouvindo a coletiva de imprensa.

Detalhes sobre a capacidade do local passavam escritos na tela grande, intercalados ocasionalmente com imagens de sua construção. Ela se espreguiçou discretamente e aproveitou a oportunidade para checar seu celular por mensagens. Mas a caixa de entrada estava vazia e as ligações perdidas no elevador do Grand Hotel não pareciam ter sido registradas pelo celular. Estranho.

Em contraste com o calor do verão lá fora, o ar lá dentro estava gelado, e embora eles estivessem acima do solo, ela pensou que podia sentir um leve cheiro de rocha, um pouco como no metrô de Estocolmo. O que não era realmente tão estranho assim...

Durante a Guerra Fria, esse tinha sido o local de uma base de comando no subsolo – ela tinha lido nos jornais. E assim como Kjellgren tinha dito, havia um longo túnel que funcionava tanto como saída de emergência quanto como um condutor para todos os cabos de comunicação até os bunkers de artilharia na praia, a alguns poucos quilômetros de distância.

Agora, o mesmo túnel trazia água gelada do Báltico para o sistema de ar-condicionado dentro das câmaras no subsolo. Isso e o clima frio da Suécia, a fonte ilimitada e segura de eletricidade e a extensiva rede de banda larga eram evidentemente as principais razões por que toda aquela instalação tinha sido localizada na Suécia, blá-blá-blá...

Obviamente, deveria estar mais interessada, porque era sobre o seu empregador que estavam falando, afinal de contas. Mas ela estava tendo problemas para se concentrar nos detalhes da apresentação. Não conseguia se livrar do sentimento angustiante de que algo estava seriamente errado. Ela realmente devia tentar ligar para Thomas mais uma vez.

Black com certeza estava seguro ali dentro. Todos os visitantes tinham sido registrados e investigados previamente, e tinham passado por uma revista de segurança mais rigorosa do que em qualquer aeroporto. Todos os equipamentos eletrônicos, exceto máquinas fotográficas, tinham sido guardados em armários de segurança. Naturalmente, ela tinha sido poupada dos procedimentos de segurança, e ainda tinha tanto seu rádio quanto seu celular com ela.

Mas ainda suspeitava que não havia sentido em fazer a ligação que estava pensando em realizar. Assim como antes, Thomas não iria atender. Além do mais, ele não estaria de volta em até uma hora, pelo menos.

Kjellgren estava dirigindo, e de acordo com a mensagem de texto que ela tinha recebido alguns minutos atrás, eles já tinham passado por Uppsala. Ela não estava ansiosa por aquele encontro.

Mas não tinha sido ela que tinha feito papel de idiota, não tinha sido ela que tinha portado uma arma ilegal...

"Nosso local funciona basicamente da mesma forma que qualquer caixa-forte antiga...", o administrador do local continuava enquanto o projetor passava para uma imagem que ela reconhecia.

A caixa-forte na tela era praticamente idêntica à que ela havia visitado alguns dias atrás. Paredes de concreto grosso, chão de mármore polido e longas fileiras de pequenas portas de bronze... Poderia ser a mesma caixa-forte?

Rebecca se endireitou na cadeira instintivamente. Estava tentando não pensar sobre o cofre particular e a história de Tage Sammer, esperando deixar tudo aquilo de lado por alguns dias até que a visita de Black tivesse terminado.

"Uma casca grossa para proteger contra agressores externos", continuava o administrador do local. "Depois, compartimentos separados no interior, cada um isolado dos outros para permitir a entrada apenas de pessoas autorizadas a acessar seu conteúdo. Mas aqui o tamanho de cada compartimento pode variar com alguns simples comandos da sala de controle. Em outras palavras, podemos nos adaptar às necessidades dos nossos clientes instantaneamente. Os compartimentos se tornam bolhas cujos tamanhos podem ser ajustados constantemente.

"Qualquer demanda por alocar dez, cem, ou mesmo mil vezes mais informação não seria problema algum, as mudanças podem ser feitas instantaneamente. Que sala de servidor pode competir com tal nível de capacidade?"

Ele fez outra pausa deliberada para que a pergunta retórica ecoasse no ar por alguns segundos. O projetor trocou a imagem da caixa-forte pela imagem de uma câmara subterrânea contendo fileira após fileira de gabinetes de servidores idênticos.

"Tudo organizado em um só local. Simples, custo eficiente, e – acima de tudo – seguro", acrescentou o administrador.

O projetor sobrepôs uma nova imagem, tirada de um ângulo acima da imagem anterior. Uma sala subterrânea quase idêntica, e depois mais uma, e mais uma... Fileiras de gabinetes de servidor brilhantes, tantos que ela tinha perdido a conta. Milhares, milhões de segredos, todos guardados no mesmo lugar.

De repente ela se sentiu um pouco indisposta. Devia ser o efeito retardado da descarga de adrenalina. Mas ao menos suas mãos tinham parado de tremer.

O administrador do local continuou seu discurso, enquanto as caixas-fortes continuavam se multiplicando na tela, mas ela não estava mais escutando.

Como pequenas bolhas brilhantes, todas elas condenadas a estourar mais cedo ou mais tarde...

"Você está acordado, HP?"

Por um momento, ele pensou em continuar fingindo estar inconsciente, na esperança de escutar mais sobre o que estava acontecendo.

Mas algo na voz daquela mulher fez com que ele abrisse os olhos antes sequer de ter decidido fazê-lo.

Demorou apenas alguns segundos para que ele a reconhecesse. Seus cabelos loiros agora estavam escuros, mas seu piercing no nariz e uso exagerado de sombra para os olhos eram os mesmos.

A garota *emo* com seus fones de ouvido que ele tinha visto no metrô.

"Bem", ela acenou para ele. "Como está se sentindo?"

Ele tentou dizer algo, mas tudo que saiu de seus lábios foi uma espécie de grunhido seco.

"Aqui." Ela lhe passou uma garrafa de água e ele se ergueu, se apoiando em um dos cotovelos. Goles demorados e longos...

"Sua febre já baixou", ela disse olhando para a tela ao seu lado. "Mas vai demorar alguns dias antes que a infecção desapareça por completo. Você recebeu uma dose de penicilina suficiente para tratar um cavalo. Literalmente."

Ele não tentou responder e apenas acenou com a cabeça enquanto olhava ao redor com cuidado. Parecia ser um hospital, com a única diferença que tudo ali parecia maior. A cama em que estava deitado, as lâmpadas e correias penduradas no teto.

Demorou algum tempo para compreender.

"Um hospital veterinário?", ele murmurou.

"Isso", ela respondeu. "Bem, ao menos você não está tão totalmente perdido. Meu nome é Nora. E você já conhece o Kent ali do outro lado..."

HP se sentou com algum esforço e olhou para o canto da sala, onde o homem supostamente estaria sentado.

E lá estava ele.

"Olá, HP", o homem disse. "Ou devo chamá-lo de 128?"

Aquelas palavras ecoaram por alguns segundos em seu cérebro.

"Hasselqvist com um Q e um V...", ele murmurou, sem realmente conseguir absorver a informação.

"Melhor conhecido como Jogador 58", o homem soltou. "Se lembra? Você espirrou gás lacrimogênio na minha cara na rua Kymlinge."

Ele saltou da cadeira e se lançou em direção a HP.

"Calminha, Kent...", disse a garota *emo*, se colocando entre os dois.

Ela era quase dez centímetros mais alta que Hasselqvist, e, a julgar por sua postura, consideravelmente mais musculosa.

"Nós não temos tempo para egos feridos..."

Hasselqvist com um Q e um V a fitou por alguns segundos e então baixou os braços, se rendendo.

Dando um passo pra trás, acrescentou: "Caso esteja interessado, eu sofri uma reação alérgica e tive que passar três dias na UTI..."

"Na verdade, devia até te agradecer." Ele agora sorria para HP. "Se você não tivesse ficado no caminho, talvez fosse eu sentado aí."

Ele acenou para a maca desproporcional onde HP estava sentado.

HP o ignorou.

"Onde estamos?", balbuciou para a *emo*, cujo nome era evidentemente Nora.

"A clínica veterinária dos guarda-vidas."

"Quê?"

"Lidingövägen, do outro lado do centro esportivo Östermalm. O estábulo dos guarda-vidas... Eu tenho uma chave do portão, então nós entramos pelos fundos."

"Certo..."

Ele esvaziou a garrafa d'água e tentou organizar seus pensamentos. Mas era impossível.

Sua cabeça doía e, por mais que ele se sentisse um pouco mais lúcido agora do que nos últimos dias, seu corpo ainda sentia como se tivesse sido destroçado.

"Então, quem de vocês vai me dizer que porra eu estou fazendo aqui?"

"Olha, HP", disse Nora enquanto passava uma xícara de café de uma das grandes garrafas térmicas da mesa de plástico. "Nós estávamos tentando entrar em contato com você há um tempo, mas você estava se fazendo de difícil... Aqueles bilhetes na sua porta?", ela acrescentou quando ele parecia não entender.

"Kent e eu, e Jeff – você vai conhecê-lo em breve – todos estivemos presos ao Jogo. Assim como você, todos nós fizemos coisas que nunca sonharíamos ter feito quando começamos..."

"Mas depois nós fomos expulsos", acrescentou Hasselqvist. "Ou trocados por outro alguém, alguém mais adequado. Um novo favorito..." Ele encarou HP sombriamente.

"Algo do tipo", Nora concordou. "De toda forma, uma vez que ficamos sóbrios e nos recuperamos dos piores sintomas de abstinência do Jogo, começamos a entender que tudo em que tínhamos nos envolvido não era apenas errado, mas que também havíamos sido manipulados. Que não tínhamos sido nada além de marionetes..."

HP deu um gole rápido. O café estava inesperadamente quente e queimou sua língua, mas ele se forçou a engolir mesmo assim.

"Cada um de nós começou tentando descobrir mais sobre o Jogo e o Mestre do Jogo, mas como você sabe, isso pode ser algo arriscado de se fazer..."

"...regra número um", HP murmurou.

"Exatamente... Todos nós fomos avisados, alguns mais do que outros. Mas, alguns meses atrás, todos nós fomos reunidos por uma outra pessoa..."

Ela trocou olhares com Hasselqvist.

"Ele costumava trabalhar para o Jogo", Hasselqvist disse. "Não temos certeza, mas achamos que ele..."

"Não importa o que achamos...", Nora interrompeu, encarando Hasselqvist, "essa pessoa de fato nos reuniu."

"E agora vocês querem vingança", disse HP. "Dar ao Mestre do Jogo um pouco de vingança pela bosta que ele deu pra vocês comerem? Enfiar uma chave de fenda em seu rabo para que vocês possam dormir mais tranquilos...?"

HP balançou a cabeça e esvaziou o conteúdo da xícara em sua garganta.

"Nada que eu já não tenha feito... Obrigado pelo café, mas tenho problemas muito maiores..."

"Sente-se, HP!", disse Nora antes que ele pudesse encostar os pés no chão. Para sua própria surpresa, obedeceu a ela de primeira.

"Nós não somos apenas um bando de perdedores vagando por aí sem um plano. Temos uma fonte, alguém infiltrado. Alguém que sabe como fazer com que tudo se encaixe, e talvez até saiba o que irá acontecer a seguir. E, não menos importante, o porquê!"

Ela olhou para ele, esperando que suas palavras se assentassem.

"Com a ajuda da Fonte, podemos pôr um ponto final nessa coisa toda. Não apenas missões individuais, mas a merda do Jogo deles inteiro. Entendeu?"

Antes que ele pudesse responder, houve uma batida na porta.

"Deve ser Jeff, vou abrir."

Hasselqvist andou até a porta.

"Quem é?"

Ele abriu uma fresta da porta para olhar, mas a pessoa do outro lado forçou a maçaneta com tanta força que Hasselqvist quase caiu para trás.

"Deixe de frescura, Kent, isso não é uma porra de uma história de espionagem..." O homem riu, enquanto entrava na sala.

Estava vestindo calças jeans e uma camiseta apertada que delineava impressionantemente seus músculos inchados.

"Ah, então a bela adormecida acordou." Ele acenou rapidamente para HP enquanto tirava os óculos escuros. "Você conseguiu remendá-lo bem então, bom trabalho, doutora!"

O homem – Jeff, evidentemente – deu um sorriso brilhante e piscou para Nora, mas para a satisfação de HP ela o ignorou completamente. Não que isso tivesse decepcionado o cara musculoso, nem um pouco sequer. Ele puxou uma cadeira pra perto de HP e sentou enquanto coçava a nuca algumas vezes, revelando uma tatuagem tribal enorme no antebraço.

"Ainda tem café?"

"Vou pegar pra você, Jeff!", disse Hasselqvist, indo se ocupar com as garrafas térmicas.

"Então, o que sabemos?", Nora perguntou.

Jeff deu de ombros.

"Eu me livrei do revólver e do celular." Ele acenou para HP. "Black está posicionado na Fortaleza. Eles estão ocupados cortando a fita de inauguração nesse exato momento, eu imagino. A cidade ainda está rodeada de carros de polícia, embora eles não pareçam ter a mínima ideia do que estão procurando..."

Ele se virou para HP.

"Você deveria estar fodidamente grato por eu ter te alcançado, colega", ele disse, apontando um grosso dedo indicador para HP. "Se não fosse por nós você estaria morto agora. Aquele enorme guarda-costas tinha você na mira, mais dois segundos e BANG!"

Ele levantou o dedo polegar, além do indicador já esticado, demonstrando o que queria dizer.

Hasselqvist lhe passou uma xícara de café.

"De toda forma, que porra de ideia foi essa que você teve de atirar em Black? Aquilo não ia ter resolvido merda nenhuma..."

HP murmurou algo inaudível pra dentro de sua xícara de café. Ele tinha que admitir que a montanha de músculos à sua frente tinha razão. À medida que o remédio para cavalo fazia efeito, ele começava a recuperar o controle de seu cérebro. Mas mesmo que continuasse a recordar e repassar o filme em sua cabeça, ainda não conseguia explicar muito bem o que tinha acontecido. Tudo parecia muito distante.

Como se nada do que tivesse vivido nas últimas 24 horas tivesse de fato acontecido, e tivesse sido tudo apenas um sonho. Correção – um pesadelo...

"Tivemos alguma notícia da Fonte?", resmungou Jeff.

"Ele enviou todos os planos..." Hasselqvist começou, mas Nora lhe interrompeu em seguida.

"Ainda não. Primeiro temos que descobrir se ele quer trabalhar conosco."

Ela acenou para HP.

"Certo, eu estou aqui presente, você sabe", ele disse. "Olha... Sou realmente grato a vocês por me ajudarem, mas na verdade tenho um balde cheio de merda com meus próprios probl..."

"Algum desses problemas é a sua irmã, por acaso?", interrompeu Nora. "A que trabalha para a Sentry?"

"Quê?" O trabalho dela é com a Polí... O que você disse?"

Ele os viu trocando um olhar, e não gostou nada.

"Sua irmã é chefe de uma equipe de guarda-costas para a Sentry Security, para cuidar de grandes nomes dos negócios. A Sentry foi comprada ano passado por uma empresa chamada PayTag. E provavelmente você já sabe um pouco sobre eles, uma vez que acaba de tentar atirar em seu presidente-executivo..."

HP abriu a boca para retrucar, mas Nora não lhe deu oportunidade.

"Bem, então talvez você também saiba que a PayTag está construindo um grande número de fazendas de servidores gigantes ao redor do mundo? Bem, talvez hotéis de servidores seria uma melhor descrição. Aqui na Suécia, eles construíram uma enorme instalação em um dos antigos bunkers militares subterrâneos, logo na saída de Uppsala. O lugar é chamado de Fortaleza, e logo estará armazenando dados de praticamente todas as empresas e órgãos de governo de todo o norte da Europa..."

HP acenou mais uma vez, mais forçosamente dessa vez, e de repente não pôde conter um sorriso.

Becca era a *guarda-costas* de Black.

É claro!

Ela estava indiretamente trabalhando para o Jogo, o que ainda era, obviamente, má notícia. Mas naquele seu estado todo fodido, ele tinha interpretado errado a coisa toda. Tinha pensado que Becca estava em um relacionamento com Black.

Falha épica!

Deus, ele podia ser realmente tapado às vezes...

Os outros estavam o encarando.

"Bem, o que você tem a dizer?"

"Er, o quê?"

Jeff se inclinou para frente na cadeira, fazendo com que o encosto de plástico rangesse. Subitamente, HP percebeu que havia algo de familiar em seu rosto anguloso. Eles também já tinham se encontrado antes em algum lugar...

"Você vai nos ajudar?"

"A fazer o quê?"

Mais olhares, duvidosos dessa vez.

Por fim, Nora quebrou o silêncio.

"A derrubar a Fortaleza!"

ANDERS DE LA MOTTE THE GAME

Abandonware 14

"Alô?"

"Bom dia, meu amigo."

"Ah, é você, esplêndido. Essa linha é segura?"

"Com certeza."

"Nesse caso eu gostaria de uma explicação para o que aconteceu."

"Eu entendo..."

"Não gosto quando acordos são quebrados. Eventos recentes..."

"Ajudam nossa causa a longo prazo, pode acreditar!"

"De que forma?"

"De toda forma..."

"Agora, escute, eu não gosto desse tipo de brincadeira. Você pode se chamar de Mestre do Jogo o quanto quiser, mas não esqueça quem está pagando por suas atividades."

"Naturalmente, os interesses dos meus clientes estão sempre no topo da minha lista de prioridades, caro amigo."

"Assim espero! Se pudermos por um momento tentar enxergar além desse... incidente. Como tudo está indo em relação ao restante do plano?"

"Esplendidamente bem. Estamos a ponto de começar. Você não vai se decepcionar, sr. Black."

O elevador tinha levado os dois abaixo do nível do solo. Um cubo de vidro com cinco túneis de cinquenta metros de extensão rocha adentro em cada um dos lados. E, se ela tinha entendido bem, havia um série de andares similares abaixo deles.

A sala de controle que enxergavam lá embaixo, através das grandes janelas de vidro opostas aos elevadores, era inegavelmente impressionante.

Ela já tinha estado dentro de algumas bases subterrâneas antes, quando trabalhava para a Polícia de Segurança. A ocupada pela central do serviço de chamadas de emergência, embaixo da Igreja de São João, em Estocolmo, era provavelmente a mais impressionante. Mas aquilo não era nada comparado a isso.

Trinta ou mais estações de trabalho, agrupadas em três fileiras de semicírculos, uma acima da outra, para que todo mundo tivesse uma visão clara das enormes telas no centro.

Cada estação de trabalho tinha três telas conectadas, junto com mouse, teclado e fone de ouvido cuidadosamente acoplados. A coisa toda parecia demais com o Centro de Comunicação Regional do Quartel-General da Polícia de Estocolmo, mas obviamente muito mais atualizado e extensivamente mais caro.

A sala de controle estava vazia e todas as telas estavam desligadas.

"Na capacidade máxima, teremos trinta operadores trabalhando em três turnos. Todos serão especialistas em segurança de TI. Se necessário, poderemos reforçá-los com mais dez..." O administrador do local borbulhava, como se fosse explodir de orgulho a qualquer momento.

Talvez não fosse tão estranho...

Os repórteres, políticos locais e membros do Parlamento convidados pareciam tão impressionados com as instalações quanto Rebecca. Um deles perguntou algo que ela não escutou, mas deve ter sido engraçado, visto que todos caíram em gargalhadas...

Black estava parado, inclinado um pouco para um lado, cercado por duas pessoas da equipe de gerenciamento local e uma mulher de cabelos negros em seus quarenta anos que Rebecca tinha visto no escritório algumas vezes, uma das novas chefes no exterior, Anthea Ravel. Ela não parecia particularmente interessada e falava aquele inglês tipicamente seco que fazia Rebecca se sentir como uma empregada medíocre. Ela também tinha linhas de expressão tão enrijecidas que parecia ter quase sempre a mesma cara.

Algumas pessoas no escritório costumavam a chamar de Rainha do Gelo, o que era um apelido bastante apropriado.

"Boa pergunta. Naturalmente, nós levamos a questão da segurança da instalação bem a sério", disse o administrador.

"Entre outras coisas, demos entrada para sermos classificados como uma área de alta segurança, o que daria à nossa equipe de segurança poderes adicionais. E também estamos planejando um grande exercício junto com a Equipe Nacional de Resposta Imediata. A segurança é nossa maior prioridade..."

Black virou a cabeça repentinamente e encontrou o olhar de Rebecca. Depois virou para o lado e sussurrou algo no ouvido da Rainha de Gelo, o que a fez olhar na direção de Rebecca também.

A mulher pôs sua mão no antebraço de Black e se inclinou para frente. Sussurrou algo de volta, tão perto que seus lábios quase tocaram a orelha de Black. Ela continuou a sussurrar por alguns segundos, antes de se afastar vagarosamente. O que quer que a Rainha do Gelo tenha dito, parece ter agradado a ambos, e Rebecca não podia deixar de sentir que eles estavam obviamente falando sobre ela.

Ela se forçou a ignorá-los e mudou seu foco para o administrador do local.

"Bem, o grande momento chegou", ele anunciou em inglês. "Gostaria de convidar nosso presidente-executivo, Mark Black, para dar um passo à frente e pressionar o botão." A grupo de espectadores se afastou para deixar que Black passasse até a janela de observação.

Um funcionário entregou a Black uma pequena caixa com um grande botão vermelho, e Black passou um minuto ou mais posando com esse símbolo excessivamente enfático para os flashes das câmeras.

"Declaro aqui aberta a instalação", disse finalmente. E pressionou o botão fazendo com que todas as telas na sala de controle ganhassem vida.

Ele devia ter saído de uma vez, agradecido a eles pela ajuda e apenas seguido para casa. Em vez disso, ele deixou que mostrassem seus planos. Eles lhe contaram sobre a cerca elétrica, as câmeras, os guardas patrulhando a área. Ele escutou tudo sem muita atenção. Mas notou uma coisa muito claramente. Nenhum deles tinha dito uma palavra sobre como iriam passar por aquilo tudo, o que só podia ter duas óbvias explicações:

Ou eles não confiavam muito nele e queriam saber se ele estava a bordo antes de compartilhar todo o brilhante plano.

Ou, muito mais provável: esses amadores não tinham de fato nenhum plano...

Dois anos atrás ele tinha se infiltrado em um estabelecimento similar, mas aquele tinha sido consideravelmente menor, muito menos protegido, e ele também teve a ajuda de Rehyman, o gênio para passar por todos os obstáculos.

"Bem, o que você tem a dizer?"

Ele viu a expectativa no olhar e nos rostos deles e, por um momento, imaginou se devia ir devagar para amaciar um pouco o impacto. Mas não havia motivo. Essas marionetes precisavam ouvir a verdade, toda a verdade, e nada além da verdade.

"Falando sério? Vocês são loucos pra caralho!" Ele deu de ombros. "Vocês realmente acham que vão conseguir entrar lá?" Ele pôs o dedo no meio da sala de controle. "E mesmo se, por algum milagre, vocês conseguirem entrar, o que vão fazer uma vez que estiverem lá, e – talvez ainda mais importante – como estão planejando sair?"

"Isso é o de menos", Jeff Musculoso disse de uma forma que fez os alarmes de HP apitarem ainda mais alto. Ele definitivamente tinha visto esse cara antes, mas onde?

“Se você nos ajudar a entrar, damos conta do restante”, disse Nora.

“A Fonte disse que você seria capaz de fazer isso, ele disse que você já fez algo parecido antes”, acrescentou Hasselqvist. “Que você é algum tipo de especialista no assunto...”

HP concordou.

“Talvez...” Ele revisitou tudo em sua cabeça mais uma vez por alguns momentos. Claro, era tentador, e certamente muito familiar. Mas, para começo de conversa, ele já tinha uma tonelada de merda de seus próprios problemas para resolver, e, ainda mais, ele confiava muito pouco nesse trio, quase tanto quanto eles confiavam nele.

A veterinária de cavalos parecia mais ou menos ok, mas Hasselqvist era um fodido escorregadio, e o gorila o fazia se sentir desconfortável em mais de uma maneira.

Mas, ao mesmo tempo, eles tinham algo que ele talvez pudesse usar, algo que, de fato, poderia ajudá-lo a entender sua própria situação.

Respirou fundo.

“Certo, *se* eu for ajudar vocês, quero algo em retorno primeiro...”

“Você quer dizer, além de termos salvo sua vida...?”, disse Nora, antes que qualquer um deles tivesse a oportunidade de abrir suas bocas.

HP deu de ombros. Uma veia começava a pular na testa da montanha de músculos. Eles se entreolharam por alguns segundos.

“Essa *Fonte* de vocês...” HP fez um gesto de aspas no ar com os dedos. “Eu quero falar com ele diretamente...”

“Ninguém fala diretamente com a Fonte”, interrompeu Hasselqvist. “Nós só o conhecemos uma vez, toda a comunicação é feita...”

Nora levantou a mão e ele se calou de súbito.

“E então, como ele se parece?” HP fez o possível para não parecer muito curioso.

Houve um breve silêncio, então Nora falou. “Comum...”, ela disse, e levantou a mão mais uma vez, dessa vez para impedir os demais de protestar. “Cabelos curtos, altura média, perto dos quarenta. Uma pessoa comum, eu diria...”

HP balançou a cabeça.

“Você sabe qual é o papel dele no Jogo?”

“Não exatamente, mas Kent e Jeff têm uma teoria...”

Ela se virou para Hasselqvist.

“Bem... é apenas uma impressão. Algumas das frases que ele usa. Creio que está envolvido com a parte técnica dele. Comunicação, servidores, algo do tipo. O plano contém muitos detalhes técnicos. Não é mesmo, Jeff?”

A montanha de músculos hesitou por um momento, até balançar a cabeça lentamente.

"Essas planos são como aqueles que botamos em prática para projetos de TI. Se ele estivesse envolvido com construção, haveria dutos de ventilação, encanamento, coisas do tipo, mas não há nada desse tipo nessas plantas. Apenas detalhes de infraestrutura de TI..."

"Então você acha que a Fonte é algum tipo de guru de TI? Alguém que estava envolvido na configuração de toda essa coisa?" Uma leve coceira começava a se espalhar pelo estômago de HP.

Os dois homens concordaram.

"E como você sabe que podemos confiar nele?"

"Não somos estúpidos, HP...", respondeu Nora. "Obviamente também suspeitamos de início, mas a Fonte tem entregado tudo o que promete. Ele nos reuniu, tem fornecido plantas, informações sobre a Sentry e a PayTag, e – não menos importante – ele nos ajudou a localizar e a entrar em contato com você antes que fosse morto ou preso. Ele tem assumido grandes riscos por nossa causa, e não parece estar mentindo. Juntando tudo isso, entendemos que era melhor confiar nele, mesmo que estejamos ainda um tanto preocupados. Mas, como Kent disse, nós encontramos a Fonte somente uma vez, logo de início. Então não poderíamos levá-lo até ele ,mesmo se quiséssemos..."

"Entendo..." HP olhou para baixo em direção ao seu colo por alguns segundos, enquanto tentava assumir uma expressão impassível.

Precisava se mostrar um tanto desapontado, fazer com que parecesse que estava desistindo.

"Preciso pensar a respeito", ele disse. "Apenas por alguns dias. Como posso entrar em contato com vocês?"

"Aqui!"

Jeff tirou um celular do bolso e pôs em cima da mesa.

"Pré-pago, não pode ser rastreado. Ligue para o número da lavanderia nos contatos e deixe uma mensagem."

"Certo."

HP pegou o celular, se levantou e caminhou em direção à porta.

"Espere", gritou Hasselqvist, e ele parou. "Não se esqueça do remédio."

Hasselqvist jogou uma cartela de plástico para HP.

"Bem lembrado, Kent", disse Nora. "Já tinha esquecido disso. Tome dois por dia durante cinco dias, HP."

"Certo, obrigado." Ele acenou adeus com a cartela e tentou manter seu rosto sério. "Manterei contato!"

Ela estava sentada do lado de fora de uma das salas de reunião do prédio principal, passando uma garrafa d'água devagar por entre as mãos.

A imprensa tinha saído, deixando apenas alguns políticos e vários executivos tanto da Fortaleza como da Sentry.

Agora eles estavam almoçando mais adiante, no fim do corredor, e algum tempo atrás Black e a Rainha de Gelo tinham deixado o ambiente para participarem de uma conferência de áudio na pequena sala atrás dela.

Ela olhou para a hora. Kjellgren e Thomas deviam estar chegando a qualquer momento.

Pela terceira vez nos últimos cinco minutos ela pegou seu celular.

Nenhuma nova mensagem, nem de Kjellgren, nem de Micke.

Ela pressionou o botão de ligar de novo, mas assim como da última vez caiu direto nà caixa-postal de Micke. Não que isso fosse muito incomum... Já há uma semana ou mais ela vinha tendo dificuldade de falar com ele em geral, talvez até há mais tempo do que isso.

Com frequência, nenhum dos dois chegava em casa até que fosse tarde da noite, e depois apenas se jogavam cansados no sofá.

Ela não lhe contou sobre seu encontro com tio Tage, e apenas escolheu alguns detalhes para contar sobre o cofre particular. Tinha dito que ele continha apenas alguns papéis antigos: certificados de casamento e nascimento, algumas ações sem valor. Ele quase não perguntava a ela sobre o que andava fazendo esses dias. Estava provavelmente tentando provar que confiava nela. E ela pagava de volta a confiança mentindo para ele de novo...

Olhou para a hora, e pegou um pequeno tubo de pílulas da sua bolsa, checou se eram as pílulas certas e tirou uma delas. Olhou ao redor rapidamente antes de engolir com um gole de água da garrafa.

Não há nada do que se envergonhar em tomar antidepressivos, Rebecca...

Aham, tá certo!

Aquela declaração podia fazer sentido na realidade em que seu médico vivia. Mas em seu mundo você não podia demonstrar qualquer sinal de fraqueza.

Ao menos em sua vida privada, ela sabia que a culpa não era só sua de que o relacionamento com Micke não estava funcionando.

Ela tinha de fato aceitado o trabalho na Sentry para o bem de Micke, para ficar no mesmo universo que ele, e tinha feito o seu melhor para entender no que ele estava envolvido. Mas não era nada exatamente um passeio no parque tentar entender todos os procedimentos técnicos em detalhes. Um bocado de empresas diferentes e órgãos oficiais estavam tendo problemas com vários ataques de hackers, ela tinha entendido até aí.

DDoS – Ataque de Negação de Serviço – era algo que ela conhecia do tempo em que o site da polícia tinha sido atacado. Alguma pessoa, ou várias pessoas, tinham conseguido que centenas, talvez milhares, de diferentes computadores emitissem diversos requerimentos para o mesmo servidor no mesmo exato momento, tantos que eventualmente o servidor parou de funcionar.

E ela entendia de vírus também.

Mas havia diversas outras ameaças de segurança.

Ataques DoS estavam relacionados ao DDoS, e depois havia os cavalos de troia, worms, spywares e um bocado de outras coisas cujos nomes e funções ela já havia esquecido.

Ataques de hackers aconteciam há anos, mas, de acordo com Micke, eles tinham se tornado muito mais intensos. A maior parte das empresas estava preocupada com vírus e outros ataques hostis que poderiam afetar suas atividades diárias. Mas o que realmente os assustava, e os fazia correr para a Sentry em busca de ajuda, era o risco de que intrusos pudessem ter acesso aos dados dos seus clientes: datas de nascimento, números de cartão de crédito, registros médicos, históricos de seguro, padrões de compra, antecedentes criminais, informações de conta bancária. A lista de informações escondidas em bancos de dados supostamente seguros era praticamente infinita. E se qualquer intruso pusesse as mãos em tais informações, a empresa ou o órgão oficial em questão iria sofrer uma grande perda de confiança da opinião pública.

Um grande banco já havia perdido diversas centenas de milhares de números de cartões de crédito e débito, e um site de apostas tinha perdido uma variedade de outros detalhes, incluindo endereços de e-mail e senhas de usuários.

Instalações como a Fortaleza vinham para ser a solução de problemas como esses. Toda a informação armazenada em um lugar, protegida pelo estado da arte da tecnologia e guardadas 24 horas por trinta especialistas em segurança de TI. Que empresa ou órgão governamental poderia oferecer algo parecido?

Ela ouviu uma porta se fechando no final do corredor e, logo depois, viu Thomas marchando junto com Kjellgren em sua cola.

Thomas não parecia feliz.

Manterei contato! – Nem fodendo!

Ele já sabia quem era a Fonte, e ainda sabia onde ele estava escondido.

E lá estava, pensando ter visto um fantasma ou ter enlouquecido. Mas os pedaços do quebra-cabeça estavam começando a se encaixar.

Havia apenas uma pessoa que se encaixava na descrição, tanto física quanto em termos de conhecimento. O rei do servidor, o gênio do computador, o maníaco das matas, o fora da lei – o homem, o mito, a lenda:

O fodão do Erman em pessoa!

Então ele tinha sobrevivido à explosão na floresta. Conseguido uma nova identidade, e gradualmente retornado à civilização enquanto arquitetava seu plano. Primeiro, achar um novo esconderijo, depois começar a reunir informação.

Dois anos era um longo tempo. Erman talvez estivesse bem frágil e demente quando se conheceram, mas não havia dúvidas de que esse cara era esperto. Algum tipo de gênio do TI, ao menos de acordo com seu próprio testemunho. E uma vez que Erman se reorganizou, pôs seus pensamentos em ordem, e voltou para frente de um teclado, provavelmente não havia fim para as coisas que ele conseguiria desvendar. Missões que tinham sido finalizadas, jogadores que tinham falhado...

Merda, HP tinha de fato dado ao cara a ideia de apagar a fazenda de servidores devido ao que ele conseguiu fazer em Kista.

E a Fortaleza da PayTag era obviamente cem vezes maior. A nova e melhorada Estrela da Morte...

A Fonte disse que você fez algo parecido antes. Que você é algum tipo de especialista...

Ha!

A evidência era irrefutável.

Erman era a Fonte!

Ou ao menos a nova e melhorada versão de Erman.

Mais magro, barba bem-feita, cabelos curtos, e com menos alergia a eletricidade do que a versão anterior. Aqueles idiotas no hospital veterinário pareciam pensar que ele estava ainda trabalhando para o Jogo. Talvez isso fosse parte de seu plano para que acreditassem nele. A verdade sobre seu verdadeiro passado, a crise nervosa e o tempo que passou enfiado na mata dificilmente inspirariam alguma confiança. Melhor fingir que ainda era parte do Jogo.

Agora era apenas uma questão de achar o esconderijo do canalha, e ele tinha uma boa ideia de que já havia descoberto isso também. Era de fato ridiculamente simples. Afinal, o cara tinha dito ele mesmo em seu chalé quando falava sem parar sobre o Jogo. O melhor esconderijo era onde ninguém jamais pensaria em procurar.

Qual era o lugar mais visível em Estocolmo, o mais falado, o mais cheio de gente?

Slussen, é claro. E o que se encontrava bem no meio de Slussen, cercado por vidro e paredes de granito num esforço para que se encaixasse no que lhe cercava?

Um elevador.

Um elevador inocente de merda para levar cadeirantes, carrinhos de bebê, e velhinhos em andadores meio andar abaixo para o Museu da Cidade.

Ele não conseguia entender porque não tinha notado isso da primeira vez que checou dentro do elevador, mas agora em retrospecto era cristalino.

Estava antes provavelmente muito cansado, e seu cérebro muito fodido, para processar todos os detalhes.

Havia quatro botões no painel dentro do elevador, mas apenas dois deles tinham andares marcados ao lado. Södermalmstorg para o nível da rua, e a entrada do Museu da Cidade um andar abaixo.

Os outros dois botões não acendiam quando você os pressionava, o que o fez pensar que estavam desconectados. Estúpido, mas por outro lado ele não estava funcionando completamente bem naquele momento.

Mas agora que ele tinha tempo de inspecionar o elevador com calma, notou uma outra coisa. Ao lado do painel de botões havia um pequeno leitor de cartões. E você usava leitores de cartões para limitar o acesso – acesso a portas, portões, entradas e qualquer coisa, e, se havia um leitor de cartões no elevador, Einstein?

Outros andares, obviamente!

Então Erman 2.0 não tinha simplesmente desaparecido, ele tinha apenas usado seu cartão, acendido os botões desligados e continuado seu caminho para o subsolo em direção a um andar que não estava designado no elevador. Um nível secreto, para o qual um gênio como Erman conseguiria facilmente obter acesso. Um homem morto escondido em um lugar que não existia...

Era preciso tirar o chapéu para ele...

Tudo o que precisava fazer era esperar que Erman 2.0 aparecesse em Slussen de novo, e conseguir ter uma pequena conversa com ele. Extorquir o canalha de tudo o que ele sabia sobre o Jogo e Sammer, o quanto eles tinham conseguido arrastar Becca para dentro daquela lama, e depois pensar numa forma de tirá-la de lá.

Tirar ambos de lá.

De uma vez por todas.

Mas primeiro ele tinha que fazer algumas preparações...

Ele viu o carro de polícia no momento em que virou a esquina de sua rua.

Uma minivan Volkswagen comum com uma escada no topo, nada de notável nela. Se não fosse pelo pequeno gordinho com cara de vento...

Um cara numa jaqueta de lã, calças cargo, botas e um pequeno e quase invisível fone de ouvido estava parado lá, conversando com o motorista pela janela.

HP girou nos seus tornozelos e voltou pelo caminho que tinha vindo. Tinha que lutar muito para não começar a correr.

"Oi", ela disse, ficando de pé.

Thomas não devolveu a saudação.

"O sr. Black está aí dentro?" Ele apontou para a porta.

"Sim, mas..."

Ele a empurrou e bateu na porta. Sem esperar por uma resposta entrou na sala e fechou a porta atrás de si.

"O que diabos foi isso?", ela perguntou a Kjellgren.

"Ele está verdadeiramente irritado. A polícia pegou pesado com ele..."

"Nenhuma surpresa nisso, concorda...?"

Ela sorriu, mas Kjellgren parecia estar evitando o seu olhar.

Então a porta abriu mais uma vez.

"Você poderia entrar?" Thomas disse a ela abruptamente.

"Claro..."

Black e a Rainha do Gelo estavam sentados do mesmo lado da mesa de conferências. Ela acenou para eles, mas nenhum dos dois devolveu a saudação. Nem mesmo perguntaram se gostaria de sentar.

"Srta. Normén, nós não iremos precisar mais dos seus serviços", disse Black de maneira crua.

"Perdão?"

"Você está demitida", acrescentou a Rainha de Gelo. "Kjellgren irá assumir sua função daqui em diante. Você deve pegar o seu carro de volta para Estocolmo e esvaziar seu escritório. Às 17 horas de hoje seu cartão de acesso irá parar de funcionar, então sugiro que você siga imediatamente."

"M-mas, eu não compreendo? Isso é por causa do Grand Hotel?"

Rebecca olhou rapidamente para Thomas e então de volta para Black.

Seu rosto era inexpressivo.

"Você atirou para o ar", rugiu Thomas. "Em vez de agir contra o agressor, você intencionalmente causou uma confusão para me impedir de neutralizá-lo. De início, nós não conseguimos entender suas ações, mas informações recentes tornaram tudo abundantemente claro."

Rebecca estava tendo problemas em entender o que estava ouvindo. Estavam seriamente tentando sugerir que ela tinha feito algo de errado? Que ela tinha tentado proteger...

"Henrik Pettersson", disse Thomas. "Esse é o nome do agressor. E além de ser um suspeito de terrorismo, ele também seria o seu irmão mais novo, não é?"

Jogo duplo 15

O ponteiro do velocímetro mal tinha descido de cem quilômetros por hora durante desde que ela saíra de lá.

Nós não iremos precisar mais dos seus serviços...

Os filhos da puta a tinham demitido!

Depois de tudo o que ela tinha feito, todas as centenas de horas que tinha dedicado a fazer com que os negócios se estabilizassem. Criando estratégias, escrevendo manuais, recrutando a equipe certa – sem mencionar todas as noites sem dormir.

Nada daquilo parecia ter sido levado em conta.

Tivesse sido qualquer outro funcionário ela já teria ligado para o sindicato. Combater fogo com fogo.

Mas pra quem ela deveria ligar agora?

Estava de licença, afinal de contas, e não havia se incomodado em se filiar a outro sindicato. O sindicato da polícia dificilmente ajudaria alguém empregado em uma empresa privada. O que sobrava era entrar em contato com um bom advogado.

Mas que bem isso faria? Ela não iria conseguir forçá-los a lhe dar seu emprego de volta, e mesmo se isso fosse possível, ela não teria nenhum desejo de ficar lá e trabalhar para alguém como Thomas.

Ele puxou o seu tapete, isso era óbvio. Era melhor que ela se permitisse sofrer com o impacto da sua própria estupidez.

A ideia de que o homem com a jaqueta camuflada pudesse ser Henke era clara e absurdamente ridícula.

Alguém deve ter contado a Thomas sobre Henke, antes ou depois dele ter sido interrogado pela polícia.

Talvez até tivessem lhe mostrado uma fotografia. Tudo o que Thomas tinha que dizer era "sim, era ele", e tudo estaria resolvido.

Henke já se encontrava sob investigação por atividades terroristas, e se Thomas o identificasse como o agressor, suas próprias ações do lado de fora do Grand Hotel iriam parecer quase louváveis.

Certo, então ele deve ter cometido alguma agressão armada, mas ao menos estava tentando combater uma ação terrorista.

E ele provavelmente teria conseguido, se ao menos a irmã do terrorista não tivesse se envolvido...

E, *voilà*, de repente lá estava ela como bode expiatório...!

Então, com quem Thomas falou lá na unidade de proteção?

Se tudo tinha acontecido do jeito que ela imaginava, havia apenas um suspeito de fato.

Ela pôs seu fone sem fio no lugar, apertou um dos botões de discagem rápida e esperou um momento.

"Unidade de Proteção Norrmalm, Myhrén."

"Olá Myhrén, aqui é Rebecca Normén", ela disse em um tom de voz exageradamente alegre.

"Olá, Normén, já faz um tempo. No que um simples guarda pode ser útil para a Polícia de Segurança?" O homem do outro lado da linha riu. Ele evidentemente não tinha ouvido falar que ela tinha saído, o que servia a ela muito bem.

"Apenas uma rápida pergunta, Myhrén...", ela começou.

"Manda!"

"Você trouxe um cara do Grand Hotel essa manhã. Um estrangeiro suspeito de agressão armada...?"

"Hmmm."

Ela ouviu ele folhear alguns papéis ao fundo.

"Quem foi que o interrogou, você sabe?"

"Um segundo!"

Mais sons de papéis ao fundo. Então ele voltou.

"Certo, Normén. Ele foi trazido por uma de nossas patrulhas e ia ser interrogado por Bengtsson, que estava de plantão essa manhã. Mas ele insistiu em falar com um outro colega. Um dos seus, pra ser mais preciso..."

"Você sabe quem?"

Ela estava inconscientemente segurando a respiração.

"Er, sim, eu tenho o nome bem aqui. Ele assinou no cadastro... Superintendente Eskil Stigsson."

Não tinha sido fácil subir até ali.

Primeiro teve que circular ao redor de um monte de pequenas ruas. Então escalar algumas cercas e paredes até que estivesse no pátio correto.

E agora ele estava pagando o preço por seus esforços. Seu corpo doía, sua camisa estava molhada de suor, e embora ele estivesse sentado na alcova junto à janela por um bom tempo, sua pulsação não parecia querer voltar ao normal.

Ele se questionou se era hora de tomar uma das pastilhas cavalares que a dra. Nora havia lhe dado. Mas, estupidamente, ele não tinha trazido nada para beber, e não havia jeito de ele engolir um daqueles tijolos a seco. Teria que esperar...

Ao menos seu posto de observação era perfeito. Ele estava no prédio diagonalmente oposto ao seu próprio, no ponto mais alto da escada, com uma visão completa de tudo o que acontecia na rua.

A van policial ainda estava lá, mas tanto o motorista como os policiais à paisana tinham ido embora. Provavelmente estavam escondidos ao fundo.

Aquela não era uma equipe de vigilância comum, ele já tinha desvendado essa parte. O cara com o ponto de ouvido cheirava demais a polícia, assim como a minivan. Eles eram mais como gorilas uniformizados que tinham se vestido de civis.

O que na verdade só podia significar uma coisa.

Naquela momento outra minivan similar surgiu lentamente da Hornsgatan. Parou bem em frente a sua porta. O homem no banco do passageiro ergueu um microfone até a boca. No momento seguinte a rua estava repleta de policiais.

A porta do seu prédio foi arrombada e um batalhão dos orcs mais pesados invadiu com tudo. Alguns deles carregavam algo que se parecia com um aríete. Não demoraria muito para que destruíssem a porta já bem danificada do seu apartamento.

Além disso, eles já tinham a prática.

Mais um estranho *dêjà vú* para a coleção...

Sua bexiga estava tão cheia que ele mal conseguia ficar parado, mas não podia também tirar os olhos da cena abaixo. Dessa vez eles não tinham sido tão ambiciosos com os bloqueios de rua e não tinham parado o bairro inteiro.

Um carro de patrulha com luzes azuis piscando bloqueava a rua mais abaixo, e ele podia ver as pessoas já se aglomerando atrás do cordão. Depois viu a persiana de uma de suas janelas se mexer.

Um trabalho bom pra caralho que fez em não ter se preocupado em limpar nada...

Então que porra os policiais estavam pensando que iam encontrar dessa vez? Não demorou muito para entender...

Ele, é claro!

Stigsson podia ir para o inferno.

Ela iria entrar em contato com Henke mesmo que isso significasse ter que arrombar sua porta. Ela tinha que ter certeza que ele estava bem, que a história de Thomas era pura bobagem. E que ele estava se mantendo bem longe do Jogo, do Evento, do Circo, do que quer que fosse que ele chamasse aquilo...

Mudou de faixa, pisou o pé e ultrapassou três carros, apenas para voltar rapidamente para a faixa da direita e pegar a próxima saída.

O carro atrás dela piscou os faróis e ela respondeu mandando uma dedada por cima de seu ombro direito.

Ela entrou na Hornsgatan e acelerou para subir a colina.

Então viu as luzes azuis piscando à frente e desacelerou.

Um carro de patrulha estava estacionado no cruzamento, e dois colegas uniformizados estavam ocupados colocando um cordão na entrada para a Maria Trappgränd.

Passou ao lado, tentando ver o que estava acontecendo. Mas tudo o que pôde ver era que a porta do prédio de Henke estava escancarada. A náusea que tinha sentido mais cedo naquele dia de repente subiu mais uma vez, e ela rapidamente achou uma vaga de estacionamento livre um pouco mais à frente.

Por sorte, um dos oficiais que estava próximo ao cordão de isolamento a reconheceu e, sem uma palavra sequer, levantou a fita de plástico para que ela passasse.

Viu a Unidade de Resposta Imediata na escadaria. Seis homens, todos vestidos à paisana, mas podiam muito bem estar de uniforme. As bainhas e coletes a prova de bala que vestiam por cima de suas roupas não exatamente ajudavam a manter a discrição...

Alguns policiais acenaram para ela, mas não foi até que ela alcançasse o apartamento que entendeu de que unidade eles faziam parte. Ele estava parado na sala com suas costas para a entrada, o que deu a ela alguns momentos para se recompor.

"Olá, Tobbe", ela disse o mais calmo possível.

Ele estremeceu e se virou.

"Er, o-oi Becca...", ele disse, aparentemente sem saber para onde deveria olhar. "Eu estava imaginando se devia te ligar..."

"Estava? Por que motivo?" Ela pisou cuidadosamente por sobre os restos da porta da frente.

A sala estava tão lotada que ele teve que se encostar na parede para que ela pudesse passar.

A proximidade parecia fazer com que ele ficasse ainda mais nervoso.

"O apartamento. Digo, nós costumávamos..."

"...nos encontrar aqui", ela concluiu.

Ela se virou e olhou para ele. Ele ainda era bem bonito, e por um breve momento ela podia quase sentir a atração física mais uma vez. Mas apenas quase...

Havia barulho de passos na escada, parecia que várias pessoas estavam chegando. "Se eu fosse você, Tobbe, ficaria com a porra da boca calada sobre isso." Ela disse com a voz baixa.

Um par de oficiais forenses em sobretudos, cada um carregando uma grande pasta com ferramentas, apareceu na entrada.

"Tudo certo?", um deles perguntou.

"Claro, vão em frente." Tobbe Lundh gesticulou em direção ao apartamento.

Os dois homens se espremeram para passar, e logo depois suas câmeras começaram a fazer barulho.

"Qual é a ideia por trás disso tudo?", ela disse, se inclinando para frente para que os oficiais forenses não pudessem escutá-la. Tobbe olhou rapidamente por sobre os ombros.

"Há um mandado para prender seu irmão, por suspeita de tentativa de assassinato."

"O quê?!"

Ele balançou a cabeça e olhou por sobre os ombros de novo.

"Eu não sei nada além disso, e a Polícia de Segurança está encarregada da investigação, estamos apenas ajudando. Eles vão estar aqui a qualquer momento. Talvez você devesse ir...?"

Ela balançou a cabeça.

Não, ela não tinha nenhuma intenção de ir a qualquer outro lugar. Queria chegar ao fundo disso tudo, de uma vez por todas. Henke podia ser um idiota, um tolo ingênuo com um ego gigante e nenhuma habilidade para controlar seus impulsos. Mas ele não era um assassino, nem sequer um assassino fracassado.

A menos que...?

Em termos puramente teóricos, talvez ele fosse, mas Dag tinha sido um assunto diferente. Um assunto totalmente diferente...

Ela deu alguns passos em direção ao interior do apartamento. Deus, o estado em que ele estava! O apartamento era normalmente bagunçado, mas isso dava à palavra uma dimensão completamente nova. Havia pilhas de jornais por todo o local, da sala até a cozinha, e o fedor de fumaça de cigarro e de lixo era tão forte que fazia seus olhos arderem.

Todas as persianas estavam cerradas, e a única luz vinha da lâmpada fraca no teto.

As paredes pareciam esquisitas, todas descascadas, e ela demorou um momento para perceber o que os pedaços escuros eram. Fita adesiva. Parecia que ele tinha tapado todas as rachaduras e entradas de tomada.

Ela continuou até a sala de estar. A mesma coisa ali, pilhas de jornais, cinzeiros improvisados completamente cheios e todas as rachaduras e tomadas completamente vedadas.

"Deve ter usado ao menos dez rolos", um dos oficiais forenses concluiu, tirando algumas fotos com sua câmera.

"O pobre rapaz provavelmente estava preocupado com a radiação..."

Ele deu um zoom em uma das entradas de tomada cobertas e tirou mais uma série de fotos.

"Ou isso, ou ele estava sendo vigiado por alienígenas", o outro disse com um grunhido, enquanto pegava sua caixa de ferramentas.

"Eu fico com o quarto", disse a seu colega, e desapareceu pela porta.

Ela ouviu vozes na sala, muitas delas familiares, e respirou fundo.

Stigsson entrou pela porta e, por trás dele, ela podia ver a grande compleição de Runeberg. "Então você já se encontra aqui...", Stigsson disse secamente. Ele sequer parecia surpreso. "Você tocou em algo aqui, Normén?"

"Não, claro que não..."

"Bom. Mas teremos que insistir para que você esvazie seus bolsos na saída. Runeberg, você pode ficar responsável por isso?"

"Claro, sem problemas", seu antigo chefe balbuciou, dando um passo para frente.

"Você falou com Thomas quando ele estava sob custódia", ela disse, encarando Stigsson com seu olhar de policial. Ele sequer piscou.

"É claro."

"Foi você que sugeriu que possivelmente poderia ter sido Henke lá no Grand? Fornecendo a ele um suspeito compatível para que pudesse continuar a assediar meu irmão?"

Stigsson balançou a cabeça.

"Não seria necessário. A equipe de televisão que estava lá foi boa o bastante para compartilhar as suas gravações. O suspeito encontra-se claramente visível. Não há dúvidas de que era seu irmão. No vídeo, ele está prestes a retirar algo do casaco, algo que o sr. Thomas está certo que se tratava de uma arma. Ele pode estar enganado, mas, infelizmente, como você sabe, uma certa confusão ocorreu após seu tiro de alerta, tornando impossível ver o que aconteceu em seguida. Thomas é uma testemunha extremamente digna de confiança, e, considerando as suspeitas anteriores a respeito de seu irmão, obviamente não podemos correr nenhum risco. E com o casamento real prestes a acontecer, é provavelmente mais seguro a todos que ele permaneça preso..."

Ele esperou alguns segundos, como se aguardasse que ela dissesse algo.

"Você tem mais alguma coisa em mente, Normén? Se não, temos trabalho a fazer aqui..."

Ela abriu a boca para responder, mas naquele momento o oficial forense saiu do quarto.

"Você provavelmente vai querer dar uma olhada nisso...", ele disse.

Ele tinha ido mijar por trás de uma pequena garagem de bicicletas no pátio, e achou uma torneira, conseguindo então engolir uma das pílulas para cavalo. Seu estômago estava roncando e ele provavelmente deveria fazer algo a esse respeito, desistir de tudo aquilo e apenas ficar escondido por alguns dias até que toda aquela história tivesse vazado nos tabloides e ele pudesse ler a respeito do que caralho estava acontecendo. Além disso, ele tinha um plano para se apegar: conseguir alcançar Erman e extrair dele tudo o que sabia sobre o Jogo.

Mas não podia simplesmente se esconder por completo, não ainda, pelo menos.

Havia um certo grau de satisfação em finalmente estar um passo à frente.

Caçando os caçadores.

Os policiais já haviam esvaziado o apartamento em sua primeira busca, então obviamente era por ele que procuravam. Ele pessoalmente. Os canalhas estúpidos deviam ter pensado que estava em casa.

Se fossem um pouco menos óbvios, teriam estado certos e ele estaria indo para a cela nesse momento.

Algo lhe dizia que não sairia assim tão fácil dessa vez...

Instalado atrás de sua janela mais uma vez, ele viu o carro já estacionado na entrada do prédio. Um Volvo grande, escuro e longo com pequenos suportes para bandeira cromados nas laterais do capô. Não exatamente um carro de polícia...

O motorista ainda estava no carro, mas os passageiros pareciam já ter entrado. O veículo tinha placas escuras com letras amarelas, e demorou alguns instantes para que entender o que aquilo significava.

Pertencia ao Exército.

Isso estava ficando cada vez mais curioso...

Uma das paredes do banheiro estava quase completamente coberta de recortes de jornais que tinham sido pregados com grossos pedaços de fita adesiva. Colados juntos, para que pudessem se sobrepor e ocasionalmente obscurecer um ao outro. No meio havia fotografias de Black extraídas de várias revistas, e com seu rosto circulado com um marcador escuro, de forma que lembrava a ela o símbolo de mira de um atirador de elite.

Havia um recorte de manchete de jornal dizendo *"É ELE!"* por cima daquilo tudo.

Stigsson olhou para ela rapidamente com o canto do olho.

"Você ainda acha que seu irmão é inocente?"

Ela não respondeu. Sua boca de repente parecia estar completamente seca e seu estômago tinha se contraído. Aspirante a assassino ou não, claramente havia sido Henke lá no Grand, e ela não o havia reconhecido. Ou havia?

Se ela tivesse hesitado por um momento a mais, ele provavelmente estaria morto agora. Thomas teria atirado.

Ou outro guarda-costas. Ela mesma, talvez...

O chão começou a girar, e por alguns segundos ela considerou sentar na cama. Além de uma caneca de café e um sanduíche de queijo ressecado, ela não tinha conseguido comer nada na Fortaleza, não tinha se alimentado decentemente por quase 24 horas. E com relação ao sono, estava em um estado ainda pior.

Mas agora não era o momento de se deixar abater. Henke não estava em uma boa situação, isso era óbvio. Ele precisava de ajuda, o mais rápido possível, antes que fizesse algo ainda mais estúpido.

Respirou fundo e se virou para Stigsson para dizer algo.

Na mesma hora, dois homens de terno entraram na sala. Um deles em seus 30 anos, magro, com cabelos curtos e óculos de armações escuras.

O outro era Tage Sammer.

"Coronel Pellas, excelente", disse Stigsson, e os dois homens apertaram as mãos.

"Você já conheceu meu colega, superintendente Runeberg, anteriormente, e essa é..."

"Rebecca Normén, a irmã do suspeito", Sammer disse rapidamente, erguendo a mão. "Prazer em conhecê-la, meu nome é André Pellas, tenho ligação com a organização da segurança no Palácio."

Ela murmurou algo e apertou sua mão enquanto tentava olhar em seus olhos, mas ele deliberadamente desviou o olhar.

"Gostaria de apresentar Edler, meu auxiliar."

"Ele gesticulou com a bengala para o homem de óculos, que acenou brevemente com a cabeça, em saudação.

"Então, o que nós sabemos, Eskil...?" Sammer se virou para Stigsson.

"Infelizmente o suspeito não estava aqui, mas nós conseguimos confirmar que ele tinha uma fixação por Black..."

Ele apontou para os recortes na parede.

Sammer deu a Edler um breve aceno, e o rapaz foi até a parede e começou a olhar para os recortes.

"Você achou alguma coisa de interesse para o Palácio?"

"Não desde o vídeo...", Stigsson disse. "Mas há um mandado emitido para Pettersson desde essa manhã, e além de seu apartamento ele basicamente não tem para onde ir, e Normén aqui tem prometido cooperar inteiramente conosco."

Ele acenou para Rebecca.

Ela abriu a boca, mas percebeu que não tinha o que dizer. Pensamentos agitavam sua mente, sem qualquer coerência real.

O Grand Hotel, eventos ocorridos na Fortaleza, o apartamento, e agora Sammer surgindo como uma caixinha de surpresas, de repente sendo conhecido tanto de Stigsson como de Runeberg...

"Coronel Pellas, você provavelmente deveria dar uma olhada nisso aqui."

Edler havia levantado alguns dos recortes. Por trás deles haviam outras imagens, também com rostos de pessoas circulados com marcador preto. Ele levantou alguns outros recortes ao acaso. O resultado foi o mesmo.

Por baixo de todos os recortes haviam fotografias da família real.

Ele os viu surgindo pela porta da frente.

Primeiro um grande e rígido gorila que poderia ser um garoto-propaganda da Academia de Polícia. Depois um homenzinho cinzento de terno que parecia estar seriamente envolvido em uma séria discussão. Ele não reconheceu o baixinho, mas tinha identificado Sammer.

Seu coração começou a bater mais rápido.

O Mestre do Jogo e o policial – lado a lado, assim como suspeitara.

Quando Becca surgiu pela porta, seu humor se foi ainda mais.

Sammer, o policial e Becca não era uma boa combinação, não importava como você encarasse aquilo.

Mas foi o último membro do grupo que realmente tinha lhe chocado.

Puta...

que...

Pariu...

16 Pare enquanto está na frente

Bem-vindo à lavanderia Kroken. Favor deixar sua mensagem.

Estava tão cansado que quase esqueceu de esperar pelo bipe.

"Vocês estão fodidos!", ele gritou para o receptor enquanto andava em direção a Skinnarviksparken.

"A Fonte, o homem que recrutou vocês... ele trabalha para o Mestre do Jogo. Acabei de ver os dois juntos..."

Sua garganta de repente parecia rígida, e ele tossiu algumas vezes numa tentativa de limpá-la.

"E se ele trabalha para o Mestre do Jogo, então vocês também... Vão se foder e não me liguem mais! Nunca, entenderam...?"

Na metade do caminho ele foi atingido por mais uma rajada de tosse e teve que se curvar.

Um carro passou perigosamente rente a ele, e o motorista enfiou a mão na buzina. Ele sequer teve forças para gesticular de volta.

Erman, aquele vermezinho, não voltou dos mortos com um plano de vingança escondido nos bolsos. Em vez disso, ele parecia ter sido absolvido pelo Mestre do Jogo... o que era na verdade inteiramente lógico. Afinal de contas, o único crime de Erman foi ter tentado se tornar um participante ativo de tudo. Continuar mexendo com seus amados servidores. E ele era um dos melhores no mundo no que fazia, o que obviamente ajudava o seu caso. A PayTag devia estar clamando por especialistas em servidores para seu projeto maior.

Oferta e procura, e, como num passe de mágica, Erman estava de repente perdoado e de volta dos mortos. *O capitalismo é foda*!

Então, por que diabos tinha ele reunido aquele bando de perdedores? E por que incentivá-los a invadir a joia da coroa do Jogo? Havia obviamente algum tipo de plano por trás disso tudo, um plano que também incluía a ele e a Becca.

Mas, assim como todo o restante que tinha acontecido a ele nos últimos dias, não era mais possível encaixar todas as peças do quebra-cabeça. Seu cérebro tinha entrado em choque, e a caminhada tinha feito sua pulsação subir a um nível perigoso, o que o fez buscar o banco de praça mais próximo.

Isso estava tão completamente fodido que ele não conseguia mais suportar. Só de pensar que tinha uma vez sonhado em voltar àquele circo doente o fez passar mal. O Jogo estava obviamente tentando fodê-lo, e o mesmo valia para a polícia...

Tudo o que queria agora era sumir, se distanciar o máximo possível e rastejar em algum buraco qualquer até que tudo aquilo tivesse sumido.

Mas Rebecca ainda estava enfiada naquela merda toda, literalmente levada pela coleira pelo Mestre do Jogo, com Erman, o filho da puta traiçoeiro, se arrastando logo atrás.

Obviamente não havia coincidência, nada que o Mestre do Jogo fazia era coincidência.

Ele afundou a cabeça nas mãos e lutou contra mais uma crise de tosse.

Sua pele estava quente, não apenas por causa da falta de ar, então sua febre tinha provavelmente retornado.

Era tudo de que precisava...

O que precisava mesmo era algo para engolir, depois um pouco de dinheiro para se refugiar em algum lugar tranquilo, onde pudesse recuperar as forças e tentar entender melhor tudo aquilo.

Como se isso fosse de alguma forma remotamente possível...

"Como eu disse, prazer em conhecê-la, Rebecca", disse o coronel Pellas enquanto apertava a mão dela em despedida. "E se você tiver notícias de seu irmão, ou tiver alguma vaga ideia de onde ele possa estar, seríamos extremamente gratos se pudesse nos informar imediatamente." Ele lhe passou um cartão de contato que ela guardou mecanicamente.

"Manteremos contato, Eskil", ele disse a Stigsson, enquanto retornava ao banco de trás do grande Volvo.

A porta se fechou, o motorista passou a marcha e assim que estava prestes a partir ele dirigiu a ela um rápido olhar pela janela. Ela tentou esboçar um sorriso, buscando o menor sinal de reconhecimento. O rosto dele não se mexeu.

O carro deslizou pela esquina e desapareceu, seus pneus roçando nos paralelepípedos da calçada.

"Ah, sim, Normén...", Stigsson disse assim que ela estava prestes a sair. "Achamos um cofre particular que pertencia a seu irmão..." Ele fez um a pausa significativa, e ela quase mordeu a isca. Mas, no último momento, se segurou.

"Você saberia dizer alguma coisa a esse respeito?", ele continuou ao ver que ela não respondia.

Ela balançou a cabeça negando.

"Henke e eu não temos mantido muito contato ultimamente..."

"É, foi o que você disse no Quartel-General da Polícia, mas ainda assim você está aqui em seu apartamento no momento em que estávamos prontos para revistá-lo..."

Mais uma vez ela não respondeu. Enquanto não dissesse nada, ele não podia dizer que estava mentindo.

A tática não parecia importunar Stigsson do modo como ela esperava.

"Você está listada como alguém que compartilha o cofre com ele, Normén, então presumo que você sabia o que estava contido ali."

Ela balançou a cabeça.

"Nada, Normén. A caixa estava vazia."

"Ah..." Ela tentou parecer o mais despreocupada possível.

"Felizmente, o banco tem um sistema de segurança avançado..."

Ela sentiu o coração bater mais rápido.

"Muitas câmeras, assim como no Quartel-General da Polícia..."

Ele pausou de novo, tentando atraí-la a dizer algo, mas ela simplesmente olhava para baixo, em direção aos paralelepípedos. Em que data ela tinha feito sua visita à caixa-forte? Pensou a respeito das câmeras, contando-as em sua cabeça. Sete, oito, nove...

"Há algo que você queira me dizer, Normén?" Sua voz de repente soava muito mais amigável. "De acordo com Runeberg, você é uma ótima guarda-costas, de grande valia para o departamento, essas foram as palavras dele..."

Ela levantou o olhar e o encarou de frente. Stigsson inclinou a cabeça para o lado.

"Obviamente, nós cuidamos dos nossos. Ajudamos colegas que se encontram em situações complicadas..."

Outra pausa.

Ela abriu a boca para dizer algo, mas hesitou por alguns segundos.

"Sim...?", ele disse, para induzi-la a falar.

"Sete", ela disse.

"O q-quê?" Ao menos sua expressão composta parecia ter sido levemente abalada.

"Sete dias, esse é o tempo que os bancos normalmente mantêm o material gravado, não é? Ao menos era assim quando eu trabalhava para a polícia..."

A boca dele fechou como uma ratoeira. Sua expressão quase paternal de um minuto atrás desapareceu completamente. Não que importasse. Seu blefe tinha falhado, e ambos sabiam disso. Não havia imagens, nada que pudesse ligá-la à caixa-forte. Já havia tudo sido apagado diversos dias atrás.

"Deseja mais alguma coisa?"

Stigsson não respondeu, então ela acenou para Runeberg, que estava parado a uma curta distância, e se virou para ir embora.

"Solicitamos uma lista dos cartões de acesso do banco...", Stigsson disse quando ela já havia dado alguns passos para sair. "Vai demorar uns dois dias antes de conseguirmos, mas tenho a impressão que estaremos nos falando de novo em breve, Normén."

HP acordou com seu corpo inteiro tremendo como uma furadeira pneumática.

Talvez fosse o meio do verão, mas dar um cochilo noturno ao ar livre em um barco sob uma lona fodida não tinha sido exatamente uma de suas ideias mais inteligentes, examinando em retrospectiva.

Ele precisava se aquecer, e depressa. Mas seu corpo não parecia querer obedecê-lo. Sua cabeça doía, a boca estava seca, os braços e pernas pareciam espaguete cozido. Quando tentou se virar de bruços, rapidamente notou um volume molhado em sua cueca.

A princípio pensou que era um punhado de notas que tinha cavado do jarro de vidro que havia enterrado a centenas de metros de distância, na mata. Mas então lembrou que tinha enfiado o dinheiro em um dos bolsos da frente da calça jeans.

Demorou mais alguns segundos antes de perceber o que tinha acontecido.

Puta que pariu!

Ele se esticou para alcançar o parapeito e tentou ficar de pé. O fedor das suas calças alcançou seu nariz e seu estômago se contraiu. Foi preciso um grande esforço apenas para ficar de pé.

O convés balançava embaixo dele, fazendo seus joelhos se baterem. Ele caiu para frente, meteu o queixo em um dos bancos e acabou deitado ali no convés.

Intoxicação alimentar, que ironia de merda. Ele não tinha comido direito fazia uma duas semanas, e basicamente sobrevivia de sardinha enlatada e feijão pré-cozido. Mas agora que tinha finalmente conseguido pôr as mãos em um quibe, acabou se revelando uma bomba de estafilococos com molho extra de alho...

Seu estômago se contraiu de novo, fazendo com que se curvasse em formato de bola.

Putamerdadocaralho!

Tentou rastejar até ficar de pé, mas não tinha como. Toda energia tinha sido sugada de seu corpo e ele não conseguia parar de tremer. Mas tinha que sair de lá de uma vez, de outra forma seria outono antes que Nisse ou quem quer que fosse o dono dessa bosta de barco achasse seu corpo ali, seco e congelado.

Era tarde da noite, e o pedaço de Pålsundet onde o velho barco se encontrava era dificilmente um lugar movimentado, mesmo durante o dia.

A queda tinha extraído quase todas as suas forças, mas se ele não quisesse terminar como Ötzi, o homem de gelo, tinha que sair já dali.

Seu estômago se contraiu de novo, fazendo com que ele puxasse os joelhos ao redor das orelhas. O volume gelado de barro em sua cueca se moveu levemente até a base da sua espinha.

Caralhodebostademerda...

Ele esperou a crise passar, depois reuniu as poucas forças que sobraram e tentou se forçar a ficar de joelhos. O dique não estava a mais do que meio metro de distância. Plantou um pé no piso do barco, contraiu os músculos da coxa e conseguiu ficar em pé. Suas pernas balançaram, mas ele se manteve firme. Um passo para frente, então mais um. Levantou um pé, e mirou para o dique.

Mas a perna onde estava apoiado todo o seu peso de repente falhou, e ele caiu de costas na água escura.

Balançou os braços como um louco e engoliu uma grande quantidade de água enquanto tentava virar para cima. Por um breve momento, estava de volta na prisão em Dubai, onde os policiais tinham tentado afogá-lo até fazê-lo confessar. Mas aí a pontinha do seu dedão do pé tocou o chão e seu pânico diminuiu de alguma forma.

Arrastou-se com dificuldade até a margem, engatinhou até ficar sentado e encostou suas costas em uma árvore. Ficou procurando o ar por um tempo, até deixar jorrar de si uma fonte de água verde do lago Mälaren. Uma vez depois da outra, pela boca e pelo nariz, até que seu estômago estivesse exausto. Ele também, ao pensar bem...

Putaquepariu...!

Mas, por mais estranho que parecesse, após um tempo ele começou a se sentir um pouco melhor. Como se a pequena aventura na água e o bombear involuntário do estômago tivessem reiniciado seu corpo.

Além disso, ele tinha uma ideia. O albergue da juventude em Långholmen, na antiga prisão convertida. Por que não tinha pensado nisso antes...?

Usando o tronco da árvore como apoio, ficou de pé e buscou automaticamente nos bolsos por seus cigarros. Achou um punhado encharcado que tentou em vão acender.

Depois, com o cigarro apagado nos lábios, cambaleou cuidadosamente em direção ao caminho que levava para a antiga prisão.

A porta de seu escritório estava fechada, mas ela nem se importou em bater.

"Fui demitida", ela disse antes que ele pudesse ter tipo tempo de se virar.

"Er, sim... Ouvi dizer."

Ele se levantou, mas não fez qualquer tentativa de chegar mais próximo dela.

"Ah, então os rumores já estão circulando. O que exatamente você sabe?"

"Não muito, tivemos uma audioconferência com Anthea tempos atrás..."

"E?"

Ele deu de ombros e parecia estar estudando uma mancha na parede atrás dela.

"Ela disse que você tinha sido sumariamente demitida."

Ele olhou em seus olhos por um momento, mas desviou o olhar mais uma vez. "Algo sobre comportamento inadequado que colocou a empresa em risco. Que você teve então sua confiança perdida por aqueles que estão no comando..."

"Você não acreditou em nada disso, acreditou?", ela fixou os olhos nele.

"Não, claro que não..."

"Não me parece muito convencido..."

"Pare com isso, Becca, eu na verdade tentei te defender. Falei sobre os problemas que você tem passado ultimamente, com os remédios para dormir e tudo..."

"Você disse O QUÊ?!"

Ele ergueu as mãos à sua frente.

"Nada, apenas que você estava tendo problemas para dormir. Isso é verdade, não é? Falta de sono pode ter sérios efeitos no julgamento de uma pessoa..."

"Não acredito que estou ouvindo isso..." Ela cobriu seu rosto com as mãos por um momento.

"Bem, eu estava apenas tentando ajudar...", ele murmurou.

Ela respirou fundo algumas vezes, e resistiu à vontade de dizer a primeira coisa que veio em sua mente, e depois a segunda também.

"Tenho que esvaziar minha escrivaninha imediatamente", ela disse, da forma mais calma que pôde. "Depois irei procurar um advogado. Eles não vão sair ilesos dessa." Ela olhou para o relógio.

"Podemos conversar melhor em casa."

"Err."

Ele parecia estar reunindo coragem pra alguma coisa.

"Veja, Becca, eu gosto da empresa. Muito, na verdade. Estou aqui praticamente desde o início, e agora que a PayTag está fazendo dinheiro..."

Olhou nos olhos dela. Por um breve momento nenhum dos dois disse qualquer coisa.

"Para ser honesto, Becca, você e eu, não tem funcionado já por um tempo. Não desde que..."

Ela abriu a boca para dizer algo, para interrompê-lo com alguma resposta dura.

Mas, em vez disso, ela ficou lá, em silêncio.

"Agora ou daqui a dois meses, o resultado ainda vai ser o mesmo, então porque arrastar mais...?"

Ele deu de ombros.

A pedra de gelo que ela estava sentindo em seu peito a manhã inteira agora parecia ter dobrado de tamanho. Ela queria protestar, gritar que ele estava enganado, que era um idiota. Que tudo podia ser consertado...

Mas, em vez disso, ela se virou devagar. Deu a ele um olhar de cansaço por cima do ombro.

Deixou a sala e fechou a porta com cuidado ao sair.

Suas coisas cabiam todas em uma sacola de plástico.

Alguns arquivos com seus recibos de pagamento, contrato de emprego, e vários outros papéis formais. O antigo boné de polícia que ela mantinha pendurado na parede, junto com algumas fotografias do tempo em que treinava para se tornar guarda-costas. Ela jogou na lixeira o vaso com a planta que Micke tinha lhe dado quando ela começou, depois mudou de ideia e a pôs de volta no parapeito da janela.

Todos os seus guardas estavam em serviço, e a equipe que ficava no escritório já tinha ido embora fazia tempo. Ela apanhou sua sacola e se dirigiu para as escadas.

Primeiro para o cofre onde guardava sua arma, depois esvaziou seu armário. Tudo o que restava era deixar suas chaves e o cartão de acesso no escaninho do departamento pessoal. Porém, em vez de voltar lá pra cima, ela foi direto para as ruas pela porta do porão e começou a caminhar em direção à estação de metrô.

Procurou em seus bolsos pelo cartão de embarque e o achou no bolso interno. Mas quando o retirou, o cartão de visitas que o tio Tage tinha lhe dado do lado de fora do apartamento veio junto. Um cartão branco, grosso e retangular, com um grande brasão real dourado, vermelho e azul em um dos lados.

CORONEL ANDRÉ PELLAS
ESCRITÓRIO DO MARECHAL DO REINO
FAMÍLIA REAL

Seguido por um número de telefone e um endereço de e-mail, mas, estranhamente, nenhum número de celular.

Então, atrás, escrito em caneta azul:

070-43 05 06
/TIO T.

Por alguma razão, a pequena mensagem melhorou um pouco seu humor.

Ele continuou pelo muro de tijolos por um tempo até achar uma abertura.

Mesmo que o local não fosse mais uma prisão há cerca de trinta anos, os velhos prédios institucionais ainda pareciam bem esquisitos, especialmente agora, no meio da noite. Havia uma atmosfera de Asilo Arkham que era difícil de evitar. O grande e cercado cemitério onde estava tinha sido uma vez o quintal da prisão. Em algum lugar lá na frente podia ouvir música misturada com o som do tráfego na ponte Oeste bem acima.

Alguns antigos postes de iluminação em um canto do estacionamento tinham a companhia de algumas luzes vindas das janelas dos prédios baixos logo à frente, que era de onde a música parecia estar vindo.

Mas todas as janelas do grande prédio à sua direita estavam escuras, e quando ele caminhou para a porta, descobriu o porquê.

O albergue da juventude está fechada para reformas.

Nos vemos de novo no outono!

Merda! Ele estava ansioso por um banho e uma noite em uma cama decente.

Mas não estava completamente sem sorte. Tinha avistado uma cabine e alguns galpões em um dos lados do prédio, e quando deu a volta no quarteirão achou uma porta improvisada de compensado.

Dois pinos de metal e um cadeado era tudo o que o impedia de arrombar a porta, e ele forçou seu caminho facilmente com a ajuda de um tijolo.

Dentro do local havia um corredor completamente escuro que cheirava a pó de tijolo, mas ao menos seu fiel isqueiro lhe deu um pouco de luz.

Alguns metros adiante, ele encontrou o grande bloco de celas. Aparentava ser quase exatamente do jeito que ele imaginava.

A luz fraca da noite de verão caía da claraboia no teto. Devia ter uns vinte metros de altura. No espaço abaixo havia diversos quartos ladeados pelas portas das celas.

À direita havia uma escada de metal, e ele considerou brevemente escalar lá em cima e procurar por uma cama logo de cara. Depois percebeu que realmente precisava se limpar primeiro.

Seu estômago ainda se contorcia, e apesar do banho involuntário ele ainda conseguia sentir o fedor de merda em suas calças.

Em outras palavras, um banho era a prioridade número um.

Seguiu pelo térreo, segurando o isqueiro alto o suficiente para ter uma melhor ideia de onde pisava.

Obviamente, o prédio era agora um pensão de jovens. Mas eles tinham mantido a atmosfera de prisão, e no escuro a sensação era intensificada imensamente. Centenas, talvez milhares de pobres bastardos devem ter cumprido pena ali durante anos.

Celas estreitas, grossas paredes de pedra, barras pesadas nas janelas. Trabalho duro seis dias por semana e uma magra dieta de pão e água.

Foda, isso era bem distante de sua própria experiência na cadeia, e aquilo já tinha sido ruim o suficiente...

Um som repentino o fez pular. Um barulho metálico de algum lugar do escuro à sua direita.

Parou por um momento, tentando mover o isqueiro para ver melhor. Mas a sala era grande demais, e o trêmulo feixe de luz era rapidamente engolido pela pesada escuridão.

Engoliu a saliva e não pôde evitar um calafrio. Nada surpreendente, na verdade, uma vez que o local era realmente assustador pra caralho, e levando em consideração que ele estava ensopado e tinha cagado nas calças.

O som devia ter vindo de algum fusível ou algo do tipo.

Só para ter certeza ele esperou mais um minuto, mas tudo permanecia em silêncio.

Hora de achar aquele chuveiro...

Alguns metros adiante, ele já podia avistar o desenho de um aviso de metal pendurado em um dos lados da grossa parede. Ele ergueu a luz para ler o que dizia:

Lavatório

Isso!

Ela colocou suas coisas do lado de dentro da porta e se dirigiu para a sala sem sequer acender as luzes.

O local cheirava a umidade.

No inverno passado eles tinham conversado sobre se ela deveria se livrar daquele apartamento. O apartamento de dois quartos de Micke era grande o bastante e mais perto do centro da cidade, e com o dinheiro da venda eles poderiam comprar o apartamento de um quarto ao lado e quebrar a parede unindo os dois em um só.

Mas ela tinha procrastinado e evitado o assunto por tempo o bastante para que o apartamento vizinho fosse vendido. Talvez já suspeitasse que não daria certo, e que ela precisaria de um plano B enfim.

Abriu a janela e deixou um pouco do ar gelado da noite entrar. Depois derrubou os pertences que tinha apanhado do apartamento dele em cima da cama.

Um relacionamento falido, resumido a uma escova de dentes, algumas roupas amassadas, alguns livros usados e algumas outras posses aleatórias.

Demitida e rejeitada no mesmo dia. Bom trabalho, Normén...

Estranhamente, ter sido demitida lhe doía mais. Ser demitida era de alguma forma o fracasso maior. Ela e Micke estavam à beira de um penhasco há um bom tempo, ele tinha de fato estado certo a esse respeito. Havia razões porque ela preferia o tempo em que eles namoravam sem muita confusão, e depois quando ela o traíra com Tobbe Lundh. Toda a segurança e previsibilidade pelas quais a maioria das outras pessoas pareciam ansiar faziam sua pele se eriçar. A mantinha acordada à noite.

E as pílulas da alegria não tinham sido de muita ajuda.

Nos últimos meses ela tinha tentado achar novas formas de lidar com sua inquietação. Mais tempo na academia e no campo de tiro, e, acima de tudo, mais trabalho. Um monte de trabalho.

Mas tudo aquilo tinha sido uma forma de adiar o inevitável. Ela simplesmente não estava mais apaixonada por Micke, e talvez nunca tivesse estado.

Não exatamente...

Uma pena, porque ele era um cara legal, bem legal. Mas se ela olhasse no retrovisor, caras legais não pareciam ser realmente o seu negócio. De acordo com o padrão, ela agora deveria se fechar em seu apartamento, colocar seu pijama, tomar sorvete de chocolate direto do pote e assistir sem parar dez temporadas de algum seriado norte-americano.

Mas o que ela sentia era muito mais uma decepção preocupante, misturada com algumas doses de alívio. Além do mais, ela não tinha tempo para sentir pena de si mesma.

O cofre particular, tio Tage/André Pellas e tudo o que ela tinha visto no apartamento de Henke – tudo aquilo estava conectado de alguma forma, e ela precisava decifrar como.

Abriu o gabinete do banheiro, achou a caixa correta e tomou seu remédio da noite.

Depois pegou o cartão de visitas do bolso e foi atrás do telefone.

As pílulas, o pacote molhado de cigarros, o isqueiro, as chaves do apartamento e um punhado de notas molhadas do seu compartimento secreto...

Ele alinhou seus pertences no parapeito da janela do espaçoso banheiro. Os azulejos na parede refletiam algum tipo de luz lá de fora, o bastante para que ele pudesse se virar sem a luz do isqueiro. Em um bolso da jaqueta, ele achou o celular pré-pago que tinha recebido da gangue da clínica veterinária.

Merda, ele pensou que tinha se livrado daquilo no parque.

Mas e daí, o aparelho barato de plástico estava cheio d'água agora e fadado a estar inoperante.

Ligou o chuveiro e, para sua surpresa, descobriu que havia água quente. Após se limpar do grosso da sujeira, prosseguiu para lavar as roupas.

Sua cueca estava arruinada, não havia razão alguma para tentar resgatá-la. Mas ele esfregou a calça jeans forte o bastante no chão áspero até que quase toda a merda tivesse saído.

A jaqueta e a camiseta eram mais fáceis, e ele pendurou tudo em alguns ganchos no canto do quarto para secar. Quando terminou tudo sentou no chão enquanto a água continuava a cair em cima dele.

Encostou-se contra a parede e fechou os olhos. O redemoinho de pensamentos em sua cabeça começava a diminuir devagar.

Girando cada vez mais devagaaaar

e

devaagaaaaaar...

"Você é muito fácil de encontrar..."

A voz surgiu do nada.

Ele estremeceu, batendo a cabeça no azulejo e ficando tonto na mesma hora.

Tentou se levantar em seguida, cambaleante, enquanto seu coração acelerava e seu cérebro tentava entender onde ele estava e quem diabos tinha chegado sorrateiramente até ele enquanto dormia.

"Não é muito impressionante, ele, né?"

A voz masculina mais uma vez, evidentemente direcionada a outra pessoa. HP apertou os olhos em direção à porta de onde as vozes pareciam estar vindo.

Instintivamente ele moveu as mãos para cobrir sua virilha. A voz áspera soava familiar.

Duas silhuetas escuras surgiram da escuridão e ele deu um passo para trás.

"Aqui, nós trouxemos algumas roupas novas..."

Ele definitivamente reconhecia aquela voz.

Era Nora, a veterinária. Ela soltou a sacola de ginástica no chão ao seu lado.

Por um terrível momento ele pensou que a bolsa fosse daquelas listradas, igual às feitas nas aula de corte e costura quando ele ainda estava no colégio, e que tinha seu telefone dentro. Mas quando ele a tocou, sentiu-se aliviado, pois aquela sacola era feita de náilon.

"O-obrigado", ele conseguiu balbuciar.

"Se vista rápido, temos que ir!"

Buffalo Bill, da clínica veterinária, Jeff ou qual fosse o seu nome.

"Que merda vocês estão fazendo aqui...?", HP perguntou, mas nenhum deles respondeu. "Como vocês me acharam...?"

Ele parou na metade.

"Foi o celular, não foi?"

"Bom palpite, Einstein!", disse Jeff, sorrindo.

"Nós temos que te tirar daqui, HP, agora mesmo", disse Nora. "Todo policial no país está a sua procura. Se alguém no prédio principal descobrir que há pessoas aqui dentro..."

"Certo, certo." Ele rapidamente vestiu as calças, o agasalho de baixo, camisa e casaco.

Tudo cabia perfeitamente, até o tênis.

Como se eles soubessem exatamente as suas medidas.

"Você ainda parece bem ruim, está tomando os remédios?", perguntou Nora.

"Unhum", ele murmurou. "Mas devo ter comido algo estragado. Tive uma dor de barriga realmente foda de ruim."

Ela passou por ele até o parapeito e pegou as pílulas.

"Certo, eu vou lhe dar algumas a mais no caso de você ter posto pra fora a última dose..."

Ele colocou o restante de suas coisas em seus bolsos e deu uma última olhada para as roupas estragadas.

"Ok, estou pronto. Obrigado pela ajuda!"

"Certo, vamos indo." Jeff apontou para a porta.

"Perdão, não sei se vocês têm ouvido as mensagens que mandei, mas não tenho interesse em me envolver. Não é muito minha praia..."

Nenhum deles se mexeu.

"Escute, colega", disse Jeff em um tom de voz que era qualquer coisa menos amigável. "Isso não foi bem um pedido..."

Ele segurou firmemente o bíceps direito de HP e gesticulou para que Nora fosse na frente.

Esperou ainda um momento, até que ela estivesse alguns metros adiante. "Faça-me um favor", ele sussurrou para HP enquanto apertava seu braço com força. "Você e eu temos alguns negócios mal-resolvidos, então que tal resistir um pouco? Só um pouquinho?"

"Que merda é essa que você está dizendo?"

"Número 32, Birkagatan, isso te lembra alguma coisa? Eu tive que ir para uma emergência para tirar a tinta vermelha dos meus olhos. Fiquei doente por uma semana, e minha namorada não ousou ficar depois que você deixou sua pequena mensagem na nossa porta..."

Então era daí que ele conhecia aquele idiota musculoso!

Bem, dois anos tinham se passado, e ele apenas o viu de relance por trás de um rosto vermelho-claro e um braço tatuado, mas agora, em retrospecto, era bem óbvio.

Lembre-se da regra número um.

Os fãs gostavam quando você tostava um...

"Rato..." Ele soltou como num tique nervoso, e sentiu Jeff se contorcer. O aperto em seu braço ficou ainda mais firme, e por um momento pensou que Jeff iria lhe dar um murro.

"Vocês estão vindo ou não?", disse Nora.

Um breve silêncio.

"Claro, estamos indo", murmurou Jeff, empurrando HP à sua frente.

O carro deles estava estacionado do outro lado do muro.

"Entre!" Jeff abriu uma das portas de trás.

"Não até que vocês me digam o que está acontecendo!"

"Entre, eu disse." Jeff deu um passo para frente e fechou os punhos.

"Porra nenhuma que eu vou." Ele olhou por cima dos ombros, tentando achar uma rota de fuga. Mas, infelizmente, estava em uma ilha, e tinha sérias dúvidas se seria capaz de aguentar uma longa corrida.

"Certo, calma aí vocês dois."

Nora mais uma vez. Ela colocou a mão no ombro de Jeff e o gesto de intimidade fez com que HP desgostasse ainda mais do fisiculturista.

Mas parecia ter funcionado, porque Jeff abaixou suas mãos. "Nós vamos para uma reunião", ela disse bruscamente. "Não é longe, e depois podemos te deixar onde você quiser."

Ele não se mexeu.

"Vamos, HP, você não pode estar com medo de uma reunião..."

Ela piscou para ele, e de repente ele se achava tentando não sorrir. Ficou ali parado por mais alguns segundos, fingindo pensar a respeito. Mas ele realmente estava cansado demais para pensar sobre qualquer coisa.

"Certo", ele suspirou dando de ombros. "Vamos lá..."

O Volvo escuro parou do lado de fora da sua porta.

O motorista quase não teve tempo de engatar o freio de mão antes que ela já estivesse na calçada.

Já estava esperando quinze minutos no escuro da escada, e ter que esperar não ajudou a melhorar seu humor.

Pulou no assento do banco de trás e bateu a porta.

"O que diabos está acontecendo?", resmungou.

"Calma, vou lhe explicar tudo. Apenas me dê uma chance, por favor."

Tage Sammer segurou sua mão de uma maneira exagerada, fazendo com que ela tivesse dificuldade de permanecer com raiva.

"Certo", ela disse, respirando fundo. "Estou escutando..."

"Como você já sabe, eu trabalho com questões relacionadas a segurança. Tenho trabalhado nisso desde que saí do Exército. O Palácio, ou o escritório do Marechal do Reino para ser mais preciso, é um de meus clientes."

"Sim, isso eu descobri sozinha", ela se irritou. "Então por que você não disse isso quando nos encontramos da última vez, e por que você se chama André Pellas e não Tage Sammer? E como meu irmão se encaixa nesse cenário...?"

Ele pôs uma mão em seu braço para lhe fazer parar.

"Podemos seguir agora, Jonsson", ele disse desnecessariamente alto para o chofer.

"Claro, coronel." O chofer passou a marcha e arrancou tirando o carro do acostamento.

Tage Sammer se inclinou para perto dela.

“Você precisa entender, Rebecca”, ele disse, “assim como seu pai, algumas vezes eu tenho que usar nomes diferentes. André Pellas é o nome que eu usava no início de minha carreira.”

“Inteligência Militar, sim?”

Estava escuro no assento de trás, mas ela pensou ter visto sua face se contorcer levemente.

“Eu achei uma foto antiga sua num livro sobre o Chipre”, ela acrescentou.

“Entendo...”

Um breve silêncio se seguiu.

“Bem, eu devia saber melhor e não te subestimar, Rebecca”, ele disse com um sorriso seco.

“Seu pai também era muito diligente em seu trabalho, preparando tudo com muito cuidado, nunca deixando nada para a sorte...”

Ele respirou fundo.

“Após o ataque em Kungsträdgården dois anos atrás, o Palácio percebeu que precisava melhorar o modo como lidava com a segurança e inteligência. O Marechal do Reino e eu somos antigos conhecidos, e é por isso que eles me contrataram. Como você sabe, sua Majestade teve um número de...”

Ele pausou e parecia estar procurando pelas palavras corretas.

“...dificuldades de relações públicas, se poderia dizer.”

“Você quer dizer o livro sobre corrupção e os amigos que empregaram mafiosos, e os rumores sobre...”

“Talvez não precisemos entrar em detalhes...”, ele interrompeu. “Mas qualquer diminuição no apoio do público anda de mãos dadas com um nível maior de risco, e com um evento como o casamento da princesa chegando cada vez mais perto, todo mundo está um pouco mais nervoso do que o habitual.”

“Entendo isso, mas a Polícia de Segurança já está cuidando de tudo...”

“Naturalmente, claro que estão. Mas o incidente em Kungsträdgården alguns anos atrás mostrou que há claras deficiências tanto na avaliação do nível de ameaça como na comunicação do Palácio com a Polícia de Segurança. Meu papel é agir como um elo de ligação. Servir como ponte entre potenciais diferenças de opinião, se você entende o que eu quero dizer?”

Ele uniu as pontas dos dedos para ilustrar seu ponto de vista, e de repente ela não podia deixar de sorrir. O gesto era tão óbvio e tão familiar.

“Eu também sou capaz de contribuir com a experiência e rede de contatos que construí durante meus trinta anos ou mais no mundo internacional da segurança”, continuou. “Oferecendo uma segunda opinião, por assim dizer...”

O carro chegou à ponte Oeste, e depois continuou descendo em direção a Hornstull.

Lá embaixo, do lado direito, eles podiam ver o edifício escuro da antiga prisão em Långholmen.

"Acreditamos que o ataque em Kungsträdgården foi conduzido por uma rede específica. Um grupo chamado o Circo, o Evento, e ocasionalmente..."

"O Jogo", ela interrompeu.

"Exatamente! Presumo que você ouviu falar deles através de Henrik."

Ela acenou.

"De início, pensei que era apenas conversa fiada. Mais uma das histórias dele..."

"Mas à medida que o tempo passava, você foi ficando mais convencida?"

"Sim, especialmente depois que conversei com..."

Ela mordeu os lábios.

"...Magnus Sandström?", concluiu Sammer. "Ou Farook Al-Hassan, como ele se chama esses dias."

Ela não respondeu.

"Não se preocupe, Rebecca, sabemos tudo sobre Sandström. Temos mantido nossos olhos nele já por algum tempo. Sabemos que uma de suas missões foi recrutar pessoas que o Jogo achava que seriam úteis."

"Pessoas como Henke, você quer dizer?"

"Exatamente. Seu irmão é um excelente exemplo de um participante ativo. Mas Sandström e os outros do seu tipo também recrutaram muitos outros... recursos passivos."

"Tais como?"

Ele se inclinou ainda mais e baixou sua voz quase em sussurro.

"Tais como você, por exemplo..."

ANDERS DE LA MOTTE THE GAME

Virando o jogo 17

Eles estacionaram em uma garagem próxima à estação Södra.

"Aqui."

Nora entregou e ele um par de óculos escuros baratos.

"E vista o capuz também."

Ele realmente não tinha entendido por que até passarem por uma tabacaria e ele ver a própria expressão vidrada da foto de seu passaporte o encarando a partir da parede.

HOMEM MAIS PROCURADO DA SUÉCIA! O folheto gritava, tão alto que ele sentiu vontade de cobrir os ouvidos.

"Certo?", Nora disse baixinho.

"Claro...", ele murmurou, sem soar nem um pouco convincente. "Falta muito ainda?"

Ela balançou a cabeça.

"Estamos seguindo para Fatbursparken primeiro, e depois estaremos quase lá."

Eles andaram em torno de algumas cabanas e seguiram caminho ao lado de uma cerca que se alongava ao redor de um canteiro de obras.

A música e o barulho dos cafés nas calçadas em Medborgarplatsen estavam claramente audíveis.

Jeff parou por um momento para olhar ao redor.

"Por aqui", ele disse, apontando para uma abertura na cerca.

Eles seguiram por um caminho de asfalto mal-acabado, que descia num espiral em semicírculo. Assim que desapareceram abaixo do nível do chão, o caminho se transformava em chão de cascalhos, e eles se acharam em uma passagem estreita com paredes rochosas de ambos os lados. Estranho... ele pensou que conhecia Södermalm como a palma da mão, mas nunca tinha pensado nesse cantinho em particular.

Ele devia ter cruzado a ponte de pedestres que via a sete ou oito metros acima deles centenas de vezes sem sequer pensar sobre o que estava por baixo. Provavelmente por causa da vegetação que crescia dos lados do caminho estreito, formando uma cobertura que cobria a visão.

O caminho parava abruptamente em uma parede rochosa. No meio, havia um grande portão de metal, e um ar gélido e úmido de caverna o atingiu enquanto se aproximava.

Jeff olhou por sobre os ombros mais uma vez, depois de fitar os prédios quase impossíveis de se ver logo acima do nível do chão.

"Ok?", disse Nora.

Jeff concordou.

Ela tirou uma grande chave de um dos bolsos da jaqueta e destrancou o portão.

Uma vez que estavam dentro, voltou a trancá-lo.

Jeff pegou uma lanterna e a apontou para a caverna.

Dez metros à frente, havia uma porta retrátil.

Nora marchou rapidamente até a porta e começou a mexer no cadeado, mas HP permaneceu imóvel.

Estava cansado, exausto, incapaz de dar mais um passo, ao menos não até que alguém lhe dissesse pra onde diabos estavam indo.

"Vamos." Jeff puxou seu braço.

Ele abriu a boca para mandar o rei dos fisiculturistas se foder, mas, naquele momento, uma fileira de lâmpadas acendeu num dos lados da porta, revelando um longo túnel que levava para dentro da rocha.

Hesitou por mais alguns segundos, então a curiosidade foi mais forte do que ele.

O túnel era grande, e a julgar por sua altura e comprimento parecia que tinha sido provavelmente usado para trens. O teto era de tijolos, e a cada quinze metros havia um entalhe luminoso fluorescente, fornecendo apenas a luz suficiente para que pudesse enxergar. As laterais do túnel eram praticamente rocha pura, mas aqui e ali a água tinha atravessado, polindo a superfície.

O túnel curvava para a esquerda, e o chão se inclinava levemente para baixo. As pernas cansadas de HP estavam gratas por qualquer ajuda que pudessem ter. Seus passos ecoavam nas paredes, e após caminharem cerca de cinquenta metros, a porta atrás deles já tinha sumido de vista.

"Então, para onde estamos indo?", ele perguntou a Nora. Jeff respondeu.

"Nós te dissemos em Långholmen. Uma reunião..."

"Sim, mas pensei..." Ele não terminou a frase.

O que realmente ele tinha pensado?

Mal sabia. Todo o seu sistema tinha sido reiniciado, e só agora sua cabeça parecia ter começado a funcionar normalmente.

Eles tinham entrado no túnel pela Fatbursparken, e a passagem fazia uma curva para baixo e para a esquerda. Eles deviam ter andado cerca de duzentos metros agora, o que significava que teriam que estar embaixo da...

Sankt Paulsgatan.

O chofer parou em uma vaga de estacionamento gratuita. Depois, sem uma palavra de Sammer, ele saiu para a calçada e fechou a porta do carro atrás dele.

"Você deve ter uma quantidade absurda de perguntas, Rebecca, e acredite, nada me daria mais alegria do que ser capaz de respondê-las. Mas, tenho certeza que você irá me entender, isso infelizmente não é possível..."

Ele olhou para ela de uma forma que a fez balançar a cabeça, inconscientemente concordando.

"Mas, por confiar em você, vou fazer o meu melhor para satisfazer sua curiosidade. Me diga o que você sabe, e eu tentarei preencher as lacunas..."

Ela abriu a boca para falar, mas fechou logo em seguida.

O fato de que Sammer trabalhava para o Palácio e para a Polícia de Segurança ao mesmo tempo explicava muita coisa. Mas ela tinha outras questões, uma grande quantidade delas, e agora precisava tentar reformulá-las.

"O cofre particular...", ela começou. "Você sabia que tinha uma arma lá, não sabia?"

Ele hesitou por um momento, em seguida balançou a cabeça vagarosamente, concordando.

"Certamente suspeitava disso. Como disse, seu pai tinha começado a agir por conta própria, e pôs em prática várias decisões mal-planejadas. Seria extremamente infeliz se tal arma pudesse ser rastreada até..."

Ele gesticulou em direção à janela.

"...eventos do passado."

Calou-se e olhou para ela.

"Um cofre particular é em muitas maneiras como uma espécie de bolha, Rebecca. Um lugar onde o tempo parou e todas as regras naturais deixaram de ser válidas. Mas como você já sabe, bolhas têm uma coisa em comum..."

"Mais cedo ou mais tarde elas estão fadadas a estourar", ela disse.

Ele concordou.

"E os passaportes?"

"Há um risco menor em relação a eles, mas eu ainda seria grato se você pudesse deixá-los comigo, junto com a arma. Apenas para proteger a memória de seu pai..."

Ela não respondeu, e tentou formular outras questões, criando uma espécie de narrativa.

"Aquele pedaço de papel que você deu a Henke, lá no cemitério. Você me disse que queria passar uma mensagem a ele, que era por isso que você precisava entrar em contato com ele..."

Sammer não respondeu de imediato, e parecia estar esperando para que ela falasse mais. Ela esperou em silêncio por uma resposta para sua pergunta.

Finalmente, ele soltou um suspiro.

"Prometi a seu pai que cuidaria de você. Tanto de você quanto de Henrik. Quando começamos a receber informações que sugeriam que Henke estava seriamente envolvido no Jogo, decidi quebrar as regras..."

"Algo aconteceu lá perto da torre Kaknäs, não foi...?", ela insistiu.

Ele olhou brevemente para a janela.

"Imagino que se possa dizer que decidi usar métodos não convencionais..."

"Por favor, é do meu irmão mais novo que estamos falando! Você precisa me dizer, tio Tage!"

Ele abaixou a voz e se inclinou para frente.

"Henrik não gosta muito de mim, gosta? Ele não gosta do fato de que somos próximos?"

"Er... O quê?" A pergunta pegou ela de surpresa. "Bem, talvez não. Mas não por sua causa."

"Eu temo que seja, Rebecca..."

Ele respirou fundo e parecia estar pensando por alguns instantes.

"Deixe-me explicar. A maioria dos participantes no Jogo se torna vítima mais cedo ou mais tarde de uma paranoia severa. Eles têm dificuldade em enxergar a diferença entre fantasia e realidade, e começam a ver conspirações em cada esquina..."

Ele pausou, e ela não pôde deixar de concordar.

"Assim como eu receava, temo que esse seja o caso de Henirk. Ele já passou, e muito, do ponto onde seria possível apelar para o seu bom senso..."

Ela continuou a concordar, mais firmemente agora.

"Infelizmente, a única forma de salvá-lo é fazer uso de sua condição. Não é algo que eu faria se houvesse alguma outra forma de alcançá-lo, Rebecca, espero que você possa entender..."

"Mas o que você fez?"

"Eu consegui persuadir Henrik de que eu na verdade sou o Mestre do Jogo."

"O q-quê...?!"

Ele levantou sua mão para interrompê-la.

"Rebecca, eu acreditei que minha enganação seria a única forma de salvá-lo. Foi uma tática de choque. Dei a ele uma missão, uma que era tão impensável que Henrik seria incapaz sequer de considerar realizá-la. Ele seria sacudido de volta à realidade, de uma certa maneira, e sentiria a necessidade de se libertar das garras do Jogo. Depois ele estaria mais uma vez ao nosso alcance, talvez até..."

"Disposto a cooperar!", ela interrompeu. "Você queria fazê-lo cuspir as verdades sobre o Jogo, se tornar um informante. Foi por isso que ele foi levado para ser interrogado pela Polícia de Segurança?"

Sammer balançou a cabeça devagar, concordando.

"Mas Eskil agiu um pouco prematuramente. Henrik não estava pronto, e na hora que o advogado chegou..."

"...Stigsson se assustou e deixou Henrik partir."

Ela respirou fundo.

"Então o plano era colocar Henrik sob uma pressão tão grande que ele teria que pular fora do barco. Mas em vez disso você empurrou ele mais ainda em direção ao precipício, e por alguma razão ele acabou tentando atacar o Black. E agora você está preocupado que tudo isso venha à tona. É por isso que você queria chegar a Henrik primeiro, para ter certeza de que ele não o entregaria..."

Ele levantou ambas as mãos num gesto para prevenir que ela terminasse sua frase.

"Não, não, absolutamente não, você me entendeu mal, minha querida Rebecca, você realmente deve acreditar em mim quando digo que apenas quero o melhor para vocês dois. Você e Henrik. Erland era um amigo, um companheiro de confiança que foi sempre leal a mim e à nossa causa. O fato de que eu não estava em posição de salvá-lo de si mesmo é um dos meus grandes desgostos na vida. As forças que se impuseram a Henrik são muito parecidas com as do destino de Erland, e é por isso que optei por tomar medidas tão drásticas..."

O coração dela de repente começou a bater mais rápido.

"Você quer dizer que papai também foi usado pelo Jogo?"

Sammer fez uma careta.

"Você não pode responder isso, pode?", ela disse.

Ele olhou para a janela mais uma vez.

O motorista ainda estava ali parado a uma curta distância na calçada, e, a julgar por sua linguagem corporal, o frio noturno estava bem intenso.

"Nós não temos muito tempo, Rebecca", continuou Sammer.

"Qual era a missão?"

"Perdão?"

"A missão que você deu a Henrik no cemitério de animais, a missão impensável. O que era exatamente?"

Ainda olhava pela janela. O chofer tinha se virado e estava no caminho de volta para o carro. Assim que ele estava prestes a abrir a porta, Sammer se inclinou para perto dela, tão perto que ela podia sentir o cheiro de sua loção pós-barba.

"Ele deveria realizar um ataque ao casamento real."

Prosseguiram mais uns duzentos metros, e o túnel continuava indo para baixo, cada vez mais íngreme.

Havia barulho agora, um vago ruído de um sistema de ventilação. Uma enorme grade do lado direito da parede do túnel de repente liberou um sopro de ar, e alguns segundos depois um trem subterrâneo passou chacoalhando do outro lado.

À distância, ele podia ouvir o anúncio da plataforma.

Mais adiante no túnel, ele conseguia identificar o que pareciam ser barracas de operários de construção. Uma de cada lado do túnel.

E de repente ele percebeu para onde estavam indo.

Puta que pariu!

Ele parou de súbito e olhou rapidamente para trás por sobre os ombros. Nora tinha trancado o portão na entrada, e a chave estava no bolso de sua jaqueta. E ele nunca conseguiria correr todo aquele caminho de volta.

"Você vem ou não?" Jeff se aproximou com um passo.

HP se inclinou para frente e colocou suas mãos sobre os joelhos.

"Esperem um momento", ele murmurou, tentando soar exausto, o que não era lá muito difícil. Sua pulsação estava acelerada há algum tempo, e ele sentia que o ar estava cada vez mais difícil de respirar.

Precisava ganhar algum tempo, ter um momento para pensar.

Eles haviam inclinado para a esquerda durante todo o percurso, e ido para baixo, o que significava que a estação de metrô que podia ouvir tinha que ser a de Slussen.

Então essas cabanas à frente tinham que estar bem abaixo...

"Nós estamos indo encontrar com a Fonte, não estamos?", ele disse, olhando para cima.

Nenhum deles tinha uma expressão impassível muito boa.

"Anda", disse Jeff dando mais um passo para perto.

HP não se moveu.

"A sua fonte se chama Erman. Eu o conheci um bom tempo atrás. Naquela época ele estava escondido no meio do mato e dizendo ter sido expulso do Jogo."

Ele cuspiu uma bola de saliva no chão do túnel.

"Erman está trabalhando para o Mestre do Jogo. Eu os vi juntos a apenas algumas horas atrás, com a polícia. E antes disso eu o vi no elevador que desce bem ali."

Ele gesticulou para as cabanas.

Jeff tentou dizer algo, mas HP o ignorou. Em vez disso ele olhou diretamente para Nora, tentando olhar em seus olhos.

"Toda essa história foi uma armadilha, Nora...", ele disse o mais calmamente possível. "Na melhor das hipóteses, a Fonte usou vocês, conseguindo com que fizessem pequenas tarefas para o Jogo..."

Ela não respondeu, mas uma pequena ruga apareceu acima do seu nariz.

"...ou talvez você já esteja trabalhando para o Mestre do Jogo esse tempo todo."

Ele não conseguia ler muito bem a expressão no rosto de Nora, se convencera de que ela estava tão preocupada quanto ele. Embora naquele momento isso não importasse muito.

"De toda forma, o Jogo tem tentado me achar. Eles estão desesperados para colocar suas mãos em mim a qualquer custo. E vocês estão prestes a me entregar para eles, exatamente como querem. Não entendem isso?"

Ele pausou para respirar.

"Porra nenhuma", Jeff rosnou. "Então você espera que a gente acredite que você conhece a Fonte e o Mestre do Jogo?"

Ele sorriu e inclinou a cabeça em direção a Nora.

"Nós temos um verdadeiro peso pesado aqui, hein...?"

"Com quem ele se parece?"

HP demorou um instante para perceber que Nora estava falando com ele.

"O-o quê? Quem?"

"O Mestre do Jogo, é claro, quem mais você acha?"

"Er, bem... ele tem em torno de setenta anos, bem-vestido, anda com uma bengala... Um típico senhor de cabelos grisalhos..."

Ele se ergueu lentamente.

"Ele diz que se chama Tage Sammer."

"E você o conheceu?"

HP acenou com a cabeça. O tom de voz dela e sua expressão facial reforçavam sua teoria. Não havia como ela ter conscientemente trabalhado para o Jogo.

"Eu inclusive tomei um café com ele em um cemitério de animais, logo após a torre Kaknäs. Ele tinha uma garrafa padronizada em uma pequena caixa de acampamento, coisa típica de gente velha..."

"E você realmente espera que a gente acredite nisso?"

Jeff mais uma vez, mas HP o ignorou.

Era Nora quem ele tinha que convencer, e não apenas pela simples razão de que ele não queria ser entregue para Erman e para o Mestre do Jogo. Ele de fato queria que ela acreditasse nele.

De verdade.

"Bem, o que você me diz?"

Ele estendeu seus braços em direção à Nora e lhe lançou seu sorriso mais charmoso.

"Você tem razão", ela disse, e notou Jeff se contorcendo. "A Fonte quer te encontrar. Ele está esperando logo ali embaixo..."

Ela gesticulou por sobre o ombro, em direção às cabanas. "Ele é normalmente bem cauteloso, mas assim que dissemos que você estava pulando fora, ele quis organizar esse encontro. Isso tem que significar algo..."

"Significa apenas que ele quer pôr suas mãos em mim...!"

Sem qualquer aviso prévio, Jeff simplesmente agarrou HP pelo braço e tentou de alguma forma imobilizá-lo.

Mas HP estava preparado. Ele resistiu por uma fração de segundos, então mirou e girou o corpo para a direita.

Logo antes deles colidirem, levantou sua perna esquerda e enfiou seu joelho bem no meio dos ovos de Jeff.

O homem desabou como um castelo de cartas, quase levando HP consigo enquanto caía. Mas, no último momento, HP conseguiu se libertar.

Deu alguns passos vacilantes, então recuperou o equilíbrio e começou a correr em direção às cabanas.

Nora esticou o braço numa tentativa de pará-lo, mas o túnel era largo o bastante para que ele desviasse dela sem qualquer problema.

Cinquenta metros até as cabanas e o elevador.

Seu coração já estava explodindo em seu peito.

Correr em linha reta em direção ao perigo não era exatamente a melhor das ideias, mas ele não tinha nenhuma outra opção.

Com um pouco de sorte, Erman estaria escondido em uma das cabanas e não ousaria olhar para fora.

Trinta metros, e de repente ele conseguia ouvir passos atrás dele.

Tinha que ser Nora, Jeff dificilmente estaria em um bom estado para correr.

"HP, pare!", ela gritou, e ele lutou contra a vontade de olhar para trás.

Vinte metros agora.

Quinze.

Sua garganta queimava, e encolhia até o tamanho de um canudo.

Os passos estavam se aproximando.

Dez metros restantes.

O túnel se afunilava em um caminho entre as cabanas, e além delas havia um retângulo pálido na face da rocha que tinha de ser a porta do elevador.

Estava aberta!

"HP, pare!"

Sua voz estava mais aguda agora, e dessa vez ele não pôde resistir à vontade de virar a cabeça.

Ela estava seis ou sete metros atrás dele, perto, mas ainda mais longe do que ele tinha imaginado.

Talvez desse certo...

Iria dar certo!

No momento seguinte, ele viu uma movimentação pelo canto do olho.

Começou a virar a cabeça mais uma vez, e mal teve tempo de ver a porta se abrindo bem à sua frente.

Então tudo ficou escuro.

"Ele está bem?"

"Sim, está voltando a si..."

Sentia algo gelado e molhado acima de seus olhos e da sua testa.

Sua cabeça doía, seu nariz estava entupido e ele tinha que respirar pela boca.

Respiração longa e barulhenta.

"Consegue me ouvir, Henke?"

O objeto acima de seus olhos desapareceu e ele começou a piscar por causa da luz.

O rosto de Nora flutuava lá em cima, e por um breve momento ele teve uma sensação de total bem-estar. Ela o estava chamando de Henke, assim como sua irmã...

Então de repente lembrou onde estava.

E porquê!

Devem ter arrastado ele para dentro de uma das cabanas...

Tentou se sentar, puxando suas pernas para perto, para tentar alcançar seus pés.

"Calma..."

Ela o segurava, tentando pará-lo, mas sem fazer muita força.

"A Fonte...", ele disse, ofegante. "Erman, eu tenho que..."

E então ele o viu.

Estava sentado em uma cadeira a alguns metros de distância, inclinado para a frente. Magro, cabelos ralos, com óculos de armação escura, assim como na descrição. Olhos de ambos se encontraram e por alguns instantes o cérebro de HP tentou absorver o que estava vendo. O que aquilo significava.

Mas era impossível.

Completamente.

Fodidamente.

Impossível.

"Olá, HP. Bom você ter vindo me visitar...", disse Manga sorrindo.

18 Coisas impossíveis antes do café da manhã

"COMO...
CARALHO...
VOCÊ...
PODE...
ESTAR...
AQUI...?!!!"

Ele estava sentado montado em cima do peito de Manga, seus dedos apertando firmemente sua garganta enquanto batia a cabeça quase careca dele contra o chão.

"Paaaaannnreeeeeee... H... P. Poorrrannnn...!!", Manga grunhia, agitando os braços.

HP não se importava.

Alguém tentava puxar seus ombros, segurando seus braços. Nora gritava em um ouvido, mas ele não ouvia. Iria matar o pequeno filho da puta...

Um braço poderoso de repente envolveu seu pescoço e o sufocou tão forte que instantaneamente parou a circulação de sangue para o seu cérebro.

Sua visão começou a escurecer, seus dedos a se contorcer convulsivamente e ele teve que soltar a garganta de Manga. No momento seguinte, estava sento arrastado de volta aos seus pés. O mata-leão que estavam aplicando nele se afrouxou levemente, só o suficiente para que sua visão retornasse.

Ele podia ver Nora se inclinando sobre Manga.

"Certo, colega, você vai se acalmar agora, ou o quê?" Jeff cochichou em seu ouvido. "Se não, eu vou ter toda a satisfação em quebrar seu pequeno pescoço..."

HP tentou resistir, pondo seus braços para trás, tentando alcançar qualquer parte de Jeff que pudesse machucar. Mas era em vão. O mata-leão de Jeff era perfeito e suas tentativas patéticas de resistir apenas fizeram com que Jeff o levantasse nas pontas dos pés, quase o tirando do chão.

Toda sua energia se esvaiu. Seus braços e pernas ficaram pesados como chumbo e ele não mais podia controlá-los, mal conseguia controlar a si mesmo.

Jeff o arrastou alguns metros e o largou em um pequeno sofá.

Demorou alguns segundos para reunir forças suficientes para se sentar.

Manga já estava de pé, e apalpava seu pescoço enquanto bebia um copo d'água que Nora parecia ter tirado do nada.

HP bem que precisava de algo pra beber, sua garganta estava ressecada e nesse momento a sede era o único sentimento ao qual ele conseguia se apegar.

Manga era a Fonte.

Manga

Era

A

Fonte.

O que significava...

O QUE SIGNIFICAVA???

Ele fechou os olhos e levou suas mãos a cabeça. Lágrimas corriam de seus olhos, e ele os fechou com força para impedi-las de jorrar.

Porra.

Porra!

PORRA!!

Manga pegou a cadeira onde estava sentado e a colocou de frente para HP.

"Aqui!"

Ele lhe passou o copo d'água, ainda pela metade.

HP apenas olhava para ele.

"Vamos, HP! Não tem por que ficar com medo, estamos entre amigos..."

HP pegou o copo e bebeu tudo.

A água estava gelada pra burro e fez sua garganta arder.

"Por quanto tempo?"

"O quê?"

"Por quanto tempo você tem estado envolvido com o Jogo, Manga, ou Farook, ou qualquer merda que seja o seu nome essa semana...?"

Manga deu de ombros.

"Há um bom tempo, na verdade..."

HP largou o copo num canto, se inclinou para frente e esfregou suas têmporas. Ele ainda tentava em vão fazer as sinapses funcionarem no seu cérebro. Mas era impossível pra caralho, completamente.

"O-o quê, por quê... bem... er."

Ele continuou esfregando o rosto, cada vez mais forte. Enfiando seus dedos cada vez mais, até que sua pele ardesse.

"Desde o começo?", ele finalmente conseguiu dizer, olhando para o chão. "Você estava envolvido desde o começo?", ele repetiu com uma voz um pouco mais clara enquanto se endireitava.

Manga respirou fundo.

"Eu estive envolvido há mais tempo que você. Consideravelmente mais tempo, na verdade..."

"Então foi você que me envolveu nisso tudo...?"

Manga balançou a cabeça.

"Não, para ser sincero, não fui eu. Eu não sabia que você estava envolvido até que apareceu na minha loja daquela vez e jogou o celular na bancada. Nem mesmo ali, na verdade, porque pensei que você o tinha encontrado por acidente, que algum outro Jogador o tinha perdido. Depois foi que percebi que você estava envolvido..."

Ele ergueu as mãos.

"M-mas eu não enten..." HP limpou a garganta e tentou mais uma vez.

Pelo canto do olho, ele podia ver que Nora olhava para ele.

"C-como você entrou nisso? O que você faz? Você é um Jogador, ou uma Formiga? Você tem que me dizer..."

"Depois, HP, agora nós não temos muito tempo. Toda a cidade está procurando por você, a polícia, as Formigas, todo mundo..."

Manga se virou para Jeff.

"Você pode ficar de olho no túnel?"

"Claro."

"Tudo o que posso lhe dizer agora é que tentei te ajudar...", Manga continuou quando a porta se fechou atrás de Jeff.

"Ajudar?!" HP podia sentir o sangue correndo para sua cabeça. "Puta merda, você podia ter me dito que estava envolvido, e explicado o quão sério isso tudo era. Me dito para parar! Merda... você deveria ser meu melhor amigo!"

"Sim, claro, como se isso fosse funcionar..."

Manga balançou a cabeça.

"Além do mais, você sabe o que acontece quando a gente quebra a regra número um... Você não foi o único que recebeu um golpe de advertência."

Nora reapareceu com mais água, dois copos dessa vez.

"O ataque incendiário na minha loja, se lembra?", acrescentou Manga quando HP parecia não ter compreendido. "Aquilo foi direcionado a mim, não a você. Um pequeno lembrete do Mestre do Jogo sobre o que aconteceria se eu não seguisse as regras. Aquilo provavelmente não era nem pra ter gerado um incêndio de fato. Eles apenas queriam que eu entendesse o que estava em jogo."

Nora acidentalmente derrubou um dos copos e molhou a calça de HP, mas ele quase não se mexeu. Seu cérebro ainda estava tentando achar o chão.

"E-então... o quanto disso tudo tem sido real?", ele gaguejou.

"O que você quer dizer?"

"Digo... Bem, o que caralho você acha que eu quero dizer?! Tudo que eu tenho passado, o incêndio no meu apartamento, a bomba na E4, a fazenda de servidores que eu explodi em Kista, meu tempo fugindo, toda a merda que vivi em Dubai, e tudo o que aconteceu na ArgosEye. O quanto daquilo foi real? Parcialmente real, digo?"

"Tudo aquilo, é claro..."

Manga deu um gole na água.

"Mas talvez não real da forma como você pensava...", ele acrescentou, mudando de postura na cadeira. "Você pode dizer que nunca realmente deixou o Jogo... Que tem de fato trabalhado para eles o tempo todo. Ou melhor... para nós..."

HP largou o copo mais uma vez e cobriu o rosto com as mãos.

Manga ainda falava, mas sua voz de repente soava pequena e distante, como se estivesse em um quarto diferente.

A situação era tão irreal, tão como um sonho, que ele já se encontrava beliscando o próprio braço.

Trabalhando para eles...

Seu cérebro estava gaguejando, tentando desesperadamente se ater aos fatos: ele tinha explodido a fazenda de servidores, escapado da conspiração deles para fazê-lo passar por um assassino e derrubado seus parceiros comerciais na ArgosEye com todo mundo junto...

A não ser que estivesse errado?

Estaria de fato...

Trabalhando para eles?

Ele olhou para Manga. O chato, confiável, quase careca Mangalito. O covarde. Seu antigo amigo, seu BFF.

O mundo ruiu.

Por um breve momento estava de volta aos anos 1980, sentado no sofá de frente pra TV, com os dedos amarelos de cheetos e os olhos arregalados. Na tela, o box do chuveiro tinha aberto e Bobby Ewing tinha saído de lá.

Trabalhando para...

Nós...

"Que merda eu estou fazendo aqui, Manga?", ele sussurrou.

"Nós dê mais alguns minutos, por favor, Jonsson!"

O chofer entrou e fechou a porta do carro sem dizer uma palavra.

"Agora você entende por que eu estava tão ansioso para pôr as mãos nessa arma?", Tage Sammer disse em voz baixa.

Ela acenou.

"Creio que sim, pelo menos."

"Bom. Eu gostaria que você esvaziasse o cofre particular do seu pai o mais rápido que você puder e entregue todo o conteúdo para mim. Posso pedir que faça isso por mim, Rebecca? Você tem minha palavra de que a arma irá desaparecer, que nem isso nem os passaportes irão aparecer em lugar algum que possam ser mal-utilizados."

Ela pensou por alguns segundos.

"A arma não está mais no cofre particular..."

"O quê?"

"Eu a removi para outro cofre no dia em que a encontrei, abri uma conta com o meu próprio nome."

"Ah, entendo. Bem pensado, Rebecca!"

"Tenho os passaportes em casa. Irei ao banco logo cedo amanhã de manhã. Te ligo assim que tiver terminado."

"Excelente, Rebecca, você nunca me desaponta! Se ao menos alguns dos meus colegas fossem como você!"

Ele deu uma batidinha no seu joelho e ela se sentiu grata por aquele toque de reconhecimento.

"Sem problemas, tio Tage", ela murmurou.

"De volta a Fredhäll, por favor, Jonsson", ele disse, tocando no ombro do chofer. "Srta. Normén precisa ir para a cama, ela teve um dia muito cansativo..."

"Certo, HP, deixe-me te explicar", Manga começou. "Você está aqui pelas razões que Nora já tinha te informado. Nós vamos dar fim à Fortaleza, e impedir que a PayTag e o Mestre do Jogo consigam o monopólio ilimitado do passado das outras pessoas."

"Er, espere um minuto..."

Manga levantou a mão e ele parou.

"Eu sei que você tem muitas perguntas, HP..." Ele olhou para o relógio. "Mas o tempo urge. Eu tive que achar um lugar para me encontrar com você em curto prazo, um lugar onde eles não pensassem em procurar."

Ele gesticulou em direção ao teto com sua mão.

"Esse é um dos lugares de encontro do próprio Jogo, e é por isso que está livre dos olhos e ouvidos curiosos. Mas não podemos ficar aqui por muito tempo. Não contávamos que você fosse desmaiar..."

Olhou para o relógio mais uma vez.

"Entrei um bom tempo atrás. Eu tinha amigos que já estavam envolvidos com o Jogo, e basicamente recebi um convite para ajudá-los. Assim como você, comecei por baixo, algo legal a se fazer. À medida que o tempo passava, fui ficando mais envolvido, e gostava da sensação de pertencer a algo maior, algo que a maioria das pessoas não conhecia."

HP concordou relutantemente.

"Estou ouvindo."

"A coisa maior que descobrimos logo cedo foi que, através do Jogo, era possível de fato influenciar eventos, fazer a diferença. Lançar uma luz sobre coisas que outras pessoas preferiam esconder. Segredos que aqueles no poder queriam manter embaixo dos panos. Investigações que estavam enterradas, repórteres que tinham sido varridos para debaixo do tapete ou silenciados. Um monte de pequenas missões, todas reunidas, depois podíamos dar a deixa para a mídia ou publicar o que achávamos em vários sites de denúncias. Fizemos um monte dessas coisas no início..."

"Mas?"

Manga olhou para Nora.

"Meus amigos e eu apenas enxergávamos uma fração do que estava acontecendo. Sempre foi esse o caso." Manga continuou:

"O Jogo como um todo está dividido em pequenas células, para que o Mestre do Jogo se torne basicamente a única pessoa que pode ver o quadro inteiro. Com o passar do tempo, foi se tornando mais claro que ele estava mudando de direcionamento. O Jogo foi ficando cada vez mais fechado, e as escolhas dos Jogadores foram diminuindo, enquanto as missões foram se tornando mais obscuras. Gradualmente, o restante de nós perdeu qualquer influência que tinha, e tudo passou a ser controlado pelo Mestre do Jogo. Estava ficando gradualmente mais óbvio que ele estava explorando o Jogo para ganhar poder para si mesmo. Então quando a PayTag..."

"Onde eu me encaixo nisso tudo?!", HP interrompeu. Manga pareceu ter ficado claramente desconcertado com a pergunta inesperada e demorou alguns instantes para recuperar o raciocínio.

"Bem, parar ir direto ao ponto, você pode dizer que grande parte do que conseguiu fazer foi feito dentro dos limites do Jogo. Servindo aos propósitos do Mestre do Jogo, por assim dizer..."

Manga deu um sorriso incerto para HP, como se esperasse por uma reação.

"M-mas eu explodi a fazenda de servidores. Eu dei uma porra de um sério chute no saco deles, deixei o sistema deles fodido por meses, esvaziei a conta bancária, afundei a ArgosEye... Não foi?!", ele acrescentou quando Manga não respondeu nada.

Podia ouvir o quanto sua voz parecia fútil.

"Como eu disse, tentei te ajudar, estava de fato tentando tirar você disso tudo", murmurou Manga.

"Mas após os incêndios..." Ele trocou um olhar rápido com Nora. "Após os incêndios eu concordei em ajudar. O Mestre do Jogo me prometeu que deixaria você ir quando tudo estivesse terminado."

Olhou para o chão.

"Eles esvaziaram o prédio em Kista um dia depois que você e Rehyman estiveram lá. Se mudaram para outro local, mais seguro. Você explodiu um prédio vazio, apenas isso. Eu queria ter te explicado tudo milhares de vezes, mas enquanto eles estivessem te vigiando, seria impossível..."

HP respirou fundo mais uma vez, engasgando com o ar.

"Então tudo aquilo foi planejado, eles apenas me deixaram ir embora com o dinheiro? Mas por quê?"

"O Jogo precisava de um ataque, algo que não pudesse ser rastreado, para que fosse conectado à cúpula da UE. O dinheiro foi sua recompensa por sobreviver ao seu próprio Jogo Final e, assim como eles esperavam, você pegou o dinheiro e fugiu do país. Sem testemunhas, sem rastros..."

Ele sacudiu a cabeça lentamente.

"Até então tudo tinha saído exatamente como o Mestre do Jogo prometera. Tanto você quanto Becca estavam fora."

"E quanto a depois – Dubai, ArgosEye?"

Manga fez uma careta.

"Obviamente, eu devia ter percebido que é o Mestre do Jogo quem estabelece as regras. Que é ele quem decide quando o Jogo começa e termina. Evidentemente, você era um recurso muito valioso para eles simplesmente te deixarem ir. Eu estava longe e ouvi por acaso que você estava envolvido de novo, mas aí já não havia mais muito o que eu podia fazer. Pedi a um amigo que mantivesse um olho em você e me enviasse relatórios sobre o que estava acontecendo..."

"Quem?"

Manga deu de ombros.

"Importa? De toda forma, você logo entrou em contato, quando precisou do cavalo de troia. Me contou sobre a ArgosEye. E isso me colocou em uma posição difícil. Eu deveria te ajudar diretamente ou checar primeiro com o Mestre do Jogo?"

Manga esticou as mãos em seu colo.

"Você ligou para o Mestre do Jogo..."

HP pensou por um momento:

"Então foi por isso que eu não consegui achar qualquer informação sobre o Jogo. Você desenhou o programa de espionagem para que apenas vazasse informações que não fossem sobre eles."

Manga negou com a cabeça.

"Eu na verdade sugeri isso para o Mestre do Jogo, mas ele disse que não seria necessário. Fui instruído a ajudar você o máximo que pudesse. Demorei um tempo para entender..."

HP abriu a boca para falar, mas demorou para encontrar as palavras certas.

"Certo, espere... E-então você quer dizer que a ArgosEye..."

"...nunca de fato esteve escondendo qualquer segredo sobre o Jogo...", Manga concluiu.

"M-mas... eles eram parceiros do Jogo, não? A PayTag estava prestes a comprá-los, e..."

Manga balançou a cabeça.

"Pense a respeito, HP. Quem te disse sobre a aquisição da PayTag? Aposto que não foi Philip Argos ou ninguém mais que trabalhava lá, foi?"

A mente de HP vagou sem rumo e demorou um tempo para achar a resposta correta.

"Er, não. Foi Monika, a irmã de Anna Argos, ela me disse isso em Lidingö. Ela disse que Anna tinha se oposto à venda e, por isso, foi assassinada..."

"Certo", Manga concordou, "Me deixe explicar..."

Ele trocou mais um olhar com Nora, checou o relógio, e chegou mais perto de HP.

"A PayTag nunca esteve interessada em comprar a ArgosEye. Eles já tinham comprado outra empresa basicamente na mesma linha de negócios a preço de banana, e estavam no processo de montar um time executivo decente. O que Philip Argos estava planejando era uma flutuação perfeitamente simples no mercado de ações. Se tivesse obtido sucesso, então a PayTag teria uma indesejada competição..."

HP se contorceu.

"O quê? Você quer dizer que Monika Argos mentiu para mim? Fingiu que a flutuação era de fato uma aquisição? Por que diabos ela teria feito isso?"

"Por dois motivos bem simples, na verdade... Primeiro e mais importante, porque você estava à mão e embarcou na primeira chance de ajudá-la a sabotar os planos de Philip Argos..."

HP concordou sem muita vontade.

"E a outra razão...?"

"Bem, pergunte a você mesmo, de quem foi essa ideia? Quem mais provavelmente gostaria da ideia de Philip Argos pagar a você muito mais do que o valor de suas ações? Seria um verdadeiro bônus quando o cavalo de troia de fato se instalasse no navio de Philip e ele terminasse com sua reputação arruinada e nenhum apoio financeiro..."

Manga olhou para HP como se estivesse esperando uma resposta instantânea. Mas o cérebro de HP estava bem, bem atrás.

"Pense, HP...", Manda disse, mais devagar. "Quem odiava Philip Argos o bastante para bolar uma bela de uma vingança tão elaborada como essa?"

Ele pegou um celular de metal brilhante com tela de vidro e HP estremeceu involuntariamente.

Na tela havia a foto de uma mulher com cabelos escuros cortados bem curtos, sentada a uma mesa de restaurante. Ela segurava uma taça de vinho em uma das mãos e parecia estar fazendo um brinde com um homem que estava de costas para a câmera.

A mulher parecia vagamente familiar, mas ele não conseguia reconhecer de onde.

"Olhe um pouco mais de perto, e ignore a cor do cabelo", disse Manga.

HP fez o que ele pediu. E de repente viu algo. Sua postura, a forma como ela olhava para aquele homem. Mas era impensável. Impossível!

"Esqueça Monika", Manga continuou. "Estamos falando sobre uma pessoa seriamente fria. Alguém que literalmente pisaria em cadáveres para conseguir o que quer. Até mesmo o dela...?"

Passou para uma foto mais nítida no seu celular, e dessa vez o homem se tornou mais visível. Era Mark Black. Mas HP não podia absorver aquilo tudo de imediato.

"Ela se chama Anthea Ravel hoje em dia", continuou Manga pacientemente. "Trabalha para a PayTag, está de fato lá, fazendo com que os negócios corram bem. Ravel. Um nome adequado em vários aspectos, na verdade. Uma palavra de Jano..."

"Que porra é essa que você está dizendo", grunhiu HP distraidamente, enquanto permanecia lá, sentado, com seus olhos colados na tela.

"Uma palavra de Jano pode ter dois significados opostos. Como *tela*, que pode significar tanto esconder como revelar. Jano, em relação ao deus romano de duas faces..."

Manga segurou o celular ainda mais perto do nariz de HP.

"Duas faces, entendeu?"

"Anna Argos", HP murmurou, incapaz de realmente acreditar no que dizia.

"Você precisa ter cuidado, Rebecca, me prometa isso", disse Tage Sammer enquanto o carro parava encostando na calçada e o chofer saía para abrir a porta para ela.

"Não apenas quando for no banco. O Jogo tem olhos e ouvidos em todo lugar, e Magnus Sandström é uma pessoa extremamente perigosa. Você não pode confiar em nada que ele lhe diga. Muito provavelmente ele tem cozinhado vocês dois. Plantando histórias, organizando encontros..."

Ela balançou a cabeça.

"Eu simplesmente não consigo acreditar. Nos conhecemos desde que éramos crianças. Manga era bom, um bom sujeito."

"É claro, compreendo que é difícil de absorver. Mas Sandström tem trabalhado para o Jogo já por um tempo, um longo tempo agora. Atualmente, ele tem uma posição de destaque, possivelmente o mais alto posto. Henrik já escapou das nossas mãos, e agora receio que Sandström o esteja usando, e esteja bem adiantado em virar nossas próprias armas contra nós. Gostaríamos muito de conseguir alcançá-los antes do casamento, antes da história se repetir..."

A porta do carro se abriu e ele parou abruptamente.

"Me prometa que você vai cuidar bem de si mesma, minha querida Rebecca. Se você conseguir falar com seu irmão, deve me ligar de imediato.

Tentarei ajudar a ambos da melhor forma que puder, mas até que Henrik esteja a salvo sob nossa custódia, temo que não podemos manter mais nenhum contato direto."

Ela concordou.

"Eu compreendo."

"Bom. Eu realmente lamento que tudo tenha chegado a esse ponto, Rebecca, do fundo do meu coração. Parte da responsabilidade recai sobre mim, eu sei. Se eu tive que usar táticas heterodoxas, deveria ter me assegurado que Stigsson deixaria HP quieto, mas eu tinha esperanças de que ele pudesse voltar a si. Agora você é obrigada a ter que lidar com tudo isso. Não desejaria esse tipo de provação a ninguém, muito menos a você. Verdadeiramente, espero que você possa me perdoar."

Ela não respondeu, mas se inclinou e lhe deu um beijo na bochecha.

A porta do carro fechou atrás dela, e alguns instantes depois ela estava parada sozinha na rua.

"Bingo!" Manga sorriu. "Não é um mal negócio, certo? Anna Argos se vinga, a PayTag se livra da concorrência e o Mestre do Jogo recebe seu pagamento. Tudo que era preciso para fechar o plano era um Jogador adequado e uma forma de motivá-lo a voltar ao ninho de vespas. E de repente sua aposentadoria precoce chegou ao fim..."

HP estava sacudindo a cabeça sem conseguir acreditar. O que Manga estava dizendo obviamente soava como loucura total. Uma teoria da conspiração de primeiro nível...

Mas, por outro lado, os limites da lógica estavam tão distantes dele agora que não havia sentido em tentar enxergar onde tais limites estavam.

Anna Argos, ainda viva...

Nesse caso a vadia filha da puta o tinha feito ser preso e torturado pela suspeita de tê-la matado, para depois ser deportado, e tudo para que se motivasse a ponto de querer sua própria vingança. E esse tempo todo ela estava levando uma vida de luxúria em uma praia em algum lugar com um novo nome, enquanto esperava para que as cirurgias plásticas em seu rosto cicatrizassem.

"Então, todo esse trabalho de derrubar a ArgosEye foi pra nada...?", ele murmurou.

"Não, não, de forma alguma!"

Manga balançou a cabeça com um vigor exagerado.

"Philip Argos talvez não seja um assassino, mas ele ainda era um cara mau em tempo integral. Apenas pense no que eles fizeram com você. E o que eles estavam fazendo naquela empresa realmente fedia..."

"Mas agora a PayTag e Anna Argos estão fazendo a mesma coisa, apenas com um novo nome..."

"Infelizmente, parece que sim, o que nos leva de volta ao que eu estava dizendo sobre o compasso moral oscilante do Mestre do Jogo..." Manga fez uma nova careta.

"Qual é o nome da nova empresa da PayTag?"

"Sentry Security..."

Seu cérebro fez a sinapse correta quase imediatamente dessa vez.

"Sentry? Merda, é onde..."

"...Rebeca trabalha. Exatamente. Está começando a ver como tudo se encaixa?"

Manga checou a hora provavelmente pela décima vez.

"Perdão, mas temos que sair em breve. Kent arrumou um lugar onde você pode se esconder até que estejamos prontos para partir. Você vai ter que..."

"Escute, nesse momento estou a quase um milímetro de ter um sério derrame, então não me diga o que tenho que fazer! Como você já deve ter percebido, sua credibilidade não está na porra do céu nesse momento. Me dê uma razão porque eu não devo simplesmente me esconder em algum buraco e esperar isso tudo passar."

"Porque precisamos de você, HP!"

Manga estendeu suas mãos.

"Eu entendo, posso ver porque você está sendo tão cético. Não posso negar que te enganei com força. Sem dúvidas! Mas tudo o que tenho feito tem sido para ajudar você e a Becca, eu juro!"

A porta se abriu e Jeff surgiu.

"Alguém acaba de usar um cartão de acesso lá em cima", ele sussurrou. O elevador já está descendo, precisamos ir agora!"

Manga e Nora se entreolharam.

Mas HP não se mexeu.

"Vamos, HP, temos que sair! Eu te explico mais no caminho. Se eles nos acharem aqui embaixo, está tudo acabado..."

"Não até você me dizer quem são *eles*..."

"Equipe de transporte local, a polícia – quem se importa?", Jeff surtou. "Bota essa porra dessa perna pra andar ou vou ter que te carreg..."

Manga levantou a mão e Jeff parou instantaneamente.

"Eu te conto mais depois, HP, prometo. Mas agora você tem que ir. Sei que é pedir muito, mas você precisa confiar em mim. Se a polícia te pega, estamos todos fodidos..."

HP olhou severamente para o rosto de Manga por alguns segundos antes de se levantar relutantemente.

Eles correram pelo túnel. Nora na frente, depois ele e Manga, com Jeff na retaguarda. HP não conseguia deixar de olhar por sobre os ombros

Tentou dizer algo a Manga, fazer mais perguntas, mas a velocidade e a subida íngreme estavam deixando seus exaustos pulmões ocupados.

As cabanas desapareceram além da curva do túnel e, após alguns metros, Nora desacelerou.

"Não consigo entender tudo isso", HP suspirou para Manga. "O Jogo controla a PayTag. Black trabalha para o Mestre do Jogo..."

Estava ofegante.

"Não, não, absolutamente não", Manga retrucou. "A PayTag é comandada por uma fundação secreta. Nós temos nossas teorias sobre quem está por trás disso tudo, mas isso é uma outra história. Para começar, a PayTag foi apenas uma das muitas empresas que contrataram o Jogo. Mas desde o ano passado ou mais eles têm sido praticamente o único cliente do Jogo..."

Nora parou de repente e os outros também foram forçados a fazer o mesmo.

Ela ergueu umas das mãos. Por um breve momento, o barulho distante da ventilação de ar e a respiração problemática de HP eram os únicos sons no local.

Depois houve um leve barulho áspero ritmado em algum lugar à frente deles.

Era fácil reconhecer o que era. Pegadas, provavelmente de mais de uma pessoa.

Um sinal de três notas estridente ecoou pelas duras paredes e fez com que pulassem.

"Um rádio, deve ser alguma equipe do metrô!", Jeff grunhiu.

"Para trás", disse Nora rapidamente, e começou a correr de volta por onde vieram.

"Mas aí estaremos correndo direto para os braços de quem quer que...", Jeff protestou.

"Quieto!", ela surtou. "Apenas acompanhe..."

Eles começaram a correr.

"Então você e seus amigos estão planejando uma rebelião. Um pequeno golpe no Palácio...", HP sussurrou.

"Algo do tipo", retrucou Manga. "O Jogo pode ainda ser usado de uma forma positiva. Mas nós temos que cortar os laços com a PayTag e nos livrar do atual Mestre do Jogo."

"O velho Sammer?"

Manga tomou um susto e quase parou.

"Você o conheceu?"

"No inverno passado, lá no cemitério de animais, depois da torre Kaknäs... Becca pensa que ele é um dos antigos colegas do papai. Ele é?"

"Aqui!" Nora parou bruscamente e apontou para a parede do túnel. Havia uma escotilha de metal enferrujada escondida entre dois grossos canos.

Jeff abriu caminho entre eles. De um pequeno suporte em seu cinto ele puxou um canivete suíço. Alguns instantes depois ele tinha aberto a escotilha, revelando um buraco escuro.

Foram atingidos por um morno sopro de ar fedido de esgoto.

Nora não hesitou, apenas se esgueirou entre os canos e abriu passagem.

"Vá com ela", disse Manga, apontando para o buraco. "Nora irá cuidar de você. Jeff e eu ficaremos para trás e fecharemos a escotilha atrás de vocês. Há uma outra passagem pela estação Slussen, com um pouco de sorte chegaremos lá a tempo..."

"M-mas... er, espere", HP protestou.

"Vai andando", rosnou Jeff. "Eles chegarão a qualquer minuto."

HP dirigiu a Manga um olhar raivoso.

"Nós dois ainda temos muito o que conversar..."

"Com certeza, eu prometo, HP. Vamos falar sobre tudo o que for preciso, mas até lá você tem que confiar em mim. Agora anda, caralho!"

HP hesitou por mais alguns segundos. O barulho do túnel à frente estava mais audível agora. Passos pesados, provavelmente botas. Vozes indistintas pela escuridão, seguidas por um inconfundível som de estática de rádio. HP respirou fundo e mergulhou na escuridão.

A importância de ser prudente 19

Ela realmente deveria estar dormindo.

Era o meio da noite, seu dia tinha sido cheio, para dizer o mínimo, e fazia mais de uma hora desde que tinha tomado o remédio para dormir.

Mas, em vez disso, estava inteiramente acordada.

Seu laptop descansava na mesa da cozinha, ao lado de um prato com os restos de uma torta de carne Gorby esquentada no micro-ondas que se forçou a comer como uma espécie de jantar. Pensamentos voavam dentro de sua cabeça.

Não sabia mais no que acreditar.

A história do tio Tage era bem impressionante, mas ao mesmo tempo não estava longe de ser possível. Quando você olhava para todas as evidências e lançava mais um número de outros eventos e suspeitas, tudo realmente se encaixava.

Alegação número um: *Papai e André Pellas/Tage Sammer serviram juntos no Chipre*.

A fotografia do cofre particular e outra que ela achou em um livro pareciam apoiar essa teoria.

Alegação número dois: *Papai e alguns colegas tentaram contrabandear armas em uma tentativa de impedir o lado mais fraco de ser massacrado.*

O evento em si certamente aconteceu, e se você aceitasse o fato de que papai serviu no Chipre, então a suspeita podia muito bem ser verdade.

E então?

Papai deveria supostamente ter continuado a trabalhar para o Exército de alguma forma... como um mensageiro que precisava de passaportes falsos devido à natureza sensível de seu trabalho? Isso não era algo tão improvável quanto ela havia inicialmente pensado. Até há pouco tempo, a Guerra Fria parecia algo bem distante para ela, o tipo de coisa que você via em filmes e em documentários na televisão.

Mas naquela época, nos anos 1960 e 1970, tinha sido algo verdadeiramente bem real.

O período pós-guerra tinha começado a fasciná-la mais do que ela gostava de admitir. Algumas horas na Wikipédia era tudo o que precisava para ter uma ideia melhor de como as coisas tinham sido. A Suécia tinha tido uma das maiores forças aéreas do mundo, com vastos hangares subterrâneos, como aquele em Tullinge.

Não existiam muitas pessoas, naquela época e agora, que duvidavam do fato de que o inimigo vinha do Oriente, e que os aliados da Suécia vinham do Ocidente. A Suécia tinha se mantido neutra, mas ao mesmo tempo o Instituto de Rádio Defesa Nacional estava monitorando a União Soviética e, muito provavelmente, passando informações para a Otan. Nada daquilo era de fato novidade, mas não era o tipo de coisa que você normalmente conversava a respeito durante o café, exceto talvez no ano em que mergulhadores acharam destroços de um dos aviões de vigilância derrubado pelos russos sobre o mar Báltico.

Mas a parte que mais a fascinava era algo totalmente diferente, algo que ela não fazia ideia a respeito até algumas semanas atrás. Se não fosse pelos recortes de jornais nas paredes do quarto de Henke, ela provavelmente nunca teria feito essa conexão.

A Suécia tinha recentemente entregue três quilos de plutônio para os EUA. De acordo com a declaração oficial, o plutônio tinha sido usado em projetos de pesquisa durante os anos 1960 e 1970, e desde então tinha permanecido escondido em uma base militar subterrânea, provavelmente em algum lugar muito parecido com a Fortaleza.

Um projeto sueco de pesquisa sobre armamento nuclear, e depois o armazenamento de diversos quilos de plutônio potencialmente letais por cerca de quarenta anos soava extremamente inverossímil. A coisa toda deve ter sido segredo do mais alto nível!

Além dos recentes artigos de jornais sobre a remessa, para sua surpresa ela achou na Wikipédia uma grande quantidade de informação sobre o assunto:

Houve duas linhas diferentes de pesquisa. O Programa-S deveria desenvolver formas de contra-atacar um ataque nuclear. O que parecia inteiramente lógico, considerando o clima naqueles tempos. Ela tinha visto filmes em preto e branco de informação pública no Discovery Channel datados da época da crise dos mísseis de Cuba, em que crianças norte-americanas mergulhavam embaixo de suas mesas.

Abaixe-se e proteja-se!

Como se isso fosse ajudar...

Mas o consideravelmente mais confidencial Programa-L era um assunto inteiramente diferente: pesquisa e desenvolvimento de armas nucleares suecas. Se não houvesse tantas evidências documentadas, ela teria descartado aquela ideia toda como fantasia. Como o falso documentário televisivo declarando que a Copa do Mundo de 1958 na verdade não aconteceu na Suécia, ou a teoria de que Neil Armstrong estava na verdade pulando em uma caixa de areia em um estúdio de Hollywood em vez de na superfície da Lua.

Os restos do primeiro reator de testes, contudo, estavam preservados em uma rocha embaixo do Instituto Real de Tecnologia, basicamente enterrado confortavelmente no meio da cidade. Isso já tinha sido confirmado pelo próprio site do Instituto.

Um segundo reator em Älta, logo na saída da cidade, tinha o intuito de desenvolver plutônio de grau elevado. Assim como os iranianos estavam buscando fazer, há cinquenta anos.

Mas acabou se mostrando algo mais difícil de realizar do que o antecipado. Então os militares começaram a adquirir plutônio de outras fontes. E é aí que a Wikipédia se torna realmente interessante.

> Em 6 de Abril de 1960, o Conselho de Segurança Nacional dos EUA decidiu que a política norte-americana não apoiaria o armamento nuclear sueco, nem qualquer programa sueco de desenvolvimento de armamento nuclear, por ser considerado mais benéfico para a defesa do Ocidente contra a União Soviética que a Suécia dedicasse seus recursos limitados às armas convencionais, no lugar de investirem em um custoso programa nuclear.

Em outras palavras, os norte-americanos tinham formalmente rejeitado o Programa-L. Então, não houve ajuda da parte deles com o armamento nuclear. Mas os parágrafos seguintes fizeram os pelos de seus braços se eriçarem.

> Apesar das políticas delineadas em 1960, representantes suecos em contato com o Exército dos EUA conseguiram acesso a informações confidenciais durante os anos 1960, parcialmente relacionadas a táticas de armamento nuclear e as demandas que isso exigia em termos de recursos de vigilância e tomadas rápidas de decisão, e outros dados parciais sobre física nuclear.
> Entre outras coisas, os representantes suecos foram capazes de inspecionar o sistema de mísseis Honest John MGR-1, que poderia ser armado com ogivas nucleares W7 e W31. Os EUA também tinham desenvolvido a bomba W48, que podia ser lançada de canhões de 155 mm, com um efeito explosivo de 0.72 mil quilotons. No entanto, nenhum plano para armamento nuclear sueco de pequena escala jamais foi encontrado.

Honest John.

Earnest John.

John Earnest...

John Earnest de Bloemfontein, África do Sul, com um monte de carimbos dos EUA em seu passaporte. E cuja fotografia tinha um retrato de seu pai...

Isso dificilmente seria uma coincidência.

Eles deviam estar rastejando em total escuridão por ao menos 45 minutos. O chão do túnel era duro, e suas mãos e joelhos estavam protestando cada vez mais alto. À esquerda dele, corriam vários canos grossos, e um deles estava extremamente quente.

Já tinha queimado seu braço esquerdo uma dúzia de vezes, e o suor começava a escorrer de suas costas e de seu rosto. Ele bem que precisava de uma pausa vários minutos antes, mas não tinha nenhuma vontade de parecer patético para Nora. Se ela podia, ele também podia!

Ele se mantinha o mais próximo dela possível, ouvindo seus movimentos e sua respiração no túnel à frente.

Sentiu uma movimentação nas costas de uma das mãos e por um momento pensou que tinha chegado perto demais dela. Depois percebeu que aquilo não parecia com uma bota de couro, mas com algo úmido e peludo.

Uma sensação de cócegas no interior de suas calças fez com que ele se sacudisse e batesse seu braço no cano quente mais uma vez.

"Merda!", ele gritou.

"Você está bem?"

Uma fraca luz azulada apareceu na sua frente, depois balançou ao redor em sua direção. Ela estava usando o celular como uma lanterna.

"Um rato de merda", ele murmurou. "Odeio ratos..."

"Podemos parar um pouco se você quiser?"

"Não, não, estou bem. Vamos em frente."

Mas Nora parecia ter percebido o quão cansado ele estava. Ela se virou e sentou na passagem, puxando suas pernas para cima e pressionando sua bota contra o cano quente. Ela tirou um tubo de tabaco de mascar do bolso da calça, e, sem demonstrar qualquer intenção de oferecer um pedaço a ele, enfiou um dos pequenos pedaços entre os lábios.

"Nós estamos provavelmente chegando perto..." Ela colocou o tubo de volta no bolso.

"Perto de onde? Da estação de Slussen, ou o quê?"

Ele esticou suas pernas e tentou sentar na mesma posição que ela.

"Pensei nisso de início, mas a curvatura do túnel está na direção contrária. Estamos seguindo para o sul. Creio que devemos estar próximos de Medborgarplatsen..."

"Certo... e quando chegarmos lá, para onde iremos depois? Onde é esse apartamento que Manga mencionou?"

"Você verá..."

Ele tentou olhar sério para ela, mas a luz do celular estava voltada para ele e o rosto dela estava no escuro. Ela era na verdade bem legal. Claramente a pessoa mais esperta do grupo.

Kent Hasselqvist era um patético medíocre viciado em aprovação, Jeff, o Musculoso, fazia juz a todos os preconceitos que ele tinha sobre maníacos de academia tatuados com cabelo raspado. Mas Nora era diferente.

"Então, qual era o teu papel no Jogo?", ele disse em um tom de voz que deveria soar relaxado e não desconfortavelmente interessado.

"Quer dizer, você era uma Jogadora ou uma Formiga?", ele acrescentou bem menos confiante quando ela não respondeu. "Ou algum tipo de funcionária como o Manguelito?"

Ainda sem resposta.

"Certo, Greta Garbo. Perdão por perguntar...", ele murmurou e voltou pra posição anterior para rastejar.

"Vamos?", disse, acenando para o túnel à frente.

Ela continuou sentada mais um pouco.

Depois se virou e desligou o celular.

"Uma Jogadora, assim como você", disse, e começou a rastejar para longe.

Rebecca continuou lendo aquela página. A maior parte da informação parecia vir da Biblioteca Real, então fazer uma visita parecia como o próximo passo natural.

Em 1968, quatro anos após seu pai ter sido demitido do Exército e, de acordo com Sammer/Pellas, começar a trabalhar como consultor, a Suécia assinou o Tratado de Não Proliferação e gradualmente começou a se desfazer de seu programa de armamento nuclear, que terminou oficialmente em 1972. Mas a seção seguinte na Wikipédia parecia contradizer aquilo:

```
Contudo, atividades relacionadas ao armamento
nuclear continuaram no Estabelecimento
de Pesquisa de Defesa Nacional mesmo depois
do trabalho de desarmamento ter sido concluído
em 1972, embora em uma escala consideravelmente
menor. (Os recursos em 1972 eram aproximadamente
um terço do nível de 1964-65). Pesquisas sobre
formas de se proteger contra os efeitos das
armas nucleares, desconectadas de qualquer
pesquisa em construção ativa de capacidade
independente, continuaram.
```

Tudo isso se encaixava perfeitamente com o que tio Tage havia dito. Um grande projeto de pesquisa ultrassecreto que exigia contato clandestino com outros países. Um projeto que foi posteriormente fechado, mas continuou em uma escala menor, ainda mais secreto do que antes. Retumbando abaixo da superfície com a aprovação tácita daqueles no poder.

Em 1985, contudo, um artigo de jornal atraiu um bocado de atenção e o governo Palme de repente ficou com medo. Uma investigação oficial foi montada e levou dois anos para ser concluída, já que toda pesquisa sobre armas nucleares tinha realmente parado em 1972, assim como o governo declarava o tempo todo.

Dois anos foi tempo o bastante para fechar tudo, cortar todos os contatos e apagar todos os traços pra sempre. Uma solução que servia a todos os envolvidos. Ou ao menos a *quase* todos...

Se estivesse certa, se o Programa-L e o seu sucessor ainda mais secreto tinham sido o projeto de Sammer e, por extensão, o de seu Pai, então isso significava que eles foram ambos conclusivamente removidos dele em 1985 ou 1986.

O contrato do cofre particular tinha sido assinado em 1986, e esse também tinha sido o período em que papai tinha começado a mudar. Ele se tornou amargo, zangado – e consideravelmente mais violento. Foi nesse momento que ele tomou posse do revólver, ou talvez já o tivesse há mais tempo, possivelmente dado por tio Tage como uma forma de proteção?

O programa de armas nucleares estava originalmente sob o comando da Forças Aérea, e, diferentemente do Exército, seu pessoal possuía esse tipo de revólver, calibre .38.

Isso explicaria porque tio Tage estava tão ansioso em obter a arma, além do fato de querer mantê-la longe de Henke.

Ele queria se livrar do revólver de vez.

Antes que pudessem rastreá-lo até eventos do passado...

Agora, o que é que ele queria dizer com aquilo?

E, além disso, havia suas palavras enigmáticas no final da conversa, que ela realmente não tinha processado antes que estivesse fora do carro. Algo sobre *não deixar que a história se repetisse*.

Ela fechou os olhos, descansou a cabeça nas mãos e massageou as têmporas.

Deus, que história!

“Você chegou longe no ranking?”, ele perguntou em direção às pernas dela.
“Cheguei a ser vice-líder, Jogador número 128. Cheguei até a ficar na liderança por um tempo, mas imagino que você já saiba de tudo isso...”

Nenhuma resposta.

Ela realmente estava se fazendo de difícil...

Sem qualquer aviso, Nora de repente parou e ele quase bateu com a cabeça em sua bunda. Não que isso fosse ser uma experiência de todo desagradável. Ele estava prestes a abrir a boca para dizer algo inteligente quando ela o cortou.

"Shhhh!"

Agora ele podia notar uma luz fraca mais a frente. Vinha através do teto do túnel, por algum tipo de grade ou algo assim. Havia um som vago de vozes na distância.

"Que horas são?", ele sussurrou.

"Cinco e meia."

Por um momento, pensou que ela se referia à tarde. Que eles tinham passado um dia inteiro rastejando pela escuridão. Mas obviamente não era o caso. Eles o tinham pego em Långholmen no meio da noite, depois tinham caminhado pelo túnel a tempo de ver os últimos trens circulando para a estação antes do sistema ser fechado.

Acrescente algumas horas de conversa e rastejando em túneis, e logo seria hora do café da manhã.

Nora continuou a se mover cuidadosamente, parando logo abaixo da grade. Ela levantou e ficou de cócoras, cuidadosamente se esticando em direção à luz. Sua cabeça sumiu de vista por um momento, e mesmo que pudesse ver o restante de seu corpo, sentiu-se estranhamente abandonado.

Logo estava de volta.

"Vamos!"

Acenou na direção dele.

"Depressa!", ela acrescentou quando ele falhou em se mover rápido o bastante. Ele rastejou para frente e ficou ao seu lado, tão perto que podia sentir a respiração dela em sua bochecha.

"Estação de metrô Medborgarplatsen." Ela apontou para cima. "A plataforma está vazia, mas a estação deve abrir a qualquer momento, porque consigo ouvir vozes. Temos que chegar lá antes do rush matinal...

"De outra forma pareceria estranho, não é?", acrescentou quando ele não parecia ter entendido o que ela queria dizer. "Duas pessoas esfarrapadas rastejando de um buraco do chão...?"

"Claro, é claro", ele murmurou.

Deus, como ele estava lento!

Ela ficou lá parada, mexendo em algum tipo de ferrolho, e depois abrindo a grade.

Pegou um pequeno impulso logo em seguida subiu.

"Aqui!"

Disse estendendo a mão em sua direção.

Por um momento, ele considerou ignorá-la, porque obviamente poderia subir sozinho de uma porra de um buraco sem ajuda. Mas seu corpo estava completamente destruído, e ele não tinha qualquer desejo de ficar preso na metade do caminho, como alguma espécie de nerd na aula de educação física. Então pegou sua mão, deu um impulso do chão e pulou em direção ao buraco. Ela praticamente o puxou sozinha para a plataforma.

"Vamos lá, eles começaram a deixar as pessoas entrarem, já ouço o barulho de chaves..."

Ela não soltou sua mão, colocando-o de pé, depois continuou arrastando-o até o meio da plataforma.

Da escadaria que levava à entrada no final, eles podiam ouvir um som metálico que parecia se aproximar. Mas não havia ainda sinal de qualquer passageiro matinal.

Dois pares de pernas em jeans azuis apareceram no campo de visão deles.

Depois, cintos com armas e algemas balançando, seguidos de jaquetas de uniforme azuis e duas cabeças com bonés.

Policiais – um homem, uma mulher.

Indo diretamente na direção deles!

Merda!

Por um momento, ele foi tomado pelo instinto de correr. Mas Nora ainda segurava sua mão, forçando ele a ficar calmo.

"Ponha seu capuz", ela sussurrou, depois começou a seguir lentamente em direção aos degraus mais próximos da escada da plataforma. Parecia haver vozes vindo daquela direção.

Ele fez como ela disse e vagarosamente puxou seu capuz sobre a cabeça.

"Já estamos atrasados, vamos!", alguém acima deles gritava.

Provavelmente a equipe da estação, prestes a abrir.

HP olhou cuidadosamente por cima dos ombros. A polícia estava chegando perto, se aproximando deles a cada passo.

Pareciam estar vindo diretamente em sua direção.

De repente ele percebeu o quanto seu casaco com capuz estava nojento. Manchas sujas por todo o tecido e marcas de queimado em uma das mangas. Nora estava em um estado similar. Não seria nada surpreendente se os policiais ficassem curiosos, eles pareciam um casal de vagabundos.

Nora apertou a mão dele e ele se viu apertando de volta. As escadas estavam ainda a dez metros de distância, e os policiais estavam muito mais perto do que aquilo.

Eles não iriam conseguir. A não ser que corressem...

Ele contraiu seu corpo, tentou soltar sua mão e se preparar para correr.

Mas ela não deixou.

Assim que os policiais se aproximaram, ela o puxou para perto, pressionou seus lábios contra os lábios dele e começou a beijá-lo com força.

O beijo o pegou completamente de surpresa, mas após alguns segundos ele se acostumou com a ideia e começou a beijá-la de volta. Seus lábios e língua eram tão macias como ele havia imaginado, mesmo que o leve mas não desagradável gosto de tabaco o tivesse surpreendido.

Ele colocou um braço ao redor de sua cintura e a puxou para perto.

Uma rajada de vento do túnel levantou os cabelos dela, fazendo cócegas na sua bochecha.

Mas quase não percebeu.

"Arrumem um quarto...", a policial soltou uma gracinha enquanto passavam por eles.

Alguns segundos depois, um trem entrou como um trovão pela estação.

Pessoas vinham correndo pelas escadas, forçando passagem por eles embora as portas dos vagões ainda não tivessem aberto.

Nora recuou e soltou seu pescoço e sua mão.

"Aqui", ela disse, pegando um envelope amassado do bolso de sua calça.

"Pegue o trem até o cemitério Woodland, Kent conseguiu um apartamento por lá. A chave e o endereço estão dentro do envelope. Entraremos em contato em alguns dias."

"Er, certo", ele murmurou, sem saber ao certo o que devia dizer, ou fazer, no caso.

"Esse é seu trem", ela disse com um sorriso, apontando em direção ao vagão a um metro ou mais de distância.

"Er, certo."

As mesmas palavras de novo. Ele realmente estava talentoso com as palavras hoje. Um verdadeiro conquistador.

De todos os lugares, cemitério Woodland. Quase de volta ao território de sua casa. O pequeno porão onde Fenster negociava seus bens roubados e onde HP tinha financiado praticamente boa parte de sua vida adulta.

Ele entrou no vagão e se virou.

Por alguns instantes ficaram ali olhando um para o outro.

"Incêndios", ela disse assim que as portas começaram a chiar.

"O quê?"

"Você me perguntou o que eu fazia para o Jogo."

"Certo..."

"A porta começou a fechar lentamente.

"Eu era uma incendiária..."

20 Um amigo

Um cachecol ao redor da cabeça, grandes óculos escuros, luvas, e uma capa de chuva azul. Parecia alguém saído de uma revista dos anos 1950, e definitivamente não era o seu estilo. Mas, por outro lado, era esse todo o sentido daquele pequeno disfarce.

Ela disse olá para o guarda na recepção e mostrou seu cartão de acesso. Era um homem diferente desta vez, ou ao menos ela achava que era.

"Pode entrar," ele disse, após ter passado o cartão dela pelo leitor.

"Obrigada."

Continuou até a câmara de ar. A grande mochila de praia que carregava no ombro estava friccionando levemente sua pele, mas ela trincou os dentes. Usou seu cartão mais uma vez e tentou parar de fitar as pequenas câmeras redondas no teto.

O plano era simples: abrir o novo cofre, botar a pequena caixa verde de metal na sacola e desaparecer pela porta, e nunca mais voltar.

Não havia tempo a perder. Mais cedo ou mais tarde Stigsson e sua trupe teriam acesso ao registro dos cartões de entrada e ligariam os pontos. Ela não podia deixar que achassem o revólver, porque iriam ligá-lo aos eventos no Grand Hotel e usar essa evidência irrefutável para dizer que Henke realmente pretendia assassinar Black. A solução mais simples seria entregar a arma ao tio Tage, assim como ela tinha meio que prometido. Mas agora aquele pensamento não parecia tão atraente como havia sido durante a conversa que tiveram no carro. Ah, que seja, ela poderia decidir isso depois, uma vez que tivesse conseguido retirar o revólver do banco.

A porta do outro lado da câmara de ar se abriu e ela pisou dentro da caixa-forte.

Tinha a mesma aparência que antes, mas, apenas para ter certeza, ela ficou ali parada ao lado da porta, tentando escutar se havia qualquer som de outros visitantes.

Tudo estava quieto e, após alguns segundos, ela seguiu em direção à passagem central.

Caminhou devagar a princípio, depois acelerou, como se estivesse com medo de que não fosse ter tempo suficiente. O som de seus saltos eram aguçados pelas paredes e criavam ecos estranhos nas salas de cada lado do caminho principal.

Enquanto passava pelo portão que levava ao salão onde estava a antiga caixa, ela não pôde deixar de olhar. O buraco na porta de bronze onde a fechadura tinha estado era claramente visível.

Lutou contra uma vontade repentina de parar e olhar mais de perto. Em vez disso, ela continuou, passou por mais dois portões até chegar ao que estava iluminado pela luz verde. Seu coração começou a bater mais rápido e ela pausou por alguns segundos para olhar ao redor. Uma das câmeras escuras e esféricas estava quase imediatamente acima de sua cabeça, e ela teve que fazer um real esforço para não olhar para cima.

Assim que entrou na pequena sala e achou a porta de seu próprio cofre particular, se sentiu muito mais calma. Tudo estava ok, a fechadura estava intacta e não havia sinal de que alguém tivesse tentado arrombá-la.

Pôs a chave no cadeado e depois olhou por cima dos ombros uma última vez para ter certeza. E então girou a chave.

Levou vários segundos para registar o que tinha encontrado.

A pequena caixa tinha sumido e o cofre estava simplesmente vazio. Vazio exceto por um pequeno objeto redondo no meio. Uma pequena esfera de vidro, talvez uns cinco centímetros de diâmetro.

Ela a apanhou com cuidado, segurando entre o dedão e o indicador. Sua mão direita de repente começou a tremer e por um momento ela estava preocupada que poderia derrubá-la.

Mudou rapidamente de mãos e segurou a esfera em direção à luz para examiná-la com mais cuidado, enquanto tentava fazer sua cabeça acompanhar a situação. Tudo parecia subitamente muito surreal, quase como um sonho. Podia ver diretamente através da esfera enquanto a girava cuidadosamente entre o dedo polegar e o indicador.

Em seu centro flutuava uma pequena bolha.

O apartamento não podia ter mais do que vinte e cinco metros quadrados de tamanho.

Uma minúscula cozinha que cheirava a fritura e outro quarto com um chão coberto por um tapete esponjoso, com uma cama retratátil da Ikea no meio, e um rolo de papel higiênico. Não exatamente o Hilton Hotel. E também estava quente como o inferno.

O sol da manhã vinha colocar as janelas em chamas, e as persianas pareciam estar absorvendo o calor tanto quanto o refletindo.

Ele ergueu a pequena garrafa transparente de remédios a sua frente e a chacoalhou. Cinco grandes pílulas balançaram lá dentro. Pelo que deveria ser a décima vez nos últimos cinco minutos, ele abriu a tampa e pegou uma lá de dentro.

Obviamente, deveria sair da cama, encher um copo de água morna na torneira da cozinha e engolir aquela porra.

Já tinha passado há muito da hora também, por sinal, uma vez que ele passou quase 24 horas adormecido ali. Ou seja, estava atrasado na sua medicação. Sua cabeça estava doendo de uma forma perturbadora e, apesar do calor, ele se encontrava tendo calafrios de instante em instante.

Ainda assim ele hesitava.

Devia ter enfiado o pote de remédios em sua jaqueta enquanto beijavam. Essa era a única explicação que conseguia encontrar.

Ele pôs a pílula de volta no pote, alcançou o maço de Marlboro que tinha comprado no caminho da estação e acendeu um deles.

Era incendiária...

Boa garota...

Realmente boa...

Havia um número de incêndios para escolher. A cabana de Erman. A loja de Manga. Sem mencionar seu próprio apartamento...

Faça sua escolha, basicamente...

Da primeira vez que tomou uma dessas pílulas para cavalo, ele ficou doente. Teve intoxicação alimentar depois, mas sua cabeça parecia diferente, ele percebia isso agora em retrospecto. E suas cãibras de estômago involuntárias que vieram nas águas do Pålsundet o tinham feito se sentir melhor quase imediatamente, o que definitivamente não era algo que normalmente acontecia após uma overdose de *vermedekibe*.

Se não tivesse ficado doente de repente, já estaria longe há um bom tempo agora. Teria partido para o interior e se escondido em um buraco fundo o bastante para deixar Saddam Hussein com inveja. Mas, em vez disso, ele terminou vagando por Långholmen, se sentido como um bosta até que teve a brilhante ideia de tirar um cochilo em um barco.

E aí tudo o que tiveram que fazer foi pescá-lo de volta, basicamente. E agora ele estava ali, no apartamento deles. Exatamente onde eles o queriam.

E tudo isso graças ao Manga.

Manga escroto de merda, que tinha obviamente fodido ele majestosamente. Não, imperialmente! Mas agora ele teria apenas que esquecer tudo o que tinha acontecido, e engolir aquela história de que ele tinha feito o trabalho sujo do Jogo esse tempo todo.

PORRA!!

Ele jogou a garrafa com as pílulas no teto, onde fez uma marca em uma das placas de gesso antes de quicar em direção à porta da frente.

Se ao menos ele tivesse um computador, poderia dar uma googlada e verificar alguns dos detalhes dessa merda de sopa que o Manga estava tentando fazê-lo engolir.

Mas não, aqui estava ele sem nenhuma banda larga, telefone, ou mesmo uma droga de uma televisão.

Como uma variação urbana de Erman, o Eremita.

Ah sim, Erman...

O pequeno pupilo do Mestre do Jogo, que era claramente uma das pessoas que usavam o escritório subterrâneo quando precisava. Um fora da lei que tinha saído da geladeira e conseguido cavar um lugar de volta bem perto da lareira.

Se é que ele já tinha realmente passado frio, claro.

Foi através de Manga que ele tinha achado Erman em primeiro lugar. Manga, que ele pensava conhecer de dentro pra fora. O mesmo Manga cujo primeiro Comodoro 64 HP tinha conseguido do Fenster em troca de três sons de carro roubados.

Manga, que sempre o ajudava, não importasse o quanto ele ficasse puto...

Ahquemerdadocaralho...!

Ele saiu voando da cama, tentando desesperadamente achar algo em que pudesse descontar sua frustração, mas acabou apenas correndo de um lado para o outro no chão. Sua dor de cabeça ficou pior com cada passo.

Uma decisão.

Ele basicamente tinha que tomar uma decisão.

Engolir o remédio, e com isso a história de Manga de que ele, Nora, Hasselqvist e os Músculos eram os caras do bem. De que eles tinham formado um grupo de resistência para derrubar o Mestre do Jogo.

Ou então ele podia não acreditar em nada daquilo...

Hora de tomar uma decisão, sr. Pettersson.

Vermelho

ou

Preto?

O revólver tinha sumido. Alguém tinha aberto seu cofre particular sem deixar traços, e tinha removido tanto a arma quanto a pequena caixa. Além dela, havia apenas uma pessoa que sabia onde a arma estava. Então ele tinha decidido não esperar ou, pior: ele não confiava nela.

Todas as bolhas estão condenadas a estourar mais cedo ou mais tarde...

Ela pegou seu telefone da bolsa, deslizou o dedo pelos contatos até achar o número correto.

"Olá, é Rebecca", disse quando a caixa-postal foi acionada. "Eu sei que só devo ligar para esse número em casos de absoluta emergência."

Pausou por um momento e respirou fundo.

"Mas eu creio que Henke está em uma situação ruim. Realmente ruim, e eu faria qualquer coisa para ajudá-lo. Qualquer coisa mesmo..."

O barulho fez com que ele pulasse da cama. A princípio, não conseguia se lembrar onde estava, mas quando compreendeu, e lembrou o que estava fazendo ali, tentou interpretar que barulho era aquele.

Tinha vindo da sala. A campainha, era óbvio. Deu alguns passos cuidadosos em direção à porta da frente, mas antes que chegasse lá alguém abriu a caixa de correio. Ele parou automaticamente e começou a dar alguns passos para trás, de volta para sala de estar.

O apartamento era no terceiro andar, muito alto para pular dali.

Se houvesse um incêndio, estaria fodido.

"Sou eu...", uma voz sussurrou pela caixa de correio. "Kent."

HP soltou a respiração. Foi em direção à sala e destrancou a porta.

Hasselqvist com um Q e um V se espremeu para dentro e passou direto por ele. Um cheiro azedo de suor em camisa de náilon invadiu as narinas de HP.

"Não se preocupe", ele disse antes que HP tivesse tempo de abrir a boca. "Não fui seguido, pus em prática todos os truques do manual."

Ele foi até a cozinha, se serviu de um copo de água e bebeu de um gole só. Depois mais um copo.

"Aqui", ele soltou, botando uma sacola de supermercado em cima do escorredor. "Imaginei que seus suprimentos estivessem provavelmente acabando."

HP abriu a sacola.

Leite, feijões cozidos, comida pronta, alguns vegetais e – SIM! – cigarros! Deus, que alívio! Ele conteve uma urgência repentina de beijar Hasselqvist, rasgou o pacote e tirou um Marlboro.

"Então, o que está acontecendo?" Ele deu algumas tragadas profundas. Hasselqvist não respondeu, apenas deu a HP um olhar de reprovação.

"Se você tem que fumar, vá para baixo do exaustor..."

"Claro..."

HP deu de ombros, mas se moveu um pouco mais pra perto do local indicado.

"Os outros estão a caminho", disse Hasselqvist. "Eles estarão aqui em cerca de uma hora ou mais. Você descobrirá mais quando chegarem. Jeff tem um plano para nos colocar dentro da Fortaleza."

"Certo. Então vocês não desistiram dessa ideia ainda..."

"Por que faríamos isso? Se conseguirmos derrubar a Fortaleza, tudo estará acabado..."

"Sim, claro..."

HP deu mais uma tragada.

“O-o que você quer dizer?”

“Nada, Kent, podemos conversar sobre isso mais tarde. Vou esquentar alguma gororoba, você quer algo?”

“Não obrigado, comi um cachorro-quente no caminho.”

“Certo, você que está perdendo...”

HP enfiou um hambúrguer no micro-ondas e o ligou na potência máxima.

“Por sinal, eu não estou chateado.”

“O quê?” HP se virou.

“Sobre o que aconteceu na rodovia E4. O gás lacrimogênio e tudo o mais”, elaborou Hasselqvist.

“Certo, isso é bom...”

“Digo, não foi realmente sua culpa... Só queria que você soubesse.”

“Ok.” HP não tinha certeza sobre o que Hasselqvist esperava que ele respondesse agora.

“Afinal de contas, não foi pessoal, não é?”

“Nah, claro que não...” HP soprou uma coluna de fumaça em direção ao exaustor.

Um breve silêncio se fez.

HP estava se contorcendo levemente. Ele tinha soltado o spray de gás lacrimogênio com tudo na cara Hasselqvist, o chutado no saco quando ele já estava no chão, e, além de tudo, tinha ameaçado esmagar o seu crânio. Mas naquela época ele era o Jogador 58, o adversário mais forte de HP, e alguém que ele suspeitava estar por trás de um grande número de coisas. Agora, em retrospecto, as coisas pareciam bem diferentes, de fato ele provavelmente devia... bem...

“Escuta, Kent...”, ele começou.

Mas o barulho do micro-ondas o interrompeu.

A caixa de diálogo se abriu alguns segundos depois que ela ligou seu computador. A princípio, ela pensou que era algum tipo de atualização de programa automática, e clicou no botão no topo à direita para minimizar.

Mas a janela permanecia aberta.

Ela tentou mais uma vez, mas quando aquilo também não funcionou ela tentou fechar o programa por completo.

Mas a janela se recusava em obedecê-la. Um bipe de dois tons soou, e a mensagem então apareceu:

```
Farook diz: Olá Becca, Manga falando. Recebi
sua mensagem, mas não pude ligar de volta.
O que aconteceu?
```

Por alguns instantes, ela ficou sem saber o que fazer. A caixa de diálogo não pertencia a nenhum dos programas de chat que ela normalmente usava, tinha certeza disso, então devia ter conseguido instalar o programa em seu computador remotamente. Mas como ele tinha conseguido obter seu endereço IP?

Uma nova mensagem apareceu:

Farook diz: Não precisa se preocupar, esse programa é encriptado e nossa conversa não pode ser hackeada...
Farook diz: Me diga, o que está acontecendo com HP?

Ela moveu o cursos e clicou dentro da pequena caixa de texto, que agora mostrava seu nome.

Becca diz: O quanto você está envolvido no Jogo?

Demorou um minuto ou mais para a resposta aparecer.

Farook diz: Com quem você tem conversado?
Becca diz: Um velho amigo.
Farook diz: Pensei que eu fosse um velho amigo.
Becca diz: Também pensava, Manga... ☺

Outra pausa, um pouco mais curta:

Farook diz: Certo, eu mereço essa. Você está certa, Becca, eu não tenho sido honesto com você, nem com o HP. Eu era parte do Jogo há muito tempo antes dele se envolver. Mas tudo que tenho feito tem sido no sentido de ajudá-lo. De ajudar você. Você tem que acreditar em mim!
Farook diz: Você tem conversado com Sammer, não é?

Agora foi sua vez de hesitar. Manga estava melhor informado do que ela esperava. Ela foi pega de surpresa. Mas considerando o que tio Tage tinha dito sobre ele...

Becca diz: É isso mesmo.
Farook diz: Certo, agora eu consigo entender porque você está preocupada. Ele deve ter lhe dito um monte de coisas. Que eu sou uma das pessoas por trás do Jogo, e que HP está em sério perigo?
Becca diz: Ele está?

Farook diz: Não vou mentir para você, Becca. HP está em apuros. Mas nós podemos ajudá-lo, você e eu. Se trabalharmos juntos.
Becca diz: Você mentiu para mim antes, fingindo não saber nada sobre o Jogo. Por que devo confiar em você agora?
Farook diz: Porque a alternativa é confiar em Sammer.
Becca diz: E isso seria ruim porque...?
Farook diz: Porque ele não é quem diz ser, Becca.
Becca diz: E você é?

Outra pausa, dois minutos dessa vez.

Farook diz: Desculpe, tenho que ir, vou entrar em contato de novo em breve. Tenha cuidado, Becca. Muito cuidado!!

Eles chegaram com apenas alguns minutos de diferença um do outro, o que o fazia suspeitar que na verdade tinham vindo juntos. Que Nora tinha esperado um pouco na escada para que HP não descobrisse que eles eram um casal.

Sentiu que seria bom colocar um ponto final naquela pequena performance, e não podia deixar de imaginar o que Jeff iria pensar sobre sua namorada beijando ele na estação de metrô Medborgarplatsen.

"Certo, agora que estamos todos aqui podemos muito bem começar", disse Nora enquanto pendurava seu casaco. "Vamos sentar na cozinha."

"E quanto ao Manga?", HP resmungou.

"Ele não vem, é muito perigoso", ela disse sem olhar em seus olhos. "Mas ele ainda pode se juntar a nós..."

Ela pegou um smartphone preto do bolso, mexeu nele por alguns segundos, e o pôs no parapeito da janela com a tela virada para eles.

"Mais dois minutos. Você poderia ir mostrando as plantas por enquanto, Jeff?"

A montanha de músculos puxou um punhado de papéis da sacola de bicicleta que trouxe consigo e os espalhou em cima da mesa. HP não pôde deixar de notar o selo nos papéis.

Informação confidencial!

"Ele está on-line agora", disse Hasselqvist.

Todo mundo olhava para a pequena tela do smartphone, de onde o rosto de Manga de repente surgiu.

"Certo, estou aqui. Posso ver vocês muito bem, podem me ouvir direito?", ele disse quase sussurrando.

"Podemos te ouvir", disse Nora.

"Bom! HP, é um alívio ver você um pouco melhor."

HP não respondeu e ficou satisfeito de ver que isso parecia ter incomodado Manga.

"Bem, então, como discutimos antes, a Fortaleza é nosso alvo", Manga continuou após uma leve pausa.

"Uma empresa como a PayTag não pode se dar ao luxo de perder a confiança dos clientes, e mesmo um rumor de que foram invadidos seria o bastante para puxar o tapete deles pra sempre." Manga continuou:

"O que precisamos fazer é introduzir o cavalo de troia que eu chamo de Big Boy no sistema deles. Ele foi projetado para apagar e embaralhar informações no servidor deles – causar tanto caos quanto possível no menor tempo possível, se me entendem?"

Os três conspiradores na sala acenaram, mas HP não moveu um músculo.

"É impossível plantar o Big Boy do lado de fora", Manga continuou. "O que significa que precisamos de uma forma de entrar. Jeff, você tem visto várias possibilidades..."

Músculos se endireitou.

"Sim, Kent e eu temos analisado as opções. Cada portão, porta, câmera, e chegamos à conclusão de que o lugar é extremamente bem guardado..."

Não fode, Sherlock. Evidentemente foi preciso duas mentes afiadas e afinadas para chegar a essa óbvia conclusão... Ou então bastava dar uma olhada nas plantas. A descrição *Local de alta segurança – aprovação pendente* no canto devia dar alguma espécie de pista. Esses dois idiotas eram os garotos-propaganda ideais para uma campanha contra o casamento entre primos...

"HP, você parece querer dizer algo?", interrompeu Manga.

"Não, não, nada", murmurou.

Músculos olhou irritado para HP antes de prosseguir.

"Nós concluímos que a única forma de entrar é pelo túnel subterrâneo. Ele costumava conduzir os cabos que ligavam a base às instalações de artilharia no litoral, mas agora eles foram estendidos até o mar Báltico..."

"A Fortaleza usa o túnel para trazer água gelada...", Hasselqvist continuou, ansioso, levantando alguns documentos do fundo do bolo.

"Aqui dá pra ver algumas imagens..."

Tudo o que podia ser visto era alguns morros escuros e íngremes e um bocado de água de mar quebrando na costa.

"A abertura é ali embaixo, cerca de cinco metros abaixo da superfície. É provavelmente coberta por uma grade, mas Jeff pode abri-la para nós..."

"Eu fiz meu treinamento militar como mergulhador, recuperando munição", disse Músculos em um tom de voz presunçoso que diminuiu o péssimo humor de HP a níveis ainda mais profundos.

"Posso cortar a grade, e depois nós nadamos através do túnel até um pequeno reservatório de água gelada aqui."

Apontou para o mapa.

"Daí em diante, nós provavelmente precisaremos escalar quatro ou cinco metros em uma das laterais, e depois explodimos uma porta para que possamos..."

"Espere aí um minuto...!"

Tinha se prometido que manteria a boca fechada, mas era impossível se conter por muito mais tempo.

"Quer dizer, perdão por interromper Batman e Robin aqui, mas soldagem submarina, mergulho, escalar rochas e explodir uma porta – sério?"

Se encostou na cadeira, cruzou os braços e sacudiu a cabeça com veemência.

"Alguém aqui tem assistido demais a um certo tipo de filme..."

Sorriu para Jeff e foi recompensado com um olhar odioso.

"HP...", começou Manga.

"Não, não, esperem. Eu adoraria ouvir como Jason Bourne, o Mergulhador Coletor de Munições, aqui vai explicar como nós vamos todos passar por aqueles penhascos e depois nadar o quê? Dois, dois quilômetros e meio através da merda de um túnel?"

"Dois ponto três", suspirou Hasselqvist, ganhando mais um olhar de Jeff.

"Obrigado, Kent. Então, dois mil e trezentos metros de natação subaquática, na completa escuridão, creio eu. Além do Jason aqui, há mais alguém que tenha pelo menos um certificado de mergulhador em mar aberto obtido durante as férias na Tailândia?"

Nenhuma resposta.

"Não? Foi o que pensei. Então, se – contra todas as expectativas – nós não terminarmos como gatos afogados dentro do túnel, brindamos nossa pequena aventura embaixo d'água com um pouco de escalada livre seguida pelo explosão de uma porta?"

Ele sorriu e balançou a cabeça.

"Vocês estão todos loucos pra cacete, isso tudo é completamente insano..."

Jeff abriu a boca e começou a se levantar da cadeira.

Mas Nora se antecipou a ele.

"Então o que você faria, HP? Eu presumo que você tenha alguma brilhante sugestão..."

"Claro, apenas me dê um minuto para pensar. Qualquer coisa deve ser melhor do que isso."

"Ótimo, bem, você continue pensando, HP. Não vai doer termos um plano B. E eu tenho que dizer que concordo com você, ao menos em parte. Ir debaixo d'água não faz realmente muito sentido. Temos certeza que o túnel está cheio de água?"

Ela se virou para Jeff.

"Bem, er, é um túnel debaixo d'água. Diz isso nas plantas..."

"Sim, percebo, mas se você olhar pra essa elevação aqui...", ela apontou para um dos lados da planta, "então ao menos o teto do túnel está acima do nível do mar por todo o caminho. Ou eu estou lendo errado?"

Ela olhou para Hasselqvist, que se inclinava por sobre as plantas.

"Não, você está certa, Nora. A afluência está abaixo do nível do mar, mas ao menos metade do túnel está acima. O que deve significar que podemos nadar normalmente em vez de mergulhar."

"Um bote inflável", Jeff murmurou. "Levamos um bote inflável conosco, mergulhamos pela extremidade do cano, e depois inflamos o bote dentro do túnel. E então não teríamos que nadar..."

"Bom", disse Nora. "Isso soa como algo muito mais prático. Tem algo a acrescentar, HP?"

HP balançou a cabeça lentamente.

"Certo, vamos seguir com isso, então. Apanharemos você aqui um dia depois de amanhã..."

"Certo, certo."

HP teve que praticamente empurrar Hasselqvist pra fora do apartamento. Os outros dois já tinham saído, alguns minutos separados um do outro. Jeff praticamente não disse uma palavra depois que HP reclamou sobre seu plano lunático. Mas tinha sido de fato para o benefício de todos. Com exceção dele mesmo, a gangue era formada por um bando de alegres amadores. Se eles iriam ter qualquer chance de sucesso, o plano teria que ser o mais simples possível.

Não podia deixar de admirar Nora, e não apenas porque ela tinha o bom senso de concordar com ele. Ela tinha dado apenas uma rápida olhada nas plantas para descobrir algo que os outros dois idiotas tinham deixado passar. Era um pouco estranho que ela e Jeff não tivessem discutido o assunto antes do encontro, mas talvez eles não tenham tido tempo.

A forma como ela conseguia transformar os protestos em uma tarefa era também bastante brilhante. Daquele jeito, ela não pisou muito nos calos de Jeff, ao menos não até agora. Mas as coisas seriam muito diferentes quando ela visse o plano alternativo que ele já estava começando a montar. Tudo o que precisava era de algumas rápidas excursões e uma visita à base de Fenster. Tinha dois dias. Isso devia ser o suficiente.

Trancou a porta com cuidado e colocou a corrente de segurança no lugar.

Um barulho repentino de dentro do apartamento o fez saltar. Dois toques curtos, como uma mensagem de texto chegando. Ele foi até a cozinha. O smartphone de Nora ainda estava ali no parapeito. O pequeno ícone de mensagens recebidas estava piscando na tela.

Ele apanhou o celular, segurando-o por um momento enquanto considerava o que fazer. Nora tinha obviamente esquecido o aparelho, o que provavelmente significava que voltaria em breve. Por alguma razão, a ideia parecia atraente para ele. Mas por outro lado havia sempre o risco de ela aparecer com seu namorado, Jeff. Se eles realmente fossem um casal...

Havia um jeito bem fácil de descobrir. Ele tocou na tela com um dedo e abriu a caixa de entrada. A mensagem era curta, apenas quatro palavras.

`Você precisa ter cuidado!! /A.F.`

Certo, não era bem isso que ele estava esperando.

Nenhuma espécie de "onde está você?" ou "te vejo em Medborgarplatsen".

A.F. – quem diabos era esse? Ele não sabia o sobrenome de Jeff, mas seu prenome não se encaixava em nenhuma das iniciais. Mas talvez eles usassem nomes diferentes para conversinhas de namorados...

O celular vibrou mais uma vez, e por um breve momento ele quase o derrubou.

`Você está aí?`

Ele pensou por alguns segundos, e então apertou o botão de responder. Uma caixa de texto vazia apareceu. Ele pausou mais uma vez.

`Estou aqui`, ele digitou, e pressionou enviar.

A resposta veio quase imediatamente.

```
Estou começando a achar que um deles está jogando
um jogo duplo...
```

Ele notou que estava prendendo a respiração e se forçou a deixar o celular de lado. Isso não era bom. Por que diabos tinha respondido...? Mas a mensagem o fascinava.

O remetente devia estar falando do seu pequeno grupo, nada mais fazia sentido. Então de quem ele estava falando? Hasselqvist, Manga, ou dele mesmo...?

Outra mensagem apareceu na caixa de entrada de Nora.

```
Prometa que vai ser cuidadosa. Há muita
coisa dependendo de vocês, tenho certeza que
você compreende!
```

Merda, o que ele deveria fazer agora? Se não respondesse, A.F. – quem quer que fosse –ficaria desconfiado.

Ele hesitou por mais alguns segundos antes de responder:

`Prometo!`

A resposta veio em retorno.

`Bom!`

Soltou a respiração. À distância, ele ouviu a porta externa fora do prédio bater. Provavelmente Nora em seu caminho de volta. Botão do menu, *apagar a conversa*. Perfeito!

Ele seguiu para a sala antes do telefone vibrar de novo. A campainha tocou no mesmo momento.

Melhor não olhar, apenas abrir a porta e entregar o celular para Nora como se nada tivesse acontecido. Fingir que tudo estava bem, agir naturalmente.

Mas, por outro lado, ler a mensagem não poderia doer...

Assim que viu a mensagem de texto, se arrependeu.

`Boa sorte, HP!`

Seu coração começou a bater mais rápido e podia senti-lo em suas costelas.

Queporra...

`Quem é você?`, ele escreveu sem pensar.

A campainha tocou mais uma vez, seguida de uma batida cuidadosa.

"Sou eu, abra aí", ele ouviu Nora dizer.

`Quem é você!!???`, ele escreveu de novo, pressionando com tanta força que seu polegar ficou branco.

Mas não obteve resposta.

Bolhas de tempo 21

"Alô, Rebecca falando..."

"Bom dia, Rebecca, é o tio Tage."

"Ah, olá..." Ela tentou esconder sua decepção.

"Estava esperando sua ligação ontem, mas você não entrou em contato. Correu tudo de acordo com o plano lá no banco?"

"Ouso dizer que você poderia me contar isso, tio Tage..."

Houve um breve silêncio na linha.

"Não compreendo, Rebecca..." A surpresa em sua voz soava completamente genuína, e de repente ela se sentiu incerta. De todo modo, ele não tinha dito que deviam evitar contato direto? E nesse caso, o que ele estava fazendo, tomando o risco de falar com ela pelo telefone?

A menos que...

"Então você não o pegou, não é...? O revólver, digo?"

"Perdão?!" Sua surpresa ainda parecia bem real.

Puta Merda!

Ela respirou fundo antes de continuar.

"Fui até o banco na manhã seguinte, conforme combinado, mas alguém tinha chegado lá antes de mim. A caixa estava vazia, tudo o que havia no lugar era uma bola de vidro com uma bolha dentro dela... achei que pudesse ter sido você...?"

Outro breve silêncio.

"Minha querida Rebecca, creio que você possa estar superestimando meus poderes", ele disse em um tom de voz sombrio. "Além do mais, nunca faria esse tipo de coisa com você."

Ela sacudiu a cabeça.

"Não, percebo isso agora. Desculpe, tio Tage."

"Então a arma está desaparecida, e nós não temos ideia de quem a pegou...?"

"Sim, mas uma ideia me ocorreu logo após eu ter saído", ela disse. "A caixa só pode ter sido esvaziada dentro dos últimos dias. A equipe de Stigsson esteve lá recentemente e apreendeu todas as gravações das câmeras de vídeo. Você acha que poderiam...?"

Ele pareceu considerar a questão por um momento.

"Verei o que posso fazer, Rebecca..."

Sua lista de compras estava quase completa.

Assim como esperava, Fenster ainda estava à frente de seu pequeno negócio, e tudo o que tinha que fazer era se disfarçar da melhor forma possível e andar alguns quarteirões, e estaria de volta entre amigos.

Espalhou tudo o que tinha no chão à sua frente.

Macacões brancos – confirmado.

Sacolas de plástico resistentes – confirmado.

Máscaras protetoras – confirmado.

Taser – oh yes!!

Delícia!

Ele correu os dedos sobre a arma, que parecia com um enorme controle remoto com dois dentes de metal na ponta. Pressionar o botão gentilmente era o bastante para enviar um pequeno arco azul por entre os dentes.

BZZZZZT!

Cinquenta mil volts, porra, direto para o vale dos Moomins![1]

E doía pra caralho, ele sabia por experiência própria, quando os pequenos ajudantes de Philip Argos o tinham fritado. Mas, dessa vez, era ele que estava no controle...

BZZZT! BZZZT! BZZZT!

Não conseguia se conter em testar de novo, e de novo.

O cheiro de eletricidade tomou conta do apartamento.

Melhor ligar no carregador...

Pegou uma grande mochila esportiva e com cuidado começou a guardar todos os equipamentos lá dentro.

Havia apenas uma coisa faltando, embora fosse algo muito importante. Depois disso, seu plano B estaria completo. Tudo o que ele podia esperar era que os fornecedores de Fenster não o decepcionassem.

A vistoria de segurança a surpreendeu.

Sem bolsas ou pastas, e todos seus outros pertences guardados em uma sacola plástica transparente antes que você pudesse entrar.

Enquanto ela esperava na fila, aproveitou a oportunidade para procurar as câmeras. Conseguiu localizar três delas antes que fosse sua vez. Pequenas esferas escuras coladas ao teto ou presas às grossas paredes de pedra. Exatamente do mesmo modo das que tinha visto no Quartel-General de Polícia e na caixa-forte do banco.

1 Os Moomins, conto de fadas criado pela finlandesa Tove Jansson (1914-2001).

"ID", a mulher na porta disse.

"O quê?"

"Preciso escanear sua identificação", a mulher disse. "São as novas regras de segurança da Biblioteca Real. Você provavelmente ouviu falar sobre os furtos..."

Ela murmurou algo e entregou sua carteira de motorista. A mulher a colocou em uma tela lisa de vidro no balcão. Houve um flash de luz, e depois um bipe.

"Pronto!"

Rebecca guardou o documento.

"Por sinal", ela disse enquanto a mulher estava prestes a se dirigir para o próximo visitante, "o que você faz com essa informação?"

"Perdão?"

"Os dados, a informação da minha carteira de motorista. O que acontece com ela?"

"Você vai achar uma cópia da nossa política de dados logo ali."

A mulher apontou para um quadro de avisos e se virou.

> *Todos os dados relativos aos visitantes são armazenados por motivos de segurança por trinta dias antes de todos os detalhes pessoais serem apagados. Os dados anônimos são usados para ajudar em nosso planejamento da estratégia de visitas. A Biblioteca Real não compartilha informação com terceiros.*

Ela não podia deixar de olhar para uma das pequenas câmeras redondas no teto. Por um momento, pensou que podia ver um movimento por trás do vidro escuro. Estremeceu.

Controle-se, Normén!

Sacudiu para longe aquela sensação de desconforto e continuou em direção à sala de leitura.

Demorou cerca de dez minutos para achar os livros que queria. Um par de relatórios parlamentares oficiais empoeirados e um livro grosso de história. Em seu caminho de volta à mesa, ela parou em uma máquina de café.

"O programa de armamento nuclear, há muitas pessoas interessadas nisso agora! Provavelmente devido a todo esse negócio com o plutônio..."

A voz a fez pular.

Um homem mais velho, vestido com uma camisa branca, gravata, e uma casaco de tricô estava parado bem atrás dela. Evidentemente tinha percebido os livros embaixo de seu braço.

"Perdão, não quis assustá-la..."

"Não se preocupe", ela balbuciou enquanto pegava uma xícara de café.

"Thore Sjögren", o homem disse. "Mas vou poupá-la de apertar minha mão." Ele ergueu as mãos, ambas vestidas em luvas brancas de algodão. "Parece que você já achou o que estava procurando, mas me chame se precisar de minha ajuda."

O homem parecia velho demais para trabalhar ali, mas talvez ele fosse um usuário regular. Um velho solitário, ansioso por um pouco de contato social. Bem, ela não tinha tempo para esse tipo de distração.

"Claro, muito obrigada, Thore." Ela se permitiu um sorriso educado, depois seguiu em direção à mesa.

"Era uma época emocionante", ele disse, enquanto botava uma moeda na máquina. "Até sermos desativados, digo..."

Ela pôs sua xícara de café de lado e se virou. Ele se demorou na máquina, tentando ajustar a xícara ao mesmo tempo que tentava manter suas luvas limpas.

"Você trabalhou no programa de armamento nuclear?"

Ele acenou concordando, enquanto soprava gentilmente seu café.

"Você se importaria de me falar a respeito desse assunto?"

"Claro que não." Ele olhou ao redor. "Eu até tenho algumas fotografias, se você estiver interessada."

Levantou seu cartão de acesso até o leitor, depois segurou a porta para ela passar. Então realmente trabalhava ali afinal de contas.

"Queremos ir até aquele elevador logo ali."

Usou seu cartão de acesso no elevador e pressionou um dos botões.

"Estamos seguindo para o andar menos três", ele disse. "Há cinco andares no total. Cinco andares de bibliotecas, uma em cima da outra, além da que fica acima do chão. Tudo que foi impresso em sueco desde 1661 está armazenado aqui. Assim que qualquer coisa é produzida pela imprensa – jornais, notícias, livros, até mesmo audiobooks esses dias – uma cópia deve ser enviada para cá, de acordo com a lei. É fantástico, não acha? Milhões de pequenas bolhas de tempo, todas com suas próprias histórias do passado. Mas é claro que os suecos amam suas bolhas de tempo, já pensou a esse respeito? No meio de toda essa mudança, toda essa tecnologia moderna a qual estamos tão ansiosos em adotar, ainda queremos que certas coisas continuem da maneira que sempre foram."

Rebecca sacudiu a cabeça. A palavra *bolha* tinha atraído sua atenção, mas ela percebeu que as bolhas de Thore Sjögren eram bem diferentes daquelas que tio Tage tinha mencionado.

"O Pato Donald na véspera do Natal, sucessos nacionais do concurso de canções da Eurovision, corais comunitários de Skansen. Sem mencionar a família real. Veja só a agitação que todo mundo está fazendo a respeito do casamento da princesa... É claro que tudo isso exige uma grande capacidade de armazenamento, o quinto andar fica a cerca de quarenta metros de profundidade...", continuou Thore Sjögren.

Rebecca estava ouvindo apenas parcialmente. Tudo isso era sem dúvida muito interessante, mas nesse momento ela tinha outras coisas em mente. Por que ela não ia direto ao ponto?

O homenzinho não parecia ter notado sua falta de interesse, e continuou falando quantas prateleiras havia, quantas páginas. Sem nem mesmo pausar por tempo suficiente para beber seu café.

Finalmente, o elevador parou, e eles saíram em um longo e bem iluminado corredor. Era impossível não notar o globo escuro da câmera no teto...

"Meu pequeno cubículo fica lá no final", disse Thore, gesticulando com sua mão livre em direção à outra ponta do corredor.

Ele seguiu em frente, e ela ia mais ou menos um metro atrás dele.

Uma figura pequena e estranha, um pouco mais baixo do que ela. Cabelos ralos e cinzentos, meticulosamente penteados para o lado. Óculos de leitura presos por uma corrente ao redor do seu pescoço. Casaco sem mangas sobre uma camisa branca e gravata, ainda que devesse fazer uns 30 graus lá fora, além daquelas luvas de algodão branco.

Suas roupas acentuavam a impressão de que ele era um tio velhinho e acolhedor. Mas ela só precisou de alguns segundos para notar que o colarinho da sua camisa tão bem passada estava gasto e amassado, e que seus sapatos tão bem polidos já precisavam de solas novas há algum tempo. A sensação de que ele era esquisito e inevitavelmente decadente a fez se sentir bem deprimida. Ela tinha visto isso antes, bem de perto.

Papai. Tudo parecia começar e terminar com seu pai.

Thore Sjögren apontou para um porta logo em frente a eles, à direita.

"E lá dentro fica o apartamento...", ele sussurrou.

"O quê?"

Ele parou e se virou.

"O apartamento. O apartamento de Nelly Sachs, exatamente como se encontrava quando ela morreu. Até os mínimos detalhes. A mais perfeita cápsula ou bolha do tempo. Fascinante, você não acha?"

Ele apontou em direção à porta mais uma vez.

"Assim como era quando ela morreu."

Rebecca concordou, não inteiramente certa do que devia dizer. Mas dessa vez ele parecia ter notado a frieza de sua resposta.

Por um momento parecia que o homenzinho estava quase corando.

"Mas a história de Nelly Sachs inclusive tem alguma ligação com o assunto que lhe interessa."

Ele parou de frente a uma porta pequena, pegou uma chave e a destrancou. "Por favor, Nelly, pode entrar... Não, não, é claro, quero dizer... Rebecca", disse, se corrigindo rapidamente.

Ela entrou. A sala tinha pouco mais de dez metros quadrados, e a atmosfera levemente claustrofóbica a fez pensar quase imediatamente na sala de interrogatório no Quartel-General da Polícia. A maior parte do espaço estava tomado por uma mesa coberta de papéis, algumas prateleiras desmontáveis de um dos lados e duas cadeiras de escritório.

O homenzinho fechou a porta atrás dela. As grossas paredes de concreto pareciam absorver o som, fazendo com que fosse abafado.

"Bem, como eu estava dizendo", Thore continuou. "Nelly Sachs se tornou uma cidadã sueca em 1952, o mesmo ano em que começamos a construir nosso primeiro reator nuclear no subsolo do Instituto Real de Tecnologia. Por favor, sente-se...", ele apontou para uma das cadeiras.

"Em 1966, ano em que ela ganhou seu prêmio Nobel, a Suécia assinou o Tratado de Não Proliferação, em que se comprometia a interromper o trabalho de desenvolvimento de nossa bomba nuclear, e quando ela faleceu em 1970, a desativação do programa já estava bem encaminhada. Dois anos depois, quase tudo já tinha sido desfeito e terminado..."

"Mas não exatamente tudo...", Rebecca rapidamente acrescentou. Ele a fitou demoradamente, e deu o primeiro gole em seu café.

"Não, você está certa. Parte do programa continuou. Foi chamado de pesquisa de defesa..."

"Mas era na verdade algo completamente diferente.", ela disse. Ele balançou a cabeça devagar.

"Você não devia acreditar em tudo o que lê na internet, querida..."

Ele bateu na tampa de um velho laptop, um modelo antigo, que estava parado no meio da mesa.

"Suas atividades estavam severamente restritas, e limitadas à pesquisa de defesa."

"Entendo. Então qual era o seu papel, Thore?"

"Eu era um assistente de pesquisa no que era conhecido como Projeto-L, tentando adquirir plutônio – sem muito sucesso."

Ela olhou para o relógio. Ele se levantou de repente.

"Mas me perdoe, querida, posso oferecer a você alguma coisa? Uma água com gás, talvez?"

Se inclinou para baixo e abriu um pequeno armário em uma das prateleiras, de onde tirou uma garrafa de água com gás e um copo.

Ela abriu a garrafa com o abridor que ele lhe deu, encheu o copo de água e bebeu em silêncio. As bolhas arderam na sua língua e ela começou a ter um forte pressentimento de que estava perdendo um tempo valioso.

"Agora, vejamos, fotografias... a maioria dos meus papéis estão por aqui. Maj-Britt não os queria em casa. Eu estava pensando em escrever um livro..."

Ele folheou pelas pilhas de papéis em sua mesa, evidentemente procurando por algo. Ótimo momento para ir direto ao ponto, antes que começasse mais uma vez:

"Thore, você, por acaso, alguma vez trabalhou com alguém chamado Erland Pettersson?"

Nenhuma reação, ele sequer refletiu sobre o nome, o que na verdade era um alívio. Mas ao mesmo tempo não era.

"Ou Tage Sammer?"

Ainda nenhuma resposta.

"Não, temo que nenhum desses nomes me soe familiar...", ele murmurou enquanto ficava de pé e seguia para os arquivos na prateleira do outro lado da sala.

Ela estava perto de gritar um palavrão em voz alta de alívio e descontentamento. Depois outro nome lhe ocorreu.

"E que tal André Pellas?"

Ele parou.

"Você o conhece, não é?" Ela podia ouvir o quanto soava ansiosa.

"Bem, creio que o conheço, tenho conhecimento sobre a sua existência... O tenente-coronel Pellas era chefe de seção no programa..."

"Qual programa, qual seção?" Ela estava lutando contra uma urgência espontânea de saltar da cadeira.

"Eles foram chamados de Grupo-I. Creio que significa *Informação e Inteligência*, mas temo que minha memória já não esteja tão boa como antigamente..." Ele sacudiu a cabeça.

"E qual era o papel deles no programa?"

"Eu realmente não sei. Mas havia um relatório mensal, onde nós registrávamos os problemas que apareciam. Instâncias onde tínhamos algum grande impasse sem solução costumavam ser marcadas com um grande "I". Uma semana ou outra se passava, e então recebíamos uma descrição detalhada do que fazer para resolver o problema. O relatório vinha em sueco, mas aqui e ali você podia ver que tinha sido traduzido do inglês. Era bem mais uma impressão, certas palavras e expressões... algo do tipo. Nós íamos buscar conselhos no Grupo-I sobre diversos problemas que tínhamos com o projeto, e isso era claramente relatado por escrito em colaboração com especialistas não suecos."

"Norte-americanos?"

"Essa é a resposta mais lógica. Mesmo que os políticos pudessem gostar de sugerir o oposto, existem fortes laços militares entre Suécia e EUA desde a guerra. O OSS norte-americano, o carro-chefe da CIA, por exemplo, financiava atividades militares secretas ao longo da fronteira norte com a Noruega. O objetivo principal não era lutar contra os nazistas, mas ter tropas prontas assim que os alemães se rendessem. Para prevenir qualquer anexação soviética da Noruega", ele esclareceu. "A operação nunca teria sido possível sem a ajuda dos militares suecos e dos serviços de inteligência..."

Ele parou na metade da frase e sorriu como se pedisse desculpas.

"Perdão, querida, eu me afastei demais do ponto mais uma vez, mas estava tentando mostrar que os Exércitos sueco e norte-americanos estiveram em cooperação, embora não oficialmente, muito antes do nosso projeto começar... e isso nunca seria possível, em primeiro lugar, sem a ajuda do Exército e dos serviços de inteligência suecos..."

Ela balançou a cabeça.

"Você sabe o que aconteceu ao Grupo-I após 1972?"

Ele pausou por alguns segundos e bebeu seu café.

"Como eu disse, o projeto foi desativado, e o pessoal militar foi transferido para outros serviços. Aqueles de nós que eram civis tiveram que achar trabalho em outros lugares. Muito triste, é claro, que tantos colegas dedicados e tanto trabalho tenham sido abandonados. Tudo em vão..."

Ele suspirou.

"Eu mesmo me mudei para Västerås e consegui um emprego na ABB como um engenheiro de automação. Fiquei lá até me aposentar. Era uma empresa fantástica de se trabalhar, então você pode dizer que as coisas acabaram bem no final. Veja você, nós desenvolvemos processos que..."

Ele continuou, mas ela não escutava mais o que estava dizendo.

Ela tinha razão. Tio Tage *havia* trabalhado no programa de armamento nuclear, responsável por operar a troca de informações com os norte-americanos.

"Agora, vejamos..."

Thore Sjögren retirou um envelope e espalhou seu conteúdo sobre a mesa. Fotografias, a maior parte delas em preto e branco, mas algumas eram coloridas. A julgar pelas roupas e cabelos, a maior parte delas tinha sido tirada nos anos 1960 e 1970.

"Minha esposa, Maj-Britt", ele murmurou, mostrando a fotografia de uma mulher bronzeada, sorrindo, em um maiô, sentada à mesa de um restaurante.

"Ela se foi três anos atrás..."

"Meus pêsames..."

Ele continuou passando as fotos.

"Aqui!"

Mostrou diversas fotos em preto e branco. Fotos típicas de grupos, que poderiam ser de qualquer coisa. Muitos homens sombrios, alguns em ternos e casacos brancos. Sessenta ou setenta deles no total, alinhados em três fileiras em uma larga escadaria.

"Essa foto foi tirada em 1966 ou 67, se me recordo bem... Esse sou eu."

Êle apontou para um homem com os cabelos partidos de lado na fileira do meio. A semelhança era impressionante.

"Jovem e elegante", ele riu. "Desses dias só sobrou o *e*..."

Correu os dedos pela fileira de rostos.

"Aqui", ele disse, mas ela já o tinha localizado.

Última fileira, terceira da esquerda. De repente ela sentiu um enjoo.

"Coronel Pellas", ele disse, apontando, mas ela já estava fixando o olhar em outro rosto completamente diferente.

O de seu pai.

22 E aqueles que deixamos para trás

Estavam parados em uma clareira no meio das árvores. Embora estivesse escuro e ele estivesse a princípio bem distante, não teve problemas em reconhecê-los. O velho com a bengala, coluna ereta. Ao seu lado, a silhueta largada de Manga. Vapor emanava das xícaras de café deles. À medida que ele se aproximava deles através da neve, gradualmente notava mais pessoas lá, entre as árvores. Dezenas, possivelmente centenas de silhuetas silenciosas que pareciam o estar observando. Ele podia sentir a neve afundar embaixo dos seus pés, mas, estranhamente, não havia qualquer som. Os dois homens agora tinham companhia na clareira. Quatro outras figuras, todas com máscaras brancas de Guy Fawkes, bigodes curvados e pintados e cavanhaques.

"Bem-vindo, Henrik", o Mestre do Jogo disse quando ele entrou na clareira.

"Gostaria de uma xícara de café?" Manga segurava uma xícara de plástico para ele, e a pegou sem dizer uma palavra.

"Quem são eles?", ele acenou para as quatro pessoas de máscara.

"Você não sabe?" O Mestre do Jogo riu.

"Dois deles são completamente desinteressantes, mas os outros dois podem vir a ter uma importância vital."

O primeiro deles deu um passo para frente e ergueu sua mão. Apesar de suas roupas folgadas de inverno, era possível visualizar o corpo musculoso por baixo. Eles apertaram as mãos.

"Amigo?", HP perguntou, mas não recebeu resposta.

A próxima pessoa veio à frente.

"Inimigo?", ele perguntou.

Ainda sem resposta.

A terceira pessoa era uma mulher, ele tinha certeza disso.

"Amiga?", ele perguntou mais uma vez.

Por um momento, pensou que ela tinha dado de ombros.
Ele ergueu sua mão em direção à quarta silhueta, mas a pessoa
se inclinou em sua direção e sussurrou algo em seu ouvido.
A voz era tão familiar, tão triste, que de fato transmitia dor.
"O labirinto de Luttern", ela sussurrou. "Você
tem que nos salvar. O Cuidador..."
Um corvo crocitou à distância. Duas vezes, como em agouro,
fazendo correr um calafrio por sua espinha. As figuras sombrias
por entre as árvores de repente começaram a se mover. Elas
tropeçavam em direção à clareira como zumbis em capuzes
pretos. E subitamente ele percebeu quem eles eram...
"Mais", eles sibilavam.
"MAAAAAAIS!!!"
Um momento depois ele estava correndo. Neve caía ao
redor de seu pé, seu coração explodindo no peito.
As luzes da estrada se alinhavam no horizonte distante.
"Te vejo no labirinto de Luttern, número 128...",
o Mestre do Jogo lhe disse. A não ser que fosse na verdade
a voz do Manga que ele estivesse escutando...

Rebecca saiu pela escada da Biblioteca e respirou fundo por alguns instantes.

O ar fresco fez com que sua náusea diminuísse e após alguns minutos ela se sentia consideravelmente melhor.

Podia pensar. Sobre o programa de armamento nuclear; a traição do governo Palme. A fúria violenta de seu pai. O cofre particular em Sveavägeng, guardado desde 1986. O revólver de cano largo com seus dois cartuchos usados que faziam tio Tage se sentir tão apreensivo. Que não devia ser rastreado até...

Eventos no passado...

1986.

A fúria de seu pai.

O revólver é um AOP, uma Arma de Olof Palme.

Ela pegou seu celular da bolsa. Seus dedos não pareciam querer fazer o que ela mandava, e precisou de duas tentativas antes de conseguir digitar certo o código numérico.

O e-mail de tio Tage chegou quase que instantaneamente, mas demorou mais um minuto para que o arquivo anexado fosse baixado. Uma filmagem em preto e branco da caixa-forte, com 32 segundos de duração, que devia ter vindo de alguma câmera no corredor.

O homem andando pelo corredor antes de desaparecer na sala que continha o seu cofre estava usando óculos escuro e um boné de beisebol por cima do rosto. Mas ela não tinha dificuldade em reconhecê-lo.

Era o Manga.

Merda de inferno, ele estava tendo uns pesadelos filhos da puta de horríveis. Da última vez, tinha sido por causa da cobra venenosa, e dessa vez devido aos remédios, ele achava. Eles tinham sido feitos para cavalos, não pessoas, o que provavelmente explicava bastante.

A longa espera no apartamento estava deixando ele maluco. Sem Xbox, Playstation ou qualquer outro videogame para gastar o tempo, e tudo o que ele tinha conseguido usar como televisão foi uma daquelas caixas velhas com alguns canais bem básicos. Ele não podia mais suportar a novela *Emmerdale* ou *Days of Our Lives*, e já tinha administrado duas doses de punhetas antidepressivas, e uma terceira traria com certeza fricções ardentes ao seu joystick. Mas, por sorte, ao menos ele tinha um estoque decente de cigarros.

Acendeu mais um Marlboro e iniciou sua pequena caminhada por dentro do apartamento. Sala de estar, cozinha, corredor – e de volta ao princípio.

Alguns segundos de pausa, para ter um momento de reflexão. Um dos membros da gangue era um possível traidor, se ele podia confiar no misterioso A.F. que tinha lhe enviado a mensagem – através do smartphone de Nora.

A.F.

Amigo?

Ninguém fora de seu pequeno grupo sabia que o celular de Nora estava no apartamento onde ele temporariamente dormia. Então, logicamente, A.F. devia também ser um dos membros do grupo.

Um amigo.

Um inimigo.

O problema era que ninguém podia ser descartado.

Jeff o odiava desde o incidente em Birkagatan, e o relacionamento dos dois dificilmente havia melhorado nos últimos dias. Hasselqvist com um Q e um V podia ter declarado que passado era passado, mas isso podia muito bem ser uma completa mentira. Ele tinha detonado o cara na rodovia E4. Pulverizado gás lacrimogênio em sua cara, o humilhado e roubado o seu Jogo Final diretamente de suas mãos.

Não dava para esquecer uma injustiça daquelas, nem mesmo se você fosse um medíocre adulador como Kent.

Nora era mais difícil de decifrar. Ela estava evidentemente por trás dos incêndios, provavelmente os dois que quase o mataram em seu apartamento e o menor deles, na loja de Manga.

E ele não tinha inteiramente abandonado a ideia de que ela podia ter lhe envenenado com aquelas pílulas.

O último nome da lista era o seu antigo amigo, Farook Al-Hassan, mais conhecido como Magnus Sandström.

O bom e velho mitômano Manga que, com a benção do Mestre do Jogo, o tinha alimentado com um monte de mentiras, a ponto de ele sequer poder começar a entender o quanto tudo o que tinha vivido nos últimos dois anos havia sido de fato real.

No geral, não era uma grupo de suspeitos ruim – boa sorte com esse caso, Columbo![1]

Então, por que não simplesmente ficar em casa? Por que se arriscar em se envolver com aquele projeto lunático? Sim – outras duas perguntas para as quais ele não tinha uma boa resposta...

Peter Falk iria obviamente ter que fazer hora extra.

Rebecca alcançou o início das escadas rolantes no momento em que o sinal de alerta se apagou, e entrou no vagão abarrotado de gente segundos antes de as portas se fecharem.

Turistas suados, a maioria deles com pochetes, bonés e garrafas d'água, portanto, provavelmente norte-mericanos. Ela se viu no meio de um grupo de pessoas, sem ter onde se apoiar.

Alguém a empurrou por trás e ela tentou se mover o mais longe que pôde para o outro lado.

A julgar pelo ruído, pelo menos o ar-condicionado parecia estar ligado, mas, junto com o barulho do trem, isso tornava difícil ouvir o que qualquer um estivesse dizendo.

A pessoa atrás dela a empurrou de novo, e estava prestes a se virar e explicar que não podia se mover mais para frente quando ouviu uma voz familiar em seu ouvido.

"Não se vire!"

"Manga, que porra...?"

Ela viu de relance o boné de beisebol e o par de óculos escuros.

"Não, não, por merda nenhuma no mundo ouse se virar...!" Ele colocou a mão nas suas costas.

"Certo." Ela continuou a olhar para a direção oposta. Isso era ridículo, para dizer o mínimo, e se ele não soasse tão preocupado, teria ignorado seu apelo. "Eu te enviei algo", ele sussurrou. "Leia e você vai entender como tudo se encaixa..."

"De verdade, Manga, isso é completamente...", ela virou a cabeça.

"Não, não, você não pode se virar. Eles estão te vigiando, ele está te vigiando!"

"Quem, Manga? Quem está me vigiando?"

"Sammer, é claro!", sua voz soava amedrontada.

1 Série policial dos anos 1970 estrelada pelo ator Peter Falk (1927-2011).

"E por que ele estaria fazendo isso, Manga? Até onde pude entender, ele está com as mãos ocupadas procurando por você. Ouso dizer que ele ficaria muito satisfeito se eu reunisse vocês dois..."

O vagão sacudiu, e por um momento ela quase caiu, mas os corpos colados uns aos outros ao seu redor lhe ajudaram a permanecer de pé.

"Não brinque com isso, Becca", ele disse calmamente.

"Não estou brincando, Manga. Henrik já tentou me convencer que tio Tage é o Mestre do Jogo, então agora é a sua vez. Mas, diferentemente de vocês dois, Tage Sammer tem de fato me ajudado, ele salvou minha pele já mais de uma vez..."

O alto-falante anunciou uma estação que ela não ouviu direito, e o trem começou a desacelerar.

"Além do mais, você tem algo que é meu, Manga", ela disse.

"O q-quê?"

"Não seja tão inocente. A caixa-forte em Sveavägen. Você roubou uma caixa de metal que pertencia a meu pai de dentro do meu cofre particular. Eu vi um vídeo de você..."

"Eu não sei do que você está falando, Becca", ele disse, um pouco rápido demais. "Me deixe explicar..." Ele se aproximou de seu ouvido. "O Jogo é como um teste de Rorschach, aquele das manchas de tinta, conhece? O cérebro inventa sua própria interpretação e depois preenche as lacunas sozinho. Você apenas vê as coisas que quer ver, Rebecca..."

O trem parou na estação, freando bruscamente, e mais uma vez ela quase caiu.

As portas se abriram e pessoas passaram empurrando-a em todas as direções.

Após recuperar o equilíbrio, ela olhou ao redor, mas ele já tinha sumido. Apenas vários minutos depois descobriu o celular que ele tinha colocado em seu bolso. Uma coisa lisa, prateada, com uma tela de vidro.

ANDERS DE LA MOTTE THE GAME

Esferas de realidade 23

Ela já tinha montado a maior parte do quebra-cabeça agora.

Ou ao menos ela pensava que tinha. Seu pai, André Pellas, o programa de armamento nuclear, o cofre particular, Tage Sammer... Tudo estava conectado, e a corrente podia ser ainda maior se você adicionasse o impensável: o revólver, Sveavägen e Olof Palme...

Por enquanto, ela ainda estava tentando frear sua imaginação galopante. Continuou a recitar a corrente que tinha começado a criar alguns dias atrás:

Papai e André/tio Tage trabalhando juntos na ONU.

Papai é injustamente demitido por ações que ele acreditava serem justas.

Tio Tage emprega papai no programa secreto de armamento nuclear. O envia em missões secretas para os EUA a fim de trocar informações com os norte-americanos. Isso se arrastou por anos, muito depois do projeto de defesa ter sido oficialmente desligado. Até que um jornal começa a farejar sobre isso na metade dos anos 1980. Então todo mundo entra em pânico, o projeto é enterrado de uma vez por todas e sem qualquer aviso prévio, papai é mandado para a rua mais uma vez, como quando tinha sido demitido da ONU... tudo no que ele acreditava tinha ido parar na lata de lixo.

E tinha sido tudo culpa do governo Palme...

A náusea que a tinha perseguido desde que ela tinha visto a fotografia de seu pai no pequeno e claustrofóbico escritório de Thore Sjögren não ia embora. Ela levantou do sofá e foi abrir as janelas. A rua abaixo estava escura, sem nenhum movimento. As copas das árvores do lado oposto tornava impossível enxergar mais do que dez metros parque adentro. Por alguns instantes ela imaginou que podia ver alguém parado em pé nas sombras, alguém a vigiando. Ela sabia que era apenas sua imaginação, mas ainda assim não conseguia evitar de fechar as cortinas antes de retornar para o sofá e seu laptop.

Demorou apenas um minuto para encontrar a descrição do suspeito na Wikipédia:

Um homem, agindo sozinho e sofrendo de um transtorno de personalidade, que está obcecado pelo seu ódio contra Palme. Ele provavelmente teve dificuldade em estabelecer relacionamentos por toda a sua vida, particularmente com pessoas em posição de autoridade. Era introvertido, isolado e mentalmente instável, mas não psicótico. Sua condição estava muito ligada ao fato de que sentia ter "falhado" na vida. A adversidade o fez ficar depressivo, e isso tinha evoluído em paranoia. Quando e se pessoas do tipo começam a cometer crimes violentos, elas normalmente se encontram entre 35 a 45 anos de idade...

Em 1986, papai tinha 45 anos de idade. Motivado, desapontado, fracassado e completamente paranoico. E era do tipo que nunca esquecia uma injustiça, real ou imaginada.

Nunca, jamais...

Tudo que precisava era uma arma, uma AOP. E um pouco de ajuda...

E se ele não estivesse sozinho nisso? E se teve um gentil empurrão na direção correta de alguém em quem confiava? Uma ligação, informação a respeito da hora e local. Talvez fosse tudo o que precisava? Talvez papai pensou que estava recebendo uma segunda chance? Que iria se tornar parte de algo maior mais uma vez, em que seus serviços ainda seriam necessários. Que ele ainda era um Jogador.

De volta ao Jogo.

A história se repete...

Mas tinha algo que não fazia muito sentido, um pequeno pedaço do quebra-cabeça que não se encaixava muito bem. O único problema era que ela não podia enxergar qual peça estava faltando.

A van branca subiu no topo da colina, depois estacionou em um pequeno pátio pavimentado, cercado dos dois lados por uma casa em ruínas em formato de L.

"É aqui."

Nora colocou sua mão gentilmente no ombro de HP, mas ele já estava acordado há algum tempo, quando a van tinha saído do asfalto e entrado no percurso estreito de cascalho.

A porta corrediça do celeiro já se encontrava aberta e Hasselqvist estacionou a van com precisão milimétrica. O pequeno Polo vermelho de Manga já estava estacionado por lá.

Jeff saiu de seu lugar rapidamente e fechou a porta do celeiro logo que todos passaram. HP não se apressou em levantar. Checou mais de uma vez o cadeado na mochila esportiva que tinha colocado no chão, depois se espreguiçou e respirou fundo o cheiro de estrume de vaca e de feno velho.

Demorou um tempo para que seus olhos se acostumassem com a claridade. Em um canto do celeiro, ele podia ver diversos sacos grandes de plástico branco, e ao lado deles uma fileira de pallets cheios de pneus velhos, um par de barris de petróleo, além de um monte de coisas aleatórias. Um pouco mais adiante se encontrava um maquinária agrícola um pouco enferrujado. O local parecia não ter sido usado pelos últimos dez, quinze anos.

Talvez até mais do que isso.

"Olá, e bem-vindos!"

"Olá", ele murmurou, sem olhar diretamente para Manga.

"Sigam-me..."

Manga contornou alguns estábulos para chegar à porta no final do celeiro. Os outros o seguiram, com HP na retaguarda.

"Apenas tenham cuidado onde pisam, o chão não se encontra nas melhores condições."

Manga abriu a porta e eles continuaram por um curto corredor em direção a uma pequena cozinha.

O lugar cheirava a café fresco e umidade.

HP teve de repente um flashback da pequena cabana de Erman no meio do mato. Mas aquela estava em uma condição consideravelmente melhor do que aquele lugar. O papel de parede velho estava descascando, e em alguns lugares a água vazava do teto amarelado. Aqui e ali o azulejo do piso tinha se soltado, revelando buracos escuros. Uma mesa de centro com cinco cadeiras dobráveis tinha sido montada no meio do ambiente.

"Então é aqui que vamos ficar escondidos", murmurou HP, apontando para a cama dobrável e os sacos de dormir em um canto. "A Betul finalmente te deu um pé na bunda ou o quê?"

Manga deu de ombros.

"No momento estamos mais seguros assim...", ele disse. "Temos café, se alguém quiser um pouco..."

Ele pegou uma xícara descartável e se serviu do café da garrafa térmica no meio da mesa. Os outros seguiram o exemplo de Manga e se sentaram. Pegou um pequeno laptop, o abriu e então virou-o para que todos pudessem ver o que estava na pequena tela.

"Certo, está tudo pronto. Operação Perfuração começa em exatamente..."

Olhou para o relógio.

"...nove horas, vinte e sete minutos e onze segundos..."

Todos exceto HP ajustaram seus relógios.

"Iremos pegar a van, e deixar meu carro aqui."

"Não, iremos precisar de ambos..." Jeff interrompeu-o com uma voz autoritária. "Eu fiz um reconhecimento de campo. A última parte perto dos penhascos é uma trilha macia na floresta, e a van pode acabar atolando. A não ser que topemos carregar tudo pelos últimos quinhentos metros, iremos ter que colocar tudo no Polo. É muito mais leve, e tem tração dianteira, portanto não deve ser um problema por lá."

"Mas, er..." Manga soava como se quisesse protestar, mas depois mudou de ideia. "Certo, é o que iremos fazer. Bem pensado!"

Ele acenou para Jeff, que sorriu com satisfação.

"Vamos seguir com o plano todo uma parte de cada vez", Manga continuou. "Então sugiro que nós troquemos de roupa e nos familiarizemos com tudo, digamos, por uma meia hora antes de começarmos. Além do que temos bastante tempo para matar. É uma hora e cinquenta e três minutos dirigindo daqui, e mais vinte minutos para descarregar o carro. Se alguém quer caminhar um pouco, há um lago ao fundo. E tem sanduíches e bebidas na geladeira logo ali..."

Ele apontou para um dos cantos.

"A privada não funciona, mas há um banheiro antigo lá fora por trás da fazenda."

"Ah, um quartinho de cagar de antigamente..." HP sorriu, mas ninguém respondeu.

Idiotas sem senso de humor!

Mas que se foda... Ele tinha sete horas para descobrir quem ali era amigo e quem era inimigo. Seria bom começar logo de cara.

Tinha um monte de mistérios para desvendar, e não apenas a respeito da gangue com a qual estava.

Quem era o Cuidador? E o que era o labirinto de Luttern, onde aparentemente a bomba ia ser colocada? Contra quem ela seria armada?

E, talvez o mais importante de tudo: como Becca se encaixava em tudo isso?

A carta estava em cima de seu tapete, ao lado do jornal da manhã.

Um envelope comum com seu nome em cima, que a princípio ela achou se tratar de uma conta. Então ela não o abriria até que tivesse pegado uma xícara de café e sentado em seu sofá. Mas quando abriu o envelope percebeu que ele continha algo bem diferente. O papel A4 com seu nome no topo tinha apenas duas linhas. A primeira era o endereço de um site. O segundo continha duas carinhas tristes.

Manga. Não podia ser outra pessoa.

Levando a carta consigo, ela foi e se sentou em frente ao computador, digitou o endereço do site e pressionou enter.

Uma janela de login com os espaços para nome de usuário e senha apareceu. Após hesitar um pouco, ela digitou seu nome completo na linha de cima. Mas ela não tinha ideia de qual era a senha necessária. Virou o envelope do avesso, mas não podia achar qualquer pista.

Manga, ela finalmente digitou, e pressionou enter.

Senha incorreta, o site lhe informou.

Merda!

Ela tentou mais uma vez, dessa vez usando *Henke* como senha.

Senha incorreta, uma tentativa sobrando.

Apenas mais uma chance.

Foi até a sala checar se não tinha recebido outra carta contendo os detalhes do login. Mas não havia nada ali.

Só para ter certeza, ela leu a carta mais uma vez, segurando tanto ela quanto o envelope contra a luz numa tentativa de ver se havia qualquer mensagem escondida.

Mas a única coisa incomum que achou foi que o remetente tinha escrito errado seu primeiro nome, com "ck" em vez de "cc".

Com certeza Manga, de todas as pessoas, saberia escrever seu nome, correto?

A não ser que...

Ela digitou *Rebecka* como senha no local indicado e pressionou enter. A janela mudou de cor e de repente ela tinha entrado.

O site parecia como uma página de Wikipédia – de fato, era tão similar que ficava difícil ver a diferença. Mas estava bem certa que essa página em particular não estava disponível na versão on-line.

```
O Jogo
também conhecido como o Circo, o Evento,
ou a Performance – é o nome de um projeto
militar secreto que foi desenvolvido nos EUA,
provavelmente durante algum momento dos anos 1950.
O Jogo era originalmente uma parte subordinada do
então chamado Projeto MK-ULTRA, que fora estabelecido
para conduzir pesquisas de várias formas sobre
lavagem cerebral e controle de mentes (ver também o
candidato da Manchúria).
Ao contrário do Projeto MK-ULTRA, que usava
diferentes tipos de drogas e compulsões para
forçar suas cobaias a agir de diversas formas,
os pesquisadores envolvidos no Jogo aplicaram
uma metodologia diametralmente oposta.
```

Usando várias formas de poderosos estímulos positivos, incluindo afirmações, louvor e idolatria, os pesquisadores encorajaram com sucesso diversas de suas cobaias a conduzir ações que eles tinham declarado antes do experimento que nunca iriam fazer.

No Jogo, os sujeitos pesquisados – todos tendo demostrado características de personalidade narcisista – foram colocados em diferentes tipos de cenários adaptados a suas psiques individuais.

Alguns foram levados a experimentar a sensação de participar de um evento esportivo, outros de estar dentro de um filme ou de um evento político significativo. O que todos os sujeitos tinham em comum foi o tratamento de celebridade que receberam, e a manipulação para acreditar que havia um grande público os assistindo e admirando suas ações e seguindo cada passo que davam.

Ao reforçar a autoimagem exagerada das cobaias de várias maneiras, e os fazer de personagens centrais em um contexto mais amplo, os pesquisadores logo conseguiram persuadir vários deles a romper seus limites voluntariamente e levar a cabo numerosas ações dramáticas. Alguns membros do Exército ligados ao projeto começaram a apostar em quão longe cada sujeito estaria disposto a ir, daí a origem do nome o Jogo.

O MK-ULTRA e seus projetos secundários foram desativados nos anos 1970, mas ainda há evidências indicando que o Jogo escapou e ganhou vida própria.

As evidências sugerem que o Jogo, organizado por um indivíduo conhecido com Mestre do Jogo, tem usado várias formas de manipulação psicológica avançada para persuadir pessoas aparentemente comuns a realizarem missões drásticas inexplicáveis e ocasionais. As mesmas fontes indicam que o Jogo tem recrutado diversos assistentes, chamados de Formigas, para fornecer informações e realizar missões mais simples. Eles preparam o terreno para os participantes mais ativos, conhecidos como Jogadores.

Há diversos eventos conhecidos que são ocasionalmente atribuídos ao Jogo, incluindo assassinatos, incêndios, sabotagens ou roubos, mas, como na maioria das teorias da conspiração, há falta de evidências conclusivas...

Acredita-se que a ausência de provas seja resultado do Jogo devotar muito de sua energia em garantir que

```
permaneça escondido. Como resultado, essa própria
falta de evidência é - paradoxalmente - considerada
por muitos como uma indicação em si mesma da
existência do Jogo.
```

Rebecca leu a página três vezes, para depois salvar a tela e imprimir diversas cópias.

Tudo se encaixava perfeitamente nas descrições fragmentadas de Henke e nas suas próprias observações, mas também com as informações que tio Tage tinha confiado a ela. De fato, existia um Jogo que manipulava as pessoas para realizar diversas tarefas. Que podia incitá-las a fazer coisas completamente insanas.

Pobres tolos, obcecados com seus próprios egos que não achavam que o mundo apreciava corretamente seus talentos únicos e significantes, e estavam preparados para fazer quase qualquer coisa para conseguir um pouco de aprovação.

Pessoas exatamente como Henke.

E seu pai...

Mas qual versão da história era a correta?

Tio Tage a tinha ajudado na sequência dos eventos em Darfur, quando ela estava sob suspeita de uso abusivo do cargo, mas também com a licença para armas e, mais recentemente, com a gravação na caixa-forte.

Ele a tinha informado sobre o passado obscuro de seu pai, e – embora tivesse que arrancar dele tais informações – ele tinha finalmente revelado mais informações confidenciais a ela do que deveria.

Por outro lado, ela conhecia Manga a sua vida toda, e a ideia de que ele podia ser um gênio criminoso ainda parecia irreal, para dizer o mínimo. Mas Manga tinha mentido para ela contínua e descaradamente, e não podia fugir desse fato. Tudo o que ele tinha lhe passado era a informação de um site, informação que na verdade não provava nada.

Então qual versão era verdade?

Em quem ela podia confiar?

Qual deles seria capaz de ajudá-la a resgatar Henke?

Ela se recostou no sofá e repassou mais uma vez em sua mente tudo que havia acontecido nos últimos dias, mas ainda não conseguia se livrar da sensação de que algo estava faltando.

Mesmo que fosse o meio do verão, o assento de madeira estava frio como gelo sob sua bunda.

As tábuas da porta do banheiro encolheram, e deixavam entrar luz suficiente para que ele visse pequenos insetos correndo ao redor do pé da porta.

Jeff e Hasselqvist tinham ido se ocupar com os equipamentos imediatamente após a revisão do plano. Ele esperava poder ter uma conversa privada com Nora, mas ela parecia preferir passar o tempo com Manga na cozinha. Então, em vez disso, a mãe natureza acabou ganhando sua plena atenção.

Era, na verdade, bem agradável cagar ao ar livre, ao menos no verão. Obviamente, não havia papel higiênico, mas havia um bocado de jornais antigos que provavelmente dariam conta do recado. E – vejam que útil – também saciavam o seu desejo quase obsessivo de ler alguma coisa enquanto dava uma cagada.

Upsala Nya Tidning, o novo jornal de Uppsala...

Bem, esse era de 1986, então não era mais tão novo assim.

Homem de 33 anos é liberado de custódia
Polícia: sem comentários

O homem de 33 anos de idade... Não foi esse o primeiro cara preso pelo assassinato de Palme? Acabou sendo morto nos Estados Unidos, se eu me lembro corretamente... Falando nos EUA, a PayTag era constituída de canalhas desonestos. Juntos com o Mestre do Jogo, eles conseguiram foder com ele diversas vezes, fazendo com que fosse torturado em Dubai, depois o usando para afundar a ArgosEye, de modo que pudessem transformar a viúva, Anna Argos, em sua nova superestrela...

E o que ele tinha recebido em troca?

Alguns milhões como recompensa, mas isso era provavelmente trocado para uma empresa como a PayTag. Uma merdinha de um erro de contabilidade.

E agora eles passaram as últimas semanas tentando quebrá-lo ao meio, e chegaram muito perto de conseguir. E agora toda força policial da Suécia estava procurando por ele... Então por que ele estava sendo idiota o bastante para considerar enfiar seu pescoço na toca do leão mais uma vez?

Bem...

Vingança era obviamente um ótimo motivo, e um motivo forte pra caralho, realmente.

Já valia o risco somente a ideia de olhar no rosto do Mestre do Jogo quando seu principal investidor de repente descobrisse um furo no pneu da empresa. Ele, Black e Anna Argos, todos na mesma sala, gritando uns com os outros. Bom pra caralho!

Mas haviam outros fatores.

A excitação.

A emoção da perseguição.

Além do mais, ele tinha um monte de mistérios para desvendar e não apenas a respeito da gangue com que estava.

Quem era o Cuidador? E o que era o labirinto de Luttern, onde aparentemente a bomba iria ser colocada? Contra quem ela seria armada?

E, talvez o mais importante de tudo: como Becca se encaixava em tudo isso?

Ela estava sentada no banco do passageiro.
Papai dirigia, mamãe e Henke estavam no banco de trás.
Eles passeavam por um labirinto de ruas estreitas,
e apenas quando ela avistou a enorme igreja no monte
à sua esquerda, percebeu para onde estavam indo.
Döbelnsgatan, próximo à Igreja de São João, no caminho
em direção à cordilheira de Brunkeberg, em Estocolmo.
Henke não tinha mais do que seis ou sete anos de idade e estava
fazendo uma bagunça no banco de trás. Mamãe tentava fazê-lo
ficar quieto, dizendo a ele que não faltava muito para chegar.
Papai não dizia nada, mas ela podia ver seu queixo cerrado.
Henke chorando, ela se vira para ajudar mamãe.
É aí que ela o vê.
Ele está completamente parado a uma curta distância,
no quintal escuro da igreja, e parece estar olhando
eles atravessarem, enquanto o carro passa lentamente
a seu lado. Em uma mão, ela pode ver o brilho de um
cigarro. Na outra ele segura uma bengala. Sem saber
muito por que, levanta sua mão para acenar.
"Você conhece John Earnest, Rebecca?",
sua mãe pergunta gentilmente.
"Quieto!", Papai rosna de repente, e Henke começa a chorar.
"Faça com que ele se cale, pelo amor de Deus!" Ela vê os
calos dos seus dedos ficando brancos ao apertar o volante.
Mamãe grita de volta algo que ela não consegue escutar.
Ela levanta as mãos e as pressiona contra as orelhas.
Mas as vozes continuam sussurrando dentro de sua cabeça.
Você conhece John Earnest, Rebecca?
O carro continua seu caminho pela lama e, de
repente, ela percebe para onde estão indo.
Quando alcançam o topo do monte
e Döbelnsgatan se transforma em Malmskillnadsgatan,
o cenário muda repentinamente.
Agora ela é adulta, sentada ela mesma atrás do volante.
O som de Henke chorando está vindo do banco
de trás, mas quando ela olha pelo retrovisor vê
o rosto de Tage Sammer em seu lugar.

"Para frente, Rebecca, para trás não. Você precisa
olhar para frente", ele diz em um tom de voz
tão triste que machuca seu coração.
E, assim que ela olha de volta para a rua, ele está ali de
repente, bem em frente ao capô do carro. Um homem vestido
com uma jaqueta preta e com o colarinho levantado ao
redor do rosto. Ele deve ter surgido do caminho íngreme da
direita. O caminho que levava até Tunnelgatan, onde um
primeiro-ministro se encontrava descansando, morto.
Ela pressiona o freio, a direção trava e o carro
continua a deslizar para frente pela lama.
Bem em direção ao homem.
O choro de Henke se transforma em um grito.
Ela tira o pé do freio e o pressiona de novo.
Tentando se manter no controle.
Mas é inútil.
O homem vira a cabeça, levanta a mão em sua direção, como se
tentasse se proteger. E então ela vê o revólver em sua outra mão.
"Papai, nããããão!!", grita Henke.
Ou foi ela quem disse isso?
Logo em seguida ela ouve outra voz, bem distante.
Está a chamando pelo nome.
Rebecca, Rebecca.
E no momento exato em que ela acorda,
finalmente percebe o que está errado.
O nome.

Ela ficou deitada ,parada no sofá por alguns minutos, pensando, encaixando a nova informação com tudo o que tinha passado nos últimos dias.

Depois se levantou, apanhou seu celular e deslizou o dedo por seus contatos até achar o número correto.

'Sou eu", ela disse assim que o homem do outro lado da linha atendeu. "Creio que entendi agora como tudo se encaixa. Papai, Henke, o Jogo – tudo. "Apenas me diga o que você quer que eu faça!"

Invasão corporativa de memória privada 24

Ele tinha acabado de dar sua primeira tragada no seu cigarro matinal e estava caminhando ao redor do celeiro quando ouviu vozes e parou abruptamente.

"Não dá pra confiar nele, não percebe isso?", Jeff grunhiu. "Ele está muito envolvido, já fez coisa demais..."

"Como eu, você diz?"

A voz de Nora, a apenas um metro ou mais de distância.

HP colou na parede e aguçou os ouvidos.

"É diferente. Esse cara não tem escrúpulos nenhum."

Ah, então o amoroso casal não confiava em Manga também, ou ao menos um deles não confiava. Talvez ele tivesse que reconsiderar Jeff um pouco, o cara claramente não era tão estúpido quanto parecia.

"Todo mundo merece uma segunda chance, Jeff. Além do mais, nós precisamos dele."

"Eu não tenho problemas em dar segundas chances às pessoas, Nora, mas elas precisam mostrar algum tipo de arrependimento antes. Mostrar que mudaram. Mas ele ainda não pensa em mais ninguém a não ser nele mesmo, não me diga que você não notou isso?"

HP não pôde deixar de sorrir. Uma discussão de casal ali, no meio do mato...

"Você só está irritado porque ele pintou sua porta com spray..."

O sorriso de HP morreu instantaneamente.

"Eu tive que passar sete horas no pronto-socorro por causa daquilo, se você lembra bem."

"Sim, eu realmente te agradeço por ter feito isso por mim, Jeff..."

HP fez uma careta. Como se não fosse o bastante estarem falando dele, a voz de Nora também tinha uma certa ternura que ele não tinha gostado.

"Serei eternamente grata por você ter me ajudado. Sem você eu ainda estaria presa no Jogo...", ela continuou.

Depois houve um breve silêncio, e HP de repente teve a impressão de que eles perceberam que ele estava ali os escutando.

Mas logo em seguida ela continuou.

"Você sabe que isso é importante. Não apenas para mim, mas para todos que foram explorados e ainda estão sendo. Se nós conseguirmos fazer isso, então tudo estará acabado..."

Jeff murmurou algo inaudível.

"Dê a ele uma chance, Jeff, é tudo o que eu te peço..."

Porra!

O cigarro no fim estava queimando seus dedos, e ele foi forçado a jogá-lo na grama e pisar com força diversas vezes em cima dele para apagá-lo. Quando olhou ao redor do celeiro, Jeff e Nora já tinham sumido, mas ao menos ele tinha absorvido novas informações.

Jeff obviamente não era seu fã, não que ele jamais tivesse tido qualquer razão de acreditar no contrário, o que praticamente significava que o monte de músculos podia ser removido da lista de candidatos a A.F. Mas, por outro lado, Biffalo Bull podia ainda ser o traidor, ao menos enquanto a traição não afetasse Nora. Ele continuou andando para dar a volta no lugar e retornar devagar para o celeiro. Hasselqvist estava ocupado fazendo algo lá no fundo da van.

"Olá, Kent", HP gritou pela porta entreaberta. Hasselqvist pulou e deixou cair o que quer que estivesse segurando.

Um objeto redondo, um pouco como um disco de hóquei de gelo, apareceu girando pelo chão até a porta. Hasselqvist pulou atrás dele, mas HP foi mais rápido.

"Então o que temos aqui, hein?", ele disse brincando, segurando o disco nas mãos.

Hasselqvist o agarrou, tirando-o das suas mãos.

"Não é da sua conta!", ele rosnou, e HP deu um passo involuntário para trás.

"Perdão", ele murmurou.

Mas Hasselqvist fechou a porta bem na sua cara.

O que não importava muito, ele teve tempo de ler a inscrição na lateral do pequeno disco.

Elite GPS 512.

Interessante.

Muito interessante...

Ele passou pelo celeiro, até entrar na casa. Manga estava debruçado sobre seu laptop, mas olhou para cima assim que HP surgiu na cozinha.

"Olá", ele disse, um pouco alto demais.

HP meramente acenou em resposta.

"Veja, eu sei que você está irritado comigo, HP..."

"Não fode..."

"...e que você tem todo o direito de estar. Eu menti para você, mais de uma vez. E realmente sinto muito por ter feito isso..."

Ele deu um sorriso indeciso.

"Mas, como insisto em dizer, eu realmente estava tentando ajudar. Estive te protegendo... você e Becca..."

"O que você sabe sobre a Becca?!"

Manga fez uma careta.

"Não tanto quanto gostaria. Tenho uma fonte bem instalada próxima de Sammer, mas tudo o que realmente sei é que ele e Becca têm se encontrado algumas vezes. Sammer parece muito interessado nela, isso é bem óbvio, mas eu ainda não sei exatamente como ela se encaixa em tudo isso. Sei que nesse momento ela não está em perigo imediato, disso eu sei. Sammer parece completamente obcecado por você..."

"Certo, bom..." HP respirou fundo. "O que é o labirinto de Luttern, e quem é o Cuidador? Como eles se encaixam nesse cenário?"

"O q-quê?"

"Vamos lá, Manga, não se faça de estúpido. O apartamento de frente para o meu, a oficina, as cobras...?"

Ele fixou os olhos em Manga, procurando pelo menor sinal de fraqueza. Mas não podia ver nenhum, nem mesmo uma vibração dos cílios ou uma tremida involuntária.

"Eu genuinamente não tenho ideia do que você está falando, HP..."

"E você espera que eu acredite nisso, assim tão fácil? Sua credibilidade não está exatamente alta nesse momento, Manga..."

"Vamos lá, HP, eu já pedi perdão..." Até a voz de Manga tinha passado no teste. Nem o menor sinal de tremor... "Eu não sei tudo o que está acontecendo – como disse, o Mestre do Jogo não deixa mais ninguém saber do cenário completo. Tudo o que tenho são fragmentos. Por favor, me fale sobre o apartamento. Tudo está conectado, de um jeito ou de outro..."

HP encarou Manga enquanto considerava sobre o que fazer. Certo, então Manga era um mentiroso, mas suas mentiras realmente tinham uma boa intenção. E eles eram velhos amigos... correção: melhores amigos.

Ele sempre pensou em Manga como um cara meio covarde, um geek de computador, e – mais recentemente – um marido dominado, sob o jugo de um dragão de esposa. Mas, ainda que doesse admitir, ele estava errado. Manga não era nenhum covarde, e tinha de fato provado ser um cara bem competente.

Além do mais, agora que tinha parado para pensar, ele tinha em realidade suspeitado de Manga desde o primeiro dia – na verdade, desde o momento em que encontrou o maldito celular no trem. Então, olhando por esse lado, ele não tinha sido *completamente* enganado. Não havia estado completamente cego.

Mas ainda fazia sentido guardar algumas coisas consigo. Ter uma leve vantagem quando o assunto fosse informação não iria doer em nada.

"Isso pode esperar", ele disse, enfim. "Então me lembre mais uma vez por que eu devo concordar com esse plano idiota?"

"Claro, sem problemas." A decepção na voz de Manga era óbvia. "Dê uma olhada nisso."

Manga foi até a mesa e virou seu laptop para que HP pudesse ver a tela. "Fiz uma lista de clientes que já começaram a guardar seus dados lá no bunker. Sente-se..."

Manga apontou para uma das cadeiras. Ele abriu um arquivo de Excel e começou a descer a lista pela tela.

"A Agência Rodoviária, a Receita Federal, a Polícia, a Alfândega, três diferentes bancos de dados biológicos, um deles já com mais de 500 mil amostras de DNA registradas. Registros odontológicos, o Censo, a Justiça Eleitoral, e um monte de outros órgãos oficiais menores. Praticamente todas as empresas de telefonia e internet assinaram acordo antes da diretiva da UE ter sido aprovada, o que significa que os registros telefônicos, e todos os endereços de IP e mensagens de texto já estão armazenados na Fortaleza."

"Certo, isso é mais ou menos o que eu pensava...", HP murmurou.

"O quê?"

"Algumas semanas atrás eles retransmitiram para mim todos os meus registros de informática, assim como todas as minhas mensagens para você e Becca. Um pequeno aviso, apenas para que eu ficasse ciente que estavam mantendo os olhos em mim. Não pude entender muito bem como eles tinham conseguido colocar as mãos em tudo aquilo tão rápido, a partir de tantas fontes diferentes. Mas agora eu entendo. Tudo o que tiveram que fazer foi pressionar alguns botões..."

Manga concordou com a cabeça.

"Continue..." HP acenou com uma mão.

"Certo, então você já entendeu o básico, mas em pouco tempo os grandes supermercados estarão se registrando, seguidos por praticamente toda empresa que possua um esquema de cartão de fidelidade. Estão todos aterrorizados com o possível vazamento de suas informações e a constante perda de confiança do consumidor. Mas o mais interessante é provavelmente o que está escondido bem abaixo do bunker..."

"Olá Ludvig, é Rebecca, perdão por te ligar tão cedo..."

"Er, sem problemas. Eu estava acordado mesmo..."

Ela não conseguia dizer se ele estava mentindo e lhe deu alguns segundos para se recompor.

"Então, o que eu posso fazer por você, Normén?", ele disse com uma voz menos sonolenta.

"Eu quero voltar ao trabalho."

"Er, certo. Isso não dever ser um problema. Ligue para o departamento de pessoal após as nove horas e eles vão te ajudar. Provavelmente irá demorar algumas semanas para resolverem tudo..."

"Não, não, eu não tenho tempo para tudo isso. Eu quero voltar ao trabalho agora, sem demora. O casamento é amanhã, e você me disse pessoalmente que precisaria de todo guarda-costas com o qual pudesse contar."

"É claro, sim. Mas certamente você pode entender..."

Ele limpou a garganta.

"Bem, enquanto esse negócio com seu irmão ainda estiver acontecendo, não posso te aceitar de volta, não importa o quanto eu queira. Stigsson enlouqueceria se eu sequer sugerisse tal coisa..."

"Pergunte!"

"O quê?"

"Ligue pra ele e pergunte!"

"Eu não estou te entendendo bem, Normén...?"

"Estou te pedindo para ligar para Stigsson e perguntar se eu posso voltar às minhas atividades. Por favor, você poderia fazer isso imediatamente?"

Houve um momento de silêncio.

"Claro", ele murmurou eventualmente. "Mas eu já sei qual será a resposta."

Eu também, ela pensou.

"O nível mais baixo do bunker está reservado para um cliente em particular. A coisa toda é ultraconfidencial..."

Manga olhou por cima dos ombros, como se estivesse preocupado que alguém pudesse estar ouvindo.

"Para ser honesto, creio que esse cliente em particular é mais do que um simples freguês. Pode ser que o locatário secreto do nível mais profundo esteja, na verdade, por trás de todo o grupo PayTag. Mas, em vez de pôr em risco sua própria marca valiosa, eles estão usando a PayTag como uma fachada, um para-brisas para os insetos baterem de frente e morrerem, enquanto aqueles com o verdadeiro poder ficam sentados sãos e salvos no banco do passageiro, do outro lado do vidro."

"E quem poderia ser?"

Manga deu de ombros.

"Quem você acha?" Quais empresas têm maior influência no mercado de obtenção de informações? Quais estão constantemente projetando novos serviços para nos tentar a dizer o que estamos fazendo agora, onde estamos, quais termos de busca estamos usando mais ou, até mesmo, o que estamos pensando?"

HP refletiu por um momento.

"Há inúmeros candidatos. Provedores de busca, sites de rede social..."

"Você está no caminho certo, meu jovem Padawan..."

Manga fechou seu laptop.

"Google, Facebook, Twitter e alguns outros têm compreendido o que nós somos estúpidos demais para enxergar."

"Que é...?"

"Que informação é a nova moeda. Se você tiver controle de informação suficiente, no fim, todo mundo vai querer fazer negócios com você. Apenas veja a valorização do Facebook no mercado de ações. Pode até ser menor do que eles estavam esperando, mas ainda é três ou quatro vezes maior que o valor da Ericsson. Mas você sabe quais são os bens mais valiosos deles, HP? Dê um chute! O que você acha? Não são sistemas de telefonia, ou anos de pesquisas, ou milhares de patentes. O que o Facebook possui, e o que o faz valer todos esses bilhões, seus bens mais valiosos são..."

"Seus usuários", disse HP.

"Exatamente!" Ou, para ser mais preciso, a *informação* que seus usuários fornecem voluntariamente. Tudo fica armazenado – comentários, compartilhamentos, fotos, jogos, curtidas..."

O rosto de Manga estava começando a ficar vermelho.

"Como você prevê o futuro, HP? Olhando de volta para o passado, esse é o ponto de partida de qualquer profeta. Quanto mais informação você tiver sobre o passado, mais confiável serão suas previsões para o futuro. Apenas pense a respeito..."

Manga pausou para recuperar o fôlego por um momento.

"E se o passado, o passado de *todo mundo*, estivesse armazenado em um único e mesmo lugar? Bancos de dados do Estado, registros médicos, padrões de consumo, redes sociais e preferências de sites de busca. Tudo isso em um massivo banco de dados? Tudo o que você teria que fazer seria comparar as informações. Então tudo o que você precisa fazer é digitar uma palavra-chave, qualquer coisa que você quiser, e poderá enxergar as tendências. Quantas pessoas tiveram câncer em um ano em particular, quantas pessoas preferem carros brancos a carros azuis, quais grupos etários são mais prováveis de cometer crimes, ou olhar por padrões em particular, os mais ativos no Twitter, onde vivem, que música escutam, que livros leem e o que normalmente compram no supermercado na quarta-feira anterior ao dia em que recebem seus salários..."

Ele pausou para pegar ar mais uma vez.

"*Aquele que controla o passado controla o futuro*, escreveu Orwell em *1984*, e ele certamente tinha razão. Embora eu deva dizer que o projeto da PayTag é ainda mais refinado que isso..."

Ele pausou mais uma vez, e HP não podia evitar chegar mais perto.

"Aquele que controla o futuro, HP, sem qualquer sombra de dúvida... é , na verdade, a pessoa que *possui* o passado. E isso é exatamente o sentido de todo o projeto da PayTag!"

HP acendeu um cigarro. Ele se demorou deliberadamente, para ter uma chance de pensar.

Tudo isso era bem difícil de digerir. Além do mais, não era nem de longe a primeira teoria da conspiração que ele tinha ouvido. Da última vez haviaa sido Erman vociferando sobre o Jogo, e agora era Manga com a PayTag.

Mas se havia uma coisa que ele tinha aprendido nos últimos dois anos, era que não havia teoria, não importa quão fora da realidade parecesse, que pudesse ser totalmente descartada. Não havia fumaça sem fogo, ao menos não quando se tratava do Jogo.

E tudo o que Manga tinha dito se encaixava muito bem com a pequena demonstração que ele tinha recebido no computador da biblioteca. Mais importante, também encaixava bem com o pequeno plano B no qual ele estava trabalhando. Na verdade o tornava ainda melhor...

Ele deu uma tragada profunda, depois exalou lentamente a fumaça.

"Certo, Manga, entendo o que você está dizendo, mas vamos ser honestos, eu não dou a mínima para o que a PayTag está aprontando. Tudo o que eu quero é dar um decente chute no saco do Mestre do Jogo, de Anna Argos e de Black. E é aí que nossos interesses parecem coincidir. Parece pra mim que nós temos um inimigo em comum..."

Ele deu uma outra tragada e apagou o cigarro em um pires velho e rachado que achou no escorredor.

"É mais ou menos assim, Manga: se você quer minha ajuda, eu preciso de um favor em troca. Preciso entrar em contato com Rehyman, de preferência agora mesmo. Preciso falar com ele sem que ninguém esteja escutando..."

Manga levantou os olhos do computador.

"O q-quê? Por quê?"

"Prefiro não revelar isso agora. Você me pediu para confiar em você, e o mesmo se aplica aqui... Mas, para manter as aparências, creio que podemos chamar isso de meu preço para fazer parte de tudo isso..."

Ele gesticulou em direção ao teto amarelo com uma mão. Manga o fitou demoradamente e parecia considerar a proposta.

"Certo, suponho que isso seja justo...", murmurou.

Ele digitou algo no computador, depois pegou uma caneta e um papel e escreveu um número nele.

"Aqui, ele está on-line, então pode ligar pra ele de imediato. Há alguns celulares pré-pagos naquela caixa ali no canto. Quando tiver terminado, destrua o cartão SIM e jogue os pedaços na floresta, ok?"

"Claro, sem problemas..."

Manga o fitou demoradamente mais uma vez.

"Você sabe no que está se metendo, não é, HP? Isso não é um jogo. Se tudo der errado..."

"Claro, não se preocupe, tenho tudo sob controle. Essa não é a primeira vez que bato de frente com o Mestre do Jogo..."

"Bem, creio que seja verdade. Mas é a primeira vez que você está fazendo algo que não está nos planos do Jogo..."

"Que bom que eu não estou sozinho, então", sorriu HP. "Se tudo for para o inferno, então estaremos todos fodidos ao mesmo tempo!"

ANDERS DE LA MOTTE THE GAME

Aventuras 25

"Aqui."

Ele lhe deu a chave do gabinete de armas.

"Presumo que tenha sua identificação e cartão de acesso aí com você."

Ela confirmou com a cabeça.

"Certo, pegue suas coisas e se dirija diretamente ao campo de tiro. Você irá precisar fazer os testes de novo antes que possamos deixar você voltar ao serviço. É fácil perder o jeito se você não pratica..."

"Isso não será problema, Ludvig."

"Certo, bom."

"Há mais alguma coisa?"

Ele confirmou.

"Antes de ir, Normén, eu tenho que te perguntar. Como diabos você fez para que Stigsson concordasse em te reintegrar?"

"Ah, você pode dizer que tive um pouco de ajuda de um amigo em comum."

Ela sorriu e olhou demoradamente para ele.

"E isso é algo que você gostaria de explicar para seu chefe?"

Ela respirou fundo.

"Não no momento, Ludvig. Mas numa oportunidade futura..."

"Certo..."

Ele ainda estava olhando firme para ela.

"Você sabe bem o que está fazendo, não é, Becca?", ele disse, finalmente, com um tom de voz mais baixo.

"Não se preocupe, Ludvig. Você me queria de volta e aqui eu estou. Apenas fique feliz com isso por enquanto", ela sorriu.

O alvo se mexeu quando ela estava a dez metros de distância, e muito antes que a parte consciente de seu cérebro tivesse registrado o fato, ela já tinha entrado em ação. Abriu rapidamente a jaqueta, ambas as mãos no coldre da cintura.

Arma para fora, mão esquerda no gatilho. Empurrando para frente e para cima, engatando uma bala na agulha. A mão firme encontrando a parte inferior do tambor. Então a mira, o alvo.

Dois tiros rápidos.

O alvo se foi.

Ela desengatilhou a arma com o polegar esquerdo, e continuou a se mover para frente. Um novo alvo veio, e dessa vez muito para sua direita. Ela apertou o gatilho e atirou, sem nem pensar sobre o resultado. Rapidamente desengatilhou a arma e continuou. Dois alvos começaram a se mover ao mesmo tempo, e ela já tinha feito um buraco no primeiro antes que parassem de correr.

E então a arma fez um barulho de clique.

Acertou com a mão esquerda a base do pente, e realizou a ação rápida de lançar o cartucho preso ao chão. Três tiros rápidos.

Os alvos foram embora.

"Parar, cessar fogo, descarregar!", gritou o instrutor.

"Descarregando!", ela disse.

Ela tirou o pente, girou o cabo e pegou o cartucho que estava pronto para ser disparado. Depois largou o cabo, guardou a arma e retirou os protetores de ouvido. Todos os alvos destruídos com um alto assovio, mas ela não olhou os resultados. O instrutor de tiro passou por ela, fez uma checagem rápida nos alvos, depois retornou. Ela o ouviu assobiar.

"Bem, Normén, isso foi muito bom. O que você me diz?"

"Sim", ela disse.

"Não cheguei a cronometrar, mas creio que passou perto de alcançar o recorde do curso. Ligarei para Ludvig imediatamente para lhe dizer que sua habilidade no tiro foi... aprovada. Você poderia organizá-los você mesma?"

Ele lhe passou um rolo de pequenos adesivos pretos.

"Claro."

Ele virou as costas para ela e se dirigiu para a porta.

Ela retirou quatro pequenos adesivos do tamanho de um carimbo e largou o rolo.

No caminho até os alvos, ela pegou um pequeno cartucho verde e vazio que o instrutor tinha escondido em seu pente e tinha causado a pausa em seus tiros.

Todos os tiros acertaram a zona morta. Três dos pares de buracos foram tão próximos um do outro que estavam se tocando, e os outros dois tinham apenas um milímetro de papel entre eles.

"Bom, então você vai manter contato? Obrigado pela sua ajuda,"

HP terminou a ligação, abriu a parte de trás do celular e retirou o cartão SIM.

Tinha acabado de parti-lo ao meio quando Hasselqvist surgiu de algum canto.

"Er, oi, HP. Escute, eu apenas queria te explicar algo..."

"Claro."

Ele deu as costas para Hasselqvist e mandou uma metade do cartão SIM para a moita de urtigas mais próxima.

"Aquele negócio na van..."

"Você que dizer, o transmissor GPS?"

Ele lançou a outra metade entre os pinheiros.

"Sim, isso mesmo... Entenda, eu tinha acabado de achar quando você apareceu na porta... estava por baixo de uma sacola e tinha acabado de rolar para fora."

"Certo..."

"Ele é seu?"

"O q-quê?" HP se virou.

"O transmissor GPS, ele é...?"

"Sim, eu entendi, Kent. Não, não é meu..."

"Certo, eu só queria ter certeza. Era você que estava sentado lá no fundo, então eu pensei..."

HP sacudiu a cabeça.

"Não, não é meu. Talvez ele faça parte da van?"

"Eu duvido..."

"Nesse caso, sugiro que você se livre dele agora mesmo."

"Claro, eu só queria checar com Jeff primeiro, talvez seja dele..."

Hasselqvist se afastou, e HP esperou mais um minuto antes de pegar um novo cartão SIM do bolso da calça. Ele o inseriu no celular que tinha pego de Manga, ligou-o e digitou o código pin.

O texto chegou quase instantaneamente.

`Feito!`

Número privado, mas ele sabia de quem tinha sido.

Caralho, Rehyman era rápido!

Eles se trocaram em silêncio. Roupas de mergulho apertadas, pés de pato de borracha e máscaras para esqui de neoprene que faziam um calor intolerável, e que HP retirou na mesma hora. Loucura completa, em uma escala absurda!

"Está tudo pronto", ele ouviu Manga dizer do outro lado do Polo.

"Ainda quero me certificar mais uma vez", disse Jeff.

"Mas está ficando..."

"Temos tempo", interrompeu Jeff. "Sempre há tempo para checar seu equipamento..."

Manga parecia ter desistido, porque quando HP rodeou o carro, a porta de trás já estava aberta.

"Equipamento de mergulho, bote inflável, equipamento de soldagem, explosivos...", Jeff repetia a si mesmo enquanto movia sua mão por sobre as várias sacolas pretas no porta-malas.

A palavra *explosivos* assustou HP. Ele teve um repentino flashback da rodovia E4 dois anos atrás, quando tinha conectado seu celular a uma sacola similar. Uma sacola recheada com tanto explosivo que era o bastante para explodir um prédio inteiro aos céus.

Por quase dois anos, ele acreditou ter explodido o cérebro do Jogo para um outro universo. Mas, de acordo com o Manga, aquilo não tinha passado de uma ilusão, e uma muito esperta, que o Mestre do Jogo tinha implementado em sua cabeça. A verdadeira Estrela da Morte não estava localizada em um antigo edifício de escritórios em Kista, mas enterrada no subsolo em um bunker a pouco mais do que alguns quilômetros de distância.

Mas se tudo que tinha vivido até alguns dias atrás foi apenas um jogo mental elaborado, então que garantias teria de que o que estava vivendo agora era mais real?

Lutava contra esse dilema em particular há vários dias.

Mesmo se ele decidisse confiar em Manga, não havia qualquer garantia. Manga parecia estar dizendo a verdade, porque – até onde era possível dizer – ele genuinamente parecia acreditar em sua própria história. Mas e se essa não fosse sua história?

E se alguém mais estivesse brincando de jogos mentais com Manga, da exata maneira que tinham feito com ele?

E se o lugar para onde se encaminhavam agora na verdade não fosse nada mais do que parte de um plano ainda mais elaborado?

Esse era o problema com as teorias da conspiração. Uma vez que você passava a aceitar sua existência, era impossível dizer onde elas realmente terminavam.

Só porque você está paranoico, não significa que eles não estão realmente atrás de você...

"Quietos!", Jeff disse de repente, levantando os olhos do porta-malas. "Vocês ouviram isso?"

Ninguém falou nada.

"O que foi, Jeff?" Hasselqvist quebrou o silêncio após alguns segundos.

"Lá!"

Um som leve de zumbido se aproximava do leste. HP percebeu o que era de imediato. Ele deu alguns passos largos, pegou a pesada porta corrediça do celeiro e começou a fechá-la.

"Que porra...?", Jeff gritou.

HP o ignorou.

O som se aproximava rapidamente, latejando como uma furadeira pneumática em seus tímpanos.

A porta estava quase fechada, apenas um metro e pouco faltando, e HP jogava todo seu peso sobre a maçaneta. Mas a porta estava ficando mais lenta, começando a se arrastar, e finalmente parou com um ruído barulhento.

O barulho latejante ecoava pelas construções, amplificando até que ele pudesse sentir a vibração em suas costelas, e somente agora os outros pareciam ter entendido.

Um helicóptero, voando extremamente baixo, surgiria por cima das copas das árvores a qualquer segundo. HP fez outra tentativa de fechar a porta. Mas a engrenagem no topo parecia ter pulado para fora do trilho. e a porta permaneceu travada.

Ele dobrou os joelhos e puxou a maçaneta o mais forte que pôde, com uma perna em cada lado da porta. De repente e sem aviso prévio, a porta se soltou e veio com tudo em direção ao seu peito. Ele se lançou para o lado e escapou por muito pouco de ter sua cabeça esmagada pela porta.

"Perdão!", Jeff gritou, suas mãos ainda do outro lado da porta.

Um momento depois, o helicóptero surgiu trovejando através do pátio, e a rotação pulsante das hélices deixaram HP praticamente surdo.

Tanto ele quanto Jeff se agacharam instintivamente enquanto tentavam avistar o helicóptero pelo teto esburacado do celeiro.

Parecia estar sobrevoando a apenas alguns metros acima do celeiro.

HP olhou rapidamente para os outros. Jeff parecia completamente focado no helicóptero, assim como Nora. Mas Hasselqvist se esquivou rapidamente para dentro da van.

"Precisamos ir !", ele gritou enquanto pulava para o banco do motorista.

"M-mas, não estamos prontos...", Nora berrou.

O helicóptero ainda os sobrevoava, e o vento descendente das lâminas estava fazendo o que sobrava do teto começar a tremer. Devagar a princípio, mas cada vez mais rápido.

Fragmentos de telhas começaram a se soltar e cair dentro do celeiro.

"Kent está certo!", Jeff rugiu. "A qualquer minuto esse teto vai desabar em cima da gente..."

Um grande pedaço de telha atingiu o teto da van com um estrondo. "Vou abrir a porta, para que vocês venham... Apenas dirija, não pare ou espere por mim", Jeff gritou no ouvido de HP.

HP concordou, e tentou correr agachado em direção à van.

Um pedaço pequeno de telha o atingiu na cabeça, e ele ergueu o braço instintivamente para tentar se proteger. Houve um barulho alto, depois mais um. Provavelmente algum dos integrantes do helicóptero atirando no teto.

"Vamos, Nora!", ele gritou quando alcançou a porta da van.

Mas ela parecia hesitar.

Jeff gritou algo para ela que HP não ouviu. Ele acenou a mão em direção à van. Outro estrondo, mais forte dessa vez. Um grande pedaço de telha estraçalhou-se no chão, bem em frente à van, lançando estilhaços para todos os lados.

Hasselqvist deu partida no motor.

"Temos que ir, vamos!", ele gritou mais uma vez.

Jeff tinha voltado e estava se recostando contra a porta. Telhas caíam, o ar estava cheio de fragmentos voando.

HP pôs os braços em cima dos olhos, enquanto os pedaços quebravam em cima da van. Quando olhou de volta, Nora estava deitada no chão.

Merda!

Ele saltou da van, mas ela já estava novamente em pé antes que pudesse alcançá-la.

"Para dentro da van, HP, vamos!"

Ela o empurrou para frente. Mais telhas chovendo, e parecia que traziam pedaços do teto com elas. Sangue estava escorrendo do rosto de Nora de um ferimento úmido no topo de sua cabeça. Ele a empurrou para um dos assentos.

"Jeff!", ela berrou.

"Quem se importa com seu namorado, nós temos que ir...", ele surtou.

Pelo para-brisas, ele via a porta abrindo-se devagar.

Hasselqvist rugiu o motor.

"Irmão...", ela rosnou.

"O quê?"

"Ele é meu irmão mais velho, seu idiota...!"

Jeff tinha quase conseguido abrir a pesada porta.

Suas costas e músculos do pescoço estavam esticando sua camiseta, ameaçando rasgá-la.

A van de repente se moveu para frente.

Seu irmão...

Ele agarrou o apoio para cabeça do assento mais próximo e se pendurou para fora da van.

"JEEEEFFF!", ele gritou.

A montanha de músculos girou no ar e encontrou seu olhar. As rodas da van estavam dançando no chão de concreto coberto de sujeira, tentando não derrapar...

HP esticou-se o máximo que pôde, erguendo a mão.

Jeff deu dois passos rápidos.

O desabamento se espalhava pelo teto, seção após seção de telhas estava cedendo e enviando uma chuva de fragmentos pontiagudos contra a carcaça da van. Um pedaço, grande como uma mão, voou rente ao nariz de HP, mas ele mal notou.

Jeff se lançou no ar...

Os pneus de repente se firmaram e a van saiu voando do celeiro como uma flecha. Um momento depois o teto inteiro desabou.

O carro escuro estava esperando do lado de fora de seu prédio quando ela chegou em casa. Assim que se aproximou, o chofer abriu a porta e saiu. Mas não era o mesmo homem de antes, esse agora era consideravelmente mais jovem, e ela demorou alguns segundos antes que o pudesse identificar.

"Olá, Rebecca, meu nome é Edler, sou o auxiliar do coronel Pellas..."

Ele estendeu a mão.

"Nos encontramos no apartamento da rua Maria Trappgränd..."

"Olá", ela disse, apertando sua mão.

Ele abriu a porta do banco traseiro.

"Boa noite, minha cara Rebecca", disse Tage Sammer. "Perdão ter aparecido assim sem avisar, mas tenho boas notícias..."

Ela hesitou e olhou para Edler.

Sammer parecia ter lido seus pensamentos.

"Podemos falar abertamente, não guardo segredos de Edler..."

"Bom..."

Então, depois de pensar por alguns segundos, ela acrescentou:

"Talvez devêssemos entrar no apartamento mesmo assim? Um pouco mais confortável do que ficarmos sentados dentro do carro..."

"Obrigado pelo convite", ele sorriu. "Adoraria aceitar em outra ocasião, mas hoje eu prefiro o carro. Dentro de apartamentos a gente nunca sabe quem pode estar escutando..."

Ele bateu no banco ao seu lado e Rebecca não teve escolha a não ser entrar.

Edler foi para trás do volante, ligou o carro e seguiu devagar em direção a Rålambsvägen.

"Você encontrou Henke?", ela perguntou antes que ele tivesse tempo de abrir a boca.

"Ainda não, mas acho que descobrimos onde ele e Sandström estão. Esperamos apanhá-los em breve."

"Certo, bom. Bem, bom é provavelmente a palavra errada..."

"Eu sei o que quer dizer, Rebecca. Tudo isso é pelo bem-estar de Henrik, e nós somos muito gratos que você nos esteja ajudando. Temos que entrar em contato com ele antes que faça algo realmente errado. Entenda, isso não é só por conta do revólver..."

Ele olhou em direção a Edler.

"Temos informação a respeito de uma bomba..."

"O quê? Então é preciso adiar o casamento real..."

"Não, não, isso está fora de questão. O Palácio foi bem claro nesse ponto."

"Mas e o risco?"

Ele respirou fundo e então deu de ombros.

"O risco é considerado aceitável dentro das circunstâncias."

"Aceitável, é sério? Uma bomba..."

"A informação ainda precisa ser confirmada. Temos muito poucos detalhes para estarmos em posição de sugerir qualquer medida mais drástica, como adiar o casamento. Ameaças de bomba são ocorrências regulares, e meus empregadores..."

Ele suspirou.

"Há muita coisa em risco, Rebecca, muito mais do que você possa imaginar. O apoio da população à família real tem caído pela metade nos últimos quinze anos, o Parlamento está cheio de republicanos que estão simplesmente ganhando tempo, e se os números continuarem a cair na mesma velocidade..."

Ele pausou e deu de ombros mais uma vez.

"É claro, fatores desse tipo podem ser levados em consideração quando estamos avaliando o nível da ameaça, mas você sabe como essas coisas funcionam tão bem quanto eu. Todas as grandes organizações são iguais. Em algum lugar sempre há alguém que está preocupado em perder o emprego, e que por isso hesita em tomar decisões desagradáveis, embora algumas vezes necessárias."

Ele levantou as mãos.

"Dificilmente haverá algo que aumente tanto a popularidade da família real como um casamento, meus empregadores me ensinaram isso alguns anos atrás. Infelizmente todos os artigos nos jornais, por mais que possam estar errados, têm omitido quase toda a parte boa."

"E quanto ao batismo? Isso não faz muito tempo."

Ele balançou a cabeça.

"Um batismo é algo muito discreto, não carrega o mesmo brilho. Temo que hoje em dia apenas duas coisas possam aumentar a popularidade da família real – casamentos e crises nacionais. Em outras palavras, seria preciso um grande acontecimento para alguém decidir atrasar as festividades, quem dirá adiar tudo. De todo modo, temos poucos detalhes até agora a respeito dessa bomba em potencial."

"Então o que você sabe, pode me dizer?"

"Não exatamente, Rebecca..." Ele pausou por alguns segundos, trocando um rápido olhar com Edler pelo espelho retrovisor antes de prosseguir.

"Algumas horas atrás recebemos uma pista sobre um apartamento. Conseguimos um mandado e fizemos a busca, e achamos alguns indicadores de que uma bomba podia ter sido construída ali..."

"E como isso se conecta a Henke?"

Sammer respirou fundo.

"O apartamento era na Maria Trappgränd, bem de frente ao apartamento de Henrik..."

Seu coração começou a bater mais rápido, mas ela fez o melhor que pôde para esconder sua agitação.

"Espere um momento, você não está sugerindo que Henke...? Bem, pode esquecer essa ideia. Ele mal consegue montar uma estante de livros, quanto mais uma bomba..."

"Eu concordo com você inteiramente, querida Rebecca."

Ele tocou gentilmente em um de seus joelhos.

"Não acreditamos que Henrik tenha construído uma bomba sozinho também. Mas, por outro lado, é muito difícil que seja uma coincidência a oficina estar localizada no apartamento logo em frente ao dele. E nós também achamos algumas de suas digitais ali..."

Rebecca sacudiu a cabeça relutantemente.

"Como eu disse antes, Henrik está em companhia de gente perigosa no momento. Gente extremamente perigosa. As pessoas com quem ele tem se juntado são especialistas em manipular outras pessoas, eles já fizeram isso muitas vezes no passado. E tristemente Henrik é, como você sabe, bem..."

"Influenciável..."

"Precisamente."

O carro parou no sinal vermelho da rotatória da Lindhagensplan, e eles ficaram sentados em silêncio por um momento.

Estavam apenas a algumas centenas de metros do lugar onde o carro em que ela e Kruse estavam havia sido atingido após Henke derrubar uma pedra no para-brisas, a partir da ponte logo acima. Henke presumidamente não sabia que era ela no carro, mas isso tinha pouca relevância. Alguém o tinha manipulado a fazer aquilo, fazendo com que ignorasse por completo a inevitável conclusão de que outra pessoa iria se machucar como consequência de suas ações.

Isso realmente poderia acontecer de novo?

Dadas as circunstâncias ideais – com certeza.

"Então o que você quer que eu faça, tio Tage?", ela disse enquanto o carro se aproximava da ponte na autoestrada.

Sua voz soava triste.

"A vida de muitas pessoas está em risco, Rebecca. Se não conseguirmos pegar Henrik hoje à noite, então nós teremos de fazer o que for preciso para pará-lo. E eu realmente digo o que for preciso, você me entende?"

Ele pausou brevemente.

"Obviamente, você pode escolher não aceitar a missão. Ninguém irá culpá-la. Posso ter uma palavra com Eskil Stigsson..."

Eles passaram por baixo da ponte, e ela não pôde deixar de olhar para a grade acima. Por alguns momentos, imaginou que podia ver alguém lá em cima. Uma figura vestida de preto em um capuz.

"Não!", ela disse um pouco alto demais, e viu Edler olhando para ela pelo retrovisor.

"Não, obrigada, tio Tage. Isso não será necessário", ela disse da forma mais calma que conseguiu. "Assim como você falou, há muita coisa em risco. Sou muito grata por tudo que você já fez..."

"Não se preocupe. Precisamos das pessoas certas nas posições corretas. Pessoas em quem possamos confiar. Todos concordamos com isso, Stigsson, meus funcionários e eu mesmo."

Ele deu uma batidinha no seu joelho mais uma vez.

"Você é tão parecida com seu pai, Rebecca, eu já lhe disse isso antes? Consciente, leal, confiável, não importa em quais circunstâncias. Essas qualidades estão ficando cada vez mais difíceis de encontrar nessa sociedade egocêntrica de hoje em dia..."

Ela não pôde deixar de corar.

À luz do banco de trás do carro, se ela apertasse um pouco os olhos, tio Tage se parecia muito com seu pai. Sua postura, sua forma de falar levemente arcaica, até o cheiro era quase igual.

Cigarros, colônia pós-barba e alguma coisa a mais.

Algo que trouxe uma sensação volumosa de tristeza à sua garganta.

Ele estava imobilizado no chão, com Jeff deitado inerte por cima dele. A van balançava e derrapava sobre o caminho de cascalhos. O suporte que prendia um dos assentos apertava fortemente sua perna. Estranhamente, ele não conseguia ouvir nada ao seu redor além do agudo assobio que parecia ecoar de sua cabeça. Ele pressionou as mãos contra o chão e tentou se libertar fazendo uma alavanca.

De repente, sentiu Jeff se mover, e um momento depois seu corpo pesado rolou para o outro lado.

Ao mesmo tempo, sua audição retornou.

"O que caralho está acontecendo?", ele gritou.

"O celeiro!", Nora gritou.

"O q-quê?" Ele tentou se levantar do chão.

"O celeiro explodiu", ela gritou, tentando se equilibrar contra uma das janelas laterais.

"O teto desabou, depois houve uma explosão... O céu se encheu de fumaça e não tivemos mais sinal do helicóptero. Não sei o que aconteceu!"

"Os explosivos..." Jeff tossiu. "Os explosivos e os detonadores estavam no Polo, próximos ao tubo de soldagem. O porta-malas estava aberto. E havia fertilizante químico naquelas sacolas brancas no canto..."

HP lutou para conseguir subir no assento ao lado de Jeff. Os olhos do homem grande estavam fechados, e HP podia ver claramente seu peito musculoso se erguer e murchar embaixo de sua camiseta encharcada.

A van voou por cima de uma lombada, e HP foi parar no chão mais uma vez.

Houve uma pancada, depois a van desviou bruscamente para a esquerda, e de repente o som da estrada tinha mudado.

"Dirigindo bem, Kent!", Nora gritou em direção ao banco da frente, e Kent murmurou algo de volta.

"Estamos fora da estrada principal", ela disse, ajudando HP a se levantar.

"Como está a sua...?" Ele apontou para a sua cara cheia de sangue.

Ela pôs a mão na cabeça e só então percebeu o sangue que escorria.

"Merda!", disse. "Eu nem tinha notado, deve ter sido a adrenalina. Tem uma caixa de primeiros socorros no banco da frente..."

Ela escalou por cima dele e deslizou para o banco do carona.

Ele se inclinou para perguntar se ela precisava de ajuda, mas uma mão o puxou para trás.

Jeff tinha aberto os olhos.

"Obrigado", ele disse calmamente.

"Sem problemas", balbuciou HP.

Jeff agradeceu e depois fechou os olhos de novo.

"Há um posto de gasolina adiante, podemos parar ali?", Nora disse a Hasselqvist.

HP se inclinou para frente para olhar pela janela lateral. Uma enorme nuvem de fumaça estava claramente visível acima da floresta, mas não havia sinal do helicóptero.

"Há um lava jato nos fundos, pare ali. Podemos estacionar um tempo sem levantar suspeitas, até que escureça", disse Nora.

Hasselqvist dirigiu através do pátio do posto de gasolina e por trás da loja de conveniência até o abrigo do lava jato, uma ondulada caixa de metal com uma fileira de aspiradores de pó e um monte de baldes em uma das paredes. Um aposentado solitário estava lavando o para-brisas do seu velho Saab, mas além disso estava tudo deserto. Hasselqvist parou a van e eles sentaram em silêncio por alguns instantes.

Nora estava usando o espelho do para-sol do carro para verificar o ferimento na sua testa.

"Ah, merda...", ela murmurou, enquanto usava um par de tesouras para puxar um pedaço afiado de estilhaço do tamanho de uma moeda de coroa sueca de dentro do ferimento.

"Você pode pressionar aqui, por favor, HP?"

"Claro."

Ele se inclinou em direção à sua cabeça.

"Certo, pegue essa compressa e segure o mais forte que puder."

Ele fez como ela tinha lhe pedido, tentando fazer com que suas mãos parassem de tremer da adrenalina.

"Estamos fodidos", soltou Hasselqvist de repente. "Eles sabem onde estamos, que van estamos dirigindo. Não temos a menor chance..."

Ninguém disse mais nada.

"Porque realmente ninguém acredita que foi uma coincidência aquela porra daquele helicóptero ter aparecido, né?" A voz de Hasselqvist estava mais calma agora. "Se nós partirmos agora, podemos estar de volta à cidade a meia-noite. Podemos bolar um novo plano, achar uma outra forma de..."

"Não há outra maneira, Kent!", Nora surtou. "E você sabe disso perfeitamente bem! Se desistirmos agora, é melhor nem nos darmos mais ao trabalho. E isso significa que o Jogo irá vencer. É isso que você quer?"

Hasselqvist não respondeu.

"Nós não temos nossas coisas, Nora, todo nosso equipamento simplesmente virou fumaça", Jeff murmurou. "Sem ele, não temos qualquer chance de entrar na Fortaleza..."

Um completo silêncio tomou conta da van.

"Na verdade, nós temos", disse HP após um momento, mas eles todos pareciam estar tão decepcionados que não ouviram o que ele disse.

"Você me pediu para bolar um plano B, lembra?"

Ele olhou para Nora e finalmente teve uma reação.

"Eu sei como vamos entrar, mas isso significa que vocês vão ter que fazer o que eu disser..."

Ao longe, eles podiam ouvir barulhos de sirene se aproximando.

Soava como se fosse um bocado de sirenes.

"Temos que ir", Hasselqvist choramingou.

"Espere", disse HP. "A polícia sempre desliga as sirenes quando está perto do alvo. Assim eles não assustam os bandidos...", ele acrescentou quando ninguém parecia ter entendido o que ele queria dizer.

"Então enquanto as sirenes estiverem ligadas, é porque eles ainda não chegaram perto de onde estão indo. Entenderam?"

As sirenes estavam mais próximas agora, ao menos três delas, talvez mais.

Nora olhou para HP.

Hasselqvist levou a mão até a chave.

HP pôs a mão em seu ombro.

"Apenas relaxe, Kent. São os bombeiros, te juro", ele disse tranquilamente.

As sirenes estavam tão perto que o som ecoava ao redor do pequeno abrigo, fazendo o senhor olhar para fora de seu para-brisas mata-insetos. Depois, o som foi aos poucos perdendo intensidade. Trinta segundos depois, desapareceram por completo.

"Você pode dar a partida agora, Kent", disse HP, batendo no ombro de Hasselqvist. "Dirija para o norte..."

Ele se encostou no assento e tentou reunir os pensamentos.

"Por sinal, há algo que esquecemos...", ele disse enquanto eles voltavam pra estrada principal.

"Alguém viu o Manga escapar?"

26 Mudança de jogo

A nova van cheirava a purificador de carro. Jasmim. Ou podia ser apenas cheiro de carro novo...

Ele levou dez minutos ou mais para roubar o veículo de um estacionamento de vários andares, o que significava que estava perdendo o jeito. Como precaução extra, ele também pegou as placas de um outro carro, no caso do dono da van ser rápido em relatar o roubo.

Passaram cerca de uma hora em um estrada industrial, se trocando e organizando a nova van. Macacões brancos e máscaras protetoras que ele tinha pego da mochila esportiva, junto com um par de adesivos grandes para a van. Duas sacolas idênticas feitas de plástico resistente, presas em quatro lados através do peito, fazendo parecer que tinham saído de algum filme de ficção científica. Uma para ele e outra para Jeff. E tudo cortesia do empório do pequeno Fenster.

A trilha da floresta em que estavam agora estacionados ficava quase do lado oposto da rua que levava à Fortaleza. As lâmpadas cercando o portão de ferro estavam bem visíveis de dentro da floresta escura, a algumas centenas de metros de distância.

Tudo estava preparado.

Hora de partir...

"Certo, vamos indo. Mantenham os dedos cruzados que isso vai funcionar."

Três acenos em resposta, dois confiantes, de Nora e seu irmão, e um meio hesitante de Hasselqvist.

"Estão com tudo preparado? Crachás no lugar?"

Mais acenos.

"Como está sua cabeça, Nora?"

"Bem, o curativo tem ajudado."

"Bom!"

HP respirou fundo.

"Certo, vamos indo então..."

Hasselqvist pareceu hesitar por um momento, depois ligou o motor e pôs a van para andar.

"Uma pena, o Manga", disse Nora quando começaram a se mover.

"Sim", HP respondeu.

"Você tem certeza de que não tem como ele ter escapado?", disse Hasselqvist.

"Sem chance." Quando tudo foi pelos ares ele ainda estava preso atrás de nós...", disse Nora.

HP engoliu em seco para tentar desatar o nó em sua garganta.

"Além do mais, devemos ter ligado para o seu celular pelo menos umas vinte vezes, sem resposta."

Eles voltaram para a estrada recentemente asfaltada e dirigiram até o portão, uma coisa imensa fixada em sólidos pilares de concreto em ambos os lados. Como se não fosse o bastante, havia uma barra de ferro com uma serra afiada fincada no asfalto, cruzando estrada. No topo dos pilares haviam fileiras duplas de holofotes, e, logo abaixo deles, câmeras em caixas de alumínio. Tentar arrombar os portões com qualquer coisa menor do que um tanque seria totalmente fútil.

Havia uma enorme placa amarela de aviso no final do bunker de concreto que era evidentemente a portaria. O aviso estava parcialmente coberto por um plástico preto, mas o vento o tinha corroído o bastante para que o texto se tornasse claramente visível.

PARE
Área de Segurança Máxima
Entrada sem permissão não será admitida
Sem fotografias, gravações ou fiscalização
sem permissão

Hasselqvist parou a van na linha claramente demarcada, a apenas alguns metros da barra de metal serrada.

HP abriu a porta, pulou para fora e foi até a escotilha de vidro da portaria.

Uma mulher de uniforme e com um rosto amargo olhou para ele através do que parecia ser um vidro à prova de balas de camada dupla. Ele ajustou cuidadosamente seus óculos falsos, depois lhe deu um sorriso amigável.

"Sim, como posso ajudá-lo?"

Sua voz era surpreendentemente melódica, quase desconcertante. Merda, ela devia estar trabalhando no rádio, não sentada ali no meio do nada.

"Er... E-Erik, Erik Andersson...", ele começou.

Porra, a voz suave de rádio quase tinha feito ele esquecer seu nome fictício.

"Da Limpadora Andersson", ele acrescentou rapidamente.

"Aparentemente vocês tem um problema com alguns filtros entupidos. Disseram que era urgente..."

"Estão esperando vocês?"

"Certamente, espero que sim...", ele acenou, mandando o que supostamente deveria ser um sorriso inocente e tentando não olhar para a câmera fixada na janela logo à esquerda dela.

"Um momento."

Ele olhou enquanto ela se virou para a esquerda e começou a digitar no teclado.

"Você tem sua identidade com você, Erik?"

Ele acenou de novo, retirando sua identificação falsa do suporte plástico em um dos bolsos superiores do macacão e colocando-a na gaveta de metal que deslizara para fora, por baixo da janela.

A gaveta deslizou de volta com um zumbido.

Ele podia ouvir o som fraco de digitação do outro lado do alto-falante.

Olhou rapidamente para trás, por sobre os ombros.

A van parecia estar em ordem, quase melhor do que ele esperava que ficasse.

Os adesivos com o nome Limpadora Andersson podiam ter ficado um pouco mais para o alto, mas foda-se...

Eles não tiveram muito tempo para pensar nos detalhes e, além de tudo, era difícil de notar quando a porta corrediça se abria.

Jeff estava visível junto à porta, com Nora logo atrás dele.

Mais digitação.

Vamos lá, puta que pariu, Rainman. Mostre-nos sua mágica!

"Você se importaria de olhar para a câmera, Erik?

"Claro que não."

Ele ajustou os óculos e tentou parecer relaxado. A julgar pelo reflexo na janela, ele mais ou menos conseguiu...

E se eles tivessem um daqueles programas de reconhecimento facial?

Merda, ele sequer tinha pensado nisso até agora!

Óculos falsos podiam lhe ajudar a parecer com o cara da banquinha de jornais, mas não tinha como enganar um software...

Olhou por sobre os ombros de novo, depois encarou a câmera. Uma gota de suor surgiu nas suas costas, caindo de seu pescoço e escorrendo por entre seus ombros. E logo mais uma. Em apenas alguns instantes, gotas muito similares de suor iriam começar a aparecer conspicuamente na sua testa...

A guarda reapareceu.

"Certo, Erik..."

Ele sorriu de novo, um sorriso nervoso, de diarreia. Não precisou checar seu reflexo para saber disso.

"Aqui estão seus cartões de acesso. O e-mail diz cinco pessoas no total. Os caras no Operacional vão ficar responsáveis por deixar vocês entrarem e saírem, e não quero ouvir falar de vocês bloqueando qualquer uma das portas para mantê-las abertas, estamos entendidos?"

"Com certeza", ele acenou.

"Bom! Certo, continue por esse caminho e siga as placas até a Divisão Operacional. Terá que virar à direita, mas você verá a sinalização. Não esqueça de devolver seus cartões na saída..."

"Certo, obrigado!"

A gaveta se abriu e ele pegou de volta sua identificação e os cinco cartões marcados como *Visitantes*, antes de virar e se dirigir de volta para a van.

Um clique barulhento o assustou, mas era apenas a barra serrada sendo removida. Assim que entrou na van, o portão começou a abrir.

Hasselqvist engatou a primeira marcha e eles dirigiram devagar através do portão e descendo a colina no caminho indicado. A estrada fora profundamente cortada dentro da rocha, e logo eles não podiam mais ver a floresta.

"Caceta, não é que funcionou..." Hasselqvist soava levemente mais feliz.

"Sim, Kent, meu colega Rain... Quer dizer, Rehyman, é um danado quando o assunto é segurança. Demorou apenas dez minutos para achar as fraquezas no sistema deles. E-mails comuns e não encriptados trocados entre a Fortaleza e a portaria. Tudo o que Rehyman precisou fazer foi achar os endereços, então configurar uma conta clone que parecesse como se tivesse vindo da Fortaleza..."

"Depois, abracadabra, parecia que eles estavam nos aguardando, sim, entendemos essa parte quando você nos contou. Mas ainda não estamos em casa limpinhos e secos. A parte mais difícil está por vir..."

HP abriu a boca para dizer algo incisivo, mas mudou de ideia no último momento. Ele estava ainda segurando o inútil crachá de Manga em sua mão. Ele olhou para aquilo por alguns segundos, então lentamente o guardou em um dos bolsos do macacão.

"Lá está a placa."

Nora apontou para a direita.

"Merda, mas que lugar..."

Eles alcançaram o fim do caminho e chegaram a um enorme pátio. Bem na frente deles havia um prédio de dois andares e algo que se parecia com uma garagem. Atrás e acima dos prédios, a face de rocha erguia-se verticalmente ao menos trinta metros.

"Só há uma saída daqui...", Hasselqvist murmurou, olhando para o retrovisor.

Eles estacionaram logo à direita do prédio, perto de uma estação de carregamento com a sinalização correta.

Uma das portas da garagem do prédio no lado oposto estava levemente aberta, e HP pensou que podia ver algo similar a um micro-ônibus escuro lá dentro. Seu coração estava batendo cada vez mais rápido.

Em algum lugar, um cachorro estava latindo, e o barulho ecoava pelo local antes de desaparecer dentro da penumbra da noite de verão.

Caralho, HP, se acalme e se atenha ao plano...

Respirou fundo e pôs sua mão no bolso, brincando com o cabo da arma de choque.

"Ponham suas máscaras ao redor dos pescoços. Tem que parecer tudo genuíno", disse Nora. "Jeff, está pronto?"

"Claro, estou pronto", balbuciou o irmão dela.

"Ok, vamos indo. Dessa vez deixem que eu falo tudo..."

Ela acenou para HP com a cabeça. Depois abriu a porta.

"Certo, como sabem, amanhã é um grande dia. O casal feliz parece ter os deuses do tempo a seu lado, sem previsão de chuva, o que significa que vão se ater ao plano A: carruagem aberta no lugar de carro fechado como recomendamos. O departamento de Relações Públicas do Palácio, contudo, quer que o jovem casal esteja próximo ao público e não escondidos atrás de um vidro..."

Runeberg deu de ombros.

"Por outro lado, eles vão passar o resto da vida deles atrás dos vidros, então creio que podemos conceder a eles esse último gostinho de liberdade..."

Ele pressionou o controle e mudou a imagem.

"Vamos usar corredores a pé, exatamente como fizemos no casamento real anterior. Seis no total, três de cada lado da carruagem. Dois times, correndo metade da rota cada."

Ele apontou para a imagem, mostrando seis guarda-costas de terno correndo de cada lado da carruagem real.

"Como podem ver, estou ficando cada vez mais bonito com o passar dos anos."

Ele apontou o laser para um cara facilmente reconhecível na frente, à direita. Risadas tranquilas encheram o ambiente. Runeberg devia estar falando no rádio, a julgar por sua expressão peculiar na imagem.

"Teremos três veículos seguindo a segunda tropa da Cavalaria. Dois como reserva, no caso de uma retirada, e a van para os corredores, assim como da última vez. Alguma pergunta até agora?"

Nenhum dos trinta guarda-costas presentes na sala disse alguma coisa.

"Nesse caso, passarei a palavra ao chefe de segurança do Palácio. Tenho certeza que ele tem muita coisa a nos dizer, então eu aconselharia todos a ouvir com bastante atenção."

Runeberg acenou para Tage Sammer, que estava sentado a uma curta distância. Rebecca o tinha visto assim que entraram na sala, mas seu coração só começou a bater mais rápido quando ele se levantou e desabotoou sua jaqueta.

O homem do outro lado do pequeno balcão passava o olho nas suas anotações.

"Troca de filtros", ele disse em seu rádio. "Você ouviu alguma coisa sobre isso, câmbio?"

O rádio chiou.

"Não", a voz do outro lado disse.

"Você checou no registro diário, câmbio?"

"Sim, não há nada lá. Nenhum alarme no sistema também, câmbio."

Houve alguns momentos de silêncio.

O homem deu de ombros e sorriu para Nora.

"Perdão, mas não posso autorizá-los a entrar sem uma liberação de segurança do chefe..."

"Eu compreendo", ela disse. "Obviamente, nós podemos dar meia-volta e seguir pra casa, mas soava como algo urgente quando o rapaz nos ligou..."

Ela fingiu olhar para o relógio.

"E já estamos atrasados. Se o sistema superaquecer..."

O homem sorriu de novo.

HP não gostou dele no momento em que pisaram naquele pequeno escritório: em boa forma demais, com cabelos oleosos penteados para trás, um sorriso bajulador, maçãs do rosto proeminentes. Bonito demais para um ambiente daqueles...

Ele deu alguns passos lentos para frente, para que pudesse enxergar como era do outro lado do pequeno balcão.

Suéter azul escuro com padrões vincados, combinando com as calças cheias de bolsos e botas pretas polidas. Em uma mesa atrás dele, havia uma pilha de capacetes de proteção amarelos e um punhado de jaquetas reflexivas penduradas sob uma prateleira cheia de rádios. Tudo que você espera encontrar em uma Divisão Operacional.

Ainda assim havia algo que não combinava muito bem...

O rádio chiou mais uma vez: "Certo, veja, não consigo falar com o Jacobsson pelo telefone. Ele deve estar ocupado com todas as outras coisas. O que iremos fazer é – você deixa eles estacionados aí por enquanto, então vai até a sala de ventilação e checa, câmbio".

"Que tal se um de nós for com você?", Nora disse antes que o homem pudesse responder. "Então ao menos poderíamos dizer que checamos o filtro no local, para manter o chefe feliz. Você sabe como é..." Ela sorriu para ele inclinando um pouco a cabeça. A julgar pelo sorriso bobo do cara, o truque pareceu funcionar. "Escute, eles estão perguntando se podem enviar alguém junto para marcar algumas caixas aqui no formulário deles. Talvez isso faça sentido, câmbio?"

"Certo, é o que vamos fazer, câmbio."

"Câmbio, desligo!"

O homem colocou o rádio de lado e piscou para Nora.

"Certo, nós dois podemos ir caminhando..."

"Seria uma boa, mas temo que apenas o Jonas aqui tenha autorização total para realizar esse tipo de inspeção..." Nora pôs a mão no braço de Jeff.

"Entendo...", a decepção do homem era óbvia, mas HP mal percebeu. O sentimento incômodo de que algo estava errado ia ficando cada vez mais forte.

Ocupado com todas as outras coisas...

"Não se esqueça de mim, se for um filtro UV será preciso dois de nós para inspecionar...", disse HP.

Nora olhou brevemente para ele, e ele encontrou seu olhar, acenando de forma quase imperceptível. Ela parecia pensar por alguns segundos.

"É claro", ela disse. "Eu quase esqueci. É preciso dois para segurar a estrutura."

"Com certeza eu poderia ajudar com isso...", protestou o técnico.

"Estou certo de que você poderia, mas pode te custar alguns dedos se escorregar. Lembram do que aconteceu com Kalle?"

Ela se virou para os outros.

"Você está falando do Kalle Três-Dedos da ABB...?", Hasselqvist respondeu como um raio. "Ai. E o seguro nem cobriu nada também..."

O sorriso do técnico morreu na hora.

"Certo, pode vir também", ele disse apontando para HP. "O restante de vocês espera aqui, há uma máquina de café logo ali..."

Ele se levantou, deu a volta no balcão e seguiu até uma pesada porta de metal que havia em uma das paredes. Pegou seu cartão de acesso que se encontrava acoplado por uma corrente a seu cinto, passou contra um leitor e segurou a porta para eles passarem.

"Por aqui, senhores..."

Um guarda com cabelos raspados e um cavanhaque ruivo bem aparado estava sentado em um cubículo entre as portas do elevador. À medida que se aproximavam, ele os olhou rapidamente e voltou para a tela em sua frente.

"Estou levando esses dois visitantes para a sala de ventilação", o homem disse.

"Claro." Sem tirar o olho da tela, o guarda pressionou um botão e uma das portas do elevador se abriu.

Eles seguiram para dentro, e o técnico repetiu o procedimento do cartão em outro leitor, pressionando um dos botões. A porta se fechou e o elevador começou a se mover vagarosamente.

Ninguém dizia nada. HP olhou ao redor com cuidado. Devia haver alguma câmera escondida por trás do espelho no teto, mas não foi isso o que lhe interessou mais. O painel de controle marcava seis andares abaixo do nível da entrada principal. O andar para o qual se dirigiam era o menos um, e tinha um pequeno letreiro dizendo *Serviços Técnicos*.

Ao lado do botão do andar menos dois, havia uma inscrição dizendo *Sala de Controles*. Os andares mais abaixo não tinham letreiros.

O elevador freou tão bruscamente que o estômago de HP se contorceu. Do canto do olho, ele viu Jeff começar a mexer em algo dentro de um dos bolsos de seu macacão...

"Ok, então...", o guia deles disse.

"Nós não vamos sair por aqui", Jeff disse friamente.

"O quê?"

Jeff puxou um revólver e apontou para a cabeça do homem. HP reconheceu a arma instantaneamente, era a que ele tinha levado para o Grand Hotel. Ele tinha o pressentimento de que um cara agressivo como Jeff não se livraria de uma arma perfeitamente funcional...

"Sala de controles, agora", ordenou Jeff.

O técnico não se mexeu.

Ah, meu caralho...!

HP se inclinou para frente e lentamente abaixou o braço de Jeff. Depois, pegou o cartão de acesso do cinto do homem e o pressionou contra o leitor. Apertou em seguida o botão de menos dois.

"Vamos com calma...", ele leu o nome embaixo da foto do cartão de acesso do técnico.

"...*Jochen*, e tudo vai dar certo."

O homem parecia estar prestes a dizer algo, mas no último instante mudou de ideia e cerrou os lábios.

HP olhou para o espelho no teto do elevador.

A única questão era quanto tempo levaria para que o guarda lá em cima percebesse que algo estava errado.

Mas, se suas suspeitas estivessem corretas, então a atenção de todos os guardas estavam focada em outro lugar. Ele tirou lentamente os óculos falsos e os colocou em seu bolso. O teatro tinha acabado, ou algo muito perto disso, pelo menos...

O elevador parou no menos dois e as portas se abriram. O enorme saguão estava vazio e, através das grandes janelas em todos os lados, eles podiam perceber túneis longos e iluminados contendo fileiras de unidades de servidores. Mas era a janela virada para a sala de controle que mais interessava a HP. Algo próximo de trinta estações de trabalho organizadas no que parecia ser um anfiteatro semicircular, tendo à frente grandes telas no lugar de um palco. Ele conseguia ver as costas de pelo menos oito pessoas dali.

Jeff empurrou Jochen, o técnico, a sua frente.

"Porta."

Dessa vez o homem não protestou. Ele passou o cartão no leitor ao lado da enorme porta de aço e deu um passo para o lado.

HP abriu a porta e gesticulou para que os outros dois homens entrassem. Sua boca de repente estava completamente seca.

"Ninguém se mexe", Jeff ordenou, segurando o revólver no ar.

Luzes, câmera, ação!

27 Prineville

"Bom dia a todos. Meu nome é coronel André Pellas, e sinto dizer que tenho informações preocupantes para compartilhar com vocês. Aparentemente há um plano em andamento para atrapalhar o casamento. Suspeitamos que esses indivíduos estejam envolvidos de alguma forma."

Ele acenou para Runeberg, que mudou a imagem.

Uma fotografia foi projetada, e ela mordeu os lábios inconscientemente.

"Henrik Pettersson, conhecido como HP, ou Número 128. Pettersson é conhecido da polícia, entre outras coisas por uma condenação de homicídio culposo. Ele é suspeito de estar por trás do ataque em Kungsträdgården dois anos atrás, e é, como vocês devem saber, procurado por suas ligações com um ataque no Grand Hotel uma semana atrás."

Ela sentiu os outros policiais a encarando, e fez o que pôde para parecer despreocupada.

"A outra pessoa é um conhecido mais recente."

Runeberg mudou a foto de novo.

"Magnus Sandström, também conhecido em alguns círculos por Farook Al-Hassan. Sandström é provavelmente o cérebro por trás de um grupo autônomo conhecido como o Jogo. Ele é muito inteligente, com personalidade manipuladora, e deve ser considerado extremamente perigoso. Estamos atualmente fazendo o melhor que podemos para localizar esses dois senhores, e acreditamos que estamos bem próximos de conseguir. Então há uma boa chance de que iremos detê-los antes do casamento amanhã, mas, se por algum motivo falharmos, vocês receberão essas imagens."

Ele olhou para Runeberg.

"As fotos estão, na verdade, na pasta a frente de vocês, junto com mapas, o roteiro oficial e vários números de contato, incluindo o celular do coronel Pellas", disse Runeberg.

"Obrigado, superintendente. Bem, permitam-me desejar a todos boa sorte amanhã e acrescentar que eu, pessoalmente, junto com o Marechal do

Reino e sua Majestade o Rei, estamos extremamente gratos por seus esforços. Vamos torcer para que tenhamos um dia calmo e pacífico à nossa frente..."

Olhos como discos, bocas escancaradas, rostos pálidos.

Jeff empurrou o técnico para o lado e deu vários passos firmes pela escada estreita que levava ao piso da sala. Seu revólver estava apontando para o teto.

"Quem está no comando aqui?"

"Eu." Um homem grande com camisa branca de mangas curtas e canetas no bolso do peito se levantou da cadeira.

"Sente-se!" Jeff apontou o revólver para o homem.

Ele hesitou por um momento, mas obedeceu.

Jeff continuou descendo os degraus até alcançar a mesa do homem. HP seguia lentamente, olhando ao redor o tempo todo. Sem câmeras aqui, assim como suspeitava...

Os sindicatos não gostavam que filmassem as pessoas em suas mesas...

Alguns operadores trocaram olhares, depois sorrisos nervosos, como que para acalmar uns aos outros...

Jeff parou ao lado do computador do administrador. HP ficou um pouco para trás, enquanto Jeff lentamente abria o velcro de um dos bolsos do peito de seu macacão.

"Aqui."

Ele pegou um grosso cartão de memória USB e o colocou na mesa ao lado do homem.

"Insira isso, depois abra o arquivo intitulado Bigboy.exe.

"Em seguida você receberá novas instruções..."

"Certo..."

O homem no comando colocou sua mão no pendrive e lentamente o aproximou de si. HP olhou rapidamente por sobre os ombros. Ele percebeu a expressão nos rostos dos demais operadores.

Medo?

Talvez, mas não era esse o sentimento dominante. Mais para algo como...

Antecipação...!?

O administrador se inclinou em direção às portas USB na lateral de uma das telas.

O pomo de Adão de Jeff fazia uma dança vigorosa. A mão que segurava o revólver tremia notavelmente.

Do canto do olho, HP notou Jochen, o técnico, se aproximando cada vez mais. O administrador virou o pendrive do lado correto e o moveu mais perto da porta USB. Enquanto se inclinava para frente, a manga de sua camisa enrolou para cima, revelando a parte de baixo de uma tatuagem. Uma gota de suor tinha se libertado do alto de uma das sobrancelhas do homem e lentamente descia até sua bochecha.

"PARE!", HP gritou de repente.

O administrador se assustou e deixou o pendrive cair na mesa.

"O q-quê?" Jeff se virou para ele.

"NÃO insira o pendrive! Não entendeu...?" HP surtou e o homem pegou o cartão de memória da mesa.

"M-mas espere. Big Boy...?", começou Jeff.

"Você realmente pensa que é possível inserir um cartão de memória contendo um vírus assim tão fácil?"

HP seguiu para frente e tomou o pendrive da mão do homem.

"Nos diga o que aconteceria...", ele disse ao homem no comando.

O homem olhou para ele atordoado.

HP pegou o taser de seu bolso e pressionou o gatilho a meio caminho, fazendo a luz azul dançar loucamente entre os dentes de metal.

"Nos diga o que aconteceria se você inserisse o pendrive no sistema, ou eu irei enfiar cinquenta mil volts na sua bunda gorda!"

"Er, espere, eu...", o homem protestou.

HP enfiou os dentes do taser no peito do homem, e ele imediatamente começou a sacudir descontroladamente.

"AAAAARRGH!!"

Ele puxou o taser de volta e deixou o homem escorregar para o chão. Seu corpo continuou a ter convulsões por alguns segundos antes de se aquietar. Um leve cheiro de cabelo queimado se espalhou no ambiente.

HP se virou lentamente e apontou o taser para o técnico, que recuou na mesma hora.

"Que porra é essa que você tá fazendo, HP?" O rosto de Jeff estava pálido como o de um fantasma, mas HP o ignorou.

A atmosfera dentro do ambiente mudou de repente, e o medo agora era tangível.

Ele deu alguns passos em direção ao operador mais próximo e ergueu o taser.

"O que aconteceria se o pendrive tivesse sido inserido?"

"O sistema seria desligado na mesma hora...", o homem respondeu instantaneamente.

"Excelente! E o que mais...?"

"Er, as luzes teriam sido apagadas, a eletricidade teria sido cortada, os elevadores teriam parado. O alarme iria disparar, depois os guardas..."

O homem engoliu em seco algumas vezes, mas HP balançou o taser na sua frente para encorajá-lo a continuar.

“Guardas, polícia, o Exército... Tudo o que você puder imaginar!”

HP virou sua cabeça em direção a Jeff. Mas Músculos não parecia estar acompanhando.

“Isso é uma cilada, Jeff. Eles sabiam que estávamos vindo. Não sabiam?”

Ele aproximou o taser do rosto do operador e mais uma vez faíscas crepitaram entre os dentes.

“Não dessa forma...” O homem levantou as mãos e se encostou na cadeira o máximo que pôde. “O t-túnel, vocês deveriam ter vindo pelo túnel... era tudo...”

“Era tudo o quê?!” Jeff parecia ter recuperado o poder de fala.

“Um t-teste, algum tipo de exercício. Foi isso o que disseram. Nada...”

O operador olhou por cima da grade para o seu chefe no chão, que estava agora encolhido e chorando baixinho.

“... igual a isso.”

“PORRA! PORRA! PORRA!!”

Jeff não parecia saber o que fazer consigo mesmo.

HP lhe deu alguns segundos para se acalmar.

“Está tudo fodido! Se nós não podemos inserir o vírus, vamos então...”

Jeff sacudiu a cabeça lentamente. Ele abaixou em direção ao chão o braço que segurava o revólver, e HP notou que o técnico Jochen se aproximava cada vez mais.

“Pega leve, Jefferson”, murmurou HP. “Não terminamos ainda. Só fique ligado no nosso pequeno herói aí do lado.”

Ele guardou o taser no bolso, se afastou de Jeff e começou a mexer no cadeado gigante de sua mochila.

Jeff olhou para Jochen, percebendo que ele tinha se movido, e rapidamente levantou o revólver mais uma vez.

“Para trás!”, gritou.

Jochen levantou as mãos a sua frente.

“Vamos com calma, colega, você não tem qualquer chance”, ele disse em um tom de voz mais severo e consideravelmente menos jocoso do que da outra vez. “Você conseguiu entrar, contra todas as expectativas – parabéns. Mas nossa unidade de resposta imediata estará a postos lá em cima agora. O alarme já deve ter soado a essa hora...”

Ele deu meio passo para frente.

“Jeff, esse é o seu nome, não é? Escute, Jeff. Você nunca vai ser capaz de sabotar o sistema. É a prova de idiotas, a mais leve tentativa de introduzir qualquer coisa no sistema o faz travar. De toda forma, não há para onde ir...”

Outro meio passo.

“A melhor coisa que você pode fazer agora é desistir!”

O braço de Jeff tremia ainda mais do que antes.

"A unidade de resposta imediata deve estar a caminho das escadas agora. Eles entrarão a qualquer momento, e eu não tenho certeza que gostaria de estar segurando uma arma quando isso acontecer, se você entende o que eu quero dizer..."

Jochen tentava estabelecer contato visual com Jeff, e deu mais um passo à frente. Ele ergueu a mão em direção ao tambor do revólver.

"Vamos lá, Jeff. Prometo que vou te ajudar. Tudo vai ficar be... GAAAAARGH!!!"

O choque elétrico fez o homem tremer como uma furadeira. Sua boca se abriu e fechou, seus olhos rolaram para trás até que apenas a parte branca estivesse visível.

HP segurou o taser contra o braço de Jochen por uns bons cinco segundos antes de soltá-lo.

Todos os músculos do homem pararam de funcionar de uma vez, seu corpo foi ao chão e uma poça de urina rapidamente se formou embaixo dele.

"Isso foi algo realmente estúpido", disse HP calmamente ao técnico inconsciente, enquanto o cutucava com um sapato.

"Provavelmente militar, ou costumava ser...", ele disse a Jeff, enquanto botava sua bolsa em cima da mesa. Jeff parecia chocado demais para reagir. "Nenhum técnico tem mãos assim tão limpas, e ele falava de um jeito militar. Como meu pai..."

Jeff ainda não dizia nada. HP deu de ombros e, após algumas tentativas, destravou com sucesso a combinação do cadeado da bolsa e conseguiu abri-la.

"Aqui!"

Ele pegou um HD portátil com suporte de borracha da bolsa, um par de algemas, e uma garrafa d'água que jogou para Jeff, que a pegou e por um momento não parecia saber o que fazer com ela. Então seu cérebro finalmente voltou aos trilhos, e ele a abriu com os dentes e deu dois grandes goles.

"Posso sugerir que você guarde sua pistola, Jeff", disse HP. "Esses caras já entenderam que devem nos levar a sério – não é verdade?"

Nenhum dos operadores disse qualquer coisa, mas o terror em seus olhos era resposta suficiente.

"E nosso aspirante a herói provavelmente estava certo", disse HP, olhando para cima, em direção a um enorme relógio de parede. "A equipe de resposta imediata deve estar a caminho..."

Ele colocou o HD na mesa, em frente ao operador mais próximo.

"Insira, por favor."

O operador pegou o HD quadrado. Suas mãos tremiam tanto que ele teve problemas em segurar o cabo que saía por trás.

"E-espere!", Jeff finalmente voltou a falar...

Ignorando-o, HP acenou para o operador, balançando o taser para deixar clara sua ordem. O homem se inclinou para frente e conectou o cabo. A tela do monitor na sua frente tremeu. Todo mundo na sala parecia estar prendendo a respiração. O segundo ponteiro do relógio moveu um segundo.

Dois.

E continuou...

"Bom ter você de volta, Normén." Runeberg sorriu enquanto caminhavam pelo corredor. "Mas eu ainda não entendi direito. Digo, Henrik Pettersson é..." Ele pausou enquanto passavam por outros guarda-costas. "...seu irmão. Por que você quer...?"

"É bem simples, na verdade, Ludvig. Ninguém conhece Henke melhor que eu, ninguém mais sabe como a mente dele funciona..."

"Claro, há uma certa lógica por trás disso, mas o que vai acontecer se..."

Eles passaram por uma porta aberta e ela avistou Stigsson e Sammer lá dentro, juntos com uma terceira pessoa que ela reconhecia vagamente da televisão.

"Estou preparada para fazer o que for preciso para impedir Henke e as pessoas que estão com ele", ela disse, um pouco enérgica demais. "Mas receio que vou precisar pedir um favor, Ludvig", ela acrescentou uma vez que passaram pela porta. "Um enorme favor..."

Nada aconteceu.

"Abra o arquivo de Excel chamado dia-R. Depois faça uma busca pelos números de ID listados lá", disse HP o mais tranquilamente possível. Seu coração batia tão forte que ele imaginou que podia ver seu macacão sacudir.

"Use o banco de dados mantido no fundo do bunker. Históricos criminais, resultados de sites de busca, multas de estacionamento, textos, registros telefônicos, e-mails, Facebook, prontuários médicos, cartões de fidelidade de supermercado – quero a porra toda!"

O operador abriu sua boca para dizer algo, mas HP o interrompeu.

"Se eu fosse você, reclamaria um pouco menos e trabalharia um pouco mais..."

Ele fez seu taser brilhar bem na frente do rosto do homem.

O operador pensou por um momento, depois cerrou os lábios e concordou. Ele digitou alguns comandos no teclado.

"Veja só, Jeff, nós não vamos realmente introduzir algo no sistema. É exatamente isso que eles estão esperando", continuou HP, tentando soar muito mais calmo do que realmente estava. "Então, em vez de seguir nosso plano original, tentando pôr um fim em algo que não pode ser parado e depois levantando nossas mãos para o ar, iremos fazer algo completamente diferente. Vamos levar algo conosco quando sairmos, algo seriamente valioso pra caralho. Algo do qual esse lugar está repleto. Entende?"

HP levantou suas sobrancelhas em um sorriso encorajador.

"Informação", murmurou Jeff. "Mas como isso vai nos ajudar? Como um pouco de informação roubada pode dar um fim à PayTag?"

"Veja, deve haver cerca de quinhentos nomes nessa lista", o operador interrompeu.

"Quase certo, meu bom homem", HP sorriu.

"A primeira aba tem cem nomes. Todos os principais redatores de cada jornal na Suécia, assim como os chefes dos jornais de cada estação de rádio e televisão que você puder pensar, e algumas pessoas cujos sobrenomes apenas são Bonnier ou Wallenberg."

"E os outros?" Jeff de repente parecia um pouco mais iluminado.

"A outra lista contém trezentos e quarenta e nove nomes. Exatamente. Está começando a entender minha ideia agora?"

Ninjas 28

"Pronto para o ato final?"

Jeff acenou.

"Certo, vamos indo. Mantenha os dedos cruzados!" Ele colocou o HD na bolsa, fechou-a e a prendeu ao redor de seu peito. Atracou o cartão de acesso com a fotografia do técnico em uma de suas correntes. A parte de cima azul era alguns números grande demais, e as calças do uniforme estavam encharcadas de urina, mas teriam que servir.

"Amigos, a melhor coisa que podem fazer agora é deitar imóveis embaixo da mesa de vocês por cerca de dez minutos e tentar respirar pelo nariz", ele falou aos homens na sala. Depois disso, puxou sua máscara de proteção por cima do rosto, tirou a granada de fumaça, removeu o pino protetor e a soltou no ar. Em menos de trinta segundos a sala estava cheia de uma fumaça grossa e ardente.

Ele abriu a porta de aço, preparou mais uma granada e a jogou no saguão em frente aos elevadores.

Esperaram alguns segundos. Um alarme soou em algum lugar à distância.

"Agora!"

Saíram para o saguão repleto de fumaça. Mal podiam ver além das próprias mãos, e suas máscaras não estavam de fato ajudando com isso.

Jeff se aproximou nas pontas dos pés e destruiu a pequena câmera redonda no teto com o cabo do revólver. Eles tatearam o caminho até uma das quinas da sala, sentaram no chão e pressionaram as costas contra a parede.

Logo ao lado deles havia uma porta de metal com o símbolo de uma escadaria nela, e uma placa verde dizendo *Saída de Emergência*.

Eles podiam ouvir o barulho do outro lado da porta, botas marcando passos, rádios fazendo ruído.

"A qualquer momento agora", HP sussurrou. Ele pegou as algemas do bolso.

"Atire à vontade, Jeff!"

Jeff apontou o revólver para o teto e disparou algumas vezes. A superfície rochosa do ambiente serviu como amplificador do barulho e fez com que fosse ainda mais ensurdecedor.

"Tiros!", alguém do outro lado da porta gritou.

"Preparem-se para entrar!"

Jeff jogou a arma para o outro lado do piso e pôs suas mãos atrás das costas.

HP rapidamente colocou as algemas nele, mas deixou a chave inserida. Alguns instantes depois a porta voou nas suas caras, os empurrando para um canto.

Pela abertura da porta, HP viu entrar vários homens armados e vestidos de preto com máscaras de proteção e capacetes de soldado.

Ele e Jeff continuaram a se pressionar contra a parede, tentando ficar invisíveis. Os homens desapareceram na fumaça, e eles ouviram comandos entrecortados vindo da porta de metal que dava acesso à sala de controle.

"VAI!", gritou alguém. Houve um som estridente quando a porta da sala de controles foi arrombada, e naquele momento HP e Jeff ficaram de pé, arrodearam a porta e correram pelas escadas.

Corriam pelos degraus, dois de cada vez.

"Temos alguns minutos no máximo, antes que eles descubram tudo", sussurrou HP por trás da máscara.

A porta para o andar térreo estava aberta e eles podiam ouvir vozes e estática de rádio acima deles.

Pausaram no último andar antes da superfície para recuperar o fôlego.

HP retirou a máscara de Jeff.

"Última parte, está pronto?"

"Sim, é melhor corrermos antes que achem Jochen pelado lá embaixo..."

Ele acenou em direção ao uniforme folgado de HP e parecia que estava prestes a dizer algo, mas HP já havia começado a arrastá-lo escada acima com um aperto firme nas algemas.

Três homens vestidos de preto estavam aglomerados ao redor da porta. À medida que HP e Jeff se aproximaram, eles ergueram os rifles de assalto.

"Um prisioneiro", HP rosnou o mais alto que pôde pela máscara de proteção. "O segundo ainda está a solta. Cubram a porta para que ninguém fuja!"

Os homens encararam HP, dançando dentro das roupas, e olharam para o cartão de identificação em seu peito e as mãos algemadas de Jeff.

Depois abriram caminho, e HP foi capaz de passar entre eles.

Enquanto passavam, um dos homens de preto deu um tapa nas costas de HP.

"Leve ele lá para frente, junto com os outros..."

HP continuou pela passagem, usando Jeff algemado à frente como escudo.

Já havia passado por bombeiros, paramédicos e uma monte de outras pessoas que estavam falando em rádios ou celulares.

Estava mirando para a entrada principal, onde ele já podia avistar os holofotes brilhando através da porta de vidro.

De repente, alguém o agarrou por trás. Um cara forte, quadrado, com cabelos raspados, vestindo um terno e mocassins.

"Este é um deles?", o homem falou alto, em inglês.

"Sim", HP rosnou de volta e tentou seguir, mas o homem ainda o segurava.

"Bom trabalho, cara. Qual seu nome?"

"Andersson", HP gritou pela máscara e tentou mais uma vez se livrar das mãos daquele homem.

"Meu nome é Thomas, sou o chefe de segurança do grupo PayTag. Venha me encontrar imediatamente depois de colocá-lo atrás das grades, eu quero ouvir mais. Você é exatamente o tipo de colaborador que queremos em nossos negócios!"

"Sim, senhor!", HP gritou.

O homem deixou eles irem, e HP e Jeff continuaram, passando pela porta principal.

A rotatória estava cheia de veículos. Carros e vans de polícia, ambulâncias, carros de bombeiro e diversos micro-ônibus escuros com vidro fumê.

Havia luzes piscando em todas as direções, holofotes nos prédios, nos carros. Pessoas andando ao redor com lanternas, mesmo que a noite de verão não fosse tão escura. Um grupo de policiais vestidos de preto e equipados até os dentes estavam conversando entre si, mas pararam quando avistaram HP.

"Pegamos mais um!", ele rosnou. "Onde estão mantendo os outros?"

"Ali naquela van", um dos policiais disse, acenando em direção ao veículo a uma curta distância. "Nós cuidaremos dele daqui em diante. Bom trabalho!"

Dois policiais enormes vieram em sua direção e pegaram os braços de Jeff.

Assim que o fizeram, HP virou a chave e destrancou as algemas.

Jeff disparou como um foguete. Ele derrubou os dois policiais na sua frente, e disparou através do pátio. Suas pernas pulsavam como pistões, fazendo os cascalhos voarem ao redor de seus pés.

"Está tentando fugir!", HP rugiu, e, assim como ele esperava, todos os policiais foram atrás.

"Pega ele, porra!"

"Pare! Pare! Seu merda...!"

Jeff se lançou pela estrada com o que devia ser ao menos dez policiais atrás dele.

HP esperou alguns segundos, então correu até a van que o policial tinha apontado, um carro grande, escuro com portas duplas atrás, assim como o que havia estacionado antes em frente ao seu prédio.

Pôs a mão na janela traseira e olhou através do vidro. Nora e Hasselqvist estavam sentados lá dentro, em lados opostos, ambos com as mãos atrás das costas. Que ideia foda ele teve de manter a chave das algemas... Resistiu à vontade de bater no vidro e, em vez disso, deu a volta até o banco de motorista.

O policial sentado ali estava com o corpo metade para fora da van quando HP enfiou o taser em seu estômago. Em contraste com os dois homens dentro do bunker, o policial soltou apenas um suspiro de surpresa antes de entrar em colapso. Provavelmente estava acabando a bateria do taser...

HP arrastou o homem para o meio de alguns outros veículos, e depois sentou no banco do motorista.

Não valia a pena tentar tirar a mochila amarrada a seu peito. De toda forma, queria manter aquilo perto, por via das dúvidas.

Levou a mão até a ignição.

Merda! Estava sem chaves, e nada escondido no visor também. O policial devia estar com elas, devia ter checado. Mas também não ousava voltar lá fora e olhar os bolsos do cara. Ele se abaixou no volante e puxou os fios pra fora. Procurou os cabos corretos enquanto seu coração trovejava em seus ouvidos.

Essa era a segunda van que roubava naquele dia. A prática leva à perfeição...

Em algum lugar ao longe, na escuridão além dos holofotes, ele ouviu um rugido, seguido por vários outros.

Os policiais tinham provavelmente alcançado Jeff, e estavam agora tentando derrubá-lo no chão. Boa sorte com aquilo...

Suas mãos tremiam da adrenalina, mas ele as forçou a obedecê-lo. Achou os cabos corretos, os juntou, e ligou-os ao azul que já tinha identificado antes. Uma pequena faísca, e então o motor começou a pegar. Ele pressionou o acelerador uma vez, duas...

O motor entrou em ação.

Quando olhou para cima, o gigante chefe de segurança corria em direção à van. Ele era seguido de perto por um batalhão inteiro de policiais vestidos de preto. HP ligou o motor, olhou ao redor, tentando descobrir qual era o caminho mais rápido pra sair dali.

À sua esquerda, dois caminhões de bombeiro bloqueavam o caminho, à direita, outra van policial.

A única saída era para frente. Diretamente em direção ao batalhão. Seu coração parecia que ia explodir dentro do peito.

Lá vai!

Ele passou a marcha e pisou no acelerador com tudo. O grandalhão parou abruptamente e ficou lá em pé, bem no caminho de HP.

O motor da van roncou alto enquanto a distância entre os dois encolhia rapidamente.

Vinte metros.

Dez.

O homem não se mexia.

HP abraçou a direção, procurando outro caminho, mas falhou em encontrar alternativa.

Ele moveu seu pé esquerdo para cima do pedal de freio.

O gigante não mostrou qualquer sinal de que iria se mexer.

Poooorra!!

Assim que HP tirou seu pé do acelerador, dois outros policiais se jogaram no homem e o arrastaram do lugar. O caminho de repente estava livre.

"Medroso!!!", HP gritou enquanto voltava a acelerar. Ele sentiu uma súbita exultação começando a borbulhar em seu peito, e o gosto de adrenalina fazia sua língua arder.

Isso talvez dê certo!

Isso talvez até dê certo mesmo, porra!!

A van voou pela rampa e continuou em direção ao portão.

Havia uma pilha de policiais, todos de preto, na metade do caminho da colina, mas eles pareciam muito ocupados tentando manter Jeff no chão para prestar qualquer atenção à van que desviava deles.

HP passou a mão no painel e achou alguns botões perto do topo que pareciam promissores. Ele pressionou tantos quanto conseguia.

As luzes azuis acima do para-brisas começaram a piscar, e a sirene surgiu logo em seguida. O portão já tinha começado a abrir antes que ele de fato começasse a enxergá-lo.

O borbulhar em seu peito cresceu e alcançou a boca no momento em que a van atravessou o portão, ao mesmo tempo que ele explodia numa gargalhada histérica, quase ensurdecendo a si próprio.

Elvis deixou a porra do prédio!

ANDERS DE LA MOTTE THE GAME

29 Informação é poder

"Alô?"
"Boa noite, meu amigo, ou, para ser mais exato, bom dia.
Mas ouso dizer que você não vai achá-lo particularmente bom.
Posso imaginar que você esteja um tanto quanto chateado..."
"Chateado não é bem a palavra!"
"Entendo, e, claro, lamento profundamente que as coisas
não tenham saído de acordo com o planejado."
"Você... lamenta?"
"É claro, estou tão mortificado quanto você, mas ao mesmo
tempo eu gostaria de lhe garantir que estamos fazendo
o nosso melhor para recuperar a informação roubada."
"Suas garantias valem muito pouco no momento. Assim
que colocarmos essa situação sob controle, você será nossa
prioridade número um. Se eu fosse você, desativaria a operação
inteira e acharia algum lugar para se esconder, um lugar
bem, bem distante. Porque quando tivermos acabado..."
"Não vamos nos precipitar, sr. Black. Você está com
raiva no momento, o que é inteiramente compreensível.
Mas não permita que isso faça de um amigo um
inimigo. Afinal de contas, é impossível saber em que
mãos o HD irá parar, no final das contas..."
"Você quer dizer, se você pegá-lo primeiro?"
"Se esse cenário ocorrer, posso aliviar sua mente agora
mesmo, sr. Black. Naturalmente, eu iria pessoalmente
garantir que a informação permanecesse segura. E que
você e a PayTag não estivessem em perigo..."
"Ah, agora eu entendo... E suas garantias
viriam naturalmente com um preço?"
"Nada no mundo é de graça, sr. Black, e você de todas as pessoas
deveria saber quão valiosa uma informação pode ser, não acha?"
"Estou lhe avisando..."

"Pense com cuidado, sr. Black. Se eu fosse você, mediria minhas palavras com extrema precisão. Então, o que era que você estava prestes a dizer?"

"...Nada."

"Bom. Parece que nós nos entendemos então. Eu devo entrar em contato com você de novo em breve, quando espero poder lhe trazer melhores notícias. Mas, por agora, adeus."

"Como é que você poderia saber...?" Hasselqvist estava massageando seus pulsos. "Que eles estariam esperando por nós, você quer dizer?"

Começava a amanhecer e os pássaros nas árvores ao redor deles começavam a acordar ao som da coletânea "Now That's What I Call Pine Forest"...

HP deu de ombros, vestiu seu capuz e começou a catar as urtigas.

"Apenas uma sensação, na verdade. Sempre parecia haver alguém um passo na nossa frente. Primeiro lá no túnel, depois com o helicóptero. Como se sempre soubessem onde estávamos, mantendo um olho na gente. Além do mais, eu recebi uma dica..."

"De quem?"

"Ah, digamos que de um amigo..."

Ele se desfez do uniforme manchado de urina do técnico, o enfiou embaixo de um dos assentos e pegou um cigarro. O choque violento de adrenalina que deixou suas mãos com Parkinson pela última hora parecia estar sob controle por enquanto. Hasselqvist ainda não parecia inteiramente satisfeito.

"Mas onde você conseguiu todas essas coisas, o taser, o HD com todos os números de identificação... Quando você teve tempo para organizar isso tudo?"

"Eu tenho um velho amigo que vive perto do cemitério Woodland..." HP acariciou o cigarro com as mãos. "Ele consegue te fornecer praticamente qualquer coisa se você está preparado para pagar", ele disse do canto da boca, enquanto lutava para fazer seu isqueiro funcionar. "Tudo o que tive que fazer foi aparecer, ver se ele se encontrava e pedir com educação. Vocês de fato pediram para que eu criasse um plano B..."

Finalmente conseguiu acender o cigarro, tragou profundamente e depois soprou a fumaça em direção às copas das árvores.

Delícia!

"E quanto a Jeff?", foi a vez de Nora falar.

"Não precisa se preocupar, ele vai ficar bem. Ameaças ilegais, invasão de propriedade, um pouquinho de resistência à prisão combinada com agressão contra um funcionário público. Se ele não tiver nenhuma condenação prévia, basta pagar uma fiança. Dois meses na prisão, no máximo... regime aberto e tudo mais...", ele acrescentou quando ela não parecia tão aliviada quanto ele esperava.

Por que ele nunca aprendia a manter sua boca fechada?!

"Eu ainda não entendi porque...", Hasselqvist choramingou. "Por que eles não nos capturaram há tempos? Por que nos deixaram chegar tão perto da Fortaleza?"

"Caralho, é só pensar um pouquinho, Kent!", surtou Nora.

"Que publicidade melhor a PayTag poderia sonhar em ter, além de apanhar um grupo de terroristas de internet no flagra? Uma chance de mostrar ao mundo o quão eficiente o sistema de segurança deles é, e simultaneamente quão desesperados e perversos nós, seus oponentes, somos? *Se você não está do nosso lado, está com os terroristas* – esse truque já funcionou antes. Merda, como foi que eu não enxerguei isso...?"

Ela pegou uma vara e começou a desenhar na areia do acostamento.

"A Diretriz de Retenção de Dados da UE teria se espalhado por cada Parlamento da Europa, assim como feito com a legislação antiterrorismo após o 11 de Setembro. Depois a PayTag poderia relaxar e coletar o lucro. O Mestre do Jogo apareceu com um suspeito de terrorismo e o pôs junto com alguns outros bodes expiatórios. Pessoas que já deixaram de ser úteis..."

Cruzou as linhas que tinha desenhado, as transformando em cruzes.

Quatro delas...

Ninguém falou nada por um tempo.

Então Hasselqvist abriu a boca de novo, mas Nora foi mais rápida.

"Deve ter sido ele. Você vê isso, não?"

HP não respondeu.

"Q-quem? Eu não entendo!", choramingou Hasselqvist.

"A Fonte, Manga. Deve ter sido ele que nos enganou."

"Nós não sabemos isso", murmurou HP.

"É claro que sabemos..."

A ficha finalmente parecia ter caído para Hasselqvist:

"A coisa toda foi ideia dele! Foi ele que nos uniu, Nora, Jeff..."

"E você, HP", disse Nora, calmamente, enquanto continuava a desenhar linhas no chão.

"Podem haver outras explicações. Ele pode ter sido enganado também, o Mestre do Jogo pode ter..."

"Você só não quer enxergar", surtou Nora, jogando a vara no mato. "Fomos fodidos, fodidos de jeito por alguém que é mestre em jogos mentais. Até onde sabemos, Manga podia estar trabalhando diretamente para o Mestre do Jogo. Talvez ele pudesse até..."

Ela se calou.

"O quê? O que você ia dizer, Nora?", HP surtou de volta. "Vamos ouvir sua brilhante dedução...!"

"Eu sei que Manga é seu amigo, mas você tem que considerar o fato de que ele poderia até SER o Mestre do Jogo..."

"Impossível!"

"Por quê?" Hasselqvist parecia ter tomado o lado de Nora.

"Porque eu conheci o Mestre do Jogo, eu te disse. Seu nome é Tage Sammer e ele tem uns 70 anos..."

"Como você sabe que ele é o Mestre do Jogo? Ele disse isso pra você?", perguntou Nora. Eles discutiam como um time agora.

"Sim. Bem, não, não com essas palavras exatamente..."

Ele podia ouvir agora o quanto isso soava frágil.

"Veja, é dessa forma: eu o conheci no meio da floresta. Ele me deu uma missão, uma missão completamente maluca que eu simplesmente não poderia realizar. Ele queria que eu atacasse a família real, ok?"

Ninguém disse nada, os outros dois pareciam esperar para que ele continuasse.

"Eles estão me perseguindo desde então, tentando me deixar maluco..."

"Foi aí que você decidiu atirar em Black?", disse Nora.

"Er... sim e não. Digo, eu não estava sendo eu mesmo..."

"Mas o que o Jogo tem a ganhar com você ficando maluco? Digo, se eles quisessem que você realizasse a missão...?"

Ele tinha que admitir que não tinha resposta para aquilo.

"Manga está morto", ele disse secamente. "Isso, acima de tudo, prova..."

"Nós realmente temos certeza?" Hasselqvist soava bastante agitado agora. "Ok, então Nora viu o celeiro explodir. Mas e se Manga conseguiu sair...?"

"Hmm. Estou inclinado a concordar com HP nesse caso", disse Nora. "Ninguém poderia ter sobrevivido àquilo!"

Um breve silêncio se seguiu enquanto Hasselqvist refletia sobre isso.

"Ok, que tal assim: o helicóptero estava lá para dar à Manga uma chance de escapar. Criar uma distração para que pudéssemos fugir sem ele. Mas eles não contavam com os explosivos, porque deveriam estar na van. Você não lembra como Manga protestou quando Jeff disse que teria que colocar tudo no Polo?"

Hasselqvist soava cada vez mais empolgado.

"Deve ter sido isso. O helicóptero teria lhe dado uma chance de escapar, deixando o restante de nós a seguir para o túnel sozinho. Isso se encaixa com o transmissor GPS que eu encontrei no fundo da van. Eles precisavam de uma forma de nos rastrear uma vez que estivéssemos sozinhos, sem Manga..."

Nora parecia querer dizer algo, mas Hasselqvist continuou.

"Então, quando trocamos de veículos, eles nos perderam. E aí ficaram olhando para o túnel enquanto nós entrávamos sorrateiramente pela entrada principal. Tudo se encaixa..."

HP não respondeu, apenas ficou lá em pé e marchou diretamente para a floresta.

"Aonde você está indo?", Nora o chamou.

"Preciso mijar", ele murmurou mais para si mesmo.

Não tinha desejo algum de continuar aquela discussão. Manga estava morto, Sammer era o Mestre do Jogo. Se Manga tinha de alguma forma estado envolvido, aquela cobra míope tinha muito provavelmente sido enganada também, assim como ele e as outras duas marionetes na van.

Ele parou, pôs o joystick para fora e mirou em um formigueiro. Alguém os tinha traído, esse tanto era cristalino. Mas se não tinha sido Manga, então quem tinha sido...?

Outra questão que ele teria que responder...

"Então o que faremos agora?", disse Nora quando ele voltou para a van com um cigarro novo no canto da sua boca.

"Temos que voltar à civilização, achar um computador com uma internet decente, e enviar o conteúdo do HD para todos os jornais que conseguirmos lembrar. E para o endereço de e-mail de cada produtor de mídia, é claro."

Tragou profundamente.

"Isso deve lhes dar algo para pensar antes da votação sobre a diretiva da UE. É uma experiência bem traumática", ele continuou, "ter todas as suas digitais eletrônicas jogadas na sua cara dessa maneira. E os jornais terão um dia cheio de trabalho. Pensem apenas em todos os tesouros escondidos naquele HD."

Acenou em direção à mochila.

"Casos amorosos, sonegações fiscais, todo tipo de ligação indesejada. O que você imaginar!"

Sorriu e balançou a cabeça.

"Pode até levar a uma nova eleição... e no caso..."

"...Black, PayTag e o Jogo estarão fodidos!", concluiu Nora.

Sua voz parecia um pouco mais animada.

"Não há como eles se recuperaram de algo assim. Não apenas porque o homem mais procurado na Suécia conseguiu enganá-los e entrar e sair de seu bunker subterrâneo ultrassecreto..."

HP murmurou algo, terminou seu cigarro e jogou o toco no chão.

"...mas o HD prova que eles realmente têm as ferramentas para usar as informações dos seus clientes. Pescando qualquer coisa de interessante. Depois refinando isso em um bem comercializável. Assim como nós suspeitávamos a porra do tempo todo!!! Não há ninguém que irá querer fazer negócios com eles depois disso..."

"Então está tudo terminado...", suspirou Hasselqvist.

"Ganhamos, eles perderam. Acabou o Jogo!"

HP estava prestes a dizer algo, mas parou e ergueu as mãos. Ao longe, eles ouviram o barulho de sirenes.

Ficaram em silêncio na mesma hora.

"Para a van, rápido!", ele sussurrou.

Céu azul, limpo, quase nenhuma nuvem à vista. A janela da cozinha estava aberta, deixando entrar um sopro da brisa do verão. Tempo perfeito para um casamento, o feliz casal merecia parabéns por aquilo.

Ela já havia acordado muito antes do alarme tocar, e uma música de Kent parecia ter ficado presa na sua mente durante a noite. Embora sua cabeça estivesse cheia de outras canções para ela escolher, os versos continuavam tocando em seus ouvidos. De novo, e de novo...

Você não sabe nada sobre mim.

Eu não sei nada sobre você.

Inseriu uma cápsula de café na máquina de Nespresso, depois esperou pacientemente para que o líquido marrom escorresse na sua xícara como ouro puro.

O café desceu redondo, o que era mais do que poderia ser dito do sanduíche. Seus nervos já tinham encolhido seu estômago para metade do seu tamanho normal, e não havia muito espaço sobrando.

Fechou os olhos e respirou fundo algumas vezes, colocou o café de lado, e esticou as mãos à frente. A canção ainda circulava em sua cabeça.

Você não sabe nada sobre mim.

Eu não sei nada sobre você...

Apenas algumas horas sobrando, e ela ainda não tinha se decidido.

A menos que tivesse, muito tempo atrás...

Jocke Berg ainda estava cantando dentro de sua cabeça:

Como você se sente agora?

Sente qualquer coisa?

Boa pergunta!

Muito boa pergunta, na verdade.

Surpreendentemente, se sentia calma pela primeira vez em anos, o que era estranho.

Revisitou a agenda em sua cabeça, tentando imaginar a rota adiante. Cada virada, cada nova rua. Tentando imaginar os sons, cheiros, impressões. O colete à prova de balas em seu corpo, o receptor de rádio em seu ouvido – a arma em seu quadril.

Ajudava um pouco, mas a canção estava de volta no minuto seguinte.

Eu não sei nada sobre você...

Abriu um dos armários da cozinha e pegou um pequeno tubo com pílulas sem sequer pensar. Pesou-as em sua mão, ouvindo os pequenos tabletes baterem uns nos outros lá dentro.

Hora de decidir. O que seria?

Vermelho ou preto?

Ela abriu a tampa.

Você não sabe nada sobre mim...

"Como caralho eles nos acharam tão rápido?"

"Não sei", HP rosnou enquanto tentava se agarrar a seu assento.

A pesada van policial estava sacudindo pelo caminho de cascalhos.

"Talvez a van possa ser rastreada, mas eu não creio que a polícia seja assim tão avançada..."

Eles passaram voando por um quebra-molas e, por uma fração de segundos, a van saiu do chão. Quando aterrissou, HP bateu a cabeça na janela lateral.

"Porra!"

Tentou olhar pela pequena janela da cela na parte de trás da van, mas tudo o que podia ver era poeira voando atrás deles.

"Quantos são?", ele gritou para Hasselqvist.

"Dois, no mínimo. Deve ter mais a caminho!"

"Segurem-se, merda, nós devíamos ter feito isso antes..."

Nora tirou o cinto e passou para o banco do passageiro. Ela mexeu no rádio policial e de repente vozes empolgadas começaram a sair pelo rádio.

9150, eles estão se dirigindo diretamente para você, câmbio.

Copiado!

Hasselqvist pisou nos freios, girou o volante e meteu a van em uma passagem lateral. Diga o que quiser, mas o cara sabia dirigir...

Controle, 9127, eles viraram para a esquerda, agora se dirigem para o norte...

Copiado, 9127, todos os carros do controle, agora se dirigindo para o norte em direção a Nybygget... O operador do rádio no Centro de Comunicação Regional soava consideravelmente menos empolgado do que os policiais tomando parte na perseguição.

O motor da van rugia e a pista à frente deles se afunilava em uma fina passagem. Mas Hasselqvist não parecia nem um pouco preocupado.

"Em duzentos metros vou virar bruscamente pra esquerda, então se segurem...", ele gritou.

"Como caralho você sabe onde...?", HP conseguiu gaguejar enquanto se agarrava o melhor que podia.

"Eu pratiquei rally aqui alguns anos atrás...", retrucou Hasselqvist.

Ele pisou nos freios e fez uma curva controlando com o freio de mão.

Controle, 9127, eles acabaram de sumir, nós os perdemos... espere.

HP segurou a respiração.

Não, temos visualização mais uma vez, estão agora indo para o oeste.

Copiado, 9127, o helicóptero está a caminho.

"Se o helicóptero nos alcançar estamos perdidos", Hasselqvist cuspiu entres os dentes.

Ele virou a van em direção a outra entrada lateral.

"Só há uma única opção", ele disse por sobre os ombros.

"Vocês vão ter que pular."

"O quê?!"

"VOCÊS VÃO TER QUE PULAR!", Hasselqvist gritou, sem tirar os olhos da pista. "Eu vou parar e deixar que saiam, depois sigo sozinho. Há metade de um tanque sobrando, e eu posso continuar por pelo menos mais meia hora, quarenta minutos. Se eles não descobrirem onde vocês saltaram, nunca irão encontrá-los...

"M-mas, estamos no meio da floresta...", começou Nora.

"A linha do trem é bem ali."

Hasselqvist gesticulou em direção à janela do seu lado.

"Achem-na, e sigam para o sul. São umas duas horas a pé até a próxima estação. Depois vocês podem pegar o trem de volta para a cidade."

"Mas nós não podemos simplesmente te deixar para trás..."

"Kent tem razão. Nós não temos escolha", interrompeu HP. "Se formos pegos, o HD estará nas mãos do Mestre do Jogo em menos de uma hora, e então tudo, tudo isso terá sido em vão..."

Nora mordeu os lábios.

"Certo", ela concordou. "Apenas me diga o que você quer que façamos, Kent."

"Precisamos de um pouco de espaço pra respirar, algum tipo de distração para que eu possa parar por um momento..."

Controle para todos os carros, o helicóptero estará com vocês em aproximadamente cinco minutos.

Eles estão se dirigindo para o oeste no momento. Parece que estão escutando, então iremos mudar para a frequência de segundo plano. Frequência de segundo plano a partir de agora, câmbio e desligo!

O rádio emitiu um bipe e de repente ficou em silêncio.

"O extintor de incêndio..." Nora se virou para HP e acenou para o chão.

Demorou um momento para compreender.

Ele soltou o cinto, se abraçou com o assento e inclinou-se para frente. Havia um extintor de incêndio em um dos lados do chão da van. Rapidamente desamarrou as fitas de borracha e o pegou.

Ao mesmo tempo, Nora voltou ao seu assento.

"Abra a porta!", ela gritou, e ele fez o que ela pedia.

A pesada porta corrediça deslizou em suas mãos e abriu inteira.

Ele olhou para o exterior e viu as árvores voando rente a eles, a apenas um metro e pouco de distância.

"Não se preocupe!", ela gritou. "Eu te seguro!"

Mas ele hesitou.

"O helicóptero está quase aqui", Hasselqvist gritou do volante da van.

HP fechou os olhos.

Agora ou nunca.

Ele soltou o bocal do extintor de incêndio e puxou o pino de segurança.

Então se levantou.

Nora agarrou seu cinto.

"Espere, vou desacelerar e deixar que cheguem mais perto..."

Hasselqvist tirou o pé do acelerador e de repente podiam ouvir as sirenes dos carros atrás deles.

"Agora!", gritou Hasselqvist.

HP manteve um pé apoiado na van e colocou metade do corpo pra fora.

Seu cinto pressionava seu rim esquerdo e ele sentia o aperto de Nora contra sua cintura.

O primeiro carro de polícia estava a apenas dez metros de distância.

Ele levantou o bocal do extintor, mirou...

De repente as rodas de um dos lados da van atingiram um buraco, a van sacudiu e sua cabeça bateu contra o teto. Ele perdeu o equilíbrio e por alguns segundos imponderáveis chegou a voar livremente.

Então Nora agarrou seu braço e o puxou de volta pra van.

Porra, essa passou perto!!

"Agora, agora, AGORA!!" Hasselqvist berrava do banco de motorista.

HP se levantou de novo, inclinou-se para fora da porta e se segurou mais uma vez.

Ergueu o bocal e acionou a alavanca para baixo.

Uma nuvem de pó voou da mangueira, se misturou à poeira levantada pela van e aterrissou no meio do para-brisas do carro de polícia como um grande lençol branco.

O motorista pisou no freio, mas HP continuou disparando pó até que a viatura desapareceu em uma nuvem de fumaça atrás deles.

Depois jogou o extintor para fora e deixou que Nora o arrastasse de volta pra van.

Hasselqvist pisou no acelerador.

"Há outra pista a cem metros daqui." Ele gritou. "Pulem fora quando eu desacelerar para virar. Depois apenas se mantenham abaixados até que eles passem por vocês..."

"Copiado!" HP se moveu para perto da porta de novo.

"Boa sorte, Kent. Você é muito foda no volante!", ele gritou para Hasselqvist, e recebeu um aceno rápido em resposta.

"Não esqueça da mochila", Nora disse perto do seu ouvido.

Claro... merda!

Se ele pulasse sem o HD... Falha épica!

Apanhou a mochila do chão, e a colocou nas costas.

"Amarre-a!", Nora disse, apontando para seu peito.

Murmurou algo para si próprio, mas fez o que ela dizia, prendendo o pino de metal desajeitadamente entre as duas fitas.

A van diminuiu e então virou bruscamente para a direita.

"AGOOOOORA!", gritou Hasselqvist.

ANDERS DE LA MOTTE THE GAME

30 Debaixo do enorme castanheiro...

Ela contornou devagar pela Rålambsvägen, depois virou entrando no parque, seguindo o caminho pela grama.

Gaivotas e corvos se bicavam como de costume pelos restos de comida e lixo da noite anterior, mas uma equipe de garis da prefeitura já havia chegado.

A cidade tinha que vestir a sua melhor roupa, agora que ao menos parte do mundo estaria lhe assistindo.

Além deles, as únicas pessoas à vista eram um casal que caminhava com seus cachorros e um corredor matinal.

Ela diminuiu a marcha para pegar a encosta íngreme que levava à ponte sobre a Norr Mälarstrand. Um ônibus vazio, com bandeiras azuis e amarelas no teto, passou próximo a ela.

Continuou pela Fridhemsplan, diminuiu para passar no farol vermelho e parou próxima à portaria. O sentimento de pegar sua identidade policial do bolso era inesperadamente reconfortante.

"Bom dia", disse o guarda com uma voz excessivamente animada, antes de acenar para que passasse.

Assim que ela passou pelos portões e começou a pegar o túnel que levava abaixo da Kronoberg, seu celular vibrou.

Esperou até estacionar sua bicicleta na garagem para checar a mensagem.

Boa sorte hoje, Rebecca.
Seu pai estaria muito orgulhoso de você!
Quando tudo isso terminar, lhe prometo falar
tudo sobre ele.
Tio Tage

Ela não podia deixar de sorrir. Então viu que havia outra mensagem na caixa de entrada.

Apenas quatro palavras, sem nome ou número de remetente.

Não confie em ninguém!

Deletou a mensagem na hora.

Fora do vestiário, ela esbarrou em Runeberg.

"Você escutou alguma coisa?", ela perguntou, pulando as preliminares.

"Houve uma perseguição de carro essa manhã, ao norte de Uppsala. Ao menos dez carros, helicóptero, bloqueio de ruas, esquema completo. Demoraram uma hora para chegar ao fim..."

"E?", ela segurou a respiração.

Runeberg balançou a cabeça.

"Eles conseguiram escapar. Estão provavelmente escondidos, ganhando tempo ali na..."

"...da floresta", ela concluiu, mas ele não estava prestando muita atenção.

Conversaram um pouco de início, basicamente sobre para que lado deveriam seguir, mas pela primeira vez ele estava sendo bastante taciturno, e a conversa tinha morrido.

Mas agora ela evidentemente queria fazer outra tentativa.

"O que você disse?", ele murmurou.

"Eu disse que devíamos sair da floresta. Pensei ter ouvido um sino de uma igreja..."

"Mmm."

Tinha levado meia hora para achar a linha do trem, depois eles passaram mais de duas horas andando pelas árvores próximas ao trilho. Apesar das alças grossas e acolchoadas, a mochila estava apertando seu pescoço e seus ombros. Suas pernas estavam pesadas e ele já tinha caído de cara umas duas vezes após tropeçar em algumas raízes e pedras enquanto corriam para dentro da floresta a fim de se esconder dos trens que passavam.

Era um garoto do asfalto, não um porra de um amante das árvores...

Ela se virou e olhou rapidamente para ele.

"Você parece exausto. Quando foi que dormiu pela última vez?"

Ele não respondeu.

Agora que a adrenalina tinha ido embora, as coisas estavam começando a se encaixar. Coisas que ele não tinha pensado antes.

Caminharam em silêncio.

"Uma pena aquilo sobre Manga", ela disse, enfim.

"O q-quê?", ele olhou para ela e parou abruptamente.

"Uma pena o que aconteceu... com o celeiro...", ela acrescentou, enquanto ele apenas a encarava feito um idiota.

"Sim, certo... Você já disse isso antes." Ele desviou o olhar.

"Você está zangado com ele, não está?"

Ele não respondeu, mas isso não a impediu de continuar.

"Você entende, não entende? Que Manga nos enganou de alguma maneira..."

"Não quero falar sobre isso..."

"Talvez não, talvez você esteja certo, talvez Manga também tenha sido enganado. Se o Mestre do Jogo o iludiu da mesma forma que nos iludiu, fazendo com que ele acreditasse que estava fazendo algo bom..."

"Algumas horas atrás apenas você parecia bem convencida de que ele *era* o Mestre do Jogo..." HP chutou uma pedra, depois mais uma.

"Eu sei, me perdoe. O estresse faz com que você diga coisas estranhas. Manga tinha um véu por sobre seus olhos, assim como você e eu", ela disse. "Ao menos é nisso que eu prefiro acreditar."

Ele ainda estava chutando pedras do trilho para o chão.

"Manga não é o tipo de cara que trairia seu parceiro...", ele murmurou, mas sem soar tão convincente quanto devia.

Ou *não era*, ele silenciosamente se corrigiu.

Merda, Manga, como foi que as coisas ficaram assim tão fodidas?!

Com tudo que estava acontecendo, ele dificilmente teve um momento para pensar sobre o celeiro e a explosão. Em vez disso, ele estava usando seu método testado e aprovado de colocar seu cérebro para ignorar tudo o que fosse muito desagradável de lidar. Mas agora seus superpoderes estavam enfraquecidos.

Ótima hora para mudar de assunto.

Ele apertou o passo de novo, e ela rapidamente se virou, e acabaram andando um ao lado do outro.

"Outra coisa... Quero te perguntar algo desde Medborgarplatsen..."

"Você quer saber se fui eu que comecei o incêndio no seu apartamento?"

Ele começou, mas antes que descobrisse como responder, ela acelerou alguns passos adiante.

"Logo ali, consegue ver? A estação!"

"Ok, caros amigos!"

Os oficiais de polícia reunidos no salão de conferências ficaram em silêncio na mesma hora em que Runeberg entrou no recinto.

"Uma última revisada antes de irmos lá fora. A cerimônia na catedral termina às 13h30, e o cortejo começará brevemente após isso. Seguiremos pela Slottsbacken, depois virando para a Norrbro. Logo em seguida, direto pela Kungsträdgården e em direção à Kungsträdgårdsgatan..."

Ele pausou por um momento, e vários dos guarda-costas trocaram olhares.

"Nós temos oficiais extras à paisana alocados pela Kungsträdgårdsgatan, no caso de alguém querer tentar imitar o ataque passado...", Runeberg continuou. "Então esquerda na Hamngatan, para a praça Sergels, e depois direita na Sveavägen, até o Concert Hall... Alguma pergunta até agora?"

"Alguma novidade sobre os suspeitos?", um dos guarda-costas na fileira da frente perguntou, provavelmente um dos novatos. "Pettersson e Al-Hassan, digo", ele continuou, num tom de voz confiante.

"Eu iria tocar no assunto mais tarde, mas uma vez que você perguntou", Runeberg murmurou, claramente irritado em ter que mudar o assunto.

"Muitas coisas aconteceram desde ontem. Farook Al-Hassan, ou Magnus Sandström, como também é conhecido, foi dado como morto. Seu carro foi localizado no local da explosão de um celeiro ao norte de Uppsala, junto com os restos mortais de alguém que a equipe forense está quase certa de serem dele. Também haviam traços de explosivos e fertilizantes químicos no local, então pode ter se tratado de uma bomba caseira que detonou acidentalmente antes da hora. Saberemos mais sobre isso em breve."

Runeberg acenou em direção a Tage Sammer, que estava sentado em uma das cadeiras mais próximas da porta. Stigsson estava sentado junto a ele, e quando Runeberg começou a falar de novo, Stigsson se inclinou para frente e sussurrou algo no ouvido de Sammer. Rebecca sentiu um volume na garganta e engoliu em seco algumas vezes pra se livrar daquilo.

"Com relação aos demais, conseguimos recentemente deter um indivíduo em uma van policial roubada. Mas dois dos outros suspeitos ainda estão à solta, incluindo o outro principal suspeito."

Runeberg olhou em sua direção.

"Me refiro ao Henrik Pettersson, também conhecido como HP."

Eles estavam com sorte. O próximo trem para Estocolmo estava apenas a dez minutos de distância, dando o tempo certo para Nora comprar os bilhetes e conseguir algo para comer da máquina de vendas da estação.

HP ficou escondido atrás de uma das pilastras da plataforma, mantendo um olho aberto para possíveis perseguidores.

Engoliu duas barras de Snickers enquanto esperava, e teve o tempo certo de lavar a garganta dessas iguarias com metade de uma garrafa de Coca que ela tinha lhe passado antes do trem parar na estação.

Acharam dois assentos vazios e se sentaram. De tão cansado, ele esqueceu de tirar a mochila antes de se jogar no assento da janela. Para piorar as coisas, o pino de metal estava virado pra cima, e ele xingou tão alto que diversos outros passageiros olharam nervosos em sua direção.

"Espere, eu tiro." Nora sentou no assento do corredor e se inclinou sobre ele para ajudá-lo. "Você vai ter que levantar antes, depois girar os dois pinos em sentido contrário."

Sua cabeça estava bem próxima a sua face, ele podia sentir os dedos dela contra seu peito, e por um breve momento pensou conseguir sentir o cheiro do seu xampu.

Estranho como o cheiro artificial de flores podia fazer ele se sentir um pouco melhor...

"Pronto!", disse Nora, enquanto liberava as alças uma da outra.

Ele puxou a mochila e a colocou no chão a sua frente. Apenas para garantir, ele a encostou contra uma de suas pernas, para que pudesse sentir caso algo acontecesse com ela. Depois se encostou, massageando seus ombros doloridos e resistindo a uma urgência repentina de fechar os olhos.

O trem tinha ganhado velocidade e era quase impossível resistir ao seu balanço suave.

Mas ele iria tentar.

Se virou para Nora. Ela estava colocando um pedaço de chiclete de nicotina na boca, e ele esperou educadamente para que ela o alocasse certinho atrás do lábio superior.

"Estaremos de volta à cidade em menos de duas horas", ele disse com a voz baixa. "Há um café com internet decente na praça Hötorget, eu já o usei algumas vezes antes. Posso enviar tudo de lá."

Ela concordou e ajustou a posição do chiclete com a língua. O movimento o fascinou, quase fazendo com que perdesse a linha de pensamento.

"Parece uma boa ideia, HP, vamos em frente. Já pensou sobre o que vamos fazer depois disso?"

Ele sacudiu a cabeça.

"Eu realmente não dou a mínima. Desde que os arquivos estejam on-line e a PayTag afunde como uma rocha, provavelmente arrastando o Mestre do Jogo com eles, talvez até mesmo o Jogo inteiro. Eles vão ficar com as mãos ocupadas tentando salvar a própria pele..."

"E você acha que eles vão esquecer da gente?"

"Isso só o tempo dirá..."

Ele deu de ombros.

"Então, que tal me contar como foi que você se envolveu com tudo isso?", ele disse alguns momentos depois, sem realmente entender porquê.

Ela colocou a tampa de volta no pote de chicletes e o guardou devagar enquanto pensava sobre sua resposta.

"É uma história bem longa, na verdade...", ela disse.

"Não tenho nada pra fazer por cerca de uma hora mais ou menos", ele respondeu, e tentou soltar seu sorriso mais charmoso.

"Certo, mas terá que ser a versão curta da história. Podemos ambos descansar um pouco depois... Eu costumava ser jogadora profissional de handebol. Tudo ia muito bem, eu até tinha sido selecionada para a seleção nacional. Treinava praticamente todo dia..."

Ele acenou com a cabeça demonstrando interesse, o que era mais fácil do que imaginava.

"Vivia para o esporte, para a camaradagem do time, a competição. Então acabei me lesionando."

"Ai."

Ele podia dar um murro em si mesmo. Na hora em que devia demonstrar séria empatia, o melhor que ele conseguiu dizer foi *ai*...?

Mas Nora não parecia ter se incomodado.

"O ligamento cruzado de um dos joelhos se desprendeu, e o médico me disse que meu corpo simplesmente não conseguiria mais lidar com aquela quantidade de treinamento. Eu estava determinada a retornar, fiz todo o lance da reabilitação, mas nunca fui mais a mesma. Uma vez que você tem problemas nos ligamentos, nunca volta a ser o que era. De ser uma das melhores, voltei sendo apenas uma jogadora mediana. Então treinei ainda mais duro, o que obviamente era bem estúpido."

Ela balançou a cabeça.

"E continuei me lesionando, e terminei passando mais e mais tempo no banco. No final decidi desistir, antes de ser cortada... Não queria dar a ninguém essa satisfação, melhor sair por conta própria antes de ser humilhada – ao menos, foi essa a minha lógica. Agora, em retrospecto, percebo que não foi muito inteligente... Você consegue imaginar os sintomas da abstinência?"

Ele concordou. Seus cílios de repente pareciam muito pesados, mas ele queria muito ouvir o restante da história. Pensou ter uma boa ideia de para onde a história estava caminhando.

"Então dediquei minha energia aos estudos, consegui meu diploma e comecei a trabalhar como veterinária. Mas sentia falta pra caralho dos esportes. Nada sequer chegava perto. Foi aí que o Mestre do Jogo me contatou, oferecendo um novo senso de pertencimento, um novo plano de jogo..."

Ela deu de ombros.

"Como foi que isso aconteceu? Digo, como foi que ele te achou, o Mestre do Jogo?"

"Começou com um simples e-mail, uma oferta..."

"...para participar de uma experiência inteiramente única, diferente de tudo que você já fez no passado..."

"Algo assim." Ela sorriu. "Não foi até muito depois que eu percebi que estavam me avaliando. Sabiam tudo sobre quem eu era, o que tinha feito. Como eu funcionava, que botões apertar..."

Ele concordou.

"Parece familiar."

A cabeça de HP estava cada vez mais pesada, e ele teve que lutar para manter os olhos abertos.

"Veja, esse negócio com o incêndio no seu apartamento...", ela continuou.

"Nós não temos que falar sobre isso agora...", ele balbuciou.

"Eu sei, mas eu quero. Você está certo, fui eu. Mas não era pra você ter se ferido, eu liguei para os bombeiros antes mesmo de começar o incêndio. Queria ter certeza de que eles estariam a caminho... Mas, obviamente, isso não corrige nada. Minha única desculpa é que eu não estava pensando direito. Tudo o que queria era subir na lista, chegar ao topo..."

Ele acenou com a mão.

"Você realmente não precisa se explicar..."

"Certo, mas eu sinto como se devesse. Não quero que você pense que eu..."

"Eu não penso, está tudo bem. Confie em mim, o Mestre do Jogo me fez fazer coisas bem piores..."

A porta no final do vagão abriu de repente e um homem em uma jaqueta escura entrou.

Ele olhou ao redor no vagão de uma forma que fez HP se esconder embaixo do assento na sua frente.

A porta abriu mais uma vez e uma mulher se seguiu ao homem.

Eles pareceram discutir algo por um momento, depois retornaram ao vagão de onde saíram.

"Alarme falso", disse Nora. "Eles estavam apenas procurando por assentos vazios... Veja, o que eu estava dizendo, desculpe pelo incêndio", ela continuou. "Você tem que acreditar em mim. Eu não estava pensando claramente..."

"Nora, está tudo bem."

Sua cabeça de repente parecia um pote de papa, e ele estava tendo problemas em mantê-la firme.

"Veja, eu estou esgotado, que tal descansarmos um pouco?", ele murmurou. "Podemos trocar mais histórias de guerra depois..."

"Claro", ela concordou. "Sem problemas."

Ele encostou a cabeça na poltrona e ela logo fez o mesmo.

Alguns minutos depois, ela cuidadosamente abriu seus olhos. Escutou sua respiração pesada, então se inclinou para frente e gentilmente pegou a mochila de onde ele tinha colocado no chão.

Então deslizou silenciosamente do seu assento e deixou o vagão.

"Estou muito feliz de ter te alcançado, srta. Normén."

Era Sammer, seguido de perto por Stigsson e o homem vagamente familiar que ela tinha avistado no escritório no dia anterior.

"Tanto eu como o superintendente Stigsson estamos extremamente gratos por sua cooperação. Estamos os dois profundamente impressionados pela força de seu caráter e pela lealdade demonstrada."

Ela deu um sorriso incerto, parcialmente porque estava tendo problemas com todo esse teatro, e em parte porque não estava certa de como deveria reagir a esse elogio todo inesperado.

"O-obrigada", ela conseguiu dizer.

O terceiro homem no grupo estendeu a mão.

"Erik af Cederskjöld, porta-voz do Palácio. Prazer em conhecê-la. O coronel Pellas fala muito bem de você." Ele sorriu.

Seu aperto de mão parecia fraco, e seu sorriso só chegou ser metade do que era seu olhar. Ela não teve dificuldade em ver através de sua falsa polidez.

"Prazer em conhecê-lo", ela murmurou. "Infelizmente preciso ir, estamos a caminho agora."

"É claro", Sammer/Pellas disse. "Eu apenas queria te desejar boa sorte, srta. Normén..."

Ela olhou em seus olhos, e assim que os outros dois homens se viraram, ele piscou para ela.

Ele estava em um labirinto, tinha percebido isso logo de cara.
As paredes rosas ao seu redor não iam completamente até o teto,
e pareciam começar e terminar sem muito discernimento lógico.
Não tinha ideia de como tinha ido parar ali, nem como deveria
saber quem o perseguia. Os caminhos atrás dele e à sua frente
estavam vazios, e não havia um som sequer vindo de lugar
algum. Ainda assim, ele sabia que estavam por ali, que eles
estavam se aproximando por todos os lados do labirinto.
As alças da mochila cortavam seus ombros,
e a dor era tão ruim que prejudicava seus olhos, mas ele
seguia em frente. Em algum lugar dentro do labirinto
havia a solução para tudo, estava convencido disso.
Se ao menos ele pudesse chegar lá primeiro, tudo estaria resolvido.
Quando virou uma esquina, ela estava lá sentada. Uma
pequena garota com bandana vermelha, e ele sabia desde
o princípio quem ela era. Ela estava com as mãos sobre
o rosto, mas ergueu os olhos quando ele se aproximou.
"Esse é o labirinto de Luttern?", ela disse, e sua voz
era exatamente como ele lembrava.
"É claro que é", ele se escutou dizendo.
"Você pode vir comigo, gostaria disso?"
Ele ofereceu a mão, mas ela não aceitou.
"Eu não ousaria", ela disse. "Ele disse que você é perigoso..."
"Quem? O Cuidador?"
"Não, eu não o conheço."
No momento seguinte ele ouviu passos se aproximando. Sons
de todas as direções. Sapatos pretos polidos sobre o asfalto. E ele
sabia a quem pertenciam. Os cabelos de sua nuca se arrepiaram.

"Vamos", ele disse à garota. "Você precisa vir comigo..."
Ela sacudiu a cabeça.
"Se eu for com você, nós dois vamos morrer."
"Mas você precisa. O Cuidador..." De repente sua voz soava como um choro, como um choro de criança.
Ela se levantou, e de repente era como se ambos tivessem trocado de papel. Se inclinou para ele, acariciou seus cabelos e o beijou na bochecha.
"Esqueça o Cuidador. As pessoas vêm ao labirinto de Luttern somente por uma razão, pequeno Henke", ela sussurrou. "Elas vêm para morrer..."

Ele estava sentado dois vagões mais à frente, e assim que a viu seu rosto se abriu em um sorriso.

"Muito bem, Nora, sabia que você conseguiria."

"Obrigada."

Ela sentou no assento vazio ao seu lado e lhe entregou a mochila. Ele a colocou no chão, sem demonstrar qualquer interesse em abri-la.

"Você está bem?", ele perguntou.

"Claro", ela murmurou.

"E quanto a ele?"

Nenhuma resposta.

"Nós não tivemos escolha, você sabe disso, Nora..."

"Sim, eu sei... E quanto a Jeff?"

"Não se preocupe com ele, está perfeitamente seguro onde se encontra. Então, quanto tempo ainda temos?"

"Meia hora, talvez um pouco mais. Coloquei meio Rupinol em sua Coca, e somando com as horas que estava sem dormir..." Ela deu de ombros.

"Bom, tempo o bastante. Está logo ali."

Ele gesticulou em direção ao compartimento de bagagens logo acima.

"E quanto a ela, sua irmã?", perguntou Nora.

"Ela está exatamente onde deveria estar..."

Ele olhou para ela por alguns momentos.

"Você gosta dele, não gosta?" Ele disse finalmente. "HP, digo..."

Nora não respondeu.

Em vez disso, ela se levantou, pegou o objeto do compartimento e colocou em seus ombros.

"Ele acha que você foi manipulado", ela disse secamente. "Que suas intenções foram boas, mas que foi enganado também. Ele prefere acreditar nisso do que na alternativa, Manga..."

Ponto sem volta 31

Eles estavam posicionados do lado de fora da catedral.

Seis deles ao redor da carruagem. Runeberg na frente, à direita, com ela na mesma posição do lado esquerdo.

Duas tropas da Cavalaria em uniformes cerimoniais estavam agrupadas ao redor do Obelisco na frente do Palácio. Os cavalos pisavam ansiosamente nos paralelepípedos, o som de seus cascos ecoando entre os prédios.

Pelo que deveria ser a décima vez, ela checou seu equipamento. Bastão, rádio, pistola. Tudo afivelado a seu cinto embaixo da jaqueta.

O fio do rádio corria por suas costas e se transformava num pequeno fio enrolado de telefone logo acima de seu colarinho, antes de chegar ao ponto em seu ouvido esquerdo.

No outro ouvido tinha o microfone conectado ao celular em seu bolso interno.

Tentou ensaiar uma corrida de alguns passos pela ladeira em frente ao Palácio.

Sem problemas, tudo estava onde deveria estar.

Olhou para o relógio.

Faltavam quarenta minutos.

“Acorda, HP!”, ela o sacudiu gentilmente pelos ombros.

Ele abriu os olhos, relutante, e demorou alguns segundos para perceber onde estava. “Estamos quase lá”, ela disse.

“Certo.” Ele sentou, esfregando os olhos, e depois olhou para baixo para procurar a mochila.

Tinha desaparecido!

Acometido de pânico, ele se lançou para baixo tão rápido que bateu a cabeça no assento da frente. Depois percebeu que tinha apenas deslizado um pouco para baixo de sua própria poltrona.

“Você estava falando enquanto dormia”, disse Nora.

“É?” Ele sentou de novo, esfregando a cabeça.

"As mesmas palavras, continuamente."

"Que palavras?"

"*O labirinto de Luttern.* O que quer dizer?"

Ele deu de ombros.

"Você me diz. Estive tentando descobrir por semanas agora. Luttern é uma região no norte da Alemanha, na Vestfália, para ser mais preciso. Isso é tudo o que consegui descobrir."

"Certo, bem, isso explica o nome da rua..."

"O quê?"

"Vestfália foi da Suécia um dia, por isso deram esse nome para a rua."

"Espere, do que você está falando? Não me recordo de uma rua chamada Lutternsgatan em Estocolmo..."

"Não, não há mais, realmente. Eles se livraram dela quando construíram a Kungsgatan. Acabaram com outra rua na mesma época, a Hötorgsgränd..."

Ela foi interrompida por um anúncio no alto-falante.

Chegaremos em breve à Estação Central de Estocolmo.

A plataforma será do lado esquerdo do trem, seguindo a direção da viagem.

Nós da Swedish Railways gostaríamos de lhes dar as boas-vindas a Estocolmo, e mais uma vez nos desculpar pelo atraso no serviço...

Nora se levantou da poltrona.

"Hora de partir..."

Ele se espreguiçou e depois rastejou para fora de seu assento na janela.

"Então onde ficava, a Lutternsgatan?"

"Onde a Malmskillnadsgatan cruza com a Kungsgatan, eu acho."

O trem sacudia levemente enquanto diminuía a velocidade, fazendo o vagão balançar.

"Eu fiz uma disciplina sobre a arquitetura de Estocolmo na universidade, caso você esteja se perguntando...", ela acrescentou. "A única razão pela qual me lembro da Lutternsgatan é porque nos deram metade de um dia livre para tirar fotos da placa..."

"A placa?" Ele colocou a mochila nas costas.

"Há uma placa embaixo da ponte Malmskillnad..." Ela o ajudou com as alças. *Para comemorar o rompimento com a Coluna Brunkeberg e a união com sucesso dos distritos da cidade que estavam separados*, algo do tipo. Foi parte da prova..."

Prendeu cuidadosamente o pino de metal em seu peito, e puxou o capuz do seu casaco. As outras pessoas no vagão estavam seguindo o caminho para a saída, mas Nora pegou a mão de HP e forçou passagem até uma das portas. O trem parou vagarosamente na plataforma.

Eles viram os homens enquanto o trem se arrastava junto à plataforma. Dois deles parados no final da plataforma, outros dois no meio, todos vestidos com ternos pretos e óculos escuros, seus pontos de ouvido claramente visíveis. Nora apertou sua mão.

"Preparado?"

Ele concordou.

Ela se virou em sua direção e começou a mexer no excesso de tecido em cima do pino da mochila, ajustando o velcro diversas vezes antes de se dar por satisfeita. Parecia volumoso contra o seu peito, como se aquilo tivesse crescido quando ele estava dormindo.

"Pronto, agora você vai poder correr sem que fique arranhando."

O trem deu seus últimos solavancos.

"Se nos separarmos, não espere por mim", ela disse. "A missão vem primeiro. O que quer que aconteça, você tem que chegar àquele café, ok?"

Ele concordou.

"Bom."

Assim que a porta começou a fazer barulho, ela se inclinou para frente, colocou a mão em sua nuca e o beijou.

"Trinta minutos para a partida, está pronta?"

Ela acenou para Runeberg, enquanto ele marchava em sua direção por cima dos paralelepípedos, mas ele não respondeu.

"Aqui, todos."

Os outros quatro guarda-costas se uniram a eles.

"Acabamos de receber novas informações. Não acreditamos mais que os dois últimos suspeitos estejam na floresta fora de Uppsala. Eles talvez tenham conseguido retornar a Estocolmo."

"Estamos cancelando o cortejo?", um dos outros guarda-costas perguntou.

Runeberg sacudiu a cabeça. "A ameaça não é considerada grave o bastante..."

Ele olhou para Rebecca rapidamente.

"Alguém realmente deseja que esse cortejo aconteça. E quase a qualquer custo, aparentemente..."

Ela deixou alguns passageiros mais ansiosos passarem primeiro antes de puxá-lo para a plataforma.

O trem do outro lado da plataforma deve ter chegado na mesma hora, porque o local estava rapidamente lotado de pessoas se dirigindo para todos os lados.

Eles ziguezaguearam em direção à saída, tentando manter a cabeça baixa.

A saída estava cada vez mais próxima.

Um barulho estridente atrás deles fez com que olhassem para trás.

Dois homens de terno estavam indo diretamente em sua direção.

"Vamos!"

Nora o arrastou com ela, forçando o caminho adiante cada vez mais rápido.

Da esquerda à frente deles, dois outros homens tentavam abrir caminho aos cotovelos pela multidão. Nora começou a correr, empurrando algumas pessoas na direção dos dois homens. Um dos passageiros caiu bem em frente aos homens de terno. Mas Nora não parou. Ela puxou a mão dele com mais força, acelerando e achando uma brecha pela beirada da plataforma.

A saída estava cada vez mais próxima.

Foi aí que ele avistou o homem da Fortaleza. Sua compleição quadrada era inconfundível. O chefe de segurança, o homem que ele quase atropelou...

O homem não estava se movendo, ficou lá parado, apenas esperando, próximo à saída. Olhando para eles diretamente. Seus joelhos estavam levemente arqueados e ele tinha suas mãos levantadas à frente, como um jogador de futebol americano.

HP puxou a mão de Nora, então olhou por trás dos ombros. Seus perseguidores estavam apenas a alguns metros atrás deles.

Sem chance de voltar, aquela rota de fuga estava completamente bloqueada...

Dez metros distantes do homem, e HP pensou ter visto ele esboçar uma espécie de sorriso. Um sorriso assustador, como de uma cobra, que fez HP congelar.

Mas Nora continuou em frente sem perceber o perigo que corria.

O homem se preparou, alçando os ombros para fora...

No último segundo, Nora largou sua mão. Sua pernas longas galoparam algumas vezes como pistões na plataforma...

E então pulou.

Ela bateu diretamente de frente com o homem. Seus corpos colidiram com um barulho surdo.

Ele ouviu Nora gritar algo, viu suas mãos se erguerem e caíram enquanto ela se lançava com tudo contra o homem, deixando HP esmagado por um desejo instintivo de ajudá-la.

E então percebeu que ela não gritava para o homem.

Gritava para ele.

"Continue, continue, cont..."

Uma das mãos enormes do homem agarrou Nora pelo pescoço, a ergueu do chão e cortou seu grito. HP olhou diretamente para frente e mirou a saída. Mas era impossível não olhar para trás. Nora estava lutando violentamente, tentando se libertar do aperto daquele homem contra seu pescoço.

HP olhou para frente mais uma vez, evitando dar de cara com algum poste. Quando ele alcançou o pátio, olhou para trás uma última vez e apenas conseguiu ver o imenso homem lançar o corpo inerte de Nora para o lado, como se fosse uma boneca de pano.

O sentimento o pegou de surpresa. Veio do nada e o atingiu em apenas uma fração de segundos para que pudesse identificá-lo. Ódio.

Ódio fervente, escaldante!

Seus perseguidores ainda estavam próximos a ele. HP correu pelo pátio em direção à saída principal. Mas assim que estava prestes a passar pela porta de vidro que levava ao Centralplan, ele avistou um carro de polícia do lado de fora, e em vez de se virar continuou em frente. Alguém gritou atrás dele, mas ele ignorou.

Merda, obviamente ele devia correr para baixo, em direção à rede de metrôs, e não para cima, para a próxima saída como uma merda de rato...

O final sul do pátio estava rapidamente se aproximando, e todas as saídas estavam atrás dele. Não havia nada além de restaurantes nessa ponta, nenhuma rota de fuga decentes por aqui.

Olhou rapidamente para trás.

Dois meganhas de terno estavam dez metros atrás, depois outro grupo liderado pelo homem quadrado.

A porta para o restaurante estava ficando mais perto, mas ele não fez qualquer esforço para desacelerar.

Em vez disso, passou correndo pela área de recepção e continuou em direção ao final do salão.

Uma porta vai-e-vem se abriu a sua esquerda, e um garçom saiu carregando dois pratos. HP passou por ele correndo, quase o atingindo, e se mandou como uma bala pela porta vai-e-vem, entrando na cozinha.

Dois homens de avental o olharam surpresos.

"Saída?", HP gritou.

Um deles apontou com uma espátula.

"Obrigado!", ele conseguiu gaguejar antes de continuar correndo.

Havia um carrinho de serviço estacionado perto da parede, e ele o puxou por trás de si para atrasar seus perseguidores. Mas não perdeu qualquer tempo esperando para ver o resultado. Jogou-se contra a porta com toda força, arrombando a fechadura e se lançando em um quintal fechado. Na sua frente, do outro lado da cerca, havia uma pilastra de cimento de dez metros de altura que dava suporte ao viaduto da Klarastrand.

Por puro reflexo, ele correu para a direita, e demorou vários segundos para perceber que a saída era para o lado esquerdo.

Porra!

Os homens o perseguindo atravessaram a porta com tudo, mas ele já tinha percebido outra saída. O final do prédio da estação estava coberto de andaimes e havia uma escada não muito longe dele. Ele avançou para a primeira plataforma como um chimpanzé louco de ácido, e assim que o primeiro homem de terno colocou a mão na escada, ele a chutou o mais forte que pôde.

A escada caiu no chão e ele ouviu xingamentos abaixo dele, mas não parou para ver se tinha atingido alguém. Correu pelas pranchas até que achou mais degraus, e saiu voando para o próximo andar.

O acostamento do viaduto estava claramente visível.

Mais um andar e ele agora podia sentir o andaime balançar e seus perseguidores correrem pelas tábuas abaixo dele. Mais um andar, e agora ele estava da mesma altura do pavimento.

O único problema era que havia dois metros de puro ar vazio entre ele e o viaduto...

Mais uma subida e estaria no topo do andaime.

Caralho, como era alto!

Alguém gritou algo em inglês. A tábua estava balançando bastante, e ele imaginou que todo mundo que o perseguia estava agora lutando para ficar em pé nos andaimes.

O viaduto estava a cerca de um metro abaixo dele, mas a pelo menos dois metros de distância. Difícil, mas não impossível. Bem, era isso que ele esperava, pelo menos...

Mas é claro que tinha a mochila nas costas agora.

Parecia estar mais pesada do que antes, mas isso podia ser muito bem porque estava mais fraco.

O andaime balançava mais e mais.

Ele chutou o corrimão de segurança para longe, deu um passo para trás e se encostou na parede do prédio.

No instante seguinte, o primeiro de seus perseguidores alcançou o seu nível, e ele pegou impulso com o máximo de força, dando um único passo e se jogando em pleno ar...

"Bem, caros amigos, essa é a deixa da cerimônia", disse a voz de Ludvig pelo rádio em seu ouvido. "Dez minutos para a noiva se refrescar, e então será hora. Levaremos a carruagem para o pátio externo a qualquer momento agora..."

Ele estava a dez metros de distância, no meio de um grupo de colegas uniformizados com bastante ouro em seus ombros. Ela tentou atrair seu olhar, mas não teve sucesso. Seu coração estava de repente batendo forte em seu peito e sua boca estava ressecada.

Um momento depois seu celular tocou.

Ela pressionou o botão no receptor sem fio.

"Sim", disse abruptamente.

"Só queria checar como você estava..."

"Sem problemas."

"Bom..."

"E quanto a você?", ela disse.

"Relativamente bem. Um pequeno problema apenas, mas nada com o que se preocupar..."

"Que tipo de problema?", ela perguntou.

Mas ele já tinha desligado.

Ele pisou raspando por cima do acostamento por um triz e caiu em cima do asfalto.

O impulso da aterrissagem o empurrou até a estrada, e ele escapou por pouco de ser atropelado por um ônibus que não o atingiu por uma questão de centímetros e passou detonando a buzina.

Ergueu-se cambaleante até a calçada e olhou para seus perseguidores no andaime. Nenhum deles parecia ansioso para repetir seu pulo, e ele não pôde evitar acenar para eles. Então viu o homem quadrado chegando.

"Você aí, não se mova!", o homem rugiu. HP respondeu mandando uma dedada.

"Atire nele!", o homem ordenou para o fantoche de terno mais próximo.

"Não mesmo", o homem respondeu. "Ele está desarmado.."

"De que lado você está, colega? Ele é um merda de um terrorista, atire nele. É uma ordem!"

Os caras de terno pareceram vacilar.

"Você não é nosso chefe...", um deles murmurou. "E aqui é a Suécia..."

O homem quadrado xingou em voz alta, depois olhou rapidamente para HP, empurrou os caras de terno para o lado e se encostou na parede.

Merda! O louco filho da puta realmente vai pular...

HP se virou para trás, cruzou a rodovia e começou a correr.

Quando estava na metade do caminho de descida, percebeu que deveria ter escolhido uma rota diferente.

A descida o estava levando diretamente para a autoestrada de Söderleden, e, para deixar tudo ainda pior, o tráfego vinha em sua direção.

Carros vinham voando até ele, muitos deles buzinando freneticamente, enquanto ele amaldiçoava sua estúpida decisão. Mas era tarde demais para voltar agora. Em vez disso, ele continuou o mais perto que pôde da beirada da ponte.

Ele espiou em direção ao acostamento, em direção ao turbilhão de água.

Não tinha como ele pular no rio Strömmen, nadar realmente não era seu ponto forte e ele provavelmente terminaria como um cadáver engolido pelas grades e comportas do prédio do Parlamento. Sem mencionar a infeliz combinação do HD com água...

Muito melhor continuar correndo.

Ele estava na metade do caminho pela ponte da autoestrada antes que ousasse olhar para trás. O homem quadrado estava quinze, vinte metros atrás dele.

O rosto do homem estava bem vermelho e suas pernas curtas e musculosas galopavam contra o cimento. Mas mesmo que vestisse terno e sapatos mocassim, ao contrário de HP, que estava muito melhor vestido para uma corrida, o homem ainda parecia estar vindo bem mais rápido.

A mochila, é claro.

Era isso que o estava atrasando, e se você somasse os excessos das últimas semanas, então, de fato, não era tão surpreendente que ele não tivesse mais muita força nas pernas.

Strömsborg era sua única esperança.

Mas antes que pudesse chegar perto da pequena ilha, ele percebeu que não fazia sentido. Mesmo que a distância não fosse tão grande, o acostamento da ponte tornava impossível pegar impulso o suficiente. E não tinha como ele conseguir impedir o HD de molhar.

Então ele continuou correndo.

O homem quadrado estava encurtando a distância entre eles.

A ilha mais perto agora era Riddarholmen, mas para alcançá-la ele teria que cruzar ambas as vias, depois a linha do trem, e achar uma forma de escalar uma rocha íngreme. Contudo, ele não tinha qualquer outra opção. Deixou mais alguns carros passarem e correu reto em direção à estrada. Um Passat quase o acertou, mas no último momento o motorista desviou e o errou por pouco mais de meio metro. Balançou por cima do concreto separando as vias e aterrissou no lado sentido sul. Seus pulmões estavam queimando em seu peito e sua garganta parecia ter encolhido ao tamanho de um canudo.

Continuou correndo pela estrada, dessa vez na mesma direção do tráfego.

O grande palácio de tijolos de Riddarholmen lançava longas sombras sobre a estrada.

"Agora te peguei, seu merda!", o homem quadrado rugia atrás dele.

"Ok, vamos ao trabalho!"

A voz de Runeberg no rádio mais uma vez, e alguns segundos depois os recém-casados emergiram pelo arco oeste.

Eles não pareciam tão felizes em estar casados quanto ela esperava. Mais para nervosos, na verdade. Talvez isso não fosse tão estranho, dado o frenesi da mídia. Transmissões ao vivo na televisão, tanto na Suécia quanto em uma série de outros países fascinados pela monarquia.

E agora o casal tinha que aguentar uma jornada em um cortejo e um prolongado banquete formal antes que o dia acabasse. Essa provavelmente não seria uma grande noite de núpcias...

Um homem de uniforme abriu a porta da carruagem e outro ajudou a noiva a ajeitar seu vestido antes que ela se sentasse.

O noivo estava esperando do lado de fora da carruagem, e deu a Rebecca uma olhada rápida, depois a lançou um sorriso hesitante. Ela acenou brevemente com a cabeça para ele em resposta.

HP correu em direção à sombra, e continuou mais alguns metros pela rodovia.

Escalar a rocha estava também fora de questão agora, o homem estava muito perto e o alcançaria antes que ele pudesse tentar. Seu coração batia a ponto de explodir, ele podia sentir o gosto de sangue, e o primeiro vômito já não estava tão longe.

Parou abruptamente e se virou, arqueando os joelhos, pronto para brigar.

O homem desacelerou, parou a alguns metros de distância e sorriu para HP.

"Você acha que pode contra mim, garoto?", ele gritou.

HP não respondeu, apenas permaneceu encarando o tráfego que corria no sentido deles, por trás do homem.

Carros passavam correndo de ambos os lados, os motoristas buzinando freneticamente, mas o homem não parecia nem remotamente incomodado. HP deu alguns passos cuidadosos para trás e, de repente, o sol iluminou seu pescoço, apenas para desaparecer de novo após mais alguns passos.

Uma grande carreta se aproximava à distância, atrás do homem.

E então algo que se assemelhava com uma ideia surgiu...

"Vamos lá, garoto, vamos fazer isso da forma mais fácil...", o homem gritou por cima do barulho das buzinas e do tráfego.

HP olhou nos olhos do outro homem, e deu mais alguns passos para trás antes de parar e levantar o dedo do meio.

O homem se agachou, se preparando para atacar. Seus lábios se afastaram desenhando um sorriso carnívoro.

"Últimas palavras?", ele rosnou.

"Yippikayee, filho da puta!", gritou HP.

Jogou-se em seguida na estrada e cobriu a cabeça com as mãos.

A carreta atingiu o homem quadrado por trás com força total. Parecia quase como num filme.

Num momento ele estava lá – no outro, já não estava.

A carreta continuou, seus freios estridentes no asfalto, rolando por cima da cabeça de HP, e continuou por cinquenta metros ou mais até que finalmente o motorista conseguisse pará-la.

A primeira coisa que HP viu quando cuidadosamente levantou a cabeça foi um único sapato mocassim.

32 Portador insignificante

Ele pulou do telhado para a estação de trem, se pendurando em umas das grossas vigas e caindo na plataforma. A aterrisagem foi mais suave do que esperava, e a plataforma estava praticamente deserta.

Conseguia ouvir as sirenes na autoestrada Söderleden, várias delas, mas elas logo foram abafadas pelo som do trem se aproximando.

Entrou e desabou no banco vazio mais próximo. A mochila atingiu a parte de trás do assento e ele se atrapalhou ao tentar pegá-la, com seus dedos tremendo durante alguns segundos, até desistir.

A descarga de adrenalina era gigante, todo seu corpo estava tremendo como louco, e sentiu vontade de vomitar. Ele se inclinou pra frente e tentou segurar sua cabeça o mais baixo possível.

Puta que pariu!

Nunca tinha visto alguém morrer antes.

Pelo menos não dessa forma.

Na verdade, talvez até tivesse...

Assim como Dag e a grade da varanda, ele tinha planejado a coisa toda. Encontrando um fragmento de luz na curva da estrada onde um motorista ficasse momentaneamente cego até que seus olhos tivessem se ajustado à sombra. E então atraindo seu perseguidor até o lugar certo...

Mas, assim como Dag, ele tinha sentido como se não tivesse escolha.

Naquele tempo tinha sido para salvar Rebecca, e dessa vez para salvar a si próprio.

Errado...

Para salvar a ambos.

Agora tudo que ele precisava fazer era mandar o conteúdo do HD para os jornais, e o Jogo e a PayTag se tornariam história. Então ele, Becca, Nora e os outros estariam livres.

Nora...

Ela tinha se sacrificado por ele, se jogando sobre o homem de cabeça quadrada mesmo percebendo que não teria chance. Levado um golpe pela equipe. Ninguém nunca tinha feito algo assim por ele. Quando isso tudo acabasse, encontraria uma forma de agradecê-la.

Se ainda estivesse viva, claro...

O trem trovejou pela Central e ele se agachou em seu assento instintivamente. Mas quase como Gamla Stan, a plataforma estava quase vazia.

Cidade fantasma.

Estranho...

Onde diabos estava todo mundo?

Slottsbacken estava cheia de gente, e tinha ainda mais esperando quando eles cortaram para a esquerda, passando por baixo do jardim do Palácio. Filmadoras, máquinas fotográficas, centenas de celulares.

No final do dia ela estaria em milhares de fotos e vídeos, gostasse disso ou não.

A velocidade até agora descendo a ladeira tinha sido suave, mas uma vez que a comitiva inteira chegou em terreno plano, os cavaleiros trocaram de um ritmo de caminhada para o trote. Os cavalos puxando a carruagem seguiram o ritmo, e Rebecca e os outros cinco guarda-costas ao seu redor começaram uma leve corrida para acompanhar.

Ela avistou a primeira máscara quando eles cruzaram Norrbro.

HP abriu a porta do cibercafé e caminhou diretamente até o balcão.

"Preciso de um computador com a melhor conexão que você tem, por duas horas, talvez mais...", disse ele para o recepcionista, mas o cara mal desviou o olhar da tela de televisão pendurada em cima do balcão.

"Desculpe, amigo, mas a internet está fora do ar..."

"O quê?"

"Sim." O recepcionista se virou para ele. "Banda larga, ADSL, rede de celular, *tutti*. Tudo tem estado fora do ar desde algum momento na noite passada. Estão dizendo que é um erro de programação em algum lugar, mas eu, pessoalmente, acho que tem mais a ver com o casamento..."

"Com o quê?"

"O casamento, amigo!" Ele fez um gesto em direção à televisão, que estava mostrando a imagem de uma carruagem e vários cavalos. "O Big Brother não quer nenhum protesto, então eles derrubaram a internet da mesma forma que fizeram no Egito, sim?"

"Certo", HP disse distraído.

Algo na tela tinha atraído sua atenção. Um dos capangas de terno ao redor da carruagem parecia vagamente familiar. A câmera deu zoom...

HP sentiu um calafrio repentino.

"Para onde eles estão indo?" Ele surtou, agarrando a blusa desbotada do homem.

"De volta ao palácio, aonde mais? Vá com calma, amigo..."

"Não, seu idiota, eu quis dizer por qual rota? Isso parece com Kungsträdgården... Por qual caminho eles irão depois?"

"Praça Sergels, e então depois por aqui em Sveavägen, até a..."

Kungsgatan!!

Puta que pariu!!!

A segunda e terceira máscaras estavam em Strömgatan, perto da Ópera. Máscaras brancas de Guy Fawkes com cavanhaques pretos e bigodes com as pontas para cima, assim como aquelas em frente ao Grand Hotel alguns dias atrás.

As pessoas vestidas de branco e usando as máscaras não se mexiam, apenas ficavam ali, completamente paradas, o que apenas tornava as coisas mais arrepiantes.

"Você as viu, não, Ludvig?" Ela disse para o microfone em seu pulso.

"Sim", ele respondeu brevemente. "Mantenha seus olhos abertos, meus bons, aqui vamos a Kungsträdgårdsgatan..." E ele continuou.

O cortejo virou à esquerda.

HP saiu como um louco do café, correu ao redor do balcão e partiu em direção à Hötorget. À distância, ele pensou que podia ouvir pessoas celebrando.

Outras quatro máscaras, em vários pontos ao longo de Kungsträdgårdsgatan, cinco ao longo de Hamngatan, mas nenhum sinal de problema.

Talvez isso não fosse tão estranho. Assim como não eram os vários soldados e voluntários ao longo do caminho. Ela tinha visto, no mínimo, vinte oficiais uniformizados, e mais à paisana. Mas as máscaras estavam crescendo em número.

Uma a mais para cada rua em que passavam. Isso não poderia ser coincidência. Algo estava claramente acontecendo.

Eles dobraram à direita na praça Sergels, contornando ao redor do obelisco de vidro, e as celebrações eram tão altas que ela mal conseguia ouvir o rádio quando esse emitiu um chiado.

A praça Hötorget estava cheia de pessoas, e ele teve que abrir caminho por elas. Quanto mais perto ele chegava da Sveavägen, mais densa a multidão se tornava, e ele percebeu que precisava de um plano alternativo.

O subsolo, é claro!

Deu a volta e correu até a Sergelgatan, passando entre dois arranha-céus e tentando não olhar pra cima.

Saltou por cima das catracas, pulou os degraus de três em três e correu ao longo da plataforma para o extremo norte da estação. Enquanto ele corria, tirou o celular do bolso da jaqueta.

“Todos os guarda-costas. Uma pessoa correspondente à descrição de um dos suspeitos acabou de ser vista na Hötorget.”

A voz no rádio era de Stigsson, ela tinha quase certeza disso.

Sua boca parecia um osso seco e ela engoliu várias vezes na tentativa de molhá-la. Sem sucesso.

“Está tudo bem, Normén, câmbio?”

“Tudo bem, Ludvig...”

“Bom, todos, mantenham-se alertas. Essas máscaras estão me preocupando...”

Sveavägen agora, sete máscaras.

Uma a mais que na praça Sergels. A parte da frente do cortejo começou a se direcionar até a Kungsgatan.

Seu celular começou a tocar, mas ela ignorou.

Sem resposta, porra!

Ele emergiu da saída norte da estação, abrindo caminho aos empurrões pela multidão, até a calçada.

A rua estava cheia de pessoas de uniforme, mas eles pareciam, em grande parte, estar lá como parte da decoração.

A ponte Malmskillnad estava a apenas cinquenta metros à direita.

Ele puxou seu capuz sobre a cabeça, pegou os óculos escuros do bolso e os colocou. Depois começou a abrir caminho até a ponte.

De longe, já conseguia ouvir o som dos cascos dos cavalos.

Ela viu um grande grupo de máscaras assim que a carruagem começou a virar. Estavam dispostas em filas dessa vez. Conseguia ver oito delas, e depois mais.

Muitas mais...

“Eu não gosto disso...”, Runeberg murmurou no rádio.

Seu celular ainda estava tocando sem parar em seu ouvido direito.

Ele estava a cinquenta metros de distância quando viu o padrão por baixo do arco da ponte. Formatos geométricos tridimensionais laranja-rosados circundados de azul e enrolados para cima em um padrão hipnoticamente regular. Assim como no plano, o padrão parecia um labirinto.

O *labirinto de Luttern!*

Tinha encontrado!

O som dos cascos estava ficando mais alto, ecoando nos prédios e misturando-se com a celebração da multidão.

Um instante depois, ele notou um amplo cano de ventilação em cada extremidade do arco. Cinco metros acima da calçada, em um ângulo perfeito em direção à avenida.

Duas grades circulares, combinando perfeitamente com a descrição do plano do Cuidador, com aproximadamente um metro de diâmetro. Ou 1.016,1 milímetros, pra ser preciso...

MERDA DO CARALHO!!!

Os primeiros cavalos da escolta tinham quase chegado à ponte. Ele guardou o celular e empurrou as pessoas que estavam a sua frente para fora do caminho, abrindo passagem com os cotovelos até a estrada, começando a correr em direção ao cortejo. Sua mochila ainda pulava para cima e para baixo em suas costas. Parecia ser mais pesada do que nunca...

Ela o viu de longe.

Roupas escuras, barba malfeita, óculos escuros e um capuz sobre sua cabeça. As alças acinzentadas de sua mochila estavam claramente visíveis em seu peito. Ele estava correndo diretamente em direção à carruagem, em direção a ela.

Agitando os braços e gritando alguma coisa.

Suas mãos foram direto até o seu cinto. Agarrou o cabo de sua pistola. Recuou – mirou...

"BOMBA!", ele gritou. "TEM UMA BOMBA AQUI!"

Mas ela não parecia escutá-lo. Em vez disso, ele a viu e viu os outros guarda-costas mirarem suas armas contra ele. Como se ele fosse a real ameaça.

Um instante depois ele viu as máscaras. Por todos os lados ao redor deles, ao longo da rua, cem, ou mais. Todas paradas. Como se estivessem esperando por algo. E então ele percebeu...

O mundo entrou em câmera lenta enquanto os pedaços do quebra-cabeça em sua cabeça voavam pelo ar, quebrando a imagem que ele tinha tão cuidadosamente montado e formando uma nova em seu lugar.

Uma que era mais do que horripilante.

O túnel, a bomba, a explosão no celeiro. Braços fortes o carregando pra longe do apartamento das cobras, injetando nele um soro. Alguém do lado de fora da porta do apartamento, perto do cemitério Woodland, e lhe mandando mensagens de texto. O alertando sobre um traidor.

A explosão, Rehyman, eles fugindo.

Nora, agarrando sua mochila com tanto cuidado. Dando a ele o local, a última peça do quebra-cabeça. O beijo fatal...

Ele parou abruptamente e levantou as mãos, vozes estavam ecoando, indo e vindo em sua cabeça, afogando umas às outras. Algumas delas eram claras, outros abafadas.

Essa é sua última tarefa, Henrik!

Vermelho ou preto?

Você está para realizar um ataque mortal contra o casamento real...

Quer jogar um jogo, Henrik Pettersson?

Luttern, não Glúten.

O Cuidador, eu não o conheço...

Você tem absoluta certeza disso?

Cuidador, não...

Ele se afastou lentamente, soltando as alças para tirar a mochila das costas. Mas o pino não se mexia.

"PARA TRÁS!", ele gritou o mais alto que conseguia.

As pessoas vêm até o labirinto de Luttern para morrer! A voz em sua cabeça sussurrava.

Cuidador.

Não.

Mas...?

Portador!

"TEM UMA BOMBA NESSA MOCHILA!", ele gritou.

Ela mirou no centro da zona de morte, exatamente onde as alças da mochila atravessavam seu coração.

"BOMBA!", alguém gritou no rádio, e por um momento ela pensou que fosse a voz de Tage Sammer que tivesse ouvido. Mas o alerta foi completamente desnecessário.

Ela apertou o gatilho.

E inspirou...

> *Como um soco no peito – era bem essa a sensação. De uma forma esquisita, o golpe parecia fazer com que tudo se movesse mais devagar ainda. De repente, ele podia apreciar os menores detalhes ao seu redor. A arma apontada para seu peito, o gatilho, gritos de pânico ecoando da multidão ao redor. Corpos colidindo em câmera lenta a sua volta. Tentando chegar o mais longe possível dele. Mas, apesar da evidência, apesar da pólvora ainda arder em suas narinas e o tiro ainda reverberar em seus tímpanos, seu cérebro*

se recusava a aceitar o que tinha acontecido. Como se estivesse rechaçando o impossível, o impensável, o incompreensível...

Isso simplesmente não poderia estar acontecendo.

Não agora!

Ela tinha atirado nele...

ELA

TINHA

ATIRADO

NELE!!!

A pistola ainda estava apontando direto para seu peito. O olhar dela por trás do tambor era frio como o gelo, completamente insensível. Como se pertencesse a uma outra pessoa. Uma estranha.

Ele tentou levantar a mão na direção dela, abriu a boca para dizer algo. Mas o único som que passou por seus lábios foi uma espécie de lamúria. De repente, e sem qualquer aviso, o tempo acelerou e voltou ao normal. A dor se espalhou como uma onda pelas suas costelas, através de seu corpo, fazendo o asfalto embaixo dele sacudir. Seus joelhos cederam e ele deu alguns passos cambaleantes para trás, na tentativa de manter o equilíbrio.

Seu calcanhar atingiu a beira do meio-fio.

Um segundo de imponderabilidade, enquanto ele lutava contra a lei da gravidade.

Então uma sensação onírica de que caía livremente.

E, dessa forma, seu papel no Jogo havia terminado.

ANDERS DE LA MOTTE THE GAME

O mestre 33

A explosão foi tão poderosa que ela sentiu dentro de seu peito. Ecoou por entre os prédios antes de ser seguida por uma segunda, e então uma terceira.

Acima dela, plumas de luzes explodiram no céu noturno, branco, vermelho, azul. Outros fogos de artifício vieram em seguida.

À distância, perto do Palácio, a multidão vibrava.

"Espetacular, não é?"

"Sim." Ela subiu os últimos degraus da plataforma e se juntou a ele no parapeito no topo da loja de departamentos NK. Alguns metros acima de suas cabeças, um letreiro gigante de neon girava, enquanto o logo verde da NK era substituído por um relógio vermelho.

"Minha querida Rebecca, eu estou muito arrependido, do fundo do meu coração..." Ele se virou pra ela e a segurou em seus braços. "Obviamente, alguma responsabilidade deve recair sobre mim".

Ela se aproximou e colocou os braços ao redor de seu pescoço.

"Obrigada, tio Tage..." Ela disse com a cabeça em seu ombro.

"Tem algo que eu possa fazer, minha querida?" Ele se inclinou para trás e agarrou suavemente seus braços.

"Não. Não no momento, pelo menos."

Ela desviou o olhar, em direção ao Palácio, onde mais fogos de artifício estavam sendo lançados.

"Perder um irmão dessa forma. E tendo que fazer isso você mesma..." Ele balançou a cabeça.

Ela não respondeu, e tentou engolir o caroço em sua garganta.

"Minha querida Rebecca, não consigo nem começar a imaginar como você deve estar se sentindo..."

A tristeza na voz dele atravessou-a como uma faca, e por um momento seus sentimentos começaram a esmagá-la. Mas ela rapidamente se recompôs.

"Meu plano deu errado, terrivelmente errado, apesar de todos os nossos esforços, e receio que Henrik não pudesse mesmo ser salvo", ele continuou. "Henrik estava carregando uma bomba, e foi somente graças à sua intervenção precisa que ele não teve a chance de explodi-la. Ele sabia sobre ela, até mesmo gritou que a estava carregando..."

Tage Sammer segurou as mãos dela e deu um passo para trás.

"Henrik havia feito sua escolha, e você foi forçada a fazer a sua. Você salvou muitas vidas nessa tarde, espero que você perceba isso. Algumas vezes o bem de muitos deve ser prioridade sobre o do indivíduo..."

Ela engoliu seco e então assentiu lentamente. Lágrimas estavam correndo de seus olhos, mas ela fez o melhor para se conter. Para manter controle...

Mais fogos de artifícios no céu noturno.

"Corajosa decisão, continuar com as festividades do casamento", ela murmurou. "E ele deu um ótimo discurso..."

"Sim, é fácil subestimar Sua Majestade. É em tempos como esses que as pessoas lentamente mostram seu verdadeiro caráter. Seu discurso televisionado foi uma boa prova disso."

"Mmm", ela disse.

"A nação necessita de uma força que a mantenha unida", ele continuou. "Alguém que possa nos ajudar a permanecermos fortes perante as dificuldades à frente. Sua Majestade entende isso..."

"Ou seu departamento de Relações Públicas entende..."

"Perdão?"

"Nada", ela murmurou. "Apenas pareceu tão premeditado, como se..."

"Como se o que, Rebecca...?"

Ele inclinou a cabeça e a olhou com curiosidade.

"Nada...", ela disse calmamente. "Desculpe, não tenho sido eu mesma, tio Tage."

"Minha querida Rebecca, entendo bem. Você não tem nada pelo que se desculpar..."

Ela se virou para o corrimão e eles ficaram em silêncio um ao lado do outro por um instante.

"E-então, o que acontece agora? Com a investigação, quero dizer?", ela finalmente disse.

Ele encolheu os ombros.

"Magnus Sandström e seu irmão se foram, e os outros três estão presos. Mesmo com os poucos detalhes restantes, o caso está fundamentalmente resolvido. O Jogo foi esmagado e os culpados irão receber sua punição..."

"Não pode ser assim tão simples, tio Tage..."

"O que você quer dizer?"

"Deve ter algo a mais por trás disso, devem haver mais pessoas envolvidas. Por exemplo, quem fez a bomba na mochila de Henke, e quem eram todas aquelas pessoas de máscaras?"

"Bem, até onde nós sabemos qualquer um deles poderia estar por trás da bomba. Sandström é provavelmente o candidato número um... A aparição dos manifestantes mascarados ao longo do caminho pode ter sido apenas mera coincidência. Às vezes teorias da conspiração são apenas convenientes como uma forma de evitar ter que lidar com as dificuldades da realidade..."

"E sobre o meu pai?"

"O que você quer dizer?"

"Ele trabalhou para você, fez tudo que você pediu a ele. Exatamente como eu..."

O estômago dela se contorceu e ela teve que parar.

"Isso é verdade, Erland era um colega particularmente leal. Existe sempre espaço para pessoas assim na maioria das organizações, Rebecca."

Ele esperou que as palavras fossem absorvidas...

"Você... você está me oferecendo um emprego, tio Tage?"

Ele sorriu gentilmente.

"Acho que nós poderíamos ser um excelente time. Alguém com seu poder de decisão, seu autocontrole. Que não hesita em fazer o que for necessário, por mais intragável que seja. Há sempre espaço para esse tipo de pessoa em toda organização..."

Ela respirou fundo.

"Eu já tenho um emprego, você sabe disso. Quando isso tudo tiver passado, acho que gostaria de voltar para ele. Tentar ajudar a descobrir exatamente o que aconteceu aqui..." Ela apontou para as duas torres em cada lado de Kungsgatan, perto da ponte Malmskillnad.

Sammer balançou a cabeça lentamente.

"Eu realmente não esperava outra resposta, Rebecca..."

Ele se inclinou e pegou uma garrafa térmica xadrez.

"Deixe-me apenas te oferecer uma xícara de café antes de partirmos."

"Obrigada..."

Ele apanhou duas xícaras e as encheu.

"Já lhe disse por que gosto tanto desse lugar?"

Ela balançou a cabeça e soprou gentilmente o café quente.

"Meu pai trabalhou para a ASEA. Ele ajudou a construir o relógio em 1939. Mas naquela época era instalado na torre de companhia telefônica em Brunkebergstorg."

Ele apontou por sobre os telhados.

"Meu pai costumava me levar para olhá-lo. Me contando como eles o colocaram ali. A torre tinha quarenta e cinco metros de altura, veja bem, uma altura vertiginosa naqueles dias..."

Ela concordou com a cabeça, e levou devagar a xícara aos lábios.

"Eu tinha muito orgulho do meu pai, até costumava contar vantagem aos meus amigos sobre como ele tinha construído o relógio sozinho...", ele gargalhou.

"Então, em 1953, a torre pegou fogo, e o relógio foi retirado e guardado em um armazém. Meu pai morreu alguns anos depois..."

Ela estudou o seu rosto de perfil, o formato aquilino do nariz. A pele esticada sobre as bochechas, os olhos escuros que lhe lembravam tanto de seu pai.

"Felizmente, com a ajuda de alguns contatos, por fim consegui fazer com que esse mastro fosse construído. E, dessa maneira, o relógio de meu pai pôde ser restaurado ao seu lugar de direito..."

Sammer se virou e sorriu para ela.

Ele ainda estava segurando a xícara em suas mãos, mas não parecia ter tocado no café.

"Obrigada por me contar essa história, tio Tage, mas eu preferiria..."

"Falar sobre o seu pai, sim, claro, eu consigo entender isso. É por isso que você está aqui. Está preocupada sobre o que Erland pode ter feito com aquele revólver. Que consequências disso possam existir. Tão preocupada que não consegue dormir à noite, não é mesmo?"

Ela concordou pesadamente, sua cabeça se movendo para cima e para baixo como se não quisesse de fato obedecê-la.

"Pobre Rebecca." Ele sorriu. "Os últimos anos não devem ter sido fáceis para você. Com tudo o que tem acontecido: o acidente em Lindhagensplan, o ataque contra o secretário de Estado norte-americano. Por sinal, a van policial contendo a bomba *estava* sendo dirigida por Henrik, mas você provavelmente já descobriu isso..."

Ela abriu a boca e tentou dizer algo.

"Shh, não se preocupe." Ele colocou o dedo coberto pela luva em seus lábios.

"Isso pode ficar entre nós. Henrik esteve envolvido em diversas ações violentas, algumas as quais você já conhece. Vou de fato sentir saudades dele", ele riu. "Na realidade, ouso dizer que todos iremos... Mas minha querida Rebecca, você está bem...?"

A xícara de plástico tinha caído de sua mão e se espatifado no chão.

"Talvez seja melhor você se sentar..."

Ele gesticulou para os degraus.

Ela seguiu seu conselho, afundando-se no degrau superior, e encostando sua cabeça contra a balaustrada. O metal estava gelado e macio contra sua têmpora.

"Pobre Rebecca", ele disse, caminhando lentamente em sua direção. "Suspeita de abuso do cargo em Darfur, demitida de seu emprego, e então seu namorado a deixou. E hoje você é forçada a atirar em seu próprio irmão. Tão terrivelmente trágico..."

Ele acariciou gentilmente sua testa.

As letras verdes no sinal acima de suas cabeças se transformaram em um relógio, lançando um brilho vermelho sobre sua face. Ele se inclinou e começou a desabotoar sua jaqueta.

"Que pena que isso tenha que terminar desse jeito, minha querida, mas no meu ramo, temo que não posso me dar ao luxo de deixar qualquer ponto sem nó. Na verdade, estou quase surpreso que os seus colegas tenham deixado você manter sua arma, à luz de tudo o que aconteceu."

Ele apalpou seu cinto, e puxou a pistola de seu coldre.

Ela não fez menção de o imperdir.

"Não há como prever o que você pode fazer, minha querida Rebecca."

Ele virou a arma de cabeça pra baixo, a inspecionando por alguns segundos.

Uma lágrima escorreu de um dos olhos dela, depois outra.

"Talvez seja de fato um alívio não ter que se preocupar mais com isso tudo. A pobre policial, sob tal estresse, atirando no próprio irmão. A mídia não vai demonstrar qualquer misericórdia. Quando a gente olha isso desse modo, é possível até dizer que estou te fazendo um favor."

Ela olhou para ele, tentando abrir a boca.

"O... o café", ela disse finalmente.

"Ah, não se preocupe. É a mesma substância que você já toma. Apenas um pouco mais forte. Veja, parece até que é o seu nome que está na etiqueta..."

Ele pegou um pequeno tubo de pílulas e o balançou entre seu polegar e indicador, colocando o frasco no bolso dela em seguida.

"Temo que seja hora de dizer adeus."

Ele ergueu a arma e a engatilhou.

Depois, encostou a arma na têmpora dela e atirou.

34 O rei vermelho

A arma fez um clique, travando.

Ele puxou de volta, engatilhou mais uma vez e atirou de novo.

Mais um clique.

Sammer olhou para a pistola, incapaz de entender o que estava acontecendo.

Rebecca levantou sua cabeça e encontrou seu olhar. Depois, pôs sua mão por cima do tambor, se levantou e torceu a arma de seu pulso.

Ele deu um passo vacilante para trás, e mais outro. Pela primeira vez desde que ela o conheceu, sua persona cuidadosamente controlada dava sinais de titubear, e por um momento ele quase parecia assustado. Passou em uma questão de segundos, após o que ele se recompôs.

Ela segurou a arma com ambas as mãos, desengatilhou uma, duas vezes.

Dois pequenos cartuchos verdes de festim voaram, rebatendo no chão grelado e encontrando seu lugar entre as frestas, caindo sobre o teto vinte metros abaixo.

Abaixou a arma até sua cintura, mas a manteve apontada para ele.

"Viva...", ela disse secamente, acenando com a arma. "Caso você esteja se perguntando. Por sinal, eu abandonei as pílulas, e também o café instantâneo...", ela acrescentou. "Alguém me disse que eles não me faziam bem..."

Sua boca se fechou. "Entendo..."

Ele olhou para ela por alguns instantes.

"O que foi que...?"

"Ah, um pequeno detalhe. Algo tão insignificante que me fez demorar diversos dias para compreender..."

Ele não respondeu, apenas continuou a estudá-la.

"O cofre particular, sua história, os passaportes, tudo se encaixava perfeitamente. Tudo caía perfeitamente em seu lugar, e o que Thore Sjögren me contou na Biblioteca Real amarrou a última ponta solta lindamente. Como eu disse, tudo estava perfeito..."

"Mas?"

"Perfeito, se não tivesse sido pelo nome..."

"Eu não tenho certeza se estou entendendo...?", ele inclinou a cabeça. "Thore estava ocupado com uma pequena digressão e aconteceu de me chamar pelo nome errado, depois muito rapidamente e educadamente se corrigiu. Um erro bobo, é tudo. Só havia um único problema... Eu nunca tinha dito a Thore qual era o meu nome, então ele já devia estar sabendo. Ele provavelmente sabia como eu era, que eu iria aparecer na biblioteca. E a única pessoa que sabia disso era você."

"E isso foi o suficiente para te deixar desconfiada...?"

"Isso e o fato de que eu estava me tornando cada vez mais convencida que alguém estava vigiando meu celular. Mantendo um olho onde eu estava e quem eu tinha contatado. No final, busquei a ajuda de um antigo amigo..."

"Ah..."

Ele ficou em silêncio por vários segundos, e parecia estar pensando.

"Sandström?"

"Seu nome é Al-Hassan esses dias."

"É claro..."

"Você não vai me perguntar se ele está vivo, tio Tage? Não, é claro que não, a explosão no celeiro foi parte de seu plano, afinal de contas. Uma forma de retirá-lo da invasão à Fortaleza. Manga trocou o HD pela bomba, exatamente como planejado, mas por motivos de segurança ele fez questão de fazer com que o detonador na mochila não pudesse nunca ser detonado."

Ela olhou para o relógio NK.

"Três minutos atrás Manga enviou toda a informação do HD para todos os jornais..."

Sammer balançou a cabeça vagarosamente.

"Em meu ramo você deve sempre estar preparado para ser traído. Há sempre alguém mais novo, alguém com mais fome esperando por uma oportunidade. Até agora, consegui com sucesso sobreviver a quatro ciladas do tipo. Mas Sandström não estava na minha lista. Ele me passava a ideia de ser muito tímido para esse tipo de poder político. Muito mole..."

Ela deu de ombros. "O medo pode ser um poderoso motivador..."

"Naturalmente, mas um plano como esse requer alguém consideravelmente mais forte, alguém que tenha o que falta a Sandström..."

Ele olhou demoradamente para ela.

"Evidentemente ele achou tal pessoa. Você sabia o que estava acontecendo, Rebecca, ainda assim continuou jogando. Você me permitiu mexer os pauzinhos para te colocar de volta na unidade de guarda-costas. E colocar você mesma na frente do cortejo real para que..."

Ele sacudiu a cabeça.

"Você atirou em seu próprio irmão para ter a oportunidade de chegar a mim..." Seu tom de voz era quase de admiração. "Eu realmente subestimei o quão determinada você é, Rebecca. Seu pai estaria..."

"Não fale sobre o meu pai!", ela surtou, levantando a pistola em direção a sua cara. "Você me manipulou, usando a lembrança do meu pai para fazer com que eu confiasse em você. Como se você alguma vez..."

Ela acariciou o gatilho gentilmente.

"Mas não há nenhum tio Tage, nenhum André Pellas ou John Earnest em missões secretas para o Exército..." Sua pulsação estava latejando em suas têmporas. "Nenhuma conspiração, nenhuma Arma de Olof Palme, nenhum passaporte falso em um cofre particular esquecido. Tudo o que havia era você. Um velho e um monte de mentiras. Tio Tage... Até o seu nome é uma piada, quase como se estivesse rindo de mim. Tage Sammer – *Mestre do Jogo*."

Ela cuspiu para fora as últimas duas palavras.

"Tudo o que aconteceu fez parte do seu plano. Henke, eu, todo mundo – nós éramos apenas peões. E havia ao menos dois diferentes capatazes em desesperada necessidade de ajuda. Black com a Diretriz de Retenção de Dados e o Palácio com a popularidade da família real. Quem sabe, talvez houvesse ainda mais alguém por trás deles, pessoas querendo legislações mais duras, mais recursos, mais oportunidades de vigilância..."

Ela abaixou a arma lentamente. De repente o som de sirenes ecoou a uma certa distância.

"O Grand Hotel foi apenas uma mera demonstração, uma demonstração de venda, para mostrar o que você podia fazer, quanto poder tinha. Você deixou Henke roubar aquela informação da Fortaleza para que pudesse pegá-la você mesmo. Então teria uma séria vantagem contra a PayTag, Black e seus donos secretos, sem esquecer de mencionar cada MP... *Informação é a nova moeda*."

Ela respirou fundo antes de continuar.

"Mas, para suavizar o impacto, você realmente entregou o que estava no topo da lista de desejos de todo mundo, algo que faria todos esquecerem sua pequena transgressão. Um terrorista local preparado para lançar um ataque contra o maior símbolo sueco, e que, convenientemente o bastante, leva um tiro e é morto por sua própria irmã antes que pudesse contar a todo mundo sua própria história inacreditável. Depois de algo assim, todo mundo iria correr para apoiar a família real, e o parlamento iria aceitar praticamente qualquer legislação. Ninguém iria protestar, e ninguém iria duvidar do seu poder. O jogo perfeito..."

Ela pausou para recuperar o fôlego mais uma vez.

"Me diga – estou errada?"

Ele ficou parado por alguns segundos, depois deu de ombros.

"Minha querida Rebecca, você me desaponta. Você pode muito bem imaginar isso, eu não teria como comentar."

Ele deixou sair um suspiro exagerado.

"O criminoso deve confessar no final para que o público possa ter suas respostas. Para que o filme termine bem e todo mundo possa ir para casa feliz e satisfeito. Ouso dizer que você está até usando algo tão banal como uma escuta escondida?"

Ele sacudiu a cabeça.

"Minha única resposta é que você e todo mundo são livres para acreditar no que quiserem... Obviamente, eu não teria como comentar..."

As sirenes estavam mais próximas, ao menos quatro ou cinco veículos, possivelmente mais.

"Então o que você vai fazer agora, Rebecca? Me levar de volta para a delegacia algemado? Mostrar ao mundo o quão esperta você foi?"

"Bem, eu certamente tenho o bastante gravado para te prender por tentativa de assassinato."

Ela deu um tapinha no bolso interno.

"Sua posição no Palácio, sua colaboração lado a lado com Eskil Stigsson e af Cederskjöld, o manipulador de massas, tudo isso vai ser examinado no mínimo detalhe. Até o final da semana, no mínimo todo o ar vai ter se esvaído do seu bom amigo Black e sua empresa. Ouso dizer que o mesmo se aplica à Diretriz de Retenção de Dados, se ela sequer durar esse tempo todo..."

"Entendo...", sua voz estava seca, mas o toque de rancor ainda era óbvio.

"E se isso não for o bastante, há todas as testemunhas. Manga, eu, os três que estavam lá na Fortaleza."

Ela pausou por um momento.

"E tem, é claro, a testemunha mais convincente de todas, de uma pessoa que pode explicar os detalhes da missão que você lhe deu..."

Ele demorou um instante para entender o que ela queria dizer. Então balançou a cabeça lentamente.

"Seu irmão – é claro, como eu pude sequer imaginar alguma outra coisa", ele sorriu. "Presumo que você tenha tido a ajuda de Runeberg em organizar esse pequeno teatro em Kungsgatan? O estimado superintendente faria qualquer coisa que você pedisse, não faria?"

Ele respirou fundo e levantou suas mãos a seguir.

"Parabéns, Rebecca, bem jogado. Eu admito a derrota..."

Ele se virou e se inclinou pesadamente contra o parapeito.

Por alguns segundos permaneceu lá parado, depois se virou para ela e olhou para o aviso luminoso acima deles.

"Estou orgulhoso do meu trabalho, Rebecca. Conquistei coisas que outras pessoas sequer poderiam sonhar em realizar..."

O relógio vermelho se transformou no letreiro mais uma vez, lançando uma luz verde sobre seu rosto.

"Mas eu nunca quebrei as regras do Jogo. Você conhece as regras?"

Ela balançou a cabeça negativamente.

Havia sirenes em todo lugar agora, ecoando entre os prédios e nos telhados ao redor. Luzes azuis refletiam das janelas dos prédios.

"Primeiro e acima de tudo: nunca discuta o Jogo com ninguém. A segunda é que o Mestre do Jogo está no controle, ele decide como e quando o Jogo termina. Isso é basicamente tudo o que você precisa lembrar..."

Ele deu uma última olhada no letreiro rotativo, então pôs um pé no parapeito e escalou a grade. Ela não fez qualquer menção de impedi-lo.

Por um momento, ele ficou lá no topo da grade, balançando, com seus braços esticados.

Quando o relógio completou seu circuito e a luz mudou de verde para vermelho, ele caiu lentamente em direção à escuridão.

Segundos depois, seu corpo atravessou estraçalhando um teto de vidro, depois continuou através do átrio de uma loja de departamento, aterrissando com um baque no chão de mármore, uns cinquenta metros abaixo dela.

ANDERS DE LA MOTTE THE GAME

Uma última coisa... 35

Rebecca lentamente guardou sua pistola, pegou a garrafa térmica e as xícaras antes de se dirigir para a escada em espiral.

Quando alcançou o teto na base do mastro, ela pegou seu celular. Um objeto prateado, brilhante, com uma tela de vidro.

Ele atendeu na primeira chamada.

"Está terminado?"

"Sim..."

"E?"

"Bem como pensamos."

"Você está bem, Becca? Digo, considerando...?"

"Estou bem, Manga. Surpreendentemente bem, na verdade... Melhor do que já estive em décadas."

"Feliz de ouvir isso."

"Como ele está?"

"Louco pra caralho, e bem machucado no peito, mas vai sobreviver. Gente como HP sempre sobrevive. Ele está com a Nora. Eu ainda não entendo como você ousou atirar. Digo, a fivela e o revestimento de kevlar não eram maiores do que a palma da sua mão..."

A uma curta distância, ela podia ouvir vozes, rádios chiando, chaves remexendo. Ela pulou habilidosamente sobre o teto próximo, abriu uma pequena porta e desapareceu na escadaria escura.

"E então, o que nós faremos agora?"

"Você pode fazer o que você quiser, Becca. Volte para a sua antiga vida, conheça alguém novo, tenha filhos e viva até os cem anos..." Um momento depois ele acrescentou: "A não ser que você prefira fazer outra coisa completamente diferente... Algo que iria realmente fazer a diferença. Você decide... Vermelho ou preto?"

"Nada nunca mais vai ser o mesmo, não é?", ela disse.

"Isso é realmente tão errado assim, Becca?"

"Talvez não..."

Ela respirou fundo.

"Olhe, Manga... Eu provavelmente deveria chamá-lo de Farook... Qual é o seu nome esses dias?"

Ela podia ouvi-lo rir à distância.

"O que você acha de... Mestre do Jogo?"

FIM

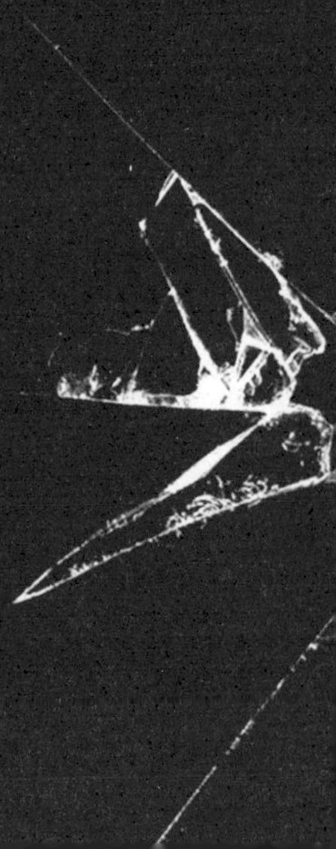

Os meus sinceros agradecimentos a todas as
Formigas por aí. Sem seus conselhos e conquistas,
o Jogo nunca teria se tornado realidade.

O Autor

Anders de la Motte (1971) foi oficial de polícia e diretor de segurança de uma das maiores companhias de TI do planeta. Atualmente, trabalha como consultor de segurança internacional. E, assim como fez Stieg Larsson com sua trilogia Millenium, está trazendo de volta a atenção do mundo para a tradicional literatura da Suécia, que agora ganha status de referência em suspense. (Deve ser a Aquavit.) De La Motte escreve em ritmo acelerado, misturando humor, suspense e comentários sobre informática e mídias sociais. Seu texto é selvagem e repleto de referências à cultura pop. *Bolha* é o Volume 3 da *Trilogia The Game*, sua estreia na ficção.

ANDERS
DE LA
MOTTE

3

THE GAME

"O homem cria a ferramenta.
A ferramenta recria o homem."
— Marshall McLuhan

As Formigas continuam trabalhando no inverno.